상사뱀

순 수 와 퇴 폐 의 경 계

상사뱀 1

2016년 1월 12일 초판 1쇄 인쇄
2016년 1월 15일 초판 1쇄 발행

지은이 매니매쉬
발행인 이종주

기획 편집 주수지 정시연
경영 지원 배진경 김슬기
마케팅 김정수 신은경

발행처 (주)로크미디어
출판등록 2003년 3월 24일
주소 서울시 용산구 원효로97길 46 5층
Tel (02)3273-5135 Fax (02)3273-5134
홈페이지 rokmedia.com rokmedia.blog.me
E-mail romance@rokmedia.com

ⓒ 매니매쉬, 2016

값 9,000원

ISBN 979-11-5939-494-2 04810 (1권)
ISBN 979-11-5939-493-5 04810 (세트)

상사뱀

-1-

매니매쉬 장편소설

ROCOCO

Contents

상사뱀

「명사」

1. 상사병으로 죽은 사람의 혼이 변하여 사모하던 이의 몸에
   붙어 다닌다고 하는 뱀.
2. 「북한어」 집요하고 끈덕진 사람을 비유적으로 이르는 말.

출처 : ≪국립국어원 표준국어대사전≫

과거의 시작

나를 괴롭히던 녀석이 검사가 됐다.

여전히 천사의 얼굴을 한 채 법의 방망이를 휘두르는.

"찾았다."

마치 내가 어디에 숨어 있기라도 했다는 듯한 말.

7년 만에 만난 녀석은 어느덧 어른 남자 태가 났다.

많은 게 달라져 있었다. 키도 더 커졌고, 젖살이 빠졌는지 얼굴선도 날카로워졌다. 어딘가 모르게 남을 깔보는 그 시선은 여전했지만.

"오랜만이다. 여전하네, 넌."

멋쩍어 건넨 나의 안부 인사를 무시하고 빤히 바라보는 것도 여전하고.

"최이경."

사실 서초동에 있다는 말에 어렴풋이 무슨 일을 하고 사는
지 짐작은 했다.

서울 중앙 지방 검찰청 특임 검사 공태준

　작은 네모 칸 안에 반듯하게 적힌 글자가 너를 대신 소개했
다. 생각해 보니 1등 자리를 내려놓은 적이 없던 너였다. 천재
라는 건 참 좋은 거구나, 너를 보며 알았다. 담임은 물론 교장
도 어찌하질 못했지. 비단 공부를 잘해서만은 아니었을 것이
다. 문득 학교 이사회장이었던 너의 이모가 떠올랐다.
　하지만 그렇게 잘났던 네가 그럴듯하게 검사가 되어 나타난
것이, 그것도 7년이 지난 지금까지 나를 기억하고 있다는 것
이, 아니, 찾았다면서 말을 건네고 내게서 시선을 떼지 않는
것이 사실 반가운 일만은 아니었다.
　"최이경."
　다시 너를 만나게 되다니. 그동안 잘 지냈니. 나는 잘 지냈
는데. 말은 가벼운데 생각이 무거웠다. 입이 떨어지지 않았다.
근황을 물으며 웃고 인사하기엔 우리는 그렇게 유쾌한 사이가
아니었다.
　너는 그런 나를 보며 천천히 중얼거렸다.
　"상사뱀."
　"……."
　"상사뱀을 만났네."

상사뱀

꽃 (꽃 장식)

3월 19일.

세 번째 전학 수속을 마치고 교실에 막 들어서던 참이었다.
3학년 3반.

'책상은 미리 옮겨 놨으니 자리에 먼저 가 있어라.'

새 담임의 낯선 목소리가 귓가에 맴돌았다. 3학년 교실은 몇
층인가요, 물어볼까 하다 입을 닫았다. 늘 그랬듯 낯선 곳은
적응이 힘들었다.

"넌 이름이 뭐야?"

어떻게 잘 찾아가 반에 들어섰으나, 맨 앞줄에 앉게 된 덕에
애들의 구경거리가 되었다. 문이 열릴 때마다 시선이 쏟아졌
다. 최악의 자리였다.

꽤 오지랖이 넓어 보이는 한 애는 내게 이름을 물었다.

"……최이경."

내 이름을 들은 애는 무언가 겹치는 기억이 있는 듯 고개를
갸웃하다 곧 얼굴에서 물음표를 지우고 손을 내밀었다. 답지
않게 청소년 드라마를 찍고 싶은 듯했다.

하지만 나는 그 손을 멀뚱히 바라보다 조용히 고개를 돌렸
다. 모두 부질없는 짓이었다.

"아, 인사하기 싫은가 보네."

그 애는 잠시 당황하는 기색을 비치다 이내 어느 무리로 사

라졌다. 사실 처음 등교한 날부터 날을 세울 생각은 없었다. 굳이 그 애가 손을 잡아 주길 원했다면, 나는 별 무리 없이 그 손을 잡고 흔들었을지도 모른다.

그러나 세상에 비밀은 없었다. 그 애가 알고 싶지 않아도, 또 내가 알려 주고 싶어 하지 않아도 결국 그 사실이 드러나면 그 애는 나를 제일 먼저 대차게 몰아세울 주동자가 될 것이었다. 나는 그게 무섭고, 귀찮았다.

"너 뭐야."

그때 누군가가 앞문을 열고 들어와 다시 내 앞에 섰다. 천천히 고개를 드니 누가 봐도 모범생은 아닌 걸로 보이는 한 녀석이 나를 내려다보고 있었다. 나는 시선을 잠깐 피하다 천천히 입술을 뗐다.

"전학생인데."

그러나 녀석은 내 답이 마음에 들지 않았는지 빠르게 미간을 찌푸렸다.

"그래서 뭐 어쩌라고."

누구냐 묻는 질문에 답을 줬더니 돌아온 건 또 질문이었다.

"뭐 어쩌자는 건 아닌데."

"거기 왜 앉아 있는데."

질문만 할 줄 아는 애인가. 동공에 힘이 없는 게 위험한 냄새가 났다. 또라이는 피하는 게 상책이라고 아버지가 그랬는데.

'최진헌'이라고 적힌 녀석의 이름표가 자연스럽게 눈에 들어왔다. 나는 조용히 말을 이었다.

"그럼 내가 어디 앉았으면 좋겠는데."

상사뱀

"그걸 왜 나한테 물어."

그러게. 난 그걸 누구한테 물어야 할까. 확실히 너는 아닌 것 같긴 한데.

빤히 나를 내려다보는 녀석의 눈을 말없이 바라봤다. 귀찮음과 경계심이 묘하게 섞인 그 눈에 어쭙잖은 담임 핑계는 통하지 않을 듯했다. 그래서 조용히 일어섰다. 어차피 이 애가 일어서라고 하지 않아도 내가 있을 곳은 없어질 것이었다. 시간의 문제였지, 자리의 문제가 아니었다.

그러나 녀석은 내가 일어서자마자 태연히 내가 앉았던 자리의 책상에 얼굴을 파묻었다. 아무래도 그 자리가 녀석의 원래 자리인 듯했다. 그래서 비켜 달라고 했던 건가. 말을 하지.

괜히 머쓱해 책상 옆쪽에 걸어 놨던 가방을 조용히 옆으로 옮겼다. 짝이 된 아이와의 첫 대면이 그렇게 어색하게 끝났다.

"야, 잠깐만. 쟤 걔 아니야? 뉴스에 나왔던…….."

그러나 갑자기 튀어나온 한 아이의 친절한 소개가 나를 세상에 드러냈다. 순간 주위가 정적으로 휩싸였다가 수군거리는 물결로 빠르게 번져 갔다. 처음에 웅성거리던 말들은 곧 손가락질로 이어져 '쟤가 걔야?' 하는 호기심 반, '설마' 하는 경계 반 구름이 되어 교실을 둥둥 떠다니기 시작했다.

아이들은 처음 며칠간은 나를 섣불리 건드리지 않았다. 호기심 어린 시선들이 나를 훑고 지나갔으나, 용기 내어 먼저 돌을 던지는 애는 없었다. 지난 두 곳의 학교도 그랬다.

그러나 처음의 살얼음 같던 그 시간들이 지나고 어느 용기 있는 자가 호루라기를 불면 언제 그랬냐는 듯 서로 스타트를 끊으면서 지옥의 결승점까지 나란히 계주 바통을 이어 갔다.

"와, 잘하면 나도 죽이겠다?"

"야, 그만해. 그러다 너 진짜 몸에 바람구멍 뚫린다, 미친 새 끼야."

"뚫어 봐! 여름에 졸라 시원하겠네."

"지랄한다. 쟤가 눈만 깜빡여도 질질 짤 새끼가."

이미 책상 위의 새 교과서들이 너덜너덜한 시체가 된 이상, 돌이킬 수 있는 것은 아무것도 없었다. 나는 이제 아무것도 모르는 척, 망부석 또는 돌부처인 척을 해야 됐다. 그렇게 머릿속으로 주문을 외웠다. 나는 이제 듣지도 보지도 못하는 평화로운 제주도의 돌부처다.

"야, 솔직하게 말해 봐. 너 다 알고 있었지?"

"너 같으면 알고 있었다고 대답하겠냐? 자기 아빠한테나 물어보라고 하겠지."

사이코패스. 선량한 일가족을 잔인하게 죽인 후 붙잡힌 살인범. 온갖 매스컴에 대문짝만하게 실렸지만 증거 불충분으로 5년 징역 선고를 받은 악마. 그리고 그의 자식. 그게 나의 아버지와 나를 가리키는 화려한 미사여구였다. 친절한 사람들은 우리 부녀에게 수고스럽게도 그런 긴 이름을 붙여 줬다. 덕분에 나는 지나가는 똥개도 알아보는 유명 인사가 되었다.

"야, 누가 커터 칼 좀 줘 봐라. 칼 만지는 솜씨 좀 보게. 혹시 또 아냐? 희대의 쌍칼 부녀가 될지."

나는 올라가려는 입꼬리를 티 나지 않게 다듬었다. 아무리 돌부처의 코를 만져도 아들을 낳지 못하는 부부처럼 너희들도 열심히 나를 건드려 봤자 칼부림은 얻어 낼 수 없을 거야.

하나 이런 내 독백을 아는지 모르는지 몇몇은 서로 킥킥대다 단풍잎만 봐도 자지러지는 소녀처럼 결국 책상을 쳐 대며 박장대소했다. 나는 그 코믹한 풍경에 웃지 않기 위해 애써 시선을 깔았다.

"뭐야. 왜 이렇게 시끄러워?"

어느새 소리도 없이, 사실은 가장 큰 소리를 내며 등장한 담임 덕에 돌부처 주문에서 풀려났다.

"고3들이 하라는 공부는 안 하고 맨 잡담들이나."

"아, 쉬는 시간인데요."

"됐고. 태준이 지금 퇴원해서 오늘부터 학교 나온다니까 다들 신경 잘 써 줘야…… 어, 그래. 지금 들어오네. 공태준, 가서 네 자리에……."

모두의 시선이 어느새 뒷문으로 쏠렸다.

알고 보니 나를 돌부처의 주문에서 풀어 준 담임은 극의 서막을 알리는 사회자였다.

'이제 본 공연이 시작되니 관객 여러분께선 집중해 주시길 바랍니다.' 하고 어디서 목소리가 들리는 듯도 했다. 무대를 가리던 장막이 사라지고 쇼가 시작된 것이다.

극에는 두 주인공이 있었다. 하나는 나였고.

"공태준, 들어와 앉으라니까."

하나는 공태준, 그 녀석이었다. 어쩌면 살인자의 딸인 나보다 더 유명한 녀석이기도 했다. 아버지가 죽인 가족의 핏줄.

마치 누가 짜기라도 한 듯, 드라마나 영화의 숨겨져 있던 복선처럼 녀석과 마주하게 됐다. 피해자 가족 중 유일한 생존자와 같은 공간에 놓인 가해자의 유일한 자식. 진부하고 말도 안 되는 재미없는 극이었다.

❖

"태준아, 저녁에 시간 돼? 오늘 우리 부모님 늦게 들어온다고 했는데."

날이 저물고 있었다. 하늘은 어둑어둑해지고 으슬으슬 몸이 떨려 왔다.

새로 맞춘 교복은 그새 낡아졌다. 이유도 없이 맞기만 하는 날들이 이어진 탓이었다. 그전 학교들에선 그래도 나를 무서워하면 했지, 직접 건드리진 않았다. 선거 공판 중 도망친 내 아버지로부터 혹시 모를 후환이 올까 봐.

그러나 이곳은 달랐다. 여기엔 공태준이 있었다. 누군가를 괴롭히고 싶어 몸이 근질근질한 애들에겐 그 아이 대신 복수를 해 준다는 명분, 일종의 면죄부 같은 것이 있었다.

정작 주인공인 공태준은 오래된 의자에 앉아 그저 나를 바라보고만 있었다. 녀석은 제 옆에 선 긴 머리의 여자애가 뭐라 말을 걸어도 내게서 시선 한 번 떼지 않았다.

"와, 진짜 독하네. 어떻게 아프다고 소리 한 번을 안 지르냐."

"이거 진짜 사이코패스 아냐?"

사이코패스는 자기와 상관도 없는 타인을 괴롭히는 너희를 가리키는 말 같은데. 턱 끝까지 찬 생각을 다시 꾸역꾸역 삼켜 냈다. 아직까지 나는 잔인한 가해자의 딸, 녀석들은 불쌍한 피해자 대신 복수를 해 주는 착한 친구들이었다.

"……불쌍한 새끼."

그러나 안타깝게도 내 가벼운 입은 자아와 또 다른 개체였다. 뇌를 거치지 않고 뻗어 나간 말은 뒷수습을 몰랐다. 가해자 코스프레를 몸으론 열심히 따랐지만, 사실 진심은 없었다. 잘못은 내가 아니라 아버지가 한 것이었으니까.

"뭐? 얘 방금 뭐라 그런 거냐."

내 말에 당황한 녀석들은 주춤하더니 기세가 꺾인 듯 나를 바라봤다.

"너 말이야. 너 불쌍하다고."

나는 그중 오른쪽에 서 있던 아이를 향해 고개를 돌렸다. 나를 둘러싼 소문이 어떤 것들인지 눈 감고도 꿸 수 있었다.

"우리 엄마가 무녀였던 거 너도 알잖아."

"뭐?"

"사실 나도 그 피 받아서 뭐가 좀 보이거든."

"허, 지금 그딴 말로……."

"안 보이겠지만 지금 내 옆의 할머니가 그러는데, 네 아버지 바람피우는 거 네 엄마가 먼저 화냥년 짓해서 그런 거라는데."

소문이란 것이 참 우스운 게, 사고로 죽은 나의 엄마는 현대 무용을 전공한 무용수였다. 몇 글자의 변화가 나를 무용수의 딸에서 무녀의 딸로 만들었다.

하나 내 앞에 서 있는 남자애의 상황은 달랐다. 소식을 전해 줄 사람 없는 나조차 알 만큼 파다한 이슈의 주인공이었다. 유명 배우와 떠들썩하게 스캔들이 난 국회의원의 아들. 비록 나는 가짜 무녀의 딸이었지만, 녀석은 진짜 스캔들 주인공의 아들이었다. 그리고 나는, 잔인할지도 모르지만 죄책감을 모르는 애였다.

"너 지금 뭐라고⋯⋯."

"불쌍해서 어쩌니. 너 곧 고아 되겠다."

소문의 사실 여부는 중요하지 않았다. 관심도 없었다. 지금 내 앞에 있는 애들이 그러하듯이. 그러나 내 앞에 선 애는 그렇지 못한 듯했다. 제 부모를 모욕하는 말에 화가 머리끝까지 치미는 듯 수치스러워 보였다. 덕분에 나는 내 다음 말이 끝나기가 무섭게 날아든 매서운 손길에 바닥을 뒹굴어야 했다.

"그만."

그리고 그때, 여태껏 단 한 번도 입을 열지 않았던 공태준이 여전히 내게 시선을 고정한 채 입을 뗐다.

"미친, 지금 이 계집애가!"

"그만해."

신기하게도 녀석은 그날그날마다 내 어디쯤이 한계인지를 알고 있는 사람처럼 행동했다. 내가 발악하고 발악하다 발버둥 치는 것이 고작 말장난뿐임을 알고 있는 사람처럼.

"오늘은 거기까지."

나는 가끔 그런 녀석이 무서웠다. 그는 애들을 주동하거나 조종해 나를 괴롭히지 않았다. 그저 방관했다. 무료하고 갑갑한 10대들이 마지막 재미로 나를 선택한 것에 크게 좋아하지도, 관심 있어 하지도 않았다. 오히려 무서울 정도로 지켜보기만 했다. 나를 둘러싸고 무자비한 행동을 가하는 건, 나와는 전혀 상관도 없는 애들이었다.

"……아."

그렇게 또 어떻게 버텨 낸 하루가 끝이 났다. 집으로 돌아가는 길, 발목을 잘못 맞기라도 했는지 걸음걸이가 영 꼴사나웠다. 깜깜한 골목을 절뚝거리며 걷는 모양새를 누가 보겠냐만, 어쩐지 자존심이 상해 아무렇지 않은 척 허리를 세워 걸었다.

"최이경."

그 순간 누군가가 내 앞에 나타났다. 내 이름을 부르는 것이 나를 기다리고 있던 듯했다. 벽에 기댄 자의 실루엣이 가로등 불빛 뒤로 희미했다.

그러나 나는 그 사람이 공태준임을 알 것 같았다. 아니, 확신했다. 내 뒷골을 서늘하게 만드는 유일한 목소리는 그 애 하나였다.

내가 사는 집은 또 어떻게 알았는지.

"다리, 다쳤나 보네."

녀석은 어둠 속에서 천천히 걸어 나왔다. 마침내 가로등 불빛에 녀석의 얼굴이 비쳤을 때 나는 처음으로 녀석이 내게 말을 걸었다는 사실을 깨달았다.

"네가 여긴 웬일이야."

"여기가 네가 사는 집인가 봐?"

"그게 너랑 무슨 상관인데."

난 태연하게 굴었다. 긴장한 티를 내는 건 아버지가 일으킨 떠들썩한 사건으로 도마 위에 올라갔던 몇 달 전에 그만뒀다.

"진짜 혼자 살고 있었네."

녀석은 내가 혼자 살고 있는 걸 확인하기 위해 온 듯했다. 문득 기분이 나빴다. 그게 너와 무슨 상관이냐고 따지려 했다.

그러나 그러지 않았다. 궁금해할 수도 있다는 생각이 들었다. 가만히 생각해 보면, 제 인생을 망쳐 놓은 가해자나 그 가족이 아무렇지 않은 듯 멀쩡히 살고 있다면 그 입장에선 충분히 억울할 일이기도 했다.

나는 천천히 입을 뗐다.

"혼자 살아. 충분히 힘들게 살고 있으니 너무 걱정은 말고."

녀석은 내 말에 픽, 바람 새는 웃음을 내보였다. 문득 녀석이 웃는 모습을 처음 보는 것 같다는 생각이 들었다. 그러나 그보다 더 놀라운 건 천천히 내 앞에 선 녀석이 한쪽 무릎을 꿇고 내 발목을 살피는 모습이었다.

"최이경."

"……"

"대답해야지."

대체 무슨 생각인 걸까. 늘 같은 얼굴에 같은 표정인 녀석이 무슨 속내를 감추고 내게 이러는지 궁금했다. 갑자기 내 발목을 잡아 오는 녀석은 진짜 무슨 속셈인 걸까.

"내가 왜 대답해야 하는데."

하지만 주제 모르는 자존심은 역시 때와 장소를 가리지 못했다. 나는 또 무심코 날카로운 말투를 던졌다.

상사뱀

"그야 나는 피해자고, 넌 가해자의 딸이니까."

그리고 친절하게도 녀석은 내 분수를 일깨워 주었다. 아무리 멍청한 나라도 그 말이 무슨 뜻인지는 알았다. 그래서 조용히 입을 다물었다. 녀석이 천천히 몸을 일으켰다. 나를 내려다보는 녀석은 더 이상 웃고 있지 않았다.

"앞으로 내가 널 부를 땐 그게 언제든, 어떤 상황에서든 무조건 답해."

"뭐?"

"넌 아직 잘 모르겠지만 나도 화나면 되게 무섭거든."

지금 녀석이 하는 말이 진심인지 장난인지 알 수가 없었다. 순간 숙인 고개가 녀석의 손길로 인해 빠르게 들렸다. 녀석은 어느새 가로등 앞으로 들어설 때처럼 웃고 있었다.

"알겠지, 최이경?"

"……."

"최이경."

"응."

녀석은 '그래, 잘했어.' 하면서 마치 제 말에 잘 대답하는 애완용 새를 대하듯 내 머리를 쓰다듬었다. 이해를 하는 것도, 알아들은 것도 없이 그저 혀로 말을 그려 내는 일이었다. 그것은 녀석도 알고 있을 터였다.

"최이경."

내 이름을 다시 부른 녀석은 천천히 내게로 얼굴을 기울여 왔다. 3월이었지만 아직 쌀쌀한 겨울 끝에 걸쳐진 날이었다. 나는 그 찬 공기 사이로, 금방이라도 얼굴을 덮쳐 올 것 같은 녀석 때문에 숨을 참았다. 그렇게 까맣고 찬 공기가 녀석의 숨으로만 채워졌다. 녀석은 잠시 후 나를 향해 자세를 낮추며 느릿한 모양으로 입을 달싹였다.

"내가 너 구해 줄까?"

"……갑자기 그게 무슨 말이야."

"내가 너, 지금 있는 그 지옥에서 꺼내 줄까."

무슨 일이 일어난 건지는 모르겠지만 밤은 지고 해는 떴다. 녀석이 내게 무슨 말을 한 건지, 또 무슨 일을 벌이려 한 건지 알아차리기도 전에 학교에선 나를 알은척하는 애들이 사라지기 시작했다.

정확히 말하자면 알은척을 해 오는 애들은 원래 없었지만 그렇다고 없는 취급을 하지도 않았는데, 욕하고 손가락질하던 애들이 나를 투명인간 취급하기 시작한 것이다. 그리고 그것이 내겐 얼마나 다행인 일이었는지 눈물마저 핑 돌 뻔했다.

공태준은 정말로 나를 지옥에서 끌어내고 있었다.

'네가 왜.'

나는 골목길에 삐딱하게 서 있던 녀석의 말을 믿지 않았다.

'네가 왜 나를 도와.'

나는 물었고, 녀석은 그런 날 그저 빤히 바라보고만 있었다.

상사뱀

'공태준, 너 지금 무슨 생각으로⋯⋯.'

'먼저.'

'⋯⋯.'

'네가 날 먼저 지옥에서 꺼내 줬으니까.'

녀석이 무슨 말을 하는 건지 이해가 되지 않았다. 그저 아, 이제 녀석도 내게 관심을 붙이고 본격적으로 날 몰아넣을 궁리를 하는구나 생각했다. 그게 아니고서야 말이 되지 않았다.

그러나 그 말도 안 되는 일이 내게 일어났다. 녀석은 학교에서 꽤 영향력 있는 애인 듯했다. 전교생이 심심풀이로 치고 다녔던 내 어깨가 오후가 지나도록 멀쩡했다.

"와, 공태준 그놈이 미친놈인 건 진작 알고 있었지만⋯⋯."

"야, 조용히 해. 온다."

우리에게는 일종의 거래 같은 것이 성립됐다. 녀석이 내게 원하는 것은 하나였다. 부르면 가고, 가라면 눈에 띄지 않게 사라지는 것. 녀석은 나를 가지고 무언가를 꾸미고 있는 듯했다. 하나 지금 이 순간엔 그게 무엇이든 중요하지 않았다. 숨 쉴 구멍이 생겼고, 그것만으로도 충분했다.

또한 녀석은 그때부터 나와 같이 밥을 먹고, 수업이 끝나면 집까지 나를 데려다주었다. 그것이 어쩌다 그리 당연하게 이뤄졌는지는 모르겠지만, 한 가지 확실한 건 녀석은 저가 뱉은 말을 무섭게 지키고 있다는 것이었다.

그렇게 일주일이 지났다. 이후 학교에선 나에 대해 이상한 소문이 덧붙여졌다. 아버지는 사람을 죽이고, 그 딸은 사람을 홀린다고. 나는 피해자마저 홀린 최고의 요부가 되었다.

하지만 그래도 괜찮았다. 학교를 자퇴하지 않는 이상 전교생의 미움을 받는 것보다 한 사람의 이상함을 견디는 게 훨씬 쉽다고 생각했으니까.

점심시간이 되면 녀석은 저와 함께 있던 무리를 두고 내게 왔다. 학교에서 나는 녀석의 공식적인 점심 상대가 된 듯했다. 차라리 매점에서 빵을 사 오라고 시키면 고마울 뻔했다.

녀석은 나를 끌고 다니며 빵을 사 주었다. 소문은 점차 '사실은 공태준이 살인을 청부했다', '최이경이 공범이라더라', '유산을 노린 자작극 아니냐' 등 걷잡을 수 없이 부풀기 시작했다.

"너 진짜 무슨 생각이야?"

"뭐가."

식당 안, 나와 마주하고도 태평히 밥을 목으로 넘기는 녀석이 신기했다. 테이블 너머로 흘깃거리는 시선과 수군거림이 느껴지지도 않는 듯했다.

"나한테 왜 이러는 거냐고."

"뭐. 빵 사 준 것 때문에 그래?"

문제는 빵이 아니라고 말하고 싶었다. 그러나 그건 녀석 또한 알고 있을 것이었다.

"공태준."

"덕분에 미리 받은 유산이 많아서 부티 좀 낸 건데."

"유산?"

"나 부자 됐어. 누구 덕분에 꽤 일찍."

그 '누구'가 나라는 것은 말하지 않아도 잘 알고 있었다. 그러나 아무리 생각해도 녀석의 태평한 태도가 이해되지 않았다.

"공태준, 그냥 말해. 나한테 이러는 이유가 뭔지. 원하는 게 있으면 차라리……."

"별 뜻 없어."

"……."

"생각해 보니까, 너는 네 아버지가 진 빚을 엉뚱한 사람들한 테 갚고 있더라고."

"뭐?"

"이젠 나한테 갚으란 뜻."

내 아버지가 진 빚. 녀석은 내가 그 빚을 다른 사람에게 갚고 있다고 말했다. 녀석의 그 말에 머리를 굴려 보니…… 그래, 이건 틀림없이 괴롭히는 것이었다. 녀석이 성인군자가 아니듯 나는 요부가 아니었다.

이렇게 평화로운 날들은 폭풍 전야처럼 위험한 순간이고, 녀석은 다른 애들과 다른 방식으로 나를 괴롭힐 터였다. 하나 딱히 맞서 싸울 생각은 없었다. 다만 그 놀이에 동참해 줄 생각도 없었다.

"싫다고 하면 어쩔 건데."

녀석은 내 말에 그저 웃었다.

"너한테 선택권 준 적 없는데."

그날, 내게 지옥에서 꺼내 줄까 묻던 밤, 나는 대답하지 않았다. 녀석의 말대로 내겐 애초에 선택권이 주어진 적이 없었고 나는 지옥에서 꺼내 달라, 구해 달라 원한 적이 없었다. 녀석은 처음부터 끝까지 저가 하고 싶은 대로 하고 있었다.

"오늘 수업 끝나면 여기로 갈 거야."

녀석은 내게 쪽지 하나를 내밀었다. 그 안엔 어쩐지 많이 익숙한 집 주소가 적혀 있었다.

"짐은 오전에 옮겨 놨을걸."

"짐? 무슨 짐?"

순간 입이 저절로 벌어졌다. 짐이란 것이 마음의 짐은 아닐 테니 내가 예상한 것이 맞을 터였다. 나는 멋대로 이사 통보를 받고 있었다. 녀석은 태연하게 눈썹을 매만지며 천천히 입을 열었다.

"매일 데려다주는 게 꽤 귀찮더라고. 그러니까 이제 그럴 필요 없게 하는 거지."

"……잠깐만."

정신을 차려 보니 어느 집 현관 앞에 서 있었다. 처음에 녀석이 제집으로 들어오라 했을 땐 '아, 이제야 자기 방식으로 나를 괴롭히려 하는구나. 남들 다 하는 그런 흔한 수단으로 괴롭히기엔 아니꼬우니까 본격적으로 복수나 계획, 뭐 그런 걸 실행하려나 보다.' 하고 생각했다.

그러나 녀석은 내가 제집 현관을 넘어 이미 옮겨진 내 짐들을 하염없이 바라보고 있을 때까지 아무것도 하지 않았다. 나를 그저 제집 가구처럼 어딘가에 배치해 놓은 것을 끝으로 아무 말도, 아무 행동도 하지 않았다.

생각해 보니 녀석은 학교에서도 알아주는 결벽증 환자였다. 녀석의 반경 5미터는 항상 정리 정돈되어 있었다. 편집증 같기도 한 그 행동은 집에서도 마찬가지였다. 일관된 톤으로 꾸며진 벽지에, 1센티미터의 오차도 허용치 않겠다는 완고한 의지가 담긴 책상과 의자 배열, 먼지 하나 없는 바닥과 줄 세운 음료들. 그곳의 유일한 오점은 나 하나였다.

"어때? 인테리어 새로 했는데. 다 죽고 나서."

뉴스에서 봐서 그런지 건물 외관이 익숙하다 했다. 녀석은 내 아버지가 무단 침입해 난도질한 집에서 떠나지 않았다.

"공태준."

"전에는 취향에 좀 안 맞았거든."

쪽지에 적혀 있던 주소가 어쩐지 눈에 익었다. 뉴스 자막으로 봤던 '한남동 주택가'가 아나운서의 목소리로 오버랩되고 있었다.

취향에 맞지 않아 새로 바꿨다던 인테리어는 확실히 녀석의 성격을 보여 주긴 했다. 그러나 현관문에 들어서자마자 녀석이 한 일은 인테리어 자랑이 아닌, 내가 벗어 놓은 신발을 가지런히 정리하는 것이었다. 나는 그것을 멍하니 보고 있었다.

"한 가지 부탁하자면, 아무거나 만지지 마. 뭐든 원래 있던 자리에 두고."

처음엔 녀석이 나를 식모로 쓰려나 생각했다. 아버지의 죄를 대신 갚으란 말이 아직 귓가에 선명했다. 또한 한집에, 그것도 단둘이 살게 된다는 사실에 잠깐 다른 생각이 들었다.

그러나 그건 곧 머리에서 지웠다. 아쉬울 것 없는 녀석이니 말도 안 되는 일이었다. 다행히 녀석은 나를 식모로도 쓸 생각이 없는 듯했다.

"청소는 네 방만 해 주면 좋겠고 그 외의 곳은 신경 쓰지 않아도 돼."

오히려 녀석은 저보다 깔끔하지 못한 나를 말없이 정리했다. 나를 정리했다는 말이 아니라, 내 흔적들을 정리했다. 사실 나는 정리 정돈이나 청소, 장식 같은 것에 썩 감각 있는 애가 아니었다. 녀석은 그것을 벌써 알아차린 듯했다.

그렇게 한 달쯤이 지나자 나는 공태준 집에 익숙해져 갔다. 아니, 오히려 아늑하게 느껴졌다. 녀석의 집 소파에 누워 빈둥대는 것이 이렇게 적성에 맞을 줄이야. 어쩌면 나는 그동안 힘들었는지도 몰랐다. 아버지가 없는 집을 혼자 지키는 것이.

"최이경, 너."

"왜? 뭐?"

"꽤 더럽구나."

하나 녀석은 그런 내가 마음에 들지 않는 건지, 아니면 괴롭히려고 데려왔는데 생각대로 반응해 주지 않아 언짢기라도 한건지 때때로 '조용히 해라', '얌전히 좀 있어라' 등등 부정적인 말을 골라 던지곤 했다.

뭐, 따로 반박하진 않았지만 그래도 이왕이면 속으로만 생각하거나 돌려 말해 주길 바랐다. 그러나 녀석의 말은 대부분 직설적이었다. 돌려 말하는 법을 배우지 못한 듯했다.

"그러게. 내가 좀 지저분하지?"

물론 나도 그런 법을 배운 적이 없었다.

"허, 태연하게 대답할 건 아닌데."

녀석은 마음을 내려놓은 듯 한숨을 쉬곤 어디서 가져왔는지
모를 집게로 내가 먹다 남긴 과자들을 집더니 시야에서 사라지
면서 중얼거렸다.

"좀 뻔뻔한 것 같기도 하고."

이어 다시 나타나 고개를 기울이며 내 행색을 훑다가 혀를
차기 시작했다. 뻔뻔하다는 녀석의 말은 여태까지 했던 말 중
가장 진심이 담긴 듯했다.

"공태준, 네가 잘 모르는 것 같아서 하는 말인데."

"······."

"살인자 딸로 살려면, 그렇게라도 살고 싶다 보면 이렇게 돼."

하나 녀석은 내 말에 그저 어깨를 으쓱거렸다. 변명이 같잖
다는 뜻이었다. 그래, 뭐. 원래 내가 좀 뻔뻔하기도 했다. 그런
일에 얽히기 전부터 성격이 그리 깔끔하진 않았다. 그래도 그
일 후에 더 무뎌지려고 노력하며 살았으니 전부 거짓말은 아니
었다. 녀석은 그런 나를 잠깐 바라보다가 고개를 젓고는 이어
말했다.

"누가 보면 네가 피해자고 내가 가해자인 줄 알겠다."

"음, 그건 걱정 안 해도 될걸?"

"왜."

"알다시피 세상 사람들 중 내 얘기, 내 이름 모르는 사람 흔
치 않잖아."

나는 말을 하면서도 아무렇지 않게 팔을 뻗어 무언가를 찾
았다. 녀석은 그런 나를 잠시 어이없다는 듯 바라보고 있었다.
그러다 소파 밑으로 손을 버둥거리는 것을 보고, 내 시야엔 없

던 과자 하나를 집어 주며 말했다.

"최이경, 생각보다 더 뻔뻔하구나."

"왜 또."

"세상 사람들이 다 너처럼 한가한 줄 알아?"

녀석은 손가락 끝으로 내 관자놀이를 툭 쳤다.

"인간이 왜 망각의 동물인데?"

"······."

"한가롭게 남의 인생이나 더듬으며 살지 말라고."

나는 그런 녀석의 손가락을 잡아 세워 눈을 마주했다.

"나도 다 잊히면 좋겠는데, 그게 그렇게 쉽게 되겠니."

"그렇게 될걸."

"확신하는 말투네?"

"내가 그렇게 만들 거거든."

녀석은 그 말을 끝으로 다시 어디론가 사라졌다. 가는 방향으로 보아 또 청소 도구를 꺼내러 가는 듯했다.

나는 멍하니 그 뒷모습을 바라보기만 했다. 녀석의 말이 어쩐지 어이없을 정도로 뻔뻔한 나를 안심시키려 한 말 같다는 생각이 들었기 때문이다.

하지만 나는 되묻고 싶었다. 그러니까 왜 그걸 네가 하려 하냐고. 다른 사람도 아닌 네가 왜, 사람들에게서 나를 지켜 주려 하는 거냐고.

상사뱀

상사뱀 설화

하루하루 평화로운 시간이 흘러갔다. 나는 공태준과 사는 것에 적응하며 때때로 녀석의 가족이 내 아버지의 희생양이었다는 것을 잊었다. 시간이 지날수록 녀석이 나를 괴롭힐 거라는 생각도 희미해져 갔다. 누가 봐도 내가 그 애를 괴롭히는 것이지, 당하는 건 아니었다.

보기만 해도 분노가 치밀어 오를 가해자의 자식과 같은 학교를 다니는 것도 모자라 같은 지붕 아래에서 숨 쉬는 것이 얼마나 고역일지, 모르는 사람이 들어도 고개를 저을 일이었다.

그러나 정작 당사자인 녀석은 내가 가끔 제 마음에 들지 않게 집 안을 흩트려 놓는 것을 빼곤 딱히 괴로워 보이지 않았다. 온 가족이 다 죽고 남겨진 애라 볼 수 없을 만큼 평온해 보이기도 했다.

하지만 학교에서는 조금 달랐다. 점심을 같이 먹는 것 외에 녀석은 내게 말을 걸지도, 스쳐 지나가도 눈인사조차 하지 않았다. 꽤 좋은 머리를 가진 녀석은 수업 시간엔 공부하고, 쉬는 시간엔 예습이나 복습을 했다. 아니면 저를 둘러싼 무리에서 시답잖은 19금 얘기를 듣고 있다든가.

"무슨 재주래."

그렇게 점점 안정을 찾아 가던 중. 문득 시계를 보니 점심시간이 아직 1시간이나 남은 순간이었다. 문득 앞을 스쳐 지나가던 걸음이 내 앞에 멈춰 섰다. 고개를 드니 꽤 고까운 표정의 여자애가 보였다. 청소년 드라마를 좋아할 것같이 생긴.

"재수 없어."

흘깃, 맨 뒷자리에 앉은 공태준의 눈치를 보는 듯 빠르게 눈을 굴리던 애가 속사포로 네 글자를 뱉었다.

"아······."

애야, 사실 나도 너 되게 재수 없어. 하나 그다지 반응해 주고 싶지 않았던 나는 조용히 고개를 숙이는 것으로 답을 대신했다.

그런데 그 순간, 머리 위에 떠 있던 여자애의 그림자가 누군가에게 밀쳐진 듯 빠르게 사라졌다. 고개를 들지 않아도 알 수 있었다. 바닥에 엎어진 아이의 모습이 눈에 들어왔다.

"비켜, 내 자리야."

자리에 집착하는 또라이가 등교한 것이다. 11시 30분, 어쩌면 녀석에겐 조금 이른 시간. 처음 나와 만났을 때도 그렇게 자기 자리에 애착을 가졌던 내 잔망스러운 짝, 최진헌이었다.

학교에 있으면 빠르게 시간이 흘러갔다. 그게 제일 좋은 점이기도 했다. 나를 보호한다는 명분으로 혼자 집 안에 방치되던 때엔 1분이 1시간처럼 흘러갔다. 사람들 눈이 무서워도, 전학을 밥 먹듯 다녀야 했어도 끝까지 학교를 나갔던 이유였다.

"종 친 지가 언젠데 아직도 돌아다녀?"

문학 시간이었다. 여기저기서 쏟아지는 눈초리를 반찬 삼아 보낸 공태준과의 점심 식사 후, 내게 재수 없다고 했던 애는 오전 내내 열심히 내 얼굴을 째려보더니 더는 알짱거리지 않았다. 친절한 듯 불친절한 내 짝이 본의 아니게 굴욕을 선사해 준 덕분이었다.

나는 그 애를 더 생각하는 대신 이미 겉장이 없어진 교과서를 꺼냈다. 공태준과 살기 전에 나를 괴롭혔던 아이들이 착하게도 속은 건드리지 않아 준 덕에 수업은 들을 수 있었다.

"교과서 말고 문제집으로 진도 뺄 거니까 책 집어넣어."

그러나 세상에 쉬운 일이 없었다. 지지리 운도 없이.

"챕터 3, 용재총화慵齋叢話……."

아직 문제집이 없었다. 전학 온 지 얼마 안 됐다는 핑계는 일주일 전쯤 약발이 떨어졌다. 매번 사야지 하면서 잊어버린 게 문제였다.

그때 선생님이 들어온 지 한참이 지나고도 일어날 생각이 없는 짝꿍의 뒤통수가 눈에 들어왔다. 책상 서랍 사이로 삐져나와 있는 녀석의 문제집 끄트머리도.

순간 이렇게까지 수업을 들어야 하나 고민이 스쳤지만 맨 앞자리에 앉아 빈 책상으로 앉아 있는 것이 더 고역일 것 같았다. 자기 합리화긴 하지만, 빨간 테이프가 감긴 나무 막대기로 제 허리를 치며 수업을 이어 가는 스승에게 도리에 어긋나는 제자이고 싶지도 않았다.

"야."

또 이상하리만큼 최진헌, 이 녀석에게는 말을 걸어도 될 것 같은 느낌이 들었다. 평범한 애들과는 어딘가 달라 보이기도 했다.

"최진헌."

나는 내 뒤를 지나쳐 가며 문제를 읊는 선생님을 확인하고 빠르게 녀석에게 말을 걸었다. 녀석은 자는 중이었는지 제 어깨를 톡톡 치는 내 손가락을 반쯤 풀린 눈으로 보다가 눈썹을 푹 꺼트렸다.

"혹시 그거 안 쓸 거면 나 좀 빌려줄래?"

녀석은 가늘게 실눈을 뜨며 제 책상 서랍에 꽂힌 문제집을 흘깃 내려다봤다.

"그래, 그거."

내 손가락 끝이 녀석의 문제집을 가리켰다. 그러나 녀석은 내 쪽으로 엎드리고 있던 얼굴을 휙, 반대쪽으로 돌리는 것으로 답을 주었다.

"……허."

안 쓸 거면서 빌려주지도 않다니 놀부 같으니라고. 평범한 애들과 다른 게 아니라, 평범에 미치지 못하는 놈인 듯싶었다.

"용재총화에는 상사뱀 설화가 두 편 실려 있다. 흔히 상사뱀은 사랑을 이루지 못한 사람이 뱀이 되어, 연모한 인물을 괴롭힌다는 설화로 알려져 있는데……."

문학 선생의 말이 귀로 들어오는지 코로 들어오는지, 일단 필기하는 척이라도 할까 싶어 노트를 꺼냈다.

"홍재추와 여승은 여성 상사뱀 유형, 보광사 승려는 남성 상사뱀 유형에 해당한다. 그런데 왜 다 불승이냐. 이러한 인물 설정은 조선 전기 사대부 계층의 불교에 대한 시각을 반영하고 있다고 보면 된다. 또 이 설화는 변형 주체에 따라 크게 여성 상사뱀과 남성 상사뱀으로 나뉘는데, 각 연모 대상과 소통이 차단되어 상사뱀으로 변한다는 공통성이 있다."

책이 없으니 수업 내용이 자장가로 들리고, 졸음이 몰려왔다. 날씨는 또 왜 이리 쾌청하고 좋은지.

"남성형은 상사바위 유형으로, 여성을 연모한 남성이 상사뱀으로 몸을 바꾸어 처녀에게 밀착하자 견디지 못한 처녀가 상사풀이를 하러 나서지만 실패하여 함께 죽는 비극적 결말이 일반적이다."

바람이 창을 타고 넘어와 코끝을 간질였다. 나는 문득 문학 선생의 말을 곱씹었다. 비극적 결말, 나는 그런 결말을 좋아하지 않았다. 해피엔드가 아닌 영화와 책은 잘 보지 않았다.

"일방적인 사랑은 종종 위험하기 때문에 그렇다. 한때는 사랑의 대상이었던 사람을 증오의 표적으로 바꾸어 버리니까. 이런 일방적인 사랑의 부정적 측면들이 설화에 고스란히 드러나 반복된다고 보면 된다."

그 순간, 내 뒤에 앉아 있던 남자애들의 목소리가 동시통역처럼 들려왔다. 꽤 유망한 문학도인지 수업 내용에 대해 열띤 토론을 하고 있었다.

나는 문제집도 없겠다, 더 흥미로운 얘기에 귀를 기울이기 위해 허리를 펴는 척 은근슬쩍 뒤로 등을 붙였다.

상사뱀, 일방적인 사랑이 결국 파국으로 치닫는 것을 보여주는 이야기. 한 애는 그것을 순수한 사랑이라 말하고 있었다. 얼마나 연정이 넘쳤으면 스스로 뱀으로 변모해 그 사람 몸을 감을 생각을 했겠냐는 것이었다. 상사병처럼 괴로운 병이 없거늘 왜 그 순수한 마음이 무서운 뱀으로까지 변하는 걸 이해하지 못하느냐고 덧붙이기도 했다.

그러자 그 옆에 있던 애가 혀를 찼다. 원하는 걸 얻기 위해서 상대는 어떤 감정인지도 생각 않는 게 무슨 사랑이냐고, 잔인하고 퇴폐적이라 했다. 주위에 있던 아이들은 퇴폐라는 단어도 아느냐며 이열, 하는 환호를 보냈다. 포커스가 이상한 곳에 맞춰지고 있었다.

"누가 지금 지방방송 틀고 있을까? 주둥이 안 다물지?"

잠시 후 문학 선생의 질책 한 번이 단숨에 아이들 입을 막았다. 상사뱀에 대한 문학도들의 열정 넘친 토론은 그렇게 끝이 났다.

사실 나는 그때부터 호기심이 생기고 있었다. 문학 선생의 설명보다 더 와 닿는 말들이었다. 상사뱀의 사랑이 순수한 연모의 마음인지, 잔인한 집착의 결과인지 궁금해졌다. 녀석들은 아주 훌륭한 문학가가 될 듯싶다.

상사뱀

"아무튼 설화에서 그려진 사랑은 현상에 대해 왜곡이 심하고 지나치게 성급하다는 문제점을 가지고 있다. 또 인물들의 비정상적인, 뱀으로까지 변하는 비현실적인 욕망은 사회규범에서 벗어난 인간의 그릇된 욕망과 소통의 단절을 의미하기도 한다. 그런 점에서 상사뱀은 교훈적인 성격을 가지면서도, 현실의 괴로움으로부터 도망쳐 오로지 원하는 존재만을 맹목적으로 좇는 꿈이나 환상 같은 거라고도 볼 수 있지."

문학 선생은 덧붙여 같은 주제를 다룬 《인생의 베일》이란 책을 추천했다. 이어 문제집을 넘기다 문득 걸음을 멈추고 어디론가 말을 걸었다.

"여기서 만약 상사뱀이 수능 지문에 나왔다. 그럼 뭘 의미할 것 같아?"

"······."

"공태준, 일어나서 말해 봐."

순간 익숙한 이름에 고개가 돌아갔다. 반 아이들의 시선도 한곳으로 몰렸다. 녀석은 천천히 몸을 일으켰다. 그런데 그때, 문득 눈이 마주쳤다. 녀석은 그 시선을 떼지 않고 나를 빤히 바라보며 조용히 말을 이었다.

"환상에 갇혀 상대에게 그릇된 욕망을 투영한 비교문학을 찾으면 됩니다."

반 아이들에게서 오, 하는 탄성이 터져 나왔다.

"그렇지. 괜히 엉뚱하게 불교 얘기로 빠지는 함정 문제가 나올 수 있다. 앉아."

좋은 대답은 스승에게 만족감을 준 듯했다. 그러나 나는 왜 녀석의 시선과 말이 묘하게 나를 향한 듯한 건지 신경이 쓰였다. 그때 문학 선생이 다시 누군가를 불러 세웠다.

"최진헌."

학생들에겐 좋은 본보기보다 나쁜 본보기가 더 기억에 남는 게 수업이었다. 문학 선생은 그걸 잘 알고 있는 사람 중 하나였다. 어김없이 내 짝꿍님의 이름이 터져 나왔다.

"일어나서 말해 봐. 만약 보기에 상사뱀 설화가 나왔는데, 지문이 종교나 변형적 인물이 전혀 반영되지 않은 얘기가 나왔다면 문제가 어떤 유형일 것 같아?"

다시 애들의 시선이 한곳으로 쏟아졌다. 그러나 녀석은 방금 전까지도 엎드린 채 수업을 듣지 않고 있었다. 그것을 선생이 모를 리 없었다.

"……상사뱀이 보기에 나온다면."

공태준 때보다 더 숨 막히는 긴장감이 교실을 감싸 돌았다.

"은혜 갚는 까치?"

그리고 예상은 언제나 빗나가지 않았다.

어느새 모든 수업이 끝났다. 창밖으로 빠르게 해가 지고 있었다. 다른 아이들은 이제 곧 저녁을 먹고 야간 자율 학습을 해야 하지만, 나는 그 시간에서 제외됐기 때문에 신경 쓰지 않아도 됐다. 학교 측에선 아직 신변의 위협이 있어 이른 귀가 조치를 취해 주는 것이라 했다.

하지만 나는 그 처사가 학부모들이 요구한 것임을 알고 있었다. 지난 학교들에서도 그랬다. 정규교육까진 어쩌지 못하지만, 살인마 자식을 제 아이와 한 공간에 오래 두고 싶지 않은 것이었다. 이해한다. 내가 부모라도 그랬을 것이다.

"최이경."

내가 막 가방을 정리하고 있을 즈음 낯익은 얼굴이 나를 불러 세웠다.

"담임이 너 오래."

이 시간에 나를 부르는 이유가 뭐지. 나는 말을 전해 준 애에게 고맙다고 막 입을 떼려다, 제 말이 끝나자마자 벌레 피하듯 사라지는 애 덕분에 남의 뒤통수에 대고 인사하게 됐다.

그 모습을 보자니 내게 문제집을 빌려주지 않고 고개를 돌려 버린 짝꿍에게 어쩐지 고마워졌다. 적어도 그 애는 대놓고 싫은 표정을 보이진 않았다.

어쨌든 나는 예의 바른 아이니까 받았든 안 받았든 인사를 하고 민망해하진 않기로 했다.

"선생님, 저 왔는데요."

교무실에 도착하니 이미 자리가 많이 비어 있었다. 담임은 천천히 다가가던 나를 발견하곤 가볍게 손짓을 했다.

"그래. 학교는 좀 다닐 만하니?"

"네."

"누가 괴롭히는 사람은 없고?"

나는 담임의 눈을 말없이 응시했다. 말하면 전교생을 다 혼이라도 내 주시려고요? 그러나 난 역시 예의가 바른 애였기에 조용히 고개를 저었다.

"듣기론 요즘 태준이랑 같이 다닌다고 하던데."

아, 그러고 보니 공태준에게 교무실에 들렀다 간다고 말하는 것을 잊었다. 나는 핸드폰이 없었기에 녀석에게 따로 연락할 수 없었다.

"그 애가 괴롭히지는 않니?"

"아, 공태준은……."

"말해도 괜찮으니까 걱정하지 말고."

걱정하지 않았다. 걱정하고 있는 건 아무래도 담임 혼자일 듯했다. 하기야 다른 사람도 아닌 공태준이, 내 아버지가 죽인 사람의 아들이 나와 함께 다닌다는 게 세상 사람들에겐 아이러니할 것이다.

"저, 선생님."

"그래, 괜찮으니까 말해 봐."

"혹시 핸드폰 좀 잠깐 빌려주실 수……."

"먼저 갔으면 됐어. 난 선생님이랑 얘기하고 갈 테니까 먼저 저녁 먹고."

담임과의 뜬금없는 상담에 처음으로 늦은 시간까지 학교에 남았다. 더군다나 녀석과 전화로 얘기하는 것도 이번이 처음이었다.

녀석은 집이라고 했다. 내가 말없이 먼저 집에 간 줄 알았다고. 어쩐지 전화를 받았을 때 유난히 목소리가 저기압이었다.

─기다려. 데리러 갈 테니까.

"됐어. 혼자 갈 수 있어."

전화 너머로 잠시 침묵이 지나갔다. 어디선가 따가운 시선이 느껴지는 것 같기도 했다.

녀석은 무언가가 마음에 들지 않을 때 화를 내는 대신 잠시 말을 멈추고 시선을 맞추었다. 녀석은 그것이 감정을 조절하기 위함이라고 했지만 사실 그게 제일 무섭다는 걸 잘 모르는 듯했다.

"아, 그러니까 내 말은, 넌 이미 집이니까……."

—그래서.

아니, 내가 와 달라고 매달리는 것도 아닌데 왜 눈치를 봐야 하는 건지. 참, 내가 착하니까 그냥 참는 거지.

"하하, 난 너 귀찮게 다시 올 필요 없다는 거지."

—안 귀찮아. 이상한 고집부리지 말고 기다려. 또 어디 이상한 동네 개들 따라가지 말고.

"허, 따라가긴 누가? 가끔 그냥 구경만 한 거지. 넌 꼭 내가 너희 집 애완견인 것처럼 말한다?"

—비슷하긴 하지. 내가 거둬 먹이고, 키우고, 데려가고, 데려오고.

어쩐지 녀석이 나를 진짜 제집 애완동물로 길들이고 있는 건 아닌가 하는 생각이 들었다.

"그래, 참으로 고맙다. 주인님의 성심에 고마워서 눈물이 다 나려……."

—까불지? 딴 길로 새지 말고 기다려. 지금 나가는 중이니까.

이 대목에서 내가 또 기분 나쁜 척을 하면 집에 가서 뭐라고 하겠지.

"그래, 알았어. 얌전히 기다리고 있을 테니 빨리 오기나 해."

교문 앞에서 얼마나 있었을까. 많이 기다린 것 같지 않은데 어느덧 공태준이 가까워져 오는 것이 보였다. 녀석은 교복 차림 그대로였다.

그때 문득 담임의 말이 떠올랐다. 태준이가 혹시 그럴 리는 없겠지만 금품을 요구한다거나 폭력적인 모습을 보이면 바로 연락하라던.

"돈 많다고 자랑하는 놈인데."

나는 녀석에게 뺏길 금품이 없으니 걱정 마시라고 했지만 그런 내 말을 빈말로 생각한 담임은 말없이 내 어깨를 두드렸다.

나는 담임 덕분에 잊고 있던 사실을 떠올렸다. 공태준은 왜 나를 돕는 걸까. 왜 나를 데리러 오고 데려가고 하는 걸까.

"진짜 바로 왔네. 뛰어왔어?"

"뛰기는. 담임이랑은 무슨 얘기 했어?"

"그냥, 다른 말은 없으셨고 네가 나 괴롭히면 이르라고 하시던데."

"할 말 없었겠네. 이제 가자."

녀석은 제 말을 끝으로 내 가방끈을 잡고 빠르게 앞장섰다. 그러나 녀석이 다가오자 코끝으로 훅 땀 냄새가 풍겨 왔다. 정말 뛰어오기라도 한 듯했다. 나는 그 사실이 낯설게 느껴졌다. 녀석은 나를 위해 뛰어올 이유가 없었다.

"공태준, 모르지? 너 묘하게 나한테 집착하는 거."

"내가?"

집으로 가는 골목길, 바닥에 비친 가로등 불빛을 발판 삼아 걸음을 옮기는데 녀석은 아직도 내 가방 끝에 달린 끈을 마치 개 줄 잡듯 잡고 있었다. 때때로 내 걸음 보폭이 넓어지거나 좁아질 땐 '얌전히 좀 걷지?' 하면서 툭, 가방끈을 잡아당기기도 했다. 아까 그 애완동물 같다는 말이 영 마음에 걸렸다.

"지금 우리 사이가 솔직히 정상은 아니잖아. 같이 사는 것도 그렇고, 굳이 이렇게 데리러 오는 것도 그렇고. 너 같으면 내가 무슨 생각을 할 것 같은데?"

"글쎄. 뭔가 생각이란 걸 하는 애라면 내 집에서 그렇게 추레하고 편하게 살진 않을 것 같은데."

생각해 보니, 사실 지금의 우리 사이를 의심한 순간은 많지 않았다. 그저 평화로운 시간들을 보내다 오늘과 같이 낯선 상황이 닥칠 때 문득 떠올리는 것이었다.

"아, 아무튼 지금쯤이면 물어봐도 될 것 같아서 하는 말인데, 진짜 이유가 뭐야?"

"무슨 이유."

"왜 나를 네 집에 있게 하는 거냐고. 너 혹시 나 안심시켜 놓고 막 복수하려고 그래?"

"뭐?"

계속 궁금했지만 끝까지 묻지 못했던 질문을 다시 떠올렸다. 대체 무슨 생각으로 나를 돕는 건지. 왜 나를 지옥에서 꺼내 준다고 한 건지. 진짜 원하는 게 뭔지.

"아니면 나한테 이렇게 할 리 없으니까. 너 우리 아빠 미울 거 아냐."

미운 정도가 아닐 터였다. 누군가를 싫다, 밉다고 말할 수준의 일이 아니었다.

만약 그렇다고 답해 오면 담담히 받아들일 용의도 있었다. 다른 사람도 아닌 공태준이 죄를 받으라 하면, 나는 써도 쓰지 않은 척하며 달게 받아야 했다. 녀석에게서 가족을 뺏은 게 나는 아니었지만, 그렇다고 나와는 상관없는 일이라고 할 만큼 뻔뻔하진 못했다.

"없어, 다른 이유. 굳이 이유를 찾자면 알다시피 혼자 살기엔 집이 좀 크니까?"

"말 안 되는 거 알지?"

"다른 사람과 사는 것보단 낫겠지. 뭐, 네가 모르는 사람은 아니니까."

"나랑 친하다고 생각하나 봐?"

녀석은 문득 걸음을 멈추고 나를 빤히 바라보기 시작했다.

"그보단 비슷하단 말이 더 어울릴 거야. 너랑 나는 닮은 점이 꽤 많으니까."

나는 그 말에 잠시 말을 잇지 않았다. 피해자니 가해자니 다른 이름으로 불리곤 있었지만, 사실 같은 일에 묶여 괴로운 기억을 떠안고 살아야 하는 건 녀석이나 나나 마찬가지였다.

"그래도 이건 좀 이상하잖아."

"뭐가 그렇게 이상한데?"

"사람들 다 이상하게 생각할걸. 꼭 무슨 기구한 사연에 끼어 있는 애들 같잖아. 현대판 로미오와 줄리엣도 아니고. 마치 뭐, 어린 시절을 기억 못 하는 소꿉친구라든가, 초등학교 때 첫사랑이라든가 그런."

상사뱀

"상상력도 풍부하네."

"하하. 사람들이 뭐, 그렇게 생각할 수도 있단 얘기지."

나는 머쓱한 기분에 눈썹을 매만지다 헛기침을 했다. 녀석은 그런 나를 보며 살짝 입꼬리를 들썩이다 천천히 입을 뗐다.

"네가 이 동네에 있는 사립 초등학교와 그 옆의 과학 중학교를 졸업한 게 아니면 우리가 전에 만났을 인연은 바늘구멍만큼도 없으니까 걱정 마. 난 어렸을 때도 학교, 집, 학교, 그게 다였으니까. 그 행동반경 밖에서 너를 만났을 확률은 거의 0에 가까울걸. 우리가 같은 서울에 살고 있었다고 해도 같은 세상 속에 살고 있던 건 아니니까."

"머리 좋다더니 엘리트 코스만 밟았나 보네."

"좋기도 했고, 좋아야 하기도 했고."

나는 녀석과 발걸음을 맞추기 위해 녀석의 옆에 섰다.

"뭐, 그래도 우리가 지나가다 한 번쯤은 만난 적이 있지 않을까? 우연으로라도."

녀석은 내 말에 나를 다시 빤히 바라보기 시작했다.

"그러면 잘 기억해 봐. 우리가 전에 어디서 만난 적이 있는지, 혹시 대화라도 한 번 해 봤는지. 그래서 내가 널 이렇게 집에 데려오게 할 만한 이유가 있었는지."

"나보단 네가 기억하는 게 더 빠를 것 같은데. 내 기억력보단 네 기억력이 더 좋잖아."

그러나 녀석은 눈썹을 치켜세우곤 고개를 갸웃거렸다.

"글쎄. 기억이란 게 가끔은 조작이 돼서 좋았던 게 나빴던 것이 되기도 하고, 가장 나빴던 순간이 좋았던 순간이 되기도 하는 거라."

"그건 또 무슨 소리야?"

"만약 우리가 언젠가 만났더라면, 그게 너한테 어떤 기억이 있든 진짜 그 순간과는 다를 수 있단 말이지."

"아. 어째 나 못 알아들으라고 꼬아서 말하는 것 같다?"

"솔직히 말해 봐. 최이경, 너 머리 나쁘지?"

"아닌데."

"아니건 맞건 성적표 나와 보면 알겠지."

그렇게 녀석과 말을 주고받고 하는 사이, 어느새 집 앞에 다다랐다. 이제는 녀석과 함께 집에 들어가는 것이 어느덧 자연스러운 모습이 되었다.

어색하지 않은 이 모습에 처음 이 집에 들어서던 순간을 문득 떠올렸다. 왜 나는 반항 한 번 안 하고 이 집에 들어오게 됐을까.

아니, 그보다 먼저 녀석은 왜 다른 사람들이 내게 가지는 적대감 같은 걸 가지지 않았던 걸까. 나를 괴롭히려던 목적도 아니었으면서, 왜 너는 나를.

"공태준, 너 혹시 진짜 나 좋아해?"

이 이유일지도 모른단 생각을 아주 잠깐, 한 0.3초 정도 했던 것 같은데 순간 생각을 거치지 않은 말이 뇌의 명령도 없이 입 밖으로 튀어 나가 버렸다.

"……."

녀석은 그런 나를 어이없다는 듯 바라보고 있었다. 차라리 이럴 때 내가 연기처럼 증발되어 버리거나 벽에 머리를 박고 기억나지 않는 척이라도 하면 좋겠는데, 그럴 용기가 없는 게 애통할 뿐이었다.

녀석은 어느새 말없이 집 안으로 들어갔다. 나는 몰래 내 입을 한 번 내리치곤 빠르게 따라 들어갔다. 아무리 생각해도 요부라는 별명이 녀석을 홀린 게 아니라 나를 홀린 듯했다. 어떻게 그런 생각을 했을까.

녀석은 부엌으로 걸음을 옮겨 저녁을 준비하기 시작했다. 나는 그의 등 뒤로 다가갔다.

"그러니까 내 말은, 나를 여기 둬서 너한테 좋을 게 없으니까. 그런데 왜……."

"네 아버지 때문에 너를 이용하고 있는 거란 생각은 안 드나 보네."

"그랬다면 방금 그 말은 안 했겠지."

녀석은 그 말에 빤히 나를 응시했다. 나는 태연한 척 냉장고 안의 반찬을 꺼내 식탁 위에 올려놓았다. 하지만 진짜 태연하진 않았다. 녀석이 나를 진짜 무언가에 이용하고 있다고 하면 뭐라고 대답해야 할까 머리를 굴리고 있었다.

그때, 녀석이 내 등 뒤에서 짧게 한숨을 쉬었다.

"최이경."

"응."

"내가 널 진짜 좋아하기라도 한다고 생각하는 거야?"

"아니야?"

"흠, 좀 자존심이 상하는데."

멈칫, 막 유통기한이 지난 우유갑을 뜯던 손이 흔들렸다. 나는 이내 아무렇지 않은 척 다시 천천히 우유를 컵 안에 따라 부으며 대답했다.

"그건 나도 마찬가지거든."

녀석은 한쪽 눈썹을 찡그리며 나를 바라봤다. 내 대답이 마음에 들지 않는 듯했다.

"뭐야, 그 반응은. 나는 뭐 자존심도 상하면 안 된다는 거야?"

"당연하지. 너는 자존심 상할 이유가 없으니까."

나는 녀석에게 그런 게 어디 있냐고 다시 따지려다 조용히 입을 다물었다. 사실 진짜 묻고 싶은 말이 아직 남아 있었다.

그럼 네가 진짜 원하는 건 뭔데. 내 아버지가 한 일을 덮으면서까지 나를 네 옆에 두고 있는 그 진짜 이유가 대체…….

그러나 뒤의 질문은 우유와 함께 목 안으로 삼켜 냈다. 때로는 모르는 게 약이라 했다. 나는 평화로운 지금을 그저 유지하고 싶었다.

"그래. 그럼 나는 자존심 멀쩡한 걸로 할게. 이제 됐지?"

"잠깐만, 최이경. 그거 이리 내놔 봐. 유통기한 지났잖아. 내가 꼭 확인하고 먹으라고 했어, 안 했어?"

하나 지금의 녀석은 내가 하는 말과 생각보다 내가 뭘 먹는지를 더 중요하게 여기는 듯했다. 그래 봤자 유통기한에서 고작 2시간 지난 우유였다.

사실은 어쩌면 나도 녀석이 답해 주지 않는 것에 안심하고 있는지도 몰랐다. 나를 좋아하지도, 원망하지도 않는 채 그저 이유 없이 유지되고 있는 이 관계의 평화로움을, 지금 이 순간을 지키고 싶었다.

언제 깨질지 모르는 기묘한 동거도, 언제 닥칠지 모르는 아버지의 여풍도, 그저 다 모른 척 덮어 두고 싶었다.

녀석은 그런 나를 아는지 모르는지, 아직 두 모금밖에 마시지 못한 우유를 기어이 뺏어 싱크대에 버리고 있었다.

Memory

"아으, 머리야. 왜 이렇게 머리가 아프지."

아침부터 속이 좋지 않았다. 완연한 봄의 향연에 머리가 돌고 있었다. 알레르기성 두통이 올해도 어김없이 찾아와 나를 괴롭히는 탓이었다.

주위가 이미 나를 괴롭히는 것들로 가득한데 신은 무심하게도 이런 시련까지 챙겨 주셨다. 한 해쯤은 까먹고 안 주실 만도 하건만.

"최이경."

그때 아침을 준비하고 있던 공태준이 교복 조끼 단추를 여미는 나를 어쩐지 이상하리만큼 빤히 바라보기 시작했다.

"뭐야? 왜 불러 놓고 말이 없어?"

녀석은 저를 재촉하는 나를 보다가 이내 빠른 속도로 다가

왔다. 순식간에 그 얼굴이 금방이라도 내 입술에 닿을 듯 가까워졌다. 그러다 나는 문득 녀석이 무엇을 생각하고 있는지 알 것 같아 눈을 굴리며 조심스럽게 입을 뗐다.

"나 이 닦았어."

"……."

"진짜야."

주말이라고 씻지도 않고 뒹굴거린 내게 너처럼 지저분한 여자애는 처음 본다면서 갖은 구박과 모욕을 준 녀석이었다.

내가 더러운 게 아니라 세상 여자의 반 이상은 밖에 나가지 않는 주말엔 다 이럴 텐데……. 딱히 믿을 것 같지 않아 말을 다 잇지는 않았다.

그러나 녀석은 내 말을 의심하는 건지 아니면 다른 생각을 하고 있는 건지, 무언가 혼란스러운 듯 나를 노려보았다.

"새벽에, 기억 안 나?"

"새벽?"

"응."

기억을 찬찬히 더듬어 봐도 지난 새벽은 온통 캄캄하기만 했다. 수면제 부작용인가.

약에 취해서 자다가 비명이라도 질렀나 싶어 녀석의 눈치를 보니 무언가 어이없다는 듯 녀석은 눈을 감아 버렸다.

"……혹시 나 몽유병도 있어?"

8시 30분. 주위를 둘러보니 가까스로 지각 세이프 존에 들어온 애들이 숨을 헐떡이며 자리에 앉았다.

상사뱀

늘 지각을 밥 먹듯 했던 나는 이상하게 공태준과 함께 산 이후론 단 한 번도 지각하지 않았다. 그것이 비록 내 의지와는 상관없는 것이었지만, 어쨌든 아침의 여유가 싫을 리는 없었다.

"아…….."

그리고 역시나 내 짝은 오지 않았다. 항상 점심시간 5분 전쯤 등장해 유유히 밥을 먹고 잠으로 하루를 보내시는 놈이었다. 그래도 꼬박꼬박 교복은 입고 출석하는 게 신기했다.

"야."

그때 문득 나를 부르는 목소리가 들려와 고개를 드니, 낯선 얼굴들이 머리 위에 떠 있었다. 수업 시작 전에 잠이라도 더 자 볼까 엎드리려던 찰나였다. 내 머리 위로 날아든 날카로운 목소리의 주인공은 기억에 없는 얼굴이었다.

"잠깐 얘기 좀 할까 하는데."

문득 어느 느와르 영화의 대사인가 하는 생각이 들었다. 왠지 따라가면 잠깐 보는 것으로 끝나지 않을 것 같은.

뒤를 돌아보니 공태준이 자리에 없었다. 평소엔 어디 잘 가지도 않는 녀석이건만 정작 필요한 순간엔 없었다. 어쩐지 불안한 마음이 들었지만 가지 않겠다면서 버티고 앉아 있을 자신도 없어 조용히 자리에서 일어서야 했다.

"야."

마치 나를 가이드하듯 어디론가 데려가던 네 명의 여자애들은 곧 날 학교 소각장에 세웠다. 이 학교에 전학 온 지도 벌써 두세 달쯤 된 것 같은데 처음 보는 곳이었다. 아니, 사실 눈에 익은 것도 같았다.

흔한 광경이었다. 영화에서 보면 보통 이런 곳에서 노는 애들과 그렇지 않은 애들의 주먹다짐이 일어나곤 했다. 영화 주인공이 된 것 같아 그런 건지, 다시 꽃가루 알레르기가 돋아 기침이 나오려 해서 그런 건지 가슴이 간질거렸다.

"우리가 널 왜 불렀을 거 같아?"

그중 가장 얼굴이 예쁘장한 아이가 내게 말을 걸어왔다.

글쎄, 이제 와서 담소나 나누며 친목을 다지잔 의미로 불러낸 것 같진 않은데.

차마 마음속의 말을 하긴 그래서 입을 다물었다. 나는 이 세상 물정 모르는 아이들을 위해 굳이 내 시간을 낭비하고 싶지 않았다.

"관심 없는데."

"뭐?"

"없다고, 관심."

그러나 내 답이 그들에겐 썩 달가운 것이 아닌 듯했다.

"보이는 게 없나 보네. 아주 제대로 된 약점이라도 잡았나 봐?"

말없이 시선이 아래로 떨어졌다. 뵈는 것 없이 사는 건 맞지만, 누구의 약점을 잡은 적도 없었다. 이 아이들은 내가 누군가의 약점을 틀어쥐고 있다고 생각하는 것 같았다. 물론 그 상대는 공태준일 것이다.

어떻게 보면 가능한 시나리오였다. 한 번쯤은 상상해 볼 얘기이기도 했다. 그렇지 않고서야 나조차 이해되지 않는 이날들이 설명되지 않았으니까.

"아니면 너도 죽이겠다고 협박이라도 했니?"

"……."

"말 못 하는 거 보니 뭐가 있긴 있나 보네."

조용히 다시 고개를 들어 내 앞에 있는 아이와 시선을 맞췄다. 나의 귀한 시간을 결국 이 아이와 나눠야 할 것 같은 생각이 들었다.

"그럼 네가 대신 물어봐 줄래? 혹시 공태준, 나도 모르는 사이에 약점 잡힌 거 있냐고."

나도 궁금했다. 아직 녀석에게서 진짜 답을 듣지 못했다. 그러나 내 호기심이 별로 와 닿지 않았는지, 매서운 손길이 순간 빠르게 날아 들어왔다. 그것을 슬쩍 피하자 여자애의 손이 허공을 휘젓다 어색하게 내려앉았다.

"아, 미안. 내가 어릴 때 태권도를 배워서."

"너!"

"……다시 할래?"

하나 손끝을 파르르 떨던 애는 그저 분한지 입술을 물고 나를 노려보기 시작했다. 왠지 내게 다시 손을 올릴 것 같지는 않았다. 그 대신 손에서 입으로 공격 무기를 바꾼 듯했다.

"미친년. 아빠는 살인자, 딸년은 걸레. 집안 내력 한번 좋다?"

"내력까지야."

"나는 네가 사람을 홀린다느니, 무슨 귀신을 본다느니, 그런 말 안 믿어."

"사실 나도 다 믿지는 않아."

"어디 꼴갑잖은 게. 야, 나대지 마. 공태준은 어떻게 구워삶았는지 몰라도 나는 그렇게 안 쉽거든? 우리 아빠가 서울 지검 공안부장이야. 도망간 네 아빠, 아직 완전히 공판 끝난 것도 아니라며? 딸년이 어떻게든 지 아빠랑 같이 감방 들어가 보겠다고 발악을 한다, 그치?"

순간 말문이 막혔다. 아직 공판이 끝나지 않은 건 사실이었다. 수배령이 떨어진 아버지에 대한 이야기는 언제 들어도 가슴을 서늘하게 했다.

"뭘 그렇게 보는데. 잘하면 치겠다? 왜, 나도 찔러 죽이려고? 어디 해 봐. 네까짓 게 뭘 어떻게……."

"그래. 그럼 이제 내 차례지?"

하지만 사실 내가 그동안 아무 반항 없이 당해 줬던 이유는 모자라거나, 마음이 약하거나, 사람들이 무섭거나, 그래도 된다는 의미에서가 아니었다.

이 전전 학교에서 복도를 걸어가는 내 머리 위로 쓰레기가 쏟아지거나 그 위로 키득거리는 웃음소리가 들려도 참았던 이유 또한 나의 가정사가 부끄러워서가 아니었다. 아버지의 죄는 그 자신이 갚아야 할 것이지, 내가 감당해야 할 것은 아니라고 생각했다.

"미안하지만 내 아버지는 욕해도 돼."

"……."

"근데 나는 안 되거든."

누가 들으면 패륜아라 할 법했다. 그러나 어쩔 수 없었다.

그래야 내가 버틸 수 있으니까. 멀쩡하게 두 눈 뜨고 삶을 이어 가는 한 나도 살아야 했으니까. 누가 이런 내게 뻔뻔하다 욕해도 어쩔 수 없었다.

"이 미친년이……."

순간 당황한 듯 팔짱을 푼 아이는 고맙게도 틈을 보여 줬다. 이에 두 손가락을 접어 그대로 명치에 내리치니 비명 소리와 함께 바닥으로 고꾸라졌다.

"악!"

그 뒤를 둘러싸고 있던 친구들은 질겁하고 얼굴을 붉히며 넘어진 제 친구를 일으키기 바빴다.

"많이 아프니? 미안. 오랜만이라 그런지 힘 조절이 안 됐나 보네."

물론 처음엔 아무도 모르는 곳에 숨어 살까 싶을 정도로 무섭고 괴로웠던 때가, 사람들이 끔찍하다고 떠드는 이야기의 주인공인 채 고개를 숙이고 다니는 게 일상이 되었던 그런 때가 있었다.

그러나 그런 나를 두고 도망쳐 버린 아빠 덕에 원망할 대상이 생겼고, 사람들이 욕하는 그를 함께 욕하며 한편으론 삶을 이어 가게 됐다. 빌어먹게도 나는 그런 모질고 독한 애였다.

"나처럼 독한 애를 너희들이 어떻게 할 수 있을 것 같다고 생각하나 본데."

"뭐?"

"착각이 크면 현실이 시궁창인 것도 알아야지."

또 지금 내게는 더 이상 다른 사람들의 시선이나 말이 큰 상처가 되지 않았다.

　공태준을 제외한, 나와 내 아버지와는 아무 상관도 없으면서 돌을 던지려는 아이들에겐 그 어떤 자격도 뭣도 없었다.

　얼마의 시간이 흘렀을까, 소각장에 쪼그려 앉아 숨을 고르길 한참, 오랜만에 없던 깡을 부렸더니 팔다리가 후들거려 왔다.

　사실 태권도는 초등학교 때 한 달 배우다 도망쳤다. 재미가 없어서. 내가 그 애의 손을 피할 수 있었던 것은 그래도 좀 맞아 봤다고 그 손의 경로가 눈에 보였고, 반사 신경이 그에 반응한 것뿐이었다.

　그러나 주저앉아 가만히 있는 건 그 때문만은 아니었다. 아무렇지 않은 척하긴 했지만 그렇다고 마음이 편하진 않았다. 사람을 죽였어도 아버지는 내 가족이었으니까. 아무리 미워하고 원망해도 사실이 그랬다.

　나를 잔인하게 만든 당신은 지금 어디에 있는 걸까. 문득 오랜만에 입 밖에 나온 아버지란 이름에 마음이 가라앉았다.

　아빠, 나 지금 친구 집에서 살고 있어요. 쪽지 보면 연락 남겨 줘요.

　집에 남겨 두고 온 쪽지를 보셨을까. 사실 지킬과 하이드처럼 하루에도 수십, 수백 번씩 다른 마음이 오갔다.

　다른 사람들처럼 내 아버지를 욕하며 나는 아닌 척, 나도 어느 무지한 사람들 중 하나인 것처럼 굴다가도 어느 순간엔 다시 아버지가 그리웠다. 그래도 아버지이기에 내가 그를 온전히 미워하는 건 가능하지 못한 얘기였다.

"······현실이 시궁창인 것도 알아야지."

그런데 그때 어디선가 낯선 목소리가 울렸다. 일어나 주위를 둘러보니 아무도 보이지 않았다. 그렇게 멍하니 서 있으니 등 뒤에서 말이 이어졌다.

"너 카리스마 장난 아니더라."

"최진헌?"

"와, 나 막 내가 가서 미안하다고 무릎 꿇을 뻔했잖아."

녀석은 종이 수거함 위에 앉아 무언가 재미있는 것을 발견한 사람처럼 히죽대며 낮은 목소리로 나를 따라 하고 있었다.

"다 들었나 보네."

폼을 보아하니 꽤 오래전부터 강 건너 불구경하듯 보고 있던 듯했다. 그 타이밍에 저런 곳에서 보고 있었다면 꽤 극적인 연출로 흑기사 나타나듯 등장했을 법도 하건만, 상황이 다 종료된 후에야 태평하게 걸어 나오는 녀석이었다.

나는 그런 녀석에게 흑기사는 아니더라도 좀 튀어나와서 도와주면 어디가 덧나느냐는 말을 덧붙였다. 녀석은 그런 내 말에 눈을 천천히 굴렸다.

"누굴 도와줘야 했는데."

"······."

"어쩔 수 없이 끌려온 것 같은 너, 아님 찍소리도 못 하고 맞은 걔?"

그러고 보니 끌려온 것도 나, 때린 것도 나라서 뭔가 애매한 상황이긴 했다.

그러다 문득 녀석을 자세히 보니 교복은 플라스틱 수거함 위에 있고, 경비 아저씨의 감청색 점퍼를 어깨 위에 걸치고 있었다. 담배를 든 손에는 생물 시간에나 볼 법한 라텍스 장갑까지 끼고 있었다.

그 모습을 보니 딱히 녀석이 튀어나왔다고 해도 도움이 됐을 것 같지는 않았다.

"아. 이건 숙직실, 이건 과학실에서 훔쳤어."

"그걸 나한테 왜 말하는데."

"궁금해하는 얼굴이라서."

녀석은 이어 '우리 엄마가 담배 냄새를 싫어해서. 교복에는 냄새 배면 안 되거든.' 하고 묻지도 않은 말도 덧붙였다. 나는 더 할 말이 없어 그대로 뒤로 돌아섰다.

"최이경."

사실 녀석을 처음 만난 날, 녀석의 눈빛이 어딘가 모르게 위험해 보인다고 생각은 했다. 감출 게 없다는 듯한 눈, 약점도 없을 것 같은 순수한 눈. 그런 애들은 거칠 것도, 잃을 것도 없어 위험했다.

그러나 지금 보니 그냥 살짝 뇌 어느 편이 모자란 또라이, 그게 다인 듯했다. 저런 놈과 상대하느니 나만 보면 흠칫 놀라 눈을 피하는 학주와 만담을 나누는 게 더 나을 듯했다.

"야."

그러나 녀석은 그런 나를 불러 세우곤 무어라 중얼거렸는데 잘 들리진 않았다. '아까 너…….' 하더니 무슨 말을 잇는 것 같기는 한데 돌아보니 입에 문 담배가 녀석의 말끝을 흐리게 하고 있었다.

"할 말 있으면 똑바로 해. 뭐라고 하는 거야."

그러자 녀석은 씨익 입꼬리를 올리곤 담배를 툭 바닥에 떨어트리며 말했다.

"아까 너 엄청 섹시했다고."

지금 저 또라이가 짐승 같은 눈을 하고 무어라 말하는 건가.

"그래서 뭐 어쩌라고."

"아니, 뭐 어쩌자는 건 아닌데."

사실 그간 녀석이 누군가와 대화하는 걸 본 적이 없었다. 외로워 보이진 않았지만 거의 혼자였고, 때론 누군가와 함께 있는 것도 같았지만 금세 엎드려 자거나 그도 아니면 어디론가 내뺐다.

어쨌든 내 짧은 기억 속에서 녀석은 꽤 비밀스러웠고, 공부와는 거리가 멀어도 남들과 다른 사상을 가졌을 것 같은 그런 아이였다.

"……아."

그러나 그것은 온전한 망상이었다. 또라이인 것까지는 알았지만 미친 변태 새끼인 것까진 몰랐다.

"사실 나도 고아거든. 그래서 막 관심이 가네?"

이어 녀석은 내내 앉아 있던 종이 수거함에서 내려와 내게 다가오며 말했다. 관심이 간다고. 그러나 나는 그런 녀석의 말에 관심이 없었다. 그럴 이유가 없었다.

"미안하지만 난 아직 고아가 아니라서. 그리고 내가 알기론 너도 고아 아니고."

"맞는데."

"네 부모님 나도 알아. 최현택, 이미성. 교과서에도 있잖아."

녀석의 부모는 대한민국에서 모를 수 없는 유명한 화가였다. 교과서에도 실릴 정도니, 따로 설명도 필요 없었다.

"교과서엔 죽은 사람만 나오는 거 아냐?"

그러나 녀석에겐 상식이 없는 듯했다. 뭔가 상식과 어울리지 않는 건 알고 있었지만 이 녀석은 좀 더 너무한 놈인 듯했다.

"고대 역사에선 그럴지도. 미술책에 너희 부모님 얼굴도 나오더라."

"아."

더 할 말이 없을 듯싶어 다시 고개를 돌렸다. 뻔한 거짓말이 들통났음에도 전혀 당황한 기색이 없는 녀석이 그저 어이없을 뿐이었다.

"꼭 부모가 없어야 고아인가."

"뭐?"

"나 고아원에서 살았단 말이야."

"……."

"진짠데. 나 머리 나빠서 거짓말 못하는데."

녀석은 나와 눈을 맞추지 않았다. 그저 임금님 귀는 당나귀 귀다, 대나무 숲에 비밀을 내지르듯 허공에 말을 뱉고 있었다.

"그래서 뭐 어쩌라고. 너도 참 힘들었겠다 하고 뭐, 공감이라도 해 달라는 거야?"

상사뱀

"뭐, 공감까지야."

"그럼 나보다 더 힘들었던 사람도 있으니까 이해하라고?"

그러나 내겐 세상에서 가장 듣기 싫은 말이 있었다. 엄마가 사고로 죽은 중학생 시절, 견딜 수 있을 만큼의 시련이었지만 견디기 무서웠던 순간, 누군가가 죽는다는 것이 익숙하지 않던 그런 때였다.

아주 잠깐 엄마를 따라가면 어떨까 고민하던 때, 내가 가장 친하다고 믿었던 친구는 말했다.

'세상에 너보다 불행한 사람이 얼마나 많은데.'

'너보다 더 괴롭게 사는 사람도 있어. 너만 힘든 거 아니야.'

'그러니까 힘내.'

이후 아버지가 살인자가 되고, 학교에서 따돌림을 받는 것도 모자라 세상 사람들이 나를 향해 모진 욕을 퍼부었을 때 그아이는 제일 먼저 내게서 뒤돌아섰다. 쉽게 남을 동정하는 사람은 어쩐지 쉽게 잔인해지는 듯했다.

"최진헌, 너의 그 충고는 고맙지만 네가 힘들다고 해서 내가 나아지진 않잖아."

네가 지금 불행하다고 해도 내가 행복해지지 않는 것처럼.

그러나 녀석은 내 말은 귓등으로도 듣지 않았는지, 돌아서는 내 등 뒤로 그래도 조심은 해야 할 거라고 말을 붙였다.

"충고는 아니었는데 그렇게 생각하면 뭐. 그래도 몸은 사려라. 걔네 아마 지금은 쫄았어도 곧 더 큰 덩어리 만들어서 나타날 거니까. 보통 그렇더라고?"

"……."

"영화 보면."

만에 하나 우리에게 공통점이 있다면, 영화를 너무 열심히 봤다는 걸까. 녀석은 저를 한심하다는 듯 바라보는 내게 다시 방긋 웃으며 말을 이었다.

"그래도 최이경 네가 이겼어."

"뭘."

"걔들은 덜 컸잖아. 아직 애들이야, 애들."

"그럼 난 어른이고?"

"음. 어른이라기보다는 성인이라고 할까."

자꾸 가려는 나를 멈춰 세우는 게 녀석의 능력이라면 능력이었다. 이어 어른과 성인, 그게 무슨 차이가 있느냐고 물으려다 문득 도를 깨달은 성인이나 성자를 말한 건가 싶어 고개를 갸웃했다. 그러나 곧 표정을 다듬었다. 내가 알기로 녀석은 그런 걸 알 정도로 똑똑하지 못했다.

"성인이라고?"

"그래, 성인."

녀석의 답에는 망설임이 없었다. 무언가 내게 의미 있는 말을 건네려는 듯 다부진 눈으로 나를 빤히 바라보더니 비장한 목소리로 말했다.

"네가 걔들보다 가슴 더 크니까."

처음엔 그냥 좀 영혼이 자유로운 또라이인가 싶었다. 그런데 아니었다. 내가 오해를 했다. 그냥 영혼이 자유로운 또라이가 아니라 미친 변태 사이코 또라이였다.

"그러니까 내가 어른이라는 이유가, 더 크다는……."

"훨씬."

아, 그래. 그렇구나. 그래서 걔들은 어리고 난 컸다는 거구나. 성인이라는 게 발육 상태를 말하는 것이었구나. 그래, 내 편 들어 줘서 고맙다고 말해야 할까, 이 미친놈아.

순간 주위가 정적으로 감싸였다. 하나 내 속은 그렇지 않았다. 무언가 제 딴엔 좋은 칭찬이라도 해 줬다는 듯 뿌듯한 얼굴을 하고 있는 녀석을 보자니 화가 치밀어 올랐다.

거기에 천천히 내려온 시선 끝, 녀석이 치켜든 엄지손가락이 눈에 들어왔다. 나의 이성은 점점 흐려지고 있었다. 녀석은 그런 내 속을 아는지 모르는지 나를 뚫어지게 쳐다보며 빠르게 입을 뗐다.

"그런 의미에서."

"……."

"한번 만져 봐도 돼?"

순간 욱하는 감정이 요동쳐 쌍욕이 튀어나올 뻔했다. 나는 태권도가 아니라 택견을 배워야 했다. 저 손가락과 목을 꺾을 낚시모 기술을 익혀야 했다. 배움의 한은 이럴 때 오는 것이구나, 새로운 깨달음이 오는 순간이기도 했다.

그러나 그 모습을 보이기가 싫어 이를 물고 뒤돌아 걸었다. 휘청거릴까, 보폭이 균형에 맞지 않을까, 혹시 걸음 속도가 빠르진 않을까, 어떻게든 녀석이 한 말에 아무렇지 않다는 티를 내고 싶어 온 머리로 계산하며 걸었다.

"변태 또라이 새끼."

그래도 속이 썩을 것 같아 한마디는 해 주고 빠져나왔다. 왜 나는 이렇게 한 고비, 한 고비 이상하고 알 수 없는 놈들만 만나는 걸까 회의감을 느끼며.

'공태준.'

'……'

'대답해야지.'

'네, 아빠.'

'아버지가 말할 땐 어떻게 해야 한다고 했지?'

'잘못했어요.'

'그걸 아는 놈이 그랬어?'

'……'

'아버지가 화나면 무섭다고 했니, 안 했니?'

이른 새벽, 커튼 사이로 어스름한 새벽빛이 새어 들어오고 있었다. 태준은 가슴이 답답한 듯 셔츠 자락을 움켜쥔 채 몸을 뒤척였다.

지겨운 악몽. 그는 이따금 저를 찾아오는 악몽에 이골이 났다 생각했다. 그러나 아니었다. 어느덧 그의 이마가 땀으로 번져 갔다.

"……잘못했어요."

상사뱀

고작 열 살이었다. 꿈속에서 잔뜩 웅크린 채 혼이 난 아이는. 울면 더 혼날 것을 알기에 두 눈에 그렁그렁 눈물이 맺혀도 입술을 악물고 참아 냈다.

그는 일찍이 참는 법을 배웠다. 놀고 싶은 것을 누르는 법, 하고 싶은 것을 참는 법, 갖고 싶은 것을 갖기 위해 무언가 내놓아야 하는 법.

'공태준.'

'네.'

'성적이 이게 뭐지?'

중학교 입학 후 태준은 본격적으로 완벽한 모범생, 더없는 천재의 본보기가 되어야 했다. 타고난 머리 덕에 엄청난 노력이 필요한 건 아니었지만 그의 아버지가 원하는 것은 최선이 아니었다. 최고여야만 했다.

'네 엄마를 쓸모없는 여자로 만드는구나.'

'아버지……'

'너 때문에 아버지가 얼마나 희생하는지 알고도 이러는 거야?'

차라리 성적이 떨어졌다고 매를 들면 좋았을 텐데. 그는 차라리 손바닥이 따갑도록, 혹은 종아리가 터지도록 맞으면 좋겠다고 생각했다.

그러나 그의 아버지는 단 한 번도 매를 든 적이 없었다. 사람을 때리는 건 야만인이나 하는 짓이다, 수준 낮은 사람들이 나 몸으로 생각을 전하는 것이라고 했다.

인간만이 대화를 통해 진리와 정의를 알 수 있다고 믿는 태준의 아버지는 내로라하는 대한민국의 현직 판사였다.

'벽 보고 서 있거라.'

그저 아버지는 태준을 벽에 세워 두고, 등 뒤에서 제 아내와 대화를 나눴다.

그러나 대화라기보다는 일방적인 말이었다. 제 아들의 깨달음을 이끌기 위한, 들려주기 위한, 대화 아닌 대화.

'당신이 저 애를 망치고 있어. 알고 있어?'

'여보.'

'내가 우리 가족을 위해, 우리 가족을 지키기 위해 얼마나 노력하는데.'

'……'

'태준이는 나를 닮아 똑똑해. 당신을 닮아 아름답고. 그러니까 우리는 최고의 작품을 만든 거야.'

'하지만……'

'그런 우리 애를 망치지 말아야지. 우린 부모니까. 우린 완벽한 가족이 될 수 있어.'

심판대에 올라가는 건 죄인뿐만이 아니다. 흰 벽지를 보던

상사뱀

어린 태준은 생각했다. 법 없어도 살 사람이란 뜻은 법이 없어도 사람을 벌할 수 있는 사람을 뜻하는 걸지도 모른다는 것을 일찌감치 깨달았다.

그는 벽지에 느릿하게 그려진 판사 봉이 제 머리를 두드리는 것을 환상처럼 바라봤다.

'내가 당신을 얼마나 사랑하는데. 우리 태준이도. 알지?'

'……'

'대답해야지.'

'그래요.'

그러나 어느 날 일어난 끔찍한 사건. 태준을 옥죄던 것들이 한 줌의 재가 되어 훌훌 날아갔을 때, 그는 그 법에서 벗어났다고 생각했다. 더 이상 벌을 받을 일은 없을 거라고 생각했다.

그러나 습관은 법보다 더 무서웠다. 이미 그의 온몸 곳곳에 스며든 버릇들이 그의 일부가 되어 있었다.

강박관념. 어린 시절부터 남에게 뒤처지거나 약점을 잡히지 않기 위해 늘 깔끔히 정리하는 법을 익힌 그였다. 인간이 제 신체 중 가장 많이 의지하는 것은 눈이니 그 눈에 보이는 것을 늘 주시하라고 배웠다.

덕분에 그는 필기하는 노트에 글자 하나 삐뚤어지는 것조차 용납하지 못했다. 그런 사소한 것들이 때때로 그 스스로를 옥죄었다.

"……아."

식은땀이 그의 등을 타고 내렸다. 숨이 막혀 왔다. 스스로 쓸고 닦아 정리한 방은 어디 하나 모난 곳 없이 그를 감싸고 있었다.

그는 빠르게 제 침대에서 일어나 방을 벗어난 후 거실을 가로질러 건너편 복도 끝에 있는 이경의 방 앞에 섰다.

악몽을 꾼 뒤 고작 도망친 곳이 제가 데려온 이경의 방문 앞이라는 것이 우스웠지만 다른 것을 생각할 여유가 없었다. 그러나 잡은 문고리가 내려가지 않았다.

이경의 습관이었다. 태준에겐 자유가 되었지만 이경에겐 감옥이 된 사건 이후, 기자들이 제집 담을 넘어 들이닥친 적이 있다고 했다. 그날 이후론 늘 방문을 잠그고 잔다고.

어쩌면 태준에겐 다행이었다. 그래, 차라리 지금은 얼굴을 보지 않는 것이 그에게 나을 수도 있었다.

그러나 발길이 떨어지지 않았다. 지저분하고 털털한 이경은 제 방도 그리 만들었을 것이다. 그 너저분한 방을 보면 숨 막히는 답답함이 조금은 풀리지 않을까 생각했다.

아니, 사실은 이경의 방이 아니라 이경의 얼굴이 더 보고 싶었다. 그 끔찍한 일을 겪고도 여전히 살아갈 의욕을 보이는 눈, 사람들의 시선을 견디지 못하면서도 절대 기죽지 않으려하는 다부진 눈매. 막다른 곳에 다다른 것을 알면서도 어딘가 제 자존심을 숨기고 지키려는 모습.

태준은 곧 거실 선반에 두었던 스페어키를 찾아냈다.

달칵, 저항 한 번 없이 열쇠 구멍이 들어맞았다. 침대에 누

워 곤히 잠든 이경은 깊이 잠든 듯 태준의 기척에도 움직임이
없었다.

"최이경."

깨울 생각은 없었는데, 어쩐지 입에서 이름이 튀어나왔다.
태준은 그런 저가 낯선지 더 다가가지 않고 멈춰 섰다. 태준
쪽으로 얼굴을 돌리고 있던 이경은 잠시 뒤척이기만 했다.

태준은 처음으로 보는 이경의 잠든 얼굴을 멍하니 바라봤
다. 아무 마음도, 기억도 없는 평온한 얼굴. 이 얼굴을 전에도
본 적이 있었다. 그 얼굴을 본 날이 태준의 눈앞에 스쳐 갔다.

태준이 기억하는 이경은 어딘가 늘 긴장한 얼굴을 하고 있
었다. 사실 긴장이라기보다는 낯선 것을 경계하는 듯한 얼굴이
었다. 낯선 이방인, 전학생으로 학교에 온 때부터 그랬다.

그러나 이경과 처음 마주한 곳은 학교가 아니었다. 이경의
아버지의 두 번째 공판 기일이 잡힌 날, 태준이 최초 목격자
자격으로 법원에 출두했기 때문이다.

'묻지 마 살인 사건의 피해자는 현직 판사였던 공 모 씨로, 현재
진행 중인 사건의 진위로 보아…….'

한 가정집에 무단 침입해 자고 있던 부부를 난도질한 사건
은 온 나라를 떠들썩하게 했다. 첫 공판엔 모든 방송국과 신문
사 기자들이 몰려와 시장판을 만들었다. 덕분에 두 번째 공판
은 기밀로 붙여져 비밀리에 진행되었다.

'……것으로 5년 형을 선고합니다.'

징역 5년. 현직 판사를 죽인 남자가 1심 공판에서 고작 5년
형을 선고받았다.

하나 없던 죄도 유죄로 만드는 사람들이 태준 아버지의 연
줄이었다. 그들은 일부러 1차에 적은 형량으로 선고를 때리고,
2차를 이어 갔다. 법보다 더 무서운 국민의 동요를 이끌어 내
려는 것이었다.

아나나 다를까, 여론은 여지없이 분노로 들끓었다. 여기저
기서 최고형을 부르짖는 목소리가 높아졌다. 태준은 그 뻔한
전개에 웃음을 터뜨렸다.

'이쪽으로 와라.'

태준이 피해자이자 목격자로 법원에 간 날, 그는 저를 이끄
는 경찰을 따라 증인 대기실로 향하고 있었다.

'길어지면 1시간은 걸릴 거다. 시간 되면 부를 테니 그때까지
기다리고 있으면…….'

증인 대기실은 1번부터 11번까지의 숫자 팻말이 걸린 유리
문으로 된 방들이었다. 1번 방으로 가면 된다는 경찰의 안내에
따라 복도 끝으로 걸음을 옮기던 그는 문득 어느 문 앞에서 발
을 멈춰 세웠다. 문틈 사이로 낯익은 얼굴이 보였기 때문이다.

최이경. 뉴스에서도 몇 번 비친 얼굴이었다. 물론 어설프게 모자이크 처리된 채였지만, 그럼에도 그의 눈엔 다른 누구보다 선명하게 들어왔다.

다시 증인 대기실 팻말로 눈이 올라갔다. 가해자의 자식이 지만 사건 당일 가장 마지막까지 있었던 제 아버지와의 시간을 증언하기 위해 자리한 것일 터였다.

"······아."

손을 모은 채 눈을 감은 이경은 제 아버지를 위해 기도하고 있었다. 울고 있진 않았다. 겁먹은 것처럼 보이지도 않았다.

살면서 한 번도 오기 힘든 곳이었다. 그것도 사건의 당사자 가 되어, 제 아버지의 죄를 말하고 들을 여자애치곤 무서울 정 도로 담담했다.

어떻게 생각하면 하루아침에 살인자의 딸이 되어 모르고 살 던 욕까지 모두 듣고 있을 애였다. 하나 그런 그녀는 제 아버 지를 미워하지 않는 듯 그를 위해 기도하고 있었다.

태준은 작은 유리창 너머로 멍하니 그녀를 바라봤다.

왜지. 슬퍼하거나, 억울해하거나, 또는 동정을 바라야 한다 고 생각했다. 그게 정상적인 반응이었다. 아니, 혹은 지쳤는지 도 모르지. 열거했던 그 모든 감정을 다 소모해 버리고 지쳐 있는 상태일지도 모르지.

그는 애써 생각을 정리했다. 그러나 덤덤히 현실을 받아들 이고 있는 이경의 모습에 점점 눈빛이 흔들렸다.

저 애는 대체 뭘 위해 기도하는 거지. 아버지가 무사히 풀려 나기를 바라는 걸까. 아니면 이 상황에서 벗어나게 해 달라고

비는 걸까.

그는 문을 가로질러 가 묻고 싶었다. 어차피 끝이 정해져 있다는 건 누가 봐도 뻔한 사실인데 뭘 그렇게 붙잡고 싶어서 그러는 거냐고. 뭘 그렇게 믿고 싶어 하는 거냐고.

그 순간, 이경이 인기척을 느낀 듯 고개를 들어서 그와 눈이 마주쳤다.

"……."

그러나 그녀는 그저 지나가는 사람처럼 아무렇지 않게 다시 고개를 숙이고 눈을 감았다. 그가 누군지 알아보지 못한 듯했다. 태준은 그 모습에 누군가가 뒤통수를 내리친 듯 멍해졌다.

'이모, 그 애 우리 학교로 전학시켜 주세요.'

이후 태준에겐 해야 할 일이 생겼다. 두 번째 전학했던 이경이 다시 쫓겨난 지금, 다른 길로 새 버리기 전에 잡아야 했다.

'하지만 태준아, 그 애는…….'

진짜일지도 모른다. 그게 연기가 아니라면 그 애한테는 그게 진짜 세상일지도. 태준은 이경의 덤덤한 모습에 점점 더 확신을 가졌다.

'전 괜찮아요. 그러니 너무 걱정 마세요.'

상사뱀

꼭 확인해 보고 싶은 게 있어서요.

태준은 저를 걱정스러운 듯 바라보는 이모에게 조용히 고개를 끄덕이곤 뒷말을 삼켜 냈다. 자신의 생각은 꿈에도 모를 그녀를 안심시키기 위해.

그렇게 이경을 저가 다니는 학교로, 또 저가 사는 집으로까지 데려왔다. 크게 어려운 점은 없었다. 그저 우연히 마주하게된 피해자의 아들로 자신을 보는 그녀는 묘한 경계심과 죄책감에 젖어 있었고, 그런 그녀를 원하는 방향으로 이끌어 오는 것은 어렵지 않았다.

그가 아버지에게서 배운 것은 공부와 강박관념뿐만이 아니었다. 어떻게 해야 상대가 제 뜻대로 움직이는지, 어떻게 해야그것을 아무도 모르게 할 수 있는지 누구보다 잘 알고 있는 그였다. 그리고 그의 예상은 들어맞았다. 최이경, 그녀는 다른사람과 달랐다.

'살려면, 그렇게라도 살고 싶다 보면 이렇게 돼.'

태준은 살고 싶으면 변하게 된다는 그녀의 말에 숨을 삼켜야 했다. 이경에게 들키지 않기 위해 애써 아무렇지 않은 척해보였지만 살려면, 살고 싶으면 변해야 하고 결국 변하게 된다는 것은 그가 매일 수첩에 적은 말이었다.

이어 함께하는 시간이 길어질수록 이경은 그가 생각했던 틀에서 벗어나기 시작했다. 그녀는 그가 붙잡고 확인하던 존재에서, 점점 그를 붙잡고 확신시켜 주는 존재로 변해 갔다.

"아……."

캄캄한 방 안, 태준은 어느덧 이경이 누운 침대에 다다른 것을 깨달았다. 긴 악몽 끝, 걸음이 제멋대로 그를 이경의 곁으로 끌어다 놓은 것이었다. 손에 쥐고 있었던 스페어키는 어느새 바닥에 나뒹굴고 있었다.

"우리는 아마 앞으로도 이렇게 같이 있겠지? 가족처럼."

새벽이 까맣게 깊어 가고 있었다. 태준은 평온한 모습으로 잠든 이경의 머리맡에 천천히 다가가 앉았다.

"이제 남은 건 우리 둘뿐이니까."

가족이 되어 본 적도, 가족을 만들어 본 적도 없지만 내 아버지는 절대 만들 수 없었던 걸 만들 거야. 우린 세상에서 가장 완벽한 가족이 될 거야.

태준은 조용히 미소 지었다.

그래, 그게 너라면 가능할지도 몰라. 더는 하루도 외로울 날 없이, 서로를 지킬 수 있는 사이가 될지도 몰라.

"……공태준?"

그의 혼잣말 때문이었을까, 파르르 눈꺼풀을 뜬 이경이 반쯤 눈을 떴다. 느리게 깜빡이는 눈에 초점이 흐렸지만 그 안에는 태준이 비치고 있었다. 이경은 말없이 그를 올려다보고 있었다. 그는 이경의 이마 위 흐트러진 머리카락을 천천히 쓰다듬어 정리했다.

"최이경, 전에 물었지? 혹시 너를 좋아하냐고."

상사뱀

어느덧 그의 손이 이경의 목을 감싸 안았다.

"사실 난 아직 그게 어떤 건지 잘 몰라. 내가 너를 보며 느끼는 이 감정이 사람들이 말하는 그런 좋아한다는 감정인지 모르겠어. 한 번도 그런 걸 느껴 본 적이 없었으니까. 그런데 이제 그런 건 상관없어. 그냥 지금도 나쁘지는 않으니까. 하지만 네가 자꾸 우리의 미래에 의심이 든다면, 이건 우리가 앞으로 그렇게 될 거라는…… 증거야."

태준은 그대로 이경에게 입을 맞췄다. 이경에게 천천히 다가간 그의 눈이 이내 감기고, 닿은 두 입술 사이로 차가운 새벽의 공기가 오갔다.

아침이 되자 태준은 태연하게 아침 식사를 차렸다. 이상하게 기억에 없는 멜로디가 흘러나왔다. 그는 갑자기 낯설게 변한 제 모습에 괜히 헛기침을 내뱉었다. 한 번도 의미 없이 콧노래를 불러 본 적이 없었다.

사실 생각해 보면 누군가가 차려 준 밥을 먹고 등교를 준비해야 할 나이에, 혼자서 두 명분의 식사를 만드는 모습이 누가 보면 처량해 보일 수도 있었다. 하지만 기분이 좋았다. 어쩐지 새로운 시작이 펼쳐질 것 같았다.

"흠……."

물론 해야 할 일이 2배로 늘긴 했다. 이경은 청소는 고사하고 요리에 손도 못 댔다. 대체 혼자 있을 땐 어떻게 살았는지 의문이 들 정도였다.

청소며 빨래, 밥과 설거지 등이 당연하게도 그의 몫이 됐다.

언젠가 이경이 설거지는 제가 하겠다고 나섰지만, 접시를 쓱 만진 그는 이내 마음에 들지 않는 듯 조용히 다시 고무장갑을 찾아 꼈다.

곧이어 이경이 거실에서 모습을 드러냈다. 태준은 어쩐지 예상한 얼굴과는 다른 모습으로 등장한 이경을 살폈다. 하품을 하며 교복 조끼를 여미는 이경의 모습은 어제 아침과 다를 바가 없었다.

무언가 이상한 느낌이 머리를 스쳐 물을 따르다 말고 그녀에게 가까이 다가갔다. 태준의 입술이 금방이라도 그녀의 입술에 닿을 듯 가까워졌다.

"나 이 닦았어."

"……."

"진짜야."

이경은 새벽에 있었던 일을 기억하지 못하는 듯했다. 그는 혼란스러운 듯 그녀를 바라봤다.

어떻게 그럴 수 있지. 만약에 기억하면서도 모르는 척하는 거라면 그녀는 칸 영화제에서 수상을 받아 마땅할 연기파 배우였다.

"새벽에, 기억 안 나?"

"새벽?"

눈알을 또르르, 360도 굴린 이경은 내놓으라 한 대답이 아닌 질문을 던졌다.

"……혹시 나 몽유병도 있니?"

태준은 허탈한 듯 한숨을 내뱉었다. 이어 '수면제 부작용인가.' 하고 중얼거리는 이경의 말을 듣곤 눈을 감아 버렸다. 처음부터 지금까지 종잡을 수 없는 여자였다. 알고는 있었지만 그 사실이 이렇게 뒤통수를 칠 줄은 몰랐다.

그러나 태준은 다시 천천히 눈을 뜨며 생각했다. 사실 어떻게 보면 상관없었다. 기억하든 기억하지 않든, 머리가 더 좋은 제가 잊어버리지 않으면 되니까. 애초 이경에게 뭔가 기대를 걸고 시작한 것은 아니었다.

태준은 수저를 놓으며, 조용히 식사나 하라고 한숨 섞인 말을 뱉었다.

"오, 공태준. 콩나물국 끓였네. 이런 건 언제 배웠데."

"앉아. 국 식어."

어차피 생각이란 것은 전염병과 같아서, 한쪽만 가지고 있어도 금방 다른 이에게 퍼지게 되니까. 말하지 않아도 오래 바라고 기억하면 결국 전염되고 말 것이었다. 새벽 한가운데 나눴던 둘 사이의 공기처럼.

또라이들의 급습

　일주일이 지났다. 쳇바퀴 같은 일상은 자동차 바퀴처럼 보이진 않지만 빠르게 굴러가고 있었다.

　나는 학교에서 단번에 새로운 별명을 얻었다. '미친년'.

　아무리 생각해도 새 별명의 근원지가 그 네 명의 여자애들로부터 나온 것 같은데 사실이어도 별도리는 없었다. 그래도 태권도 유단자라느니, 알고 보니 유도·합기도·검도로 도합 15단이 넘는다느니 하는 소문이 덧붙은 덕분에 성가셨던 시선은 말끔히 사라졌다.

　"다음 시간 체육이다, 태권 소녀."

　전의 학교에서는 적응할 것이 따로 없었다. 수업 시간엔 쥐 죽은 듯 자리를 지키면 됐고, 점심은 식당 구석 어딘가에서, 체육과 같은 이동 수업 시간엔 미리 알아 둔 아지트에 숨어 있으면 됐다. 나를 찾는 사람은 없었으니까.

그런데 최진헌, 나의 이 거지 같은 짝꿍 놈이 소각장에서 마주쳤던 날 이후로 내게 필요 이상의 친절을 베풀기 시작했다.

"체육복 없으면 빌려줄까, 태권 소녀?"

그래, 미친년이라 부르지 않는 게 다행이라면 다행이다.

"최진헌."

"난 체육복 필요 없거든. 흰 티셔츠만 입어도 여자애들이 막 뻑이 가."

녀석은 확실히 또라이 중 상또라이였다. 듣기론 학교 블랙리스트 안에 공태준이 집안 관련 사건과 알 수 없는 성격으로 회피 대상에 올랐다면 녀석은 건들면 뭣 되는 또라이 기질로 기피 대상에 올라가 있었다.

그래도 미술계 부모의 배경이 꽤 도움이 됐는지, 아니면 나는 모르는 뭔가가 더 있는지 알게 모르게 선생님들과 애들에게 좋은 애로 인식돼 있기도 했다. 모자란 머리가 모성애라도 일으키는 걸까.

"체육복 빌려줄 테니까."

"뭐."

"가슴 딱 한 번만⋯⋯."

그러나 내겐 무엇보다 목표가 뚜렷한 또라이였다.

"자, 운동장 두 바퀴씩 뛰고 조회대 앞으로 모인다."

"아, 쌤!"

운동장을 두 바퀴나 뛰란 말에 애들의 한숨 섞인 탄성이 들려왔다. 그러나 냉정한 체육 선생은 모자를 매만지며 벤치로 걸어갔다. 그래도 감시까진 않는 게 어디인가 싶었다.

체육, 미술, 음악 등. 교실을 벗어나 특정하게 있을 곳이 없는 수업을 들었던 기억이 아득했다. 내 자리라고 명확히 이름 지을 곳 없는 곳은 나를 당황스럽게 했다. 어정쩡한 곳에서, 아무도 머물지 않을 것 같은 곳에 대충 자리 잡고 빨리 그 시간이 지나가기만을 바랐다.

차라리 일반 수업은 괜찮았다. 체육 같은 시간은 정말 곤욕스러웠다. 짝을 지으라거나, 단체 행동을 하라고 하거나, 앞에 나와 호각 소리에 맞춰 율동을 추라거나. 그럴 때마다 벌거벗겨져 애들 앞에 나서는 느낌이었다.

초등학생 시절, 한쪽 다리가 불편해 은근히 반 아이들로부터 따돌림을 받았던 애가 떠오르기도 했다. 그 애도 이렇게 막연하게, 매주 매달 돌아오는 시간이 두려웠을까. 둘 곳 없는 시선과 아무렇지 않은 척해도 불편한 티가 나는 얼굴.

모든 선생님이 그러진 않겠지만, 이전 학교의 멍청한 체육 선생은 나를 배려한답시고 많은 아이들과 어울리게 해 주었다. 참 눈물 나게 고마웠다. 피구를 하면서 같은 편인 애들에게 그렇게 뜨거운 시선을 받아 본 적이 없었으니까. 그날은 처음으로 자퇴를 하는 게 나을까 생각했다.

사범학교에선 선생들에게 따돌림당하는 학생을 어떻게 해야 하는지 가르치지 않는 듯했다. 그래서 그냥 뭘 모르나 보다 하고 너그러이 넘겼다. 그 선생의 죄는 그저 불쌍한 한 학생에게 관심을 줌으로써 자신을 훌륭한 스승이라 자부하며 뿌듯해한 것밖에 없으니까.

"최이경아."

"……."

"나 되게 좋은 곳 아는데."

그런데 그때, 막 반 바퀴를 돌고 어느새 옆에 다가와 뛰고 있는 최진헌이 말을 걸어왔다.

그럼 그냥 그 좋은 데 너 혼자 알고 있을래?

하고 싶은 말이 목 끝까지 차올랐다. 그러나 무시가 상책이기에 고개 한 번 돌리지 않고 앞으로 나아갔다.

체육복을 집에 두고 왔다는 말에 별말 없이 고개를 끄덕인 체육 선생 덕분에 다행히 체벌은 면했다. 사실 혼내고 싶어도 내가 누군지 아는 사람은 쉽게 나를 건드리지 않았다.

"치마 입고 뛰는 거 안 불편한가?"

"남이사."

"나 그렇게 무정한 사람 아니다? 숙녀가 불편해 보이는데 막 지나치고 그런 애 아니야."

"제발 그냥 지나쳐 줄래?"

이럴 때 공태준이라도 있었다면 이 귀찮은 놈이 붙지 않았을 수도 있는데. 공태준은 담임과 진로 상담 중이었다.

평소 자율 학습 시간으로 쓰이던 체육 시간에 밖에 나와 있는 것도, 이런 시간에 공태준조차 없는 것도 다 나를 심란하게 만들고 있었다.

"이거 다 뛰면 저 애들이랑 같이 발야구 해야 할 텐데."

"뭐?"

"남자 여자 섞어서 한다더라. 아까 우동이 그러더라고."

녀석의 말에 순간 저절로 발이 멈췄다. 우동이라는 애는 녀석의 친구인 듯했다. 최진헌과 가끔 같이 있는 모습을 보이는 옆 반 아이였다.

하나 중요한 것은 그게 아니었다. 이전 시간, 운동장이 시끄럽다 했더니 발야구를 한 듯했다. 최악의 최악이었다.

녀석은 멈춰진 내 발을 보다가 씨익 미소 지으며 천천히 눈썹을 까딱거렸다.

"완전 신나겠다. 다 같이. 그치?"

결국 뭔가 꿍꿍이가 있는 듯 웃는 녀석을 따라 달리기를 하는 척 경계선을 넘어 운동장에서 빠져나왔다. 그러나 도착한 곳은 지난번 녀석과 마주쳤던 학교 소각장이었다.

"뭐지. 최이경, 너 실망한 눈이다?"

"아닌데."

"기다려 봐. 오빠가 좋은 거 구경시켜 줄 테니까."

녀석은 나를 향해 찡긋, 같잖은 윙크를 날리곤 성큼성큼 어디론가 걸어갔다. 소각장 뒤로 낡고 얇은 철문이 하나 있었다.

녀석을 따라 들어가니 까만 벽과 높은 천장, 퀴퀴한 냄새가 풍기는 커다란 창고가 나왔다. 체육관 뒤로 건물이 하나 보인다 했더니 이곳이었나 보다.

커다란 굴뚝이 곳곳에 남아 있었다. 지금은 불법이지만 예전엔 쓰레기를 모아서 태웠던 곳이라고 녀석이 설명했다. 지은지 오래된 유서 깊은 사립학교라고 하더니, 오래된 태를 내고 있었다.

"어때, 죽이지?"

그때 녀석이 구석 어딘가에서 라텍스 장갑을 꺼내 와 내게 건넸다. 훔쳐 놓은 게 많은 듯했다.

"여기선 아무거나 만지지 마라."

"……."

"지지 묻어요, 지지."

차라리 그냥 혼자 어딘가로 피해 있는 게 나을 뻔했다. 나는 그 생각을 두고 왜 이 녀석을 따라왔을까. 머리가 나쁘면 몸이 고생한다는 말은 나를 두고 지은 말인 듯싶다.

녀석은 곧 오래돼 보이는 나무 의자를 하나 가져왔는데 언젠가 옛날 영화에서 본 것 같은, 앉으면 삐그덕 소리가 날 것만 같은 의자였다.

"앉아."

녀석은 의자에 잠바를 씌우고 그 위를 손바닥으로 쳤다. 아직 경비 아저씨의 잠바를 돌려주지 않은 듯했다.

대체 저 녀석은 무슨 생각을 하며 사는지, 아니, 생각은 하며 사는지 궁금해졌다. 또한 왜 내가 이 녀석과 계속 엮이고 있는지 의문이 들었다.

"나 사실 여기서 여자랑 한번 해 보고 싶었어."

"뭐? 이 미친놈이……."

"오징어 삼치기."

곧이어 진지하게 눈을 빛낸 녀석은 어디선가 주워 온 분필로 바닥에 큰 네모를 그리고 그 안에 줄을 긋기 시작했다.

아…… 오징어 삼치기.

녀석이 내 눈에 몰래 음란 마귀를 씌운 게 틀림없었다. 괜히 기침이 날 것 같아 손부채질을 했다. 아, 여기 먼지가 많네.

"아니, 새끼들이 한번 하자니까 엄청 튕기잖아. 요즘 애들은 클래식을 몰라."

녀석은 주위 사람들이 다 그만한 이유가 있어서 그런다는 걸 모르는 듯했다. 나만 해도 어떻게 이 나이가 돼서 그런 유치한 놀이를 할까, 상상이 되지 않았다.

"야, 금 밟았잖아!"

"아니거든? 네가 봤어? 봤으면 증거 대고."

"와, 나. 이런 양심이 개미 똥구멍 같은 계집애를 봤나."

하지만 어느새 나는 이 잿빛으로 감싸인 창고 안에서, 그것도 꽤 열심히 오징어 삼치기를 하고 있었다.

더군다나 녀석은 숙녀를 위한 매너라느니, 레이디 퍼스트라느니 하며 여유 부리던 기세를 저 굴뚝 위로 던져 버렸는지 계집애라는 단어까지 들먹이며 비속어를 내뱉었다.

그러나 녀석은 모르는 게 하나 있었다.

"원래 승부의 세계는 냉정해. 양심 그런 게 어디 있어?"

"와, 너 이제 나한테 친한 척하지 마라. 진짜 너처럼 페어플레이 정신 없는 애랑은 더 이상 친하게 지내고 싶지 않다."

여덟 번 연속으로 진 녀석은 바닥에 주저앉으며 말했다. 얼마 되지 않은 것 같았는데 녀석이 땀까지 닦아 내는 걸 보니, 또 내 목 언저리마저 축축한 걸 보니 녀석과 나는 승부에 매우 집착하고 있던 듯했다.

하지만 나는 녀석의 마지막 말이 더 우스웠다. 애초에 친한 적이 없었는데 친한 척을 하지 말라는 건 말이 되지 않았다. 그건 오히려 내가 하고 싶은 말이었다.

"잘됐네. 그 마음 변치 말고 교실 가서도 유지해 줄래?"

"야, 최이경 너 진짜 정 없다."

"뭐가."

"우리가 보낸 세월이 있는데 어떻게 그렇게 딱 잘라 말하냐?"

사실 녀석과는 보냈다고 할 만한 세월 따위가 없었다. 고작 대화 몇 마디, 눈 몇 번 마주친 게 다였다. 그조차도 녀석의 일방적인 질문과 감탄사, 비속어가 대부분을 차지했다.

나는 손을 털곤 천천히 고개를 숙이며 입을 뗐다.

"나랑 엮여서 좋을 것 없어."

"왜?"

"왜냐는 말에 대답 붙일 것까지도 없이 그냥 나한테 관심 끊어. 그게 너한테도 나한테도 좋으니까."

녀석은 내 답이 마음에 들지 않는지 불만에 찬 눈초리로 나를 응시했다. 그러다 곧 생각을 정리했는지 살짝 고개를 기울이곤 말을 이었다.

"그래, 그럼. 앞으로 너 모른 척하면 되는 거냐? 눈도 안 마주치고."

"응."

"그래, 좋아. 근데 대신."

상사뱀

녀석이 문득 빠른 속도로 내 앞으로 다가와 말을 이었다.

"가슴 한 번 만지게 해 주면 그만할게."

나는 그 순간 내 짧은 손톱을 보며 미리 길러 놓았어야 됐다고 생각했다. 능글맞게 웃는 저 얼굴에 삼지창 모양을 그려 넣을 만한.

"만지게 해 주울 거?"

그래, 어쩌면 미친년이란 별명은 내가 아니라 저 애에게 붙여졌어야 했다. 진지하게 내 말을 받아 주길 바란 나의 잘못이었다.

"……너."

그러나 문득, 어쩌면 이게 합리적인 생각일지도 모른다는 생각이 들었다. 생각해 보면 그래, 까짓 가슴. 만진다고 닳는 것도 아니고, 한 번 만지고 그대로 꺼져 주면 나로선 더 이로울지도 몰랐다.

다신 알은척하지 않는다는 그 약속을 지켜 주기만 한다면 이까짓 지방 덩어리 한번 손대게 하는 게 무슨 큰 능욕일까 싶기도 했다.

"그래, 그럼."

"어?"

"좋다고, 네가 말한 거."

하나 녀석은 내 반응이 의외라 생각했는지 눈을 동그랗게 뜨고 나를 멀뚱멀뚱 쳐다봤다.

이에 난 눈을 꽉 감아 버렸다. 녀석이 과연 진짜로 알은척을 하지 않을까 의문이 들긴 했지만, 거짓말할 것 같지는 않은 녀석이기에 어쩐지 약속을 지킬 것도 같아 보였다.

"진짜 만져도 돼?"

나는 그저 이 학교를 무사히, 있는 듯 없는 듯한 존재로 졸업하길 바랐다. 이런 튀는 놈과 엮여서 좋을 게 없었다. 나는 혼자 있어도 독보적으로 미친년이 된 애였다. 이런 놈의 거들기까진 필요 없었다.

얼굴에 그림자가 드리워지는 것이 느껴졌다. 녀석의 땀 냄새가 코끝에 훅, 풍겨 왔다. 참 열정적으로도 게임에 임했다.

"……."

그러나 한참을 기다려도 아무 느낌이 없어 불안해졌다. 설마 옷을 벗어 달라는 건 아니겠지. 살짝 눈을 뜨니 녀석이 바로 코앞에서 나를 뚫어져라 바라보고 있었다.

이어 내가 어떻게 할 새도 없이 녀석의 얼굴이 빠르게 다가왔고, 두 입술이 겹치는 느낌이 이어졌다. 나는 그 짧은 고요 사이 아무 생각도 못 하고 그저 멍하니 녀석이 불어 주는 숨을 받아들이고 있었다.

"최진……."

"생각해 보니까."

"……."

"우리 진도가 너무 빠르잖아. 그래도 미성년이잖데."

진득하게 붙어 있던 입술을 뗀 녀석이 내 코를 가볍게 튕기며 말했다. 우리의 진도가 빠른 것 같다고. 마치 70년대 에로 영화에서 여주인공이 남주인공에게 안긴 채 할 법한 대사였다. 지금 이 상황에, 이 순간엔 맞지 않는 말이었다.

상사뱀

"가슴은 그다음."

"……."

"오케이?"

멀어지는 녀석의 뒷모습을 멍해진 눈으로 쳐다봤다. 나는 순식간에 지나가 버린 이 상황에 말을 잃었다.

미친놈이라곤 생각하고 있었지만 이 정도로 대책 없이 미쳐 버린 놈인 줄은 몰랐다. 하기야 대책을 세워 놓고 미치는 놈이 있겠냐만, 확실히 저 녀석은 제정신을 갖고 있지 않았다.

"하."

믿을 놈을 믿었어야 했는데, 역시 거짓말쟁이였다. 또 멍청하게 속아 버렸다. 어쩐지 쉽게 정리해 버릴 수 있던 기회를 내가 더 복잡하게 꼬아 놓은 기분이 들었다.

❖

눈부신 햇살이 창 아래로 쏟아졌다. 눈 깜짝할 사이 어느덧 여름이 되었다. 예보에선 몇십 년 만에 폭염이 예상된다고 했다. 다행히 학교는 늘 시원했다. 에어컨은 하루 종일 돌아갔고, 창 너머 아지랑이를 구경하는 것으로 여름을 만끽했다. 의미는 없었지만 다들 방학도 기다리고 있었다.

그런데 이상하게 오후가 되자 시원한 것을 넘어 싸늘해지기 시작했다. 주변 애들도 나와 같은 생각을 하는지 무언가 어두운 그림자마저 느끼는 듯했다.

그 순간, 먼 복도에서부터 거친 발걸음 소리가 들리기 시작했다. 누구도 먼저 말을 꺼내지 않았지만 불길한 그 기운을 감지한 듯했다. 헐떡이는 숨소리와 엉키는 스텝, 스산하게 스치는 종이 소음과 흔들리는 동공들.

"야, 성적표 떴다!"

아, 모의고사 성적표가 뜨는 날이었다.

"공태준, 너 1등이더라."

점심시간, 밥을 먹는데 어쩐지 밥알이 씹히지 않고 입안을 굴러다녔다. 성적이 나와서는 아니었다. 나는 공부하지 않은 것치고 반타작은 했으니 만족할 만한 성적이라고 생각했다.

그러나 내 짝꿍은 그렇지 못한 듯했다. 녀석은 나눠 준 성적표를 제 자리에서, 마치 007시리즈라도 찍듯 비밀스럽게 열어 봤다. 물론 녀석의 손가락 틈 사이로 다 보이긴 했다. 전교 등수는 보지 못했지만 반 등수는 34등이라고 적혀 있었다. 우리 반은 35명이었다.

"최이경, 넌 어떤데?"

"어?"

"성적, 어떻게 나왔냐고."

성적을 되물은 공태준은 사뭇 진지한 눈으로 날 응시했다.

아버지 일이 터지기 전엔 그래도 반에서 손가락 안에 들 정도로 꽤 공부에 취미를 붙였었다. 그러나 그날 이후 여유가 없어졌다. 공부는 머리가 아니라 의지로 하는 것이었다. 삶이 치열해질수록 공부 같은 건 중요하지 않아졌다.

"30……등?"

하하. 생각해 보니 최진헌을 비웃을 처지가 아니었다. 만족할 만한 성적이었지만, 등수는 솔직했다. 이 학교가 원래 명문 사립학교라는 것을 마음의 위안으로 삼았다.

"30등?"

"……."

"30등이라고."

"어, 그동안 정신없기도 했고 학교 적응도 필요했고, 시험 볼 때 컴퓨터용 사인펜이……."

녀석이 내 학부모도 아니건만 어쩐지 변명과 핑계가 주렁주렁 쏟아졌다. 그러나 이마 위로 물결치는 눈썹을 그린 뒤 조용히 나를 노려보던 공태준은 내 성적이 영 아니꼬운 듯했다. 이러나저러나 내 성적인데 뭐가 그리 충격인지 인상을 한가득 쓰고 젓가락질하기까지 했다.

녀석은 잠시 고민하는가 싶더니, 앞으로는 체력이 중요해질 테니 마저 밥이나 먹으라고 종용했다.

"체력은 왜?"

그래, 그건 분명 종용이었다. 마치 요리를 위해 거위의 간을 찌우듯 사료를 챙겨 주려는 그런 주인의 얼굴을 하고 있었다. 그렇게 녀석의 특별한 개인 과외가 예고된 것이다.

"어떻게 방정식을 못 풀지?"

모르고 있던 사실을 알게 됐다. 공태준은 꽤 혹독한 스승이라는 것. 암기력이 좋거나 머리가 좋은 애인 줄로만 알았는데 가르치는 법도 알고 있는 듯했다.

평소라면 한가로웠을 주말, 거실 가운데에 긴 책상이 배치됐다. 꽤 까다롭게 고른 문제집들도 펼쳐졌다. 녀석은 전교 30등이 아니라 반에서 30등이었던 내 성적을 알고는 한 번 더 놀랐다. 이후 녀석의 표정은 다시 떠올리고 싶지 않았다.

"나, 전 학교에선 문과였기도 하고 그래서 수학은 잘……."

고3이 전학을 다니는 게, 그것도 세 번이나 학교를 옮기는 게 쉬운 일은 아니었다. 나는 문과와 이과를 번갈아 가며 전학을 다녔다. 그것에 크게 의미를 두지 않았고, 가라는 데로 가고 오라는 데로 왔기에 가능한 일이었다.

"방정식은 중학교 때 배우는데."

"아."

그러고 보니 나 수학 포기한 지 오래됐지. 더 잡고 늘어져 봤자 책에 써진 숫자와 빈 괄호가 내게 답을 주진 않을 것 같아 슬쩍 눈치를 보다 화제를 돌렸다.

"넌 당연히 원하는 대학 갈 테고. 가고 싶은 과는 있어?"

녀석은 은근슬쩍 책을 덮으며 말을 잇는 나를 보며 얕은 한숨을 내쉬었다.

"……의예과."

상위권 성적인 녀석이 의대를 간다는 건 이상할 게 없었다. 그런데 의문이 들었다. 녀석의 아버지는 판사였다. 나는 당연히 녀석도 법대 진학을 희망할 줄 알았다.

하지만 우리에게는 암묵적인 금지어가 있었다. 그날 사건이

상사뱀

그랬고, 부모님 얘기가 그랬다. 때문에 직접적으로 왜 아버지를 따라가지 않느냐고 묻지 못하고, 그저 빙빙 돌려 하고 싶은 말을 꺼냈다.

"다른 좋은 과도 많잖아. 너 좋아하는 물리학도 있고, 네가 잘 아는……."

녀석은 의외로 지구학, 물리학, 생물 같은 과학에 흥미를 가졌다. 초자연적인 것에도 관심이 많았다. 왜냐고 묻자 녀석은 인간이 인공적으로 만들지 않은 자연, 지구에 있는 생물체는 대칭적이고 완벽하기 때문이라고 했다. 또 아직 완벽하게 알아내지 못한 것이 무궁무진한 것도 좋아하는 이유라 했다. 어쩐지 녀석과 잘 어울리는 꿈이었다.

"난 법대 안 가."

뒷말을 흐린 내 의도를 파악한 녀석은 픽, 바람 새는 웃음을 지었다.

"왜?"

"그쪽이 얼마나 더러운 곳인지 넌 모를걸."

녀석의 얼굴이 어딘가 묘해졌다. 살짝 웃고 있는 것 같기도, 찡그리고 있는 것 같기도 했다. 이어 내가 왜 그런 생각을 했는지는 알겠지만 '글쎄다'라는 말을 덧붙였다.

"네가 생각하는 판검사가 되겠다고 법조계에 뛰어드는 사람은 생각보다 많지 않아."

"그게 무슨 말이야?"

"정계 진출을 위한 발판. 인맥 쌓기 좋은 간판."

"하지만……."

"넌 사람을 살리고 죽이는 게 의사라고 생각해?"

법조계 집안에서 자란 녀석은 법대에 가지 않겠다고 꽤 오래전부터 생각해 온 듯했다.

"칼보다 펜이 무섭고, 펜보다 강한 게 법이야."

"……."

"그 법을 만들고, 휘두르고, 바꾸는 게 사람이고."

"그런데 왜 하필 의대야? 다른 좋은 과도 많잖아."

의사가 미래 유망한 직업이긴 했다. 명예롭고 의미 있는 일이기도 했다. 그러나 어쩐지 녀석이 흰 가운을 입고 있는 모습은 상상되지 않았다. '환자분, 어디 불편하신 데 없으신가요?' 하고 살갑게 묻는 모습은 더더욱.

'아프신가요?', '예, 선생님.', '당연하죠. 그렇게 몸 관리를 안 했으니 곧 죽는다 해도 이상할 게 없습니다. 김 간호사, 영안실 연락해 두세요.'

그래, 이렇게 독설을 날리는 게 어울릴 녀석이었다. 상상 속에서도 공태준은 냉정하고 빈틈이 없는 놈이었다.

"의사가 돼서 해야 할 일이 있거든."

그런 내 헛된 상상을 모르는 녀석은 아무렇지 않게 말을 이었다. '되고 싶다'도 아니고 '돼서'였다. 오전에 배웠던 미래완료형 문장이었다. 녀석이라면 의대에 진학하기에 충분한 성적이었고, 가능한 얘기이긴 했다.

"또 복잡하게 사는 거 싫으니까. 난 편하게 살고 싶거든."

"의사 되는 게 편하게 사는 거야?"

"좀 바빠지려나."

상사뱀

의사가 되기 위한 과정이 녀석에겐 편한 길로 보이는 듯했다. 나는 저 무시무시한 생각을 하는 녀석의 뇌가 의심스러웠다. 의사가 되면 제일 먼저 자기 머리를 해부해 보는 게 어떨지 권유하고 싶었다

아니, 그래도 자기 머리는 해부 못 하려나. 로봇이 발명되지 않을까. 아직 기술이 그렇게까지 발달하진 못하나.

"최이경, 너 또 딴 길로 새지? 정신머리 원래로 돌려놔라."

"이건 사역동사니까 뒤에 동사가 하나 더 들어가야지."

"아, 맞다."

집중력이 떨어지고 있었다. 떼구르르 굴러가는 볼펜을 따라 나도 같이 어디론가 굴러가 버리고 싶었다. 그러나 무서운 눈으로 나를 지키고 있는 공태준 때문에 오도 가도 못하는 신세가 됐다.

"태권도 특기생 할 것 아니면 집중 좀 하지?"

"너도 소문 들었나 보네."

"소문의 주인공이 같이 사는 앤데 모르는 게 이상하지."

"미친년이라고 불리는 것도 알겠다."

"쑵."

"……"

"그런 험한 말 하는 거 아니야."

험한 말은 내가 하는 게 아니라 듣는 쪽이란다, 공태준아.

"아, 몰라. 하기 싫어, 공부."

"하고 싶은 건 있고?"

"답답해. 밖에 나가고 싶은데."

학교, 집, 학교, 집. 같은 루트를 반복하는 게 나뿐만이 아니란 건 알지만 답답한 건 어쩔 수 없었다. 한국에 사는 한 대부분의 고등학생이 견뎌야 하는 시스템인 것도 알았다. 그러나 머리로 이해하는 것과 가슴으로 받아들이는 것은 달랐다.

"그럼 잠깐 나갔다 올까?"

"어?"

"나가자고."

그런데 의외로 쉽게 오케이가 날아왔다. 화장실 빼곤 어디도 보내 줄 것 같지 않던 녀석은 집중에는 한계가 있고, 이미나는 다 쓴 것 같다고 말했다. 전부터 느낀 거지만 공태준은 알게 모르게 나를 잘 파악하는 놈이었다.

"뭐야. 저것도 먹고 싶어?"

막 점심 식사를 하고 나온 길이었다. 평소엔 집에서 녀석이 해 주는 밥을 먹었지만 오늘은 특별히 외식을 했다. 수험생 체력 보충에 좋다는 삼계탕이었다.

각자 작은 닭 한 마리를 해치우고 가게를 빠져나왔다. 그래, 사실 녀석은 조금 남겼다. 나는 국물만.

그때 길거리에서 번데기와 다슬기를 파는 트럭이 눈에 들어왔다. 언젠가 어린 시절, 학교 운동회 때 봤던 것 같았다. 그때는 잘 먹지도 않았던 것 같은데 냄새가 좋았다.

"대체 어디까지 먹을 수 있는 거지?"

"그거 되게 나 무시하는 것처럼 들린다."

"대단하다고 칭찬한 건데."

녀석은 내 시선이 한곳에 꽂힌 걸 알았는지 별 망설임 없이 트럭으로 걸음을 옮겨 줬다. 가까이 다가가 보니 닭 꼬치에 떡볶이도 팔고 있었다. 나는 매운 소스로 범벅된 닭 꼬치 하나를 집어 들었다. 녀석은 '와, 또 닭이 들어가냐.' 하고 감탄했다.

"내가 쫌만 더 먹으면 식충이라고 구박할 기세네."

"지금도 비슷한데 구박 안 하잖아."

그래, 구박 안 해 줘서 고맙다. 앞으로도 잘 부탁한다고 인사라도 할까. 길거리 음식은 입에도 대지 않을 뿐 아니라, 생각보다 입도 짧은 녀석은 말없이 앞에 있던 어묵 국물을 퍼서 내게 건넸다.

"조심해, 뜨거우니까."

"너 되게 자상한 척한다."

"나 원래 자상해."

"과외 할 때도 그랬으면 좋겠다."

"자상하기도 하지만, 공과 사 구분할 만큼 똑똑하기도 하지."

그래, 너 잘났다.

"그나저나 넌 고3이 막 이래도 돼?"

"넌 아닌 것처럼 말하네."

생각해 보면 녀석도 과외를 해 줄 것이 아니라 받아야 할 시기였다.

"너야 주말에도 집에서 책만 보는 애니까. 나는 대학 안 갈 거라서 괜찮고."

녀석은 습관적으로 제 앞 손님이 치우지 않고 떠난 자리와

접시를 정리하고 있었다. 결벽증은 남의 접시에도 예외가 없었다. 그러다 문득 내 말에 움직임을 멈췄다

"왜?"

"뭐가."

"왜 대학을 안 가는데?"

녀석은 대학을 가지 않겠다는 선언에 놀란 듯했다. 하기야 녀석에겐 기껏 가르쳐 놓은 마라톤 선수가 완주를 하지 않겠단 말과도 같았을 것이다.

"사실 나 더 이상 속세에 미련이 없어서 졸업하면 머리 밀고 절로……."

"……."

"미안, 재미없구나."

나는 마라톤도, 공부도, 하다못해 농담에도 재능이 없는 듯했다.

"사실 대학 안 가고 돈 모아서 가게 차릴 거야."

"가게?"

예전부터 나는 소박하게 내 이름, 또는 내 가족 이름으로 된 가게를 열고 싶었다. 물론 몇십 년 뒤에나 이룰 거라 생각했던 꿈이었다. 예상치 못한 일들 덕에 조금 앞당겨질 것 같았지만.

"분식점 차릴 거야. 내 이름 걸고 떡볶이도 팔고, 순대도 팔고, 피카추 돈가스도 팔고."

"너 요리 못하잖아."

"세상에 노력으로 안 되는 건 없대."

하나 녀석은 나의 대찬 꿈 이야기에 뭔가 불만이 있는 듯했

다. 이어 낮은 목소리로 덧붙이길, 노력으로 안 되는 것도 있다는 걸 내가 보여 줄 것 같다고 말했다. 녀석은 내가 찌르면 몸을 뚫을 수 있는 꼬챙이를 들고 있다는 걸 잊은 듯했다.

"나도 한다면 해."

"글쎄. 프랜차이즈에 밀릴걸? 고유가 경쟁 시대에 너는 특별한 경영 능력도, 투자 능력도 없고. 무엇보다 돈 주고 네 음식 사 먹을 사람은 많지 않을 것 같다."

분하지만 반박할 말이 없었다.

"또 나는 분식은 별로. 차라리 프렌치 레스토랑을 열자. 일단 가로수길에 땅을 사 놓고 10년 뒤쯤에 3층 건물을 올리는 거지. 나 프랑스 요리도 꽤 잘할걸."

"하긴, 분식보단 프렌치가 더 나을……."

하지만 순간, 녀석이 내 미래에 당연한 듯 자기를 넣었다는 것을 깨달아야 했다. 녀석은 1년 뒤, 10년 뒤에도 이렇게 우리가 함께 있을 거라 생각하는 걸까. 우리는 그때도 이렇게 같이 있는 걸까.

나는 꾹꾹 눌러 담아 숨겼던 녀석과 나 사이의 암묵적인 비밀을 다시 떠올려야 했다. 우리는 같이 있는 게 이상한 관계였고, 녀석의 속셈이 뭔지는 몰라도 그게 1년 뒤, 10년 뒤까지 이어지진 않을 것이었다.

"아……. 난 아무리 생각해도 프랑스 가게를 차리면 달팽이는 못 만질 것 같은데."

"허, 너 주방에 들일 생각 없으니 꿈도 꾸지 마."

길거리, 커다란 간판에선 폭염이 넘실대는 여름이 예상된다고 말하고 있었다. 나와 녀석과는 다르게 걸어 다니는 사람 모두가 더위에 지친 듯도 보였다. 일기예보에선 여전히 최고치 온도를 경신하는 더위가 기승을 부린다고 했다.

하지만 이는 나와 상관없는 일이 된 것 같았다. 습기 찬 바람이 이상하게 서늘해지는 것도 같았다. 어쩐지 방학이 오는 게 두렵다면 나는 평범한 고3일까.

"그만 가자."

그보다 애써 수면 아래로 던져두었던, 풀리지 않은 녀석의 진심이 다시 그 위로 떠오르고 있었다.

그래서 다시 궁금해졌다. 왜 내가 녀석의 미래에 있는 건지. 지금의 평화를 위해 잠시 덮어 둔 진실을 꺼내면 녀석과 나는 어떻게 되는 건지.

공태준, 대체 너의 미래엔 언제부터 내가 있었던 걸까.

Birthday Presents

방학이 시작됐다. 크게 변한 건 없었다. 같은 시간에 등교하고, 조금 이른 시간에 하교했다. 물론 다른 애들에겐 학원 가는 시간이 앞당겨진 것뿐일 터였다.

그래도 마음의 여유가 생겼다. 비록 막막할지라도 이 시간은 후에 다신 돌아올 수 없는 10대의 마지막이 될 터였다.

"뽀뽀하면 결혼해야 된대."

"누가 그래?"

"우리 엄마가."

내가 할 말은 아니지만 엄마 팔아서 장사하고 그럼 안 돼, 이 패륜아 자식아.

"우리 엄마는 사랑하는 사람이랑 하라고 그랬거든."

본의 아니게 최진헌과 엄마 명언 배틀을 하고 있었다. 방학에, 그것도 새벽 일찍 학교에 나와 단둘이 아침을 맞이하면서.

생각해 보면 이렇게 꼬일 일이 아니었다. 하필이면 자리순으로 당번이 엮이는 바람에 일어난 불상사였다.

그러나 분명 '다음 당번은 최이경, 최진…… 아, 저 새끼 또 자네.'라는 담임의 한숨 섞인 말에 다행히 혼자 하겠구나 하고 안심했다.

그것이 잘못이라면 잘못이었다. 학교 일이나 행사 같은 것엔 관심이 없던 놈에게 안심하지 말았어야 했다. 진작 자리를 바꿔 달라고 요청해야 했다.

"그럼 최이경 네가 나를 사랑하면 되겠다."

"내가 왜."

"그래야 졸업하고 바로 결혼을…… 아, 아니면 이미 뽀뽀는 했으니까 벌써 날 사랑…… 으븝."

아무도 없었지만 누가 들을까, 빠르게 녀석의 입을 틀어막았다. 내 손에 입이 막힌 녀석의 눈이 능글맞게 휘어졌다. 어쩐지 불안한 일주일이 될 것 같은 기분이 들었다.

"진헌이니까, 진 떼고 헌이. 허니라고 부르면 되겠다."

"야."

"그치, 자기야?"

문득 공태준이 떠올랐다. 미친년이란 별명을 가진 내게 그런 욕은 듣지도, 말하지도 말라던.

그리고 지금 이 순간 녀석이 떠오른 건 아마 내 눈앞에서 나를 미친년 대신 자기라 부르는 놈 때문일 것이었다. 하지만 이미 늦은 듯했다.

상사뱀

미안하지만, 태준아. 곧 몹시 험한 말이 쏟아져 나올 것 같으니 근처에 없기를 바란다.

❖

"태준아, 이거……."

8시가 지나자 애들이 하나둘씩 자리에 앉기 시작했다. 그러나 신기한 건 주인도 없는 빈자리에 물건이 먼저 쌓여 자리를 잡아 가고 있다는 것이었다. 어디가 누구의 자리고, 누가 누구인지도 관심 없는 내가 이를 알아차린 것은 알 수밖에 없는 사람의 자리였기 때문이다.

"공태준, 차 하나 불러야 하는 거 아니냐? 웬 선물이 이렇게 들어와."

이어 자리의 주인공이 등장하고 나서야 그 이유를 알 수 있었다. 알고 보니 오늘은 공태준의 생일이었다. 녀석의 책상 위로 너저분히 쌓여 가는 쇼핑백과 선물 박스가 그것을 실감하게 했다.

공태준은 희한하게도 교내에서 높은 인지도를 자랑했다. 저 예의도 싹수도 없는 애를 뭐가 좋다고 하는 건지 모르겠지만 나를 소각장으로 불러냈던 그 아이들도 어쩌면 녀석의 추종자 중 하나일 수 있겠다는 생각이 들었다. 지난 문학 시간에 배웠던 상사뱀처럼, 일방적인 사랑이 때론 독이 된다는 것을 극단적으로 보여 주는 예였다. 그 독에 당한 건 나였지만.

"선배님, 생일 축하드려요. 이거 엄마가 갖다 드리라고……."

그런데 문득 쌓여 가는 선물을 보다가 나만 선물을 준비하지 않았다는 사실을 깨달았다. 생각해 보면 나는 녀석에게 생활비도 내지 않고 있었다. 당연하게 생각한 건 아니었지만 준다고 받을 녀석도 아니기 때문이었다.

"그래."

녀석의 반응은 의외로 단조로웠다. 선물을 받는 주인공치곤 참 무미건조한 얼굴이었다. 이미 가진 게 많아 선물 같은 거엔 감흥이 없나 싶기도 했다.

"음."

그래도 나는 한 지붕 아래 사는 사이인데 뭐라도 선물을 챙겨 줘야 할 것 같단 생각이 들었다. 같이 가서 고르는 건 좀 아닌 것 같고, 이왕이면 몰래 사 주는 게 좋을 것 같은데 우리는 같은 시간에 같은 집으로 돌아갔다. 아무리 생각해도 틈이 없었다.

"뭐 해, 최이경아. 우유 가지러 가자."

학교 뒤 주차장에 우유 배달 차가 서 있었다. 나는 초록색 박스를 향해 손을 뻗다가 나보다 먼저 움직인 최진헌 손이 번쩍, 박스 하나를 낚아챘기에 말없이 그것을 보다가 천천히 말문을 텄다.

"너는 만약 갖고 싶은 건 다 가지고 있는데 특별히 뭔가를 받을 수 있다면 뭘 받고 싶어?"

"받고 싶은 거?"

"그러니까, 딱히 원하는 게 없는 것 같지만 그래도 굳이 뭔가를 받을 수 있다면."

공태준 선물을 준비해야 하는데 혼자선 답이 나오지 않고 딱히 물어볼 사람도 없었다. 아쉽지만, 알은척하지 않는 사이는 당분간 보류해야 할 듯싶다.

"공태준 생일 선물 말하는 거야?"

"모자란 줄 알았는데 눈치는 빠른가 보네."

"자기, 그런 말은 속으로만 해 줘. 말했잖아, 나 심신이 약해서 충격적인 말 들으면 되게 놀란다고."

모자라 보인다고 많이 들었을 텐데 충격적이라는 게 더 놀라웠다. 그러나 돌아올지 모를 답이 있어 생각을 아껴야 했다.

"흠. 내가 공태준이라면 생일이라고 뭐 챙겨 주는 거 달갑지 않을 거 같은데."

"왜?"

주차장, 우유가 가득 실려 있는 냉장차 앞. 녀석은 우유가 들어 있는 초록색 박스를 어깨에 들쳐 메곤 꽤 진지한 얼굴로 나를 내려다보았다.

"너 못생겨서. 못생긴 애가 뭐 주면서 매달릴까 봐."

아니다. 착각이었다. 진지하지 않았다. 장난이 똘똘 뭉친 채 빛나서 잠시 딱딱해 보인 듯싶다.

"아까 아침에 무릎 걷어찬 거 복수냐?"

"하하. 들켰네."

그건 실수가 아니라 고의였지만, 다음 진도를 얼른 빼야 하지 않겠냐면서 손을 뻗은 이놈의 잘못이 먼저였다. 나는 녀석의 나머지 무릎을 걷어차기 위해 한 발을 뒤로 살짝 뺐다.

"알았어, 알았어! 진짜 이유 말해 줄 테니까 다리 내려놔."

"됐거든?"

"생각해 봐. 최이경 너라면 오늘 같은 날이 좋겠어?"

"뭐?"

"나라면 싫을걸. 가족 다 죽고 처음 돌아온 생일을 축복받아야 한다는 게. 너라면 오늘 같은 날 누구랑 같이 있고 싶은데?"

녀석을 한 대 치고 재빨리 떠나려던 발길이 멈춰졌다.

"그걸 네가 어떻게 알아."

"아이큐가 90인 나도 생각은 하고 사니까. 원래 가족은 그런 거니까."

한참을 말없이 서 있었다. 등 뒤로 녀석이 어떤 얼굴을 하고 있는지 보이지 않았다. 진심일까, 정말 그렇게 생각해서 말한 걸까. 녀석의 말 때문에 갑자기 생각이 길어졌다.

나는 오랜 침묵을 깨고 천천히 다시 입을 열었다.

"진짜인가 보네, 최진헌."

"응?"

"아이큐 90이라는 거."

녀석과 나 사이로 다시 침묵이 이어졌다.

"안 믿었어?"

"관심 없었거든."

우스갯소리로 돌아다니던 녀석의 소문이 사실인 것으로 드러났다.

"그럼 말하지 말걸."

나는 말없이 녀석의 어깨에서 박스를 내린 다음 손잡이 부분을 잡았다.

"말 안 해도 다 티 나고 있었거든."

나는 장난스럽게 녀석의 말을 돌렸다. 그러나 어쩌면 아이큐가 100도 되지 않는다는 녀석의 말이, 생일과 상관없이 갖고 싶은 건 다 가져 감흥이 없을 거란 내 생각보다 훨씬 설득력 있을지도 몰랐다. 자신이 태어난 날, 그날을 가장 축하해 줄 가족이 공태준 옆엔 없었다.

나는 조용히 녀석에게 다시 물었다.

"내가 공태준한테 뭘 어떻게 해 줘야 할까?"

"뭘 어떻게 해. 그래도 생일이니 걔한테 위로가 될 만한 걸 주면 되지."

"위로?"

"특별한 무언가랄까. 그동안 생일에 받지 못했던 걸 주면 되지 않을까 싶은데 말이지."

"남자 물건은 역시 남자가 봐야."

오후 수업은 다행히 자습으로 진행됐다.

나는 배가 아프다, 양호실을 다녀오겠다고 말하곤 학교를 빠져나왔다. 담임도 내 말을 믿는 듯했고, 뒤처리도 깔끔했고, 지갑에 다행히 돈도 있었다.

하나 최진헌도 있었다. 언제부터 따라온 건지, 막 버스를 타고 번화가에 들어선 내 등 뒤로 서늘한 그림자가 드리워졌다.

녀석은 어쩐지 수상해 보이는 나를 미행했다고 말했다. 혼자 첩보 영화라도 찍고 있던 듯했다. 괜히 귀찮은 혹이 하나 붙었나 생각했지만 다시 생각해 보니 아빠를 제외하고는 남자 선물을 사 본 적이 없었다.

"최이경, 이건 어때?"

"글쎄. 그건 공태준 취향에 맞지 않을 것 같은데."

걔 그런 호피 무늬 싫어할걸.

어쩐지 보편적인 취향을 가지지 않은 것 같은 녀석 때문에 괜히 덕을 보겠다고 같이 다니고 있는 내가 한심해지기 시작했다.

"짐승의 상징. 힘의 원천. 이런 걸 싫어할 남자는 없어."

"징그러우니까 좀 치워 줄래?"

"하하. 우리 이경이, 남자 팬티라고 부끄러운가 보구나?"

"글쎄."

"나랑 결혼하면 매일 봐야 할 텐데."

"야."

"뭐, 원하면 미리 보여 줄 수도 있어. 나 더위 되게 많이 타거든. 집 안에서 훌렁훌렁."

딸랑, 종소리가 맑게 울리는 가게를 미련 없이 나왔다. 발가벗고 나체로 거실을 뛰어다니는 녀석이 상상됐기 때문이다. 이 풍부한 상상력은 가끔 시간과 장소를 가리지 못했다.

"최이경! 그럼 나 먼저 사 주면 안 돼? 나 생일 열 달밖에 안 남았는데!"

상사뱀

결국 1시간을 돌아다녔지만 선물은 사지 못했다. 중간중간 자꾸 딴 길로 새려는 최진헌을 피하다 보니 제대로 뭔가를 보지도 못했다. 헛걸음을 한 건 그렇다 쳐도 웬 또라이가 하나 걸려 헛고생까지 한 것 같아 머리가 지끈거렸다.

다시 학교로 돌아와 막 복도에 기대 이마를 짚고 서 있으니 익숙한 목소리가 들려왔다.

"많이 안 좋은 거야?"

공태준이었다. 녀석은 내가 제 선물을 사려다 봉변을 당해 이렇다는 걸 모를 터였다.

"괜찮아. 그냥 좀 머리가 아파서."

"병원은?"

"그 정도는 아니고."

녀석의 얼굴엔 걱정이 서려 있었다. 제 삶에서 가장 기쁜 날들 중 한 날일 오늘, 공태준은 나를 걱정하고 있었다.

"걱정 마. 죽을병 아니고 그냥 두통이야."

"어떻게 걱정을 안 해."

이마에 차가운 것이 닿았다. 녀석의 꽤 길고 가는 손가락이 내 온 이마를 덮고 있었다. 진짜 아프기라도 한 건지, 혹은 여름 감기라도 걸렸는지 녀석의 더 손이 차게 느껴졌다.

"나랑 병원 가, 지금."

"나 진짜 괜찮은데."

그러나 옥신각신, 버티고 밀던 싸움에서 진 나는 결국 녀석이 이끄는 대로 병원에 가야 했다. 착각일 줄 알았건만 꾀병은 아닌 듯했다. 열을 재니 체온도 꽤 높았다. 이건 다 최진헌, 그 또라이 같은 놈 때문이었다.

점심시간 외엔 알은척하지 않던 공태준은 조용히 조퇴증을 끊어와 반 애들이 모두 보는 앞에서 내 손목을 잡고 교실을 벗어났다. 생각해 보니 녀석의 생일에 선물을 주진 못할망정, 병수발을 시키고 있는 꼴이었다.

그렇게 병원에서 다시 집으로 돌아가는 길, 어느새 긴 낮의 여운이 잦아들고 어둑어둑해지기 시작했다. 주황색 노을이 도로 너머로 저물고 있었다.

나는 녀석에게 미안해졌다. 이러려던 게 아니었는데, 녀석의 생일을 어쩐지 내가 망친 것 같았다.

"미안해."

"뭐가?"

"그냥. 생일인데 친구들이랑 놀지도 못하고."

녀석은 애초 특별한 날이라 생각하지 않았다고 말했지만 그게 나를 위로하진 못했다. 어쩐지 가는 내내 고개가 내려갔다.

"뭐 받고 싶은 건 없어?"

나는 녀석에게 받고 싶은 걸 물었다. 늦었지만 원하는 게 있으면 해 주고 싶었다.

"그런 거 없는데."

그렇게 말하는 녀석을 바라보다 아래로 시선을 옮기니, 손에 가득 선물이 들려 있었다. 그래, 저걸 보니 내가 뭘 더 줘도 필요 없을 것 같긴 했다.

"그래도 생일이니까."

그러다 어느 순간 집 앞에 다다르고 가로등 불빛이 녀석을 막 스쳐 그림자를 만들 때, 녀석의 걸음이 멈췄다.

"생각해 보니까 받고 싶은 게 하나 있긴 한데."

"뭔데?"

"사실 줬던 건데 받은 사람이 기억을 못 하고 있거든."

"원래 준 건 까먹어도 받은 건 잊어버리지 않는 게 예의인데. 걔도 참 예의 없다."

"그래서 돌려받으려고."

녀석은 문득 선물 더미를 내게 안겼다.

"이건 너 가져."

"아, 진짜? 하하, 고맙다."

"한 번은 거절할 줄 알았는데."

참 이 상황에서도 녀석의 선물 더미에서 먹을 걸 찾아내 고맙게 받아 든 나는 식충이가 맞는가 보다.

"지금이라도 다시 무를까?"

"됐어."

얼떨결에 받긴 했지만 거절하는 미덕보다 선물을 챙기는 게 실질적이고 좋은 거니 잘 생각한 것 같다. 어차피 녀석은 이런 거 필요 없을지도 모르니까.

"아, 그래서 갖고 싶은 게 뭔데? 나 비싼 건……."

녀석은 문득 제 선물을 가득 들고 있는 내 앞으로 빠르게 다가왔다. 이어 내 얼굴을 양손으로 감싸 이미 옴짝달싹 못하고 있던 나를 가둬 세웠다. 순식간에 일어난 일이었다.

이어 녀석은 망설임 없이 빠르게 입 맞춰 왔다. 문득 바람

소리마저 멈춰 버린 것 같았다.

그렇게 살짝 벌어진 내 입술에 다시 몇 번을 진득하게 붙어 오던 녀석은 다시 천천히 고개를 들었다.

"너."

가로등의 그림자가 반대로 져 지금 녀석이 어떤 얼굴을 하고 있는지 보이지 않았다. 오로지 놀라서 굳어 버린 나의 얼굴만이 녀석에게 보이고 있을 터였다.

녀석은 그런 나를 빤히 바라보며 천천히 입을 떼고 낮은 목소리로 말했다.

"오늘은 약 먹고 자지 마."

"……."

"문은 꼭 잠그고."

꿈을 꾸고 있었다. 눈을 떴는데 아무 감각도 느껴지지 않는 걸 보니 분명 꿈이었다. 눈이 뻑뻑하고 시야는 흐릿했다. 밤새 비가 내렸는지 쪼그려 앉아 있던 바닥이 축축했다.

"이경아. 세상에 대체 내가 무슨, 너를 두고 내가……."

아빠구나. 아빠가 나를 부르고 있었구나.

머리가 울려 고개를 드니 무언가로 얼룩진 외투를 입고 있는 아빠가 있었다. 주위를 둘러보니 낯선 곳이 아니었다. 캄캄한 새벽, 익숙한 골목 어귀. 지금 내가 살고 있는 곳, 공태준의 집 근처였다.

상사뱀

"아빠."

찾아 헤맸던 것 같은데. 울다가, 찾다가, 또 울다가 하면서 당신을 찾았던 것 같은데. 어느새 내가 지쳐 바닥에 앉아 있었나 보다.

왜 이제 왔어. 어디 갔었던 건데.

"옷이 그게 뭐야. 아빠, 그거 피 아니지?"

나는 눈앞의 검은 얼룩들에 당신이 다쳤을까 놀라 울컥 눈물을 쏟아 냈다.

"이경아."

더 일찍 눈을 떴어야 했는데. 내가 지치는 바람에, 주저앉아 버린 바람에 당신을 놓쳤나 보다.

"어서 자리를 옮겨야 돼. 여긴 위험해."

"아빠?"

"아빠 믿지? 괜찮아. 다 괜찮을 거야. 그러니까……."

골목 끝, 눈을 뜰 수 없이 환한 빛이 보였다. 희고 눈부셔 더 이상 앞을 볼 수 없을 만큼 새하얀 빛. 그런데 그 가운데 누군가 서 있는 것도 같았다.

흐릿하게 보이는 형상. 나를 보고 있는 것 같은데 나는 그게 누구인지 보이지 않았다.

대체 왜 나를 보고 있는 거지. 당신은 누구지.

"아……."

세상에나 마상에나였다. 밤새 잠을 설쳤더니 다크서클이 눈밑으로 내려오다 못해 얼굴을 휘감았다. 공태준, 녀석이 어젯밤 내게 한 짓을 생생히 기억했기 때문이다.

수면제. 수면제를 들이부었어야 했다. 그것이 내 기억을 지워 주진 못해도 밤새 이상한 망상에 시달리게 하는 것은 막았을 거였다. 아니면 〈내 머릿속의 지우개〉처럼 기억을 지워 주는 약이 존재하든가.

아직도 그 순간들이 선명하게 눈앞을 스치고 있었다. 공태준은 내게 선물을, 아니, 입술을…….

"최이경, 나와. 밥 먹어."

하지만 정작 녀석은 아무렇지 않은 듯했다. 밤새 이불을 차고 허공에 발길질을 해 댄 건 오롯이 나 혼자인 듯했다.

내 기억으로 분명 공태준은 나를 좋아하지 않는다고 했다. 그런데 왜 내게 입을 맞췄을까.

그새 감정의 기복이 있었을 것 같진 않고 그럴 만한 이유도 없었는데. 역시 얼굴에 반한 것일까. 망상이 꼬리에 꼬리를 물고 이어졌다.

"너 문 되게 잘 잠그고 잤더라."

"어?"

"잘했다고. 앞으로도 꼭 그래."

진짜 확인이라도 한 건가. 식탁에 앉아 아무렇지 않게 먼저 식사를 시작한 녀석의 얼굴을 살폈다.

얼굴이 밝았다. 잠도 잘 잔 듯했다. 문을 얘기하는 걸 보니 어제의 일도 기억하고 있는 듯했다. 갑자기 기억상실증이라든

상사뱀

가, 어릴 때의 사고 후유증이라든가 그런 얘기는 나오지 않을 것 같았다.

녀석은 젓가락으로 반찬 하나를 집어 내 밥 위에 올렸다.

이게 뭐 하는 짓이지. 설마 새색시가 첫날밤 다음 날 남편 밥 위에 반찬을 올려 주는, 뭐 그런 건가. 정말 먹고 싶은데도 굳이 나에게 양보하면서까지 녀석이 표현하고 싶은 것이 대체 뭐지.

"뭐 해? 먹으라니까."

"공태준."

"넌 입맛도 특이하다. 냄새나니까 빨리 입에 넣어."

아, 맞다. 너 원래 이거 싫어했지. 냄새가 나서 내 밥그릇 안으로 숨겨 놓은 거구나. 지난번에도 그랬던 것 같은데.

민망함이 목 끝까지 올라왔다. 이 맛있는 걸 왜 안 사 먹느냐고 마트에서 네게 조른 기억도 있었다.

"뭘 봐. 내 얼굴에 뭐 묻었어?"

그나저나 당한 건 난데, 왜 부끄러움도 내 몫이 되어야 하는 걸까.

"최이경!"

오전 체육 시간, 우르르 빠져나가는 반 아이들 사이로 몰래 샜다. 그것도 최진헌과 같이. 어쩌다 보니 이 수업 시간이 녀석과의 개인 시간 같은 게 되어 버린 것이다.

사실 암암리에 공부 시간으로 쓰이곤 했지만 학생들 체력과 건강에 문제가 된다는 뉴스 보도 후 체육 시간을 보장하자는 여론이 만들어졌는데, 우리 학교가 가장 먼저 체력 증강 시행 학교로 선정된 덕이었다. 명문 고등학교다웠다.

덕분에 녀석과 나는 수업 시간이라 한산해진 매점에도 올 수 있었다. 평소엔 잘 오지 못하는 곳이었다. 나에게 학교에서 허락된 곳은 교실, 화장실, 식당 정도였다.

"많이 먹어. 공태준은 이런 거 안 사 주지?"

"몸에 좋은 건 아니니까."

"어허. 좋다는 말은 돌려 하는 거 아니야."

공태준에겐 이 시간이 늘 진로 상담으로 쓰였다. 그것도 우리 반 담임이 아닌 옆 반 담임에게.

듣기로는 물리 담당인 옆 반 선생님이 어떻게든 녀석을 외국 대학에 있는 물리학과로 넣기 위해 회유 중이라 했다. 의대도 물론 좋지만 더 넓은 미래와 희망찬 가능성은 그곳에 있다고 추천하면서. 참 열정이 넘치는 선생님이신 듯했다.

"뭐 하냐."

"있어 봐. 오빠가 다 생각이 있어 그런다."

"뭐?"

막 남은 과자를 입에 털어 넣으며 고개를 드니 앞에 앉아 있던 녀석의 얼굴이 어느덧 문가를 바라보고 있었다. 누구 기다리는 사람이라도 있는 것처럼.

"물론 너한텐 나 하나로도 충분하겠지만, 내가 없을 때 같이 놀아 줄 애가 하나쯤은 있어야 외롭지 않으니까."

자기가 언제부터 내 외로움에 그렇게 신경을 썼다고. 내게 녀석은 충분한 것이 아니라 감당하기 벅찬 존재라는 것을 모르는 듯했다.

"왔다."

녀석이 기다리고 있던 그 누군가가 도착했는지 환해지는 녀석의 표정이 보였다. 고개를 돌리니 역광으로 인해 햇빛이 쏟아지는 통에 눈이 떠지지 않았다.

시간이 좀 지나 익숙해지니, 체육복을 입고 양손에 흰 고무장갑을 낀 누군가가 등 뒤로 후광을 끼고 등장하고 있었다.

"최진헌, 이 미친놈이 감히 누구 보고 오라 가라야."

친구라고 했다. 1학년 때 같은 반이었고, 알고 보니 동네도 같은 동네라 친해졌다고. 우동이란 이름이 어쩐지 낯설지만은 않아 기억을 더듬으니 체육 시간에 발야구를 한다고 말해 줬다는 그 친구인 듯했다.

그러나 솔직히 말하면 관심 없었다. 아니, 불편했다. 새로운 누군가가 날 아는 게 무서웠고, 또 그 과정에 적응해야 하는 것도 싫었다.

그런데 녀석의 친구, 우동이란 놈은 어쩐지 최진헌과 비슷한 면이 많아서 그런지 낯설지가 않았다. 심지어 최진헌에게 녀석의 소개를 듣자마자 나는 처음 보는 애 앞에서 먹던 우유를 바닥에 뱉는 꼴을 보였다.

'우동'이라 불리던 것이 별명이 아니라 본명이었기 때문이다. 더군다나 녀석의 이름에 성이 붙자 본의 아니게 낯설게 느낄 수 없었다.

"얘 어우동이야. 어우동."

"미친. 성 붙여 부르지 마라, 새끼야."

"그럼 어우동을 어우동이라고 부르지, 가츠오 우동이라고 부르냐?"

"개새끼. 절교다."

최진헌 못지않게 미친놈기가 다분한 놈이었다. 하기야 친구라 불리는 녀석이 정상인 것도 이상할 뻔했다.

어우동의 아버지는 낮에는 신사임당 같고 밤에는 어우동 같은 그의 어머니에게 반해 아이 이름을 지었다고 했다. 비록 그것이 딸이 아니라 아들일지라도.

하나 뜻은 좋았다. 복 우, 아이 동. 복이 넘치는 아이가 되라는 것이기도 했다. 그래서 정신 상태가 아직 애 수준에 머물러 있는 것 같기도 하고. 아무튼 정말 뜻은 좋았다.

"근데 최이경, 너 가까이서 보니까 좀 예쁘다."

"어쭈. 형님이 먼저 침 발랐거든?"

"숙녀한테 왜 침을 바르냐. 침 독 오르게."

그러나 어찌 됐건 앞으로 보고, 뒤로 보고, 숙여서 보고, 돌려 봐도 저건 최진헌의 친구였다.

"아줌마! 이거 세 개도 계산요."

여자 셋이 모이면 접시를 깬다고 했다. 그러나 지금 상황은 달랐다. 또라이, 미친년, 또라이2가 모이니 매점 과자와 빵이 거덜 나고 있었다.

나도 나였지만 녀석들은 한참 클 나이라 우기며 지갑을 털어 댔다. 매점 아주머니의 흐뭇한 미소가 눈에 들어왔다. 공태준이 나를 보는 눈도 저러할까 싶었다.

상사뱀

"최이경 너 유명하더라? 우리 반 애들도 가끔 얘기하던데. 공태준이랑 어쩌고저쩌고."

"……."

"나 공태준이랑 중1 때까지 친구였는데."

"공태준이랑?"

"같은 초등학교, 같은 중학교도 다녔지. 물론 나랑 걔보단 우리 아버지랑 걔네 아버지가 더 친했지만. 아, 그래도 걱정 마. 별로 친하진 않았으니까. 공태준 걔가 원래 어릴 때부터 좀 재수 없었거든."

녀석의 말에 다행히 긴장은 풀었다. 다만 그래서 친해진 게 최진헌이라면 딱히 믿음이 가진 않을 듯했다.

"그나저나 공태준이랑 동거한다는 소문도 있던데, 진짜야?"

"아."

"그럼 혹시 최진헌이랑 삼각관계, 뭐 그런 거냐?"

나는 아무 말도 할 수 없었다. 할 말이 없었기 때문이다. 삼 각관계는 주고받아야 이루어지는 것 아닌가. 나는 최진헌, 공 태준 그 두 녀석에게 아무것도 준 적이 없었다. 물론 두 놈 모 두와 생각지도 못한 신체적 접촉이 있긴 했다. 하지만 그걸 어 우동이 알 리 없었다.

"……만약 삼각관계 그게 맞다면."

녀석은 갑자기 진지한 얼굴로 나를 응시했다. 어쩐지 무언 으로 나를 질책하는 것도 같았다. 왜 제 친구였던 놈과 지금 친구인 놈에게 다가와 문제를 만들려 하느냐고 묻는 것 같았 다. 사실 누구의 곁에 있어도 나는 어울리지 않는 사람이었다.

인정했다. 녀석이 무엇을 걱정할지도, 또 왜 나는 녀석들 옆에……

"그럼 나도 껴 줘."

"뭐?"

"나도 껴 달라고! 왜 나만 빼고 그러냐? 치사한 새끼들. 나 껴서 사각관계 해, 사각관계!"

아, 잠시 저놈이 최진헌의 친구라는 걸 깜빡 잊고 있었다.

"아, 나도 껴 달라고!"

하나 최진헌은 어우동을 껴 주는 대신 녀석의 뒤통수를 시원하게 까 주었다.

나는 결국 최진헌과 어우동을 두고 매점을 빠져나와야 했다. 저런 놈들과 한 공간에 더 있다간 나까지 정신이 이상해져 버릴 것 같았다. 때문에 하나 남은 과자를 서로 사겠다고 아줌마에게 매달리고 있을 때 조용히 자리에서 일어났다. 아직 체육 수업이 끝나기까진 15분 정도 남아 있었다.

"최이경."

그때 마침 공태준이 물리 선생과의 상담을 끝냈는지 맞은편 복도에서 걸어오고 있었다.

"어디에 있었어?"

"나 찾았어?"

"그래."

녀석은 왜 하필 의대냐면서 열변을 토하는 물리 선생을 피해 도망쳤다고 했다. 웬만해서 그럴 애가 아닌데 그 선생님도 보통은 아닌 듯했다.

"최진헌이랑 걔 친구랑 같이 매점에 있었어."

"최진헌?"

"걔네 되게 시끄럽더라."

그 순간 녀석의 눈빛이 어딘가 서늘해져 갔다. 하기야 녀석은 최진헌을 별로 좋아하지 않는 것 같았다. 녀석은 시끄럽고 정리되지 않은 것을 싫어했다. 최진헌은 그 두 가지 조건에 가장 부합하는 캐릭터였다.

"요즘 자주 붙어 다니는 것 같네."

"누구? 나랑 최진헌?"

나는 녀석에게 인상을 찌푸리며 어깨를 들썩였다. 담임이 당번을 잘못 정해 주는 바람에 이 꼴이 났다고 하소연이라도 하고 싶었다.

아니, 애초에 네 추종자들이 나를 그 학교 뒤로 불러내지만 않았어도 그렇게 그 녀석과 마주하며 대화를 나누지 않아도 됐을 테고, 대화를 나누지 않았다면 이처럼 알은척하게 되는 사이가 되지 않았을 거라고 탓하기라도 하고 싶었다. 그러나 생각해 보면 그것도 공태준의 탓은 아니라 생각을 접었다.

"글쎄. 별로 그런 애랑 친해 보이고 싶지 않은데. 그냥 걔랑 나랑은 어쩌다 옆자리에 앉은 애, 그게 다야."

"그래?"

녀석은 내 말에 어느덧 생각에 잠겼다. 녀석은 참 별것 아닌 일에도 깊이 생각하는 버릇이 있는 듯했다.

어느덧 저녁이 되었다. 학교는 친절하게도 학생들의 체력을 지키기 위해 체육 수업을 넣어 주고, 모자란 공부 시간까지 챙기기 위해 방학임에도 불구하고 야간 자율 학습을 부활시켰다. 어쩐지 쉽게 허락됐다 싶었더니 속셈은 따로 있었다.

그때 4층의 예체능 교육반으로 잠깐 오라는 쪽지가 날아왔다. 최진헌 글씨였다. 누군가의 필체를 알아볼 만큼 눈썰미 있는 편은 아니었지만, 이 개발새발을 암호 해독하게 만드는 이는 최진헌밖에 없었다.

그러나 제 딴엔 누가 보냈는지 알 수 없는 쪽지라 생각했는지, 쳐다봐도 고개를 돌리고 모른 척하는 녀석이었다. 침이 넘어가는 목울대가 부자연스러웠다.

"거긴 왜 가는 거야?"

"어우동이 친구 된 기념으로 뭘 좀 보여 준다고 하던데."

친구 한다고 한 적 없는데. 계단을 오르다 걸음을 멈출 뻔했다. 그래도 책상에 앉아 있는 게 더 지겨웠던 터라 입을 닫았다.

어우동은 보이는 것과 달리 예민한 감성을 필요로 하는 미대 준비생이었다. 최진헌도 그랬다. 또라이 기질이 녀석들을 친구로 묶었나 했더니 다른 공통점이 있었다.

최진헌은 제 부모를 따라 그림을 그리는 애라고 들었다. 그것도 꽤 유명한 수준이라고. 공부에 없는 재능이 모두 그쪽으로 간 듯했다. 어쩌면 회화에 재능이 있는 게 부모 배경도 있겠다, 녀석에겐 더 좋은 것일 수도 있었다.

"너도 그림 좀 그린다며. 어릴 때부터 유명한 영재였다고 애들이 그러더라."

"내가 좀 유명했지."

"그럼 너도 부모님처럼 앞으로 그림으로 먹고살겠네."

어두컴컴한 4층 복도의 끝, 순간 녀석이 걸음을 멈췄다.

"최이경, 나 그림 꽤 잘 그린다? 어쩌면 네가 생각하는 것보다 훨씬 더."

"그런데."

"근데 그걸로 먹고살진 않을 거야. 내가 왼손잡이인데 딱 스무 살 되면 뎅강."

"……."

"이거 잘라 버릴 거야."

녀석은 꽤 진지한 얼굴로 제 왼쪽 손목을 감싸곤 덜렁거리듯 앞뒤로 흔들었다. 이 또라이가, 요 며칠 잠잠하다 했더니 또 병이 도지려나 보다.

"왜 그러려고 하는데?"

"그래야 빡치지."

"누가?"

녀석은 대답하지 않았다. 그저 웃으며, 빨리 가지 않으면 어우동 그놈이 혼자 야식을 다 먹는다고 재촉했다. 판사의 아들은 법의 길을 가지 않겠다고 하고, 화가의 아들은 그림을 그리지 않겠다고 한다. 세상을 참 어렵게도 사는 녀석들이었다.

녀석을 따라 불빛이 새어 나오는 작업실에 들어섰다. 학교가 부자라 그런가, 예체능 애들을 위한 작업실도 여럿 있는 듯했다. 문을 열고 들어서자 거대한 찰흙 덩어리를 만지고 있던 어우동이 치킨을 시켰다며 히죽대고 있었다. 조소를 한다더니, 빚고 있는 게 조각상인 듯했다.

"최이경, 너 이게 뭔지 알아?"

"뭔데."

"딱 보면 몰라?"

어우동은 내게 자랑이라도 하고 싶은지, 들어서자마자 나를 이끌어 제가 만지던 것 앞에 세웠다.

"……어, 말린 오이 같기도 하고."

말린 당근, 말린 고추, 아니면 말라비틀어진 가지 같기도.

녀석은 내 말에 어떻게 그럴 수가 있느냐는 표정으로 나를 바라봤다.

"너 되게 보는 눈 없다. 완전 최악이네, 최악. 야, 최진헌. 너도 진짜 수준 바닥이다. 어떻게 이런 애랑 같이 다니냐?"

"그래서 너랑도 놀잖아."

어우동은 발끝을 들어 최진헌의 명치를 향해 다리를 뻗었다. 불행히도 맞지는 않았다.

"최진헌 넌 그럼 이게 뭐로 보이는데?"

"글쎄."

"……."

"삶과 죽음의 희비 교차를 표현한, 아기 부처의 고뇌?"

나올 한숨도 없었다. 어이는 없어진 지 오래라 기가 빨리지도 않았다. 녀석은 그런 최진헌의 말에 나와 같은 생각을 하는지 어딘가 얼빠진 표정으로 최진헌을 향해 걸어가기 시작했다.

"최진헌, 너 이 새끼."

"거기서 말해."

뒷걸음질하는 최진헌을 어우동 녀석이 덥석 끌어안았다.

"내 작품 세계를 이해하는 건 역시 너밖에 없다."

"알아. 아니까 떨어져."

"나 눈물 날 뻔한 거 아냐? 나조차 깨닫지 못한 내 작품 스토리를 네가 풀어냈어."

떨어져 있어도, 부둥켜 있어도. 숨어 보고, 훔쳐보고, 눈을 부릅뜨고 살펴봐도 둘은 친구인 게 틀림없었다.

두 마리나 시켰다던 치킨은 30분이 채 되기도 전에 동이 났다. 저녁을 먹은 지 불과 2시간도 되지 않은 시간이었다. 녀석들은 닭 가슴살을 두고 소리를 질러 대며 싸웠다. 욕설과 폭력이 난무하는 식탁이었다. 친구라더니 취향도 비슷한 듯했다. 덕분에 나는 아무 방해 없이 다리를 네 개나 먹었다.

이어 최진헌은 화장실을 다녀오겠다며 자리를 비웠다. 자판기에 있던 음료를 연달아 뽑아 먹더니 배탈이 난 듯했다. 오지 않으면 기절했다 생각하고 119에 전화해 달란 말을 남긴 녀석은 빠르게 사라졌다.

그리고 그때, 어우동이 내게 말을 걸어왔다.

"최이경, 내가 뭐 하나 경고해 줄까 하는데."

"경고라니?"

"너, 어쩌다 공태준이랑 같이 살게 된 건진 모르겠지만."

"……."

"조심하는 게 좋을 거다. 걔가 재수만 없는 게 아니라, 좀 쎄

한 구석이 있거든."

나는 녀석의 말에 고개를 들었다. 의아했다. 어우동은 최진 헌이 아니라 공태준을 조심하라고 말했다.

"그게 무슨 말이야?"

"너를 동정심이나 연민, 뭐 그런 걸로 데리고 있는 건 아닐 거란 뜻."

한때 녀석이 나를 불쌍하게 생각해 그러는 건 아닐까 생각 한 적이 있었다. 녀석도 그럴 처지는 아니지만, 어쨌든 부모 때문에 겪지 않아도 될 것을 겪고 있다는 공통점이 나와 녀석 에게 어떤 교차점이 되지 않았을까 생각했다. 그러나 그건 내 가 억지로 연결 고리를 찾으려 한 것일 수도 있었다.

어우동은 더 말을 잇지 않았다. 제 할 일은 다 끝냈다는 듯 손을 털곤 조용히 제 가방을 챙겼다. 하루의 반을 작업실에서 보낸다는 녀석은 가방을 늘 이곳에 두는 듯했다. 이어 천천히 뒷문으로 걸어 나갔다.

"어쨌든 내 말은 무시해도 되는데, 난 안 그랬으면 좋겠다."

그렇게 녀석은 웃으며 문을 열었고 이내 눈앞에서 완전히 사라졌다. 하나 나는 녀석이 사라진 문에서 눈을 떼지 못했다. 그때 다시 문이 열렸다. 미처 하지 못한 말이 있는 듯했다.

"아! 그리고 깜빡할 뻔했는데."

"……."

"나 사각관계 시켜 주는 거 진지하게 생각해라. 나 살벌하게 매력 있다? 그럼 안녕, 예쁜이. 자주 보자."

어디까지 믿어야 되는 건지. 녀석은 진심인 듯 농담을 하고,

농담인 듯 진심을 말했다. 그 화법이 나를 혼란스럽게 했다. 최진헌은 그래도 속이 빤히 보이는 놈이었다. 거짓말을 해도 3초가 안 되어 들키는 놈이었다.

이어 최진헌이 다시 작업실에 돌아왔다. 그리고 어느새 바람처럼 사라져 버린 어우동과 그의 가방을 보며 외쳤다.

"이 가츠오부시보다 못한 새끼! 또 뒷정리 안 하려고 튀었어!"

하지만 며칠 후, 나는 어우동이 하는 말들은 크게 신경 쓰지 않아도 된다는 것을 깨달았다.

녀석은 툭하면 거짓말을 하고 학교 사람들을 농락했다. 최진헌은 아웃사이더라서 적어도 남에게 폐는 끼치지 않았는데 어우동 녀석은 그런 것도 없는 듯 했다. 특히 여자를 대하는 태도에서 그 기질이 폭발했다.

며칠 후, 새로 온 중국어 교생 선생에게 꽂혀 학교 조회 시간, 교장 선생님 훈화 시간에 조회대에 올라가 중국어로 고백을 했다. 바로 학주에게 끌려 내려가긴 했지만 이는 전교생의 핫이슈가 되었다. 최진헌이 세상에서 가장 또라이인 줄 알았는데, 이놈에 비하면 정상인 범주에 속한 듯했다.

"당분간 걔 학교 안 나올 거야."

"누구. 어우동?"

최진헌은 제 친구의 소식을 담담하게 전했다.

"걔네 아버지가 걔 영창에 넣었거든."

"영창이라니. 군대도 안 간 애가 무슨……."

"몰랐나 보네. 걔네 아버지 장교잖아. 교복을 입혔는지 군복을 입혔는지는 몰라도, 종종 가니까 너무 걱정은 말고."

어쩐지. 퇴학을 당한 건 아닌가 싶었는데 거기 가 있었구나.

나는 잠시나마 진심 어린 마음으로 어우동을 위해 기도했다. 영창은 갔지만 부디 무사히 다녀와서 나 대신 빨리 최진헌을 좀 상대해 주길. 하지만 그런 나를 빤히 바라보던 최진헌은 이상한 말을 주절거리기 시작했다.

"최이경, 설마 걔 진심으로 걱정했던 거냐?"

"뭐?"

"나 막 질투 나려고 그런다. 선택해. 걔야, 나야?"

믿기진 않지만 꽤 진지한 얼굴이었다.

"걔야, 나야. 어? 왜 말을 못 해. 너 바보야? 이 남자가 내 남자다, 이 남자가 내 애인이다! 왜 말을 못 하냐고!"

또라이 질량 보존의 법칙이라도 있는 건가. 교내 최고 권위자 또라이가 사라지자 2인자의 게이지가 올라가는 듯했다.

"내가 어떻게 그래."

"……."

"마음 같아선 소리치고 싶지. 이놈이 또라이다, 이 미친놈이 우리 학교 또라이다. 그런데 내가 어떻게 그래. 우리 학교에 그걸 모르는 애가 이미 없는데."

"와, 최이경 너."

그렇게 우리의 여름이 지나가고 있었다. 영원히 사그라지지 않을 듯 반짝거리며 빛나던 찬란한 청춘의 여름, 어둡기만 할 것 같던 10대의 마지막 날들이 그렇게 저무는 중이었다.

상사뱀

그리고 어느덧 가을이 되어 나는 수능을 한 달 남긴 수험생이 되었다. 낙엽이 쌓이고 바람은 쌀쌀해지고, 하루하루가 셀 수 없이 빠르게 지나갔다. 초등학생 때부터 인생의 첫 관문이라고 주입당해 왔던 수능 시험을 코앞에 두고 있었다. 어우동의 경고는 이미 여름 아지랑이처럼 사라진 뒤였다.

❖

오후 11시. 시계를 보던 태준은 천천히 창밖으로 시선을 옮겼다. 일찍 들어온다던 이경이 늦은 저녁때까지도 오지 않았다. 어느덧 더운 기운은 저물고 선선해진 9월의 밤이었다.

그는 초조한 눈으로 대문을 바라봤다. 저를 초조하게 만드는 사람이 그 문으로 들어오길 바라며.

그러나 한편으론 문이 열리지 않기를 바랐다. 모순적인 생각이었다. 그 문이 열리면 불안했던 마음이 사라질 것을 알고 있었다. 누군가로 인해 불안해하고 초조해하다 다시 그 마음이 녹아내리는 것, 그는 그 익숙하지 않은 변화의 중심에 이경이 있다는 것이 불편했다. 아니, 불안했다.

지금은 저에게 이렇게 맞춰져 있다가도 언젠가 모든 사실을 알아 버려 훌훌 떠나 버릴까 두려웠다. 언젠가 그가 그녀의 마음을 읽어 냈던 날도 그랬다.

"공태준. 넌 안 외로워?"
함께 저녁을 먹고 동네를 산책하던 어느 밤, 이경이 물었다.

혼자가 된 이후 외롭지 않느냐고. 이에 태준은 말없이 생각했다. 자신은 늘 혼자였다. 딱히 혼자가 된 외로움에 적응할 필요도 없었다.

그는 그녀에게 되물었다.

"넌 어떤데?"

"나? 글쎄. 작년엔 좀 그랬는데 올해는 그런대로 익숙해."

"나도 그래. 늘 그런대로 익숙해."

그러나 그는 알고 있었다. 이경은 자신과 함께 산 이후 적응해 가는 듯하다가도 종종 연락이 없는 제 아버지에 대한 불안감이나 외로움에 잠겼다. 나란히 걸으며 산책하던 그 밤도 이경은 아버지를 떠올린 것일 터였다.

"태준아. 우리 수능 끝나면 여행 갈까?"

그때 문득 그녀가 말했다. 시험이 끝나면 같이 여행을 떠나자고. 그는 그런 그녀의 말에 천천히 시선을 맞췄다.

"어디 가고 싶은 데라도 있어?"

"나 말고 너. 네가 가고 싶은 데로. 생각해 보니까 나도 이렇게 가끔 마음이 이상한데 넌 티도 안 내는 거 보면 얼마나 그 마음이 딱딱해졌기에 이러나 싶어서. 말해 봐. 너 동네 밖도 제대로 나가 본 적 없고 떠올릴 만한 추억도 별로 없다며. 즉, 이 불쌍한 공태준을 내가 구제해 주겠다는 거지."

"구제씩이나. 내가 그 정도인가."

"아닐 거라고 생각하시나 봐?"

"생각하기 나름이지."

"넌 모를걸. 여행 가서 그 여행지의 맛있는 것도 먹어 보고,

같이 재미있는 구경도 하고, 뭐 그런 거. 그게 인생에서 얼마나 중요한데. 그걸 모르는 애가 불쌍한 게 아님 뭐겠냐? 잘 생각해 봐."

"듣고 보니 그런 것 같기도 하고."

"그러니까 앞으로 그런 계획을 같이 실행해 줄 나를 감사히 여기며 구박을 좀 줄이란 말이야."

태준은 문득 이경에게 보폭을 맞춰 걷던 걸음을 멈췄다.

"최이경."

"왜?"

"그럼 너도 내 부탁 하나 들어줘. 네 말대로 구박도 안 하고 네가 하라는 대로 해 줄 테니까."

"뭔데? 말해. 들어줄 수 있는 거면 뭐든 다 들어줄 테니까."

"앞으로 내가 어떤 삶을 살아도 나를 안쓰러워하면서, 그렇게 생각하면서 내 옆에 있어. 네가 말한 그런 추억 같은 거 만들어 주면서. 인생에 중요하다는 것들, 네가 하나씩 알려 줘."

이경은 그런 태준의 말에 눈을 굴리다 콧잔등을 찌푸렸다.

"취향 참 독특하네. 넌 안쓰럽게 보이는 게 좋아? 난 그거 별로던데."

"그렇게 할 거지?"

"흠. 한번 생각은 해 볼게."

"대신 나한테만 그렇게 해야 돼. 나도 나를 그렇게 생각할 수 있는 사람을 너로만 할 테니까."

태준은 감고 있던 눈을 천천히 뜨며 창가로 시선을 옮겼다.

이경은 그날 그의 재촉에 알겠다, 고개를 끄덕거렸다. 그렇게 약속했다.

사실 그녀는 이해하지 못했지만 그가 바란 것은 단순히 연민 같은 것이 아니었다. 다른 누구도 아닌 이경이, 그의 옆에서 아무도 그를 두고 생각하지 못했던 것을 한다는 게 의미 있는 것이었다. 그것이 설사 동정이라 해도 마찬가지였다.

그렇게 그녀는 그가 만든 길을 따라가는 것을 넘어 어느새 그를 이끌어 가고 있었다. '앞으로'와 '함께'라는 말로 그의 마음을 움직이고 있었다. 그건 계획하지 못한 것이었다.

그러나 기분 나쁘지 않았다. 한 번도 틀어진 계획이 좋았던 적이 없었는데, 이번만큼은 달랐다. 묘하게 두근거렸다. 익숙해진 그 외로움도 결국 외로움인 것을 이경이 알게 했지만 그럼에도 따뜻했다. 더는 외롭지 않아도 될 것 같았다. 이젠 함께하는 것으로 많은 것이 달라질 것 같았다.

그러나 그는 문득 인상을 찡그렸다.

누군가를 챙기고 챙김받는 것이 둘 사이에서 무언의 약속이 된 지 오래된 것 같지 않은데, 자꾸 그 사이로 누군가가 파고들고 있다는 생각이 스쳤다.

"……최진헌."

처음부터 신경 쓰이던 아이는 아니었다. 하나 차츰 이경 주변을 맴돌던 진헌은 그에게 어느 순간부터 자주 보이고 들리는 사람이 되었다. 거기에 어우동까지 더해져 점점 이경과의 대화에 등장하는 횟수가 잦아졌다.

그중 우동은 어떤 아이인지 알고 있어서 크게 걱정하지 않았다.

　그러나 최진헌, 그는 아니었다. 어딘가 묘하게 속을 읽을 수 없는 아이였다. 겉으론 활발하고 생각 없어 보이는 녀석이 이경의 곁에 있을 때면 이상하게 다른 눈을 보이곤 했다. 그 눈이 어떤 건지 알 것 같았다. 그가 지금 바라보고 있는 창에도 똑같은 눈이 비치고 있었다.

　태준은 잠시 고개를 숙이고 눈을 감았다.

　처음엔 그저 이경을 잡고 있어야 한다고 생각했다. 하지만 하루하루 같이 있는 시간이 쌓여 갈수록 차곡차곡 이름 모를 감정도 쌓여 갔다. 누군가가 작은 돌을 하나씩 자신의 가슴에 얹는 것처럼 마음이 무거워져 갔다.

　그저 옆에 두고 지켜봐야겠다는 생각이 점점 같은 시간을 나누고, 같은 마음이 되고, 다른 사람과는 가까워지지 않았으면 하는 생각으로 변해 갔다. 그는 이제 처음의 감정으로 다시 돌아갈 수 없다는 걸 깨달았다.

　그때 현관문 잠금이 풀리는 소리가 들려왔다. 이경이 돌아온 것이었다.

　"어? 공태준, 아직 안 잤네."

　그녀는 거실 한 켠에 앉아 있는 그를 보고 깜짝 놀란 듯 눈을 깜빡였다.

　"왜 이제 와."

　"미안. 나도 이렇게까지 늦을 줄 몰랐지. 최진헌 그 미친놈이 청소하다 갑자기 사고를 치는 바람에 그거 정리하고 오느라. 하필 또 개랑 당번에 걸려 가지고."

피곤한 듯 가방을 거실 한구석에 떨어트린 이경은 하품과 함께 소파에 누워 늘어졌다.

"아무튼 걔 진짜 이상한 애야. 사실 난 네가 우리 학교에서 제일 이상한 놈인 줄 알았거든? 근데 걔도 만만치 않더라."

"뭐가 이상한데?"

"그냥, 생각하는 거나 말하는 거나. 아무튼 다 이상해. 아니다, 어우동 걔가 제일 이상한가? 걔는 좀 이상한 수준을 넘은 것 같긴 한데."

그는 소파에 누운 이경 앞에 천천히 무릎을 굽혀 앉았다.

"최진헌 그 애랑은 친하지도 않다면서 왜 그렇게 붙어 있는 거지?"

"그러게. 나도 모르게 익숙해져서 그런가. 생각해 보니까 이젠 좀 편한 것 같기도 하고. 생각해 보면 나랑 비슷하거나 닮은 구석은 하나도 없는 애인데."

이경의 말에 태준의 인상이 찌푸려졌다.

"편해? 그 애가?"

그는 이해되지 않는 듯 되물었다. 그녀는 그런 그를 보다가 픽 웃곤 그의 미간 사이를 손가락으로 매만지며 주름을 풀어 냈다.

"솔직히 아닌 척해도 나는 사람들 눈 신경 쓰잖아. 그런데 걔는 그런 거 하나도 신경 안 쓰더라고. 걔가 관심 있는 건 딱 두 가지거든. 노는 거랑 먹는 거."

"……."

"또 학교에서 너 말고 말 나누는 애들이 걔네밖에 없어서 그런 것 같기도 해. 다른 사람들은 다 나를 징그럽다는 듯이 어떻게 뻔뻔하게 저렇게 살고 있나 쳐다보는데, 그 애는 나를 그런 눈으로 보지 않으니까. 애가 순수해서 그런지 덜떨어져 그런지는 모르겠지만 같이 있으면 즐거울 때도 있고."

그 말에 태준은 천천히 고개를 떨어트렸다.

이경은 모르고 있었다. 다른 사람들은 모두 정상이었다. 다들 자기방어로, 알 수 없는 위험한 상대를 피하려 그런 시선을 보냈다.

오히려 최진헌이 반대였다. 낯선 이경에게 거리낌 없이 다가가 아무렇지 않게 손을 내밀었다. 그것엔 절대 아무것도 모르는 순수함만이 있을 수 없었다. 그는 다른 마음을 가지고 있는 것일 터였다.

이경은 잠시 후 기지개를 펴고 다시 몸을 일으켰다. 이제 씻으면 언제 자나, 볼멘소리를 하며 천천히 그에게서 뒤돌아섰다. 그는 그런 이경의 뒷모습을 바라보다가 천천히 입을 뗐다.

"최이경."

"응? 왜?"

그는 천천히 그녀의 앞으로 다가갔다.

"혹시 기억해? 전에 네가 물었잖아. 왜 이 집에 너를 데려왔냐고. 네 아버지가 밉지 않냐고."

"그건 갑자기 왜?"

"그다음에 네가 또 물었잖아. 혹시 널 좋아하냐고, 그래서 널 옆에 두고 싶어 하는 거냐고."

"야, 그건 그때 내가……."

"맞아. 생각해 보니까 그런 것 같아. 아니, 그렇게 됐어. 나는 네가 좋아. 그래서 내가 널 생각하는 것만큼 네가 날 생각했으면 좋겠고."

"공태준, 너……."

"또 나는 네가 최진헌이나 다른 애와 같이 있는 게 싫거든. 자꾸 다른 사람 얘기를 하는 것도 싫고. 그 애가 편한 것 같다고, 그래서 옆에 있고 싶어 하는 그런 얼굴 보이는 것도 싫어. 그건 약속이랑 다른 거잖아. 네가 나랑 한 약속을 어기려 하는 거잖아."

"지금 너 무슨 말을…… 아!"

태준이 순간 이경의 팔목을 잡아 빠르게 벽으로 밀어붙였다.

"아파, 공태준. 이거 놓고……."

당황한 이경이 그에게 소리쳤다. 그러나 그는 그저 빤히 그녀를 바라보며 이어 말했다.

"바라건대, 나는 네가 꼭 그 약속을 지켜 줬으면 좋겠거든. 아니면 무언가 생각해야 하니까. 네가 약속을 지킬 수 있게 하는 방법이 뭔지, 어떻게 해야 이 기분 나쁜 것에서 벗어날 수 있을지 머리를 굴려야 하니까."

"……."

"그러니까 제발 부탁할게. 내가 다른 생각 하지 않아도 되도록 더 이상 다른 데로 가지 마."

상사뱀

동상이몽同床異夢

눈 깜짝할 사이에 계절이 바뀌었다. 선선했던 초가을 바람이 쌀쌀한 소슬바람으로 변했다. 그러나 내 자리는 여전히 가장 맨 앞 그대로였다.

물론 내 옆자리인 최진헌의 지정석도 변함이 없었다. 언젠가 나는 매 수업 시간 잠을 자는 녀석에게, 어차피 공부도 안할 거면 차라리 맨 뒷자리가 편하지 않겠느냐고 물은 적이 있었다.

그러자 녀석은 그건 하수나 하는 꼼수라고 답했다. 원래 전방 시야의 사각지대는 코앞이라고. 명언도 있다 했다. '사물이 보이는 것보다 가까이에 있습니다.'

그 말에 공태준이 떠올랐다. 어쩌면 녀석이 그랬는지도 몰랐다. 내가 느낀 것보다 훨씬 더 내 가까이에 있었는지도.

녀석의 고백 아닌 고백을 듣고 난 이후, 이제 더는 그것을 모른 척할 수가 없게 되었다. 결국 선택해야 했다. 그리고 내 선택은 잠시 녀석을 모른 척 두는 것이었다.

어쩌면 녀석은 나를 좋아한다고 착각하고 있는지도 몰랐다. 서로 외로운 시간을 함께 보내면서, 그렇게 의지하게 된 것을 다른 감정으로 오해한 걸지도 몰랐다. 나는 녀석이 다시 담담하게 나를 무시하고, 놀리는 편한 사이로 돌아오길 바랐다.

"자, 이제 시험 얼마 안 남았으니까 다들 조금만 더 고생하고. 오늘 수업은 자습 줄 테니까 자지 말고. 컨디션 조절해야 돼, 이놈들아. 밤에 공부하고 낮에 자면 시험 볼 때도 존다."

수능 시험을 코앞에 둔 아이들은 확실히 전과 다른 분위기를 냈다. 이제 인생의 첫 갈림길 앞에 선 애들이었다. 긴장감이 온 학교를 덮었다.

하지만 나와 공태준, 최진헌과 어우동은 좀 달랐다. 나야 대학을 안 갈 애였고, 공태준은 대학 자유 이용권을 딴 애, 최진헌은 특별 전형 특기생으로 수시 합격, 어우동은 실기에 논술만 보면 됐으니 수능과는 상관없는 애였다.

그렇게 우리만 동떨어진 세계에 놓인 것처럼 유일하게 생각 없이 학교를 오는 애들이 되었다.

어느덧 쉬는 시간, 나는 애들을 피해 4층으로 올라갔다. 예민한 분위기에 기침이라도 잘못했다간 바가지로 욕을 먹을 듯했다.

다른 학교에선 시험이 다가올수록 오히려 풀어지는 애들, 포기하는 애들, 막판 스퍼트를 위해 난리를 떠는 애들이 섞여

어수선해진다던데 이 학교 애들은 독종들만 모아 놓은 듯했다.

"최이경 왔냐."

"응."

4층의 예체능 작업1실에 들어서자 가장 먼저 나를 반긴 것은 어우동이었다. 이어 고개를 돌리니 작업실 바닥에서 그림을 그리고 있는 최진헌이 보였다. 어우동은 녀석이 그림 그리는 것을 오랜만에 본다고 했다.

슬쩍 보니 사람을 그리는 것 같은데 아직 사람 형태는 아니었다. 그러나 나는 그것이 나라는 것을 알 수 있었다. 인물화에 인물을 채 그리기도 전, 종이 맨 윗부분에 '최이경'이라고 내 이름을 적어 놓았기 때문이다.

"완성하면 너한테 줄게. 그림 선물은 네가 처음이고, 이게 너한테 특별한 선물이……."

"야, 애 구라 치는 거야. 고1 때 이효리를……."

"어우동, 이 개잡놈 새끼가."

"미친놈이, 성 붙여 부르지 말라고 내가 몇 번을……!"

어우동은 최진헌에게 잡혀 허우적거리면서도 녀석이 여자에게 그림을 선물하는 것이 처음이 아니라며, 넌 세컨드라며 끝내 제 할 말을 마쳤다.

그 꼴을 보고 있으려니 한숨이 나왔다. 이 그림이 처음이든 처음이 아니든 내겐 중요하지 않다, 이 미친놈들아.

"어쨌든 아니라는 거네."

"쉿, 미안한데 더 묻지 마. 그냥 옛날의 가슴 아픈 첫사랑이라고만……."

진짜 이효리가 첫사랑이었다는 건가. 최진헌은 역시 보통 놈이 아니었다.

"아, 그때 얘가 숙소까지 찾아가서 지가 그린 작품이라고 쌩 난리를 피우면서 받아 달라고 그랬는데, 매니저인가 하는 놈이 막 안 된다고 그래서 담장 안으로 던졌거든. 그게 하필 회사 실장 머리에 맞는 바람에 고소당할 뻔하고. 아무튼 난리도 아 니었지."

그래. 들어 보니 참 가슴 아프고 절절한 첫사랑의 추억이다.

"그때 버즈의 겁쟁이가 지 얘기라면서 엄청 불러 댔었는데. 와, 나 그때……."

"야!"

"날 사랑해 줘요- 날 울리지 마요- 숨 쉬는 것보다 더 잦은 이 말 하아나도오오."

그 또라이 스토커 짓을 불과 2년 전에 했다는 게 더 놀라웠 다. 하나 나는 시끄러운 둘을 더 바라보다가 잘못하면 동화될 것 같아 조용히 고개를 돌렸다.

그 순간 문가에 누군가의 그림자가 스치는 것이 보였다. 나 는 방방 뛰어다니는 녀석들이 기어코 아래층 선생님을 불러왔 다고 생각했다.

이에 천천히 문가로 다가갔고, 살짝 열린 문 사이로 밖을 살 폈다. 그곳엔 점점 멀어져 가는 익숙한 뒷모습이 있었다.

내가 기억하기론 그날부터였던 것 같다. 아니, 그때부터였 다. 모든 것이 조금씩 어그러지고 균형을 잃어 갔다. 미처 손을 쓸 새도 없이, 내가 눈치를 채기도 전에 아주 조금씩 내 주위의 모든 것이 변해 가기 시작했다. 나는 본능적으로 감에 의지하며 사는 법을 터득한 애였다.

며칠이 지난 후, 나를 향해 다시 돌아온 시선들이 느껴지기 시작했다.

"최이경, 너 여기 뭐 묻었다?"

이름도 모르는 애가 다가와 어깨에 붙은 머리카락을 떼어 줬다. 고마운 일이었다. 그런데 고맙게 느껴지지 않았다.

내 어깨를 털어 주고 떠난 여자애는 어느 남자애 옆으로 다가가 나를 힐끔거리며 웃었다. 호의였는데 호의가 아닌 것 같았다.

또 며칠이 지나자 이젠 대놓고 나를 치고 지나다니는 애들이 생겼다. 나는 이 이유 모를 상황에 어리둥절했다. 꼭 혼자 있을 때만 그랬다. 원래 혼자이긴 했지만 교실에 있거나 집으로 돌아갈 땐 아무 일도 일어나지 않았다.

나는 그럴수록 더 숨게 되었다. 수업 시간이 끝나면 잠든 최진헌이 일어나기도 전에 4층으로 올라갔다. 가끔 올라가기 전에 뒷자리를 보면, 공태준은 늘 그랬듯 바쁜 수험생이 되어 책에서 시선 한 번 떼지 않고 있었다. 녀석에겐 중요한 시기이니 그러려니 했다.

그러나 더는 무시할 수 없는 일이 생겼다. 여느 날처럼 저녁을 먹고 빠른 걸음으로 계단을 올라가고 있었다. 그때 누군가가 발을 걸었다. 그저 올라가는 계단을 보고 있던 나는 미처 내 발에 걸리는 것을 보지 못했다. 다행히 서너 칸을 구르다 말았지만, 무릎이 좀 까졌는지 다친 곳이 쓰라렸다.

"지금 이게 뭐 하는 짓이야?"

"어머, 미안. 올라가는 줄 몰랐네. 너인 줄 알았으면 내가 더 조심했을 텐데."

변명이 같잖았다. 차라리 솔직하게 눈에 거슬려 발을 걸었다고 말하는 게 듣기에 덜 거북할 뻔했다. 나는 그저 익숙한 듯 고개를 돌려 계단으로 걸음을 옮겼다. 저런 애들은 반응보다는 무시가 상책이었다. 또 아파도 아픈 척하는 건 자존심 상했다.

"근데 불쌍해서 어떡하니. 학교생활도 얼마 안 남았는데."

그때 발을 걸었던 애가 등 뒤로 이상한 말을 내뱉었다. 나는 다시 돌아보며 그게 무슨 말이냐고 물었다.

"몰랐니? 공태준이 이제 네 뒤 안 봐 주는데."

"……."

"미친년. 그러니까 적당히 나댔어야지. 넌 네가 걔 옆에 계속 있을 줄 알았어?"

오랜만에 귀로 듣는 내 별명, 미친년의 귀환이었다.

그날 저녁, 나는 집에 먼저 돌아가 공태준을 기다렸다.

최근 입시 문제와 공부 때문에 같이 집에 들어오지 못한 녀석과 나였다. 나는 그것을 아무렇지 않게, 그저 대수롭지 않게 생각했다. 어쩐지 공부로 인해 지친 듯, 좋아 보이지 않는 녀석에게 최대한 거슬리지 않도록 말과 행동도 조심했다.

하지만 오늘은 물어봐야 할, 해야 할 말이 있었다.

"최이경."

녀석은 거실로 들어와 소파에 앉아 있던 나를 발견했다. 내 무릎에 굳어 있는 피와 상처도. 나는 멍하니 앉아 생각을 정리하느라 옷을 갈아입을 생각도 못 하고 있었다.

"내가 먼저. 공태준, 나 할 말 있어."

"뭔데."

"잠깐 앉아 봐."

할 말이 있으니 잠깐 시간을 내어 달라 말하는 내게, 녀석은 말없이 뒤돌아 제 방으로 들어갔다. 내 말을 들어 주기엔 많이 피곤한가, 따라 들어가야 하나 잠시 고민을 했다.

그러나 녀석은 곧이어 손에 구급상자를 들고 다시 나타났다. 이어 내 앞 바닥에 앉아 무릎에 소독약과 연고를 바르기 시작했다. 그 모습을 보고 있으니 하려던 말이 나오지 않았다. 뭔가 하고 싶은 말이 있었는데, 하면 안 될 것 같았다.

그러나 녀석은 그런 내 머릿속을 빤히 들여다보기라도 했는지 묻지도 않은 것을 대답했다.

"몸은 건드리지 말라고."

"어?"

"상처는 내지 말라고 할게."

그게 무슨 말이냐고, 무슨 뜻이냐고 묻고 싶었다. 그런데 입이 떨어지지 않았다. 대답을 듣지 않아도 나는 뭔가 느끼고 있었다. 어쩌면 처음부터 알고 있었는지도 몰랐다. 지금 이런 상황 뒤엔 공태준이 있을지도 모른다고. 확인하기 무서워 애써 모른 척하고 있었는지도 몰랐다.

"공태준, 방금 너……."

"손바닥 줘 봐."

녀석은 무릎에 큰 밴드를 붙이곤 손을 뻗어 소파에 감췄던 내 팔목을 움켜쥐었다. 손바닥도 바닥에 쓸려 상처가 나 있었다. 녀석은 밴드를 붙이기엔 다친 면적이 크니, 답답하더라도 잠깐 붕대를 감고 있자고 했다.

이어 한참을 내 손에 약을 바르고 붕대를 감던 녀석은 나의 긴 침묵이 무엇을 의미하는지, 무엇을 묻고 싶어 하는지 이해했다는 듯 천천히 나를 올려다보며 입을 뗐다.

"내가 전에 그랬지. 약속 지켜 달라고."

"……공태준."

"내가 제발 너한테 아무것도 하지 않게 해 달라고 그렇게 부탁했는데."

녀석의 눈이 무겁게 가라앉고 있었다. 마치 바라지 않았던 순간을 억지로 받아들인 듯 말했다. 나는 그에 아무 말도 할 수 없었다. 내가 왜 혼자여야 하는지, 그게 왜 하필이면 지금인 건지 아무것도 물을 수 없었다. 그땐 녀석이 말했던 그 다른 생각이란 게 이런 걸 뜻하는 것이었는지 몰랐다.

나는 그날 이후부터 새벽같이 일어나 혼자 학교에 갔다. 처음엔 일찍 일어나는 게 힘들었는데 시간이 지나자 그것도 썩 나쁘지만은 않았다. 새벽은 사람을 차분하게 했고 생각을 정리할 시간을 주었다.

그러나 그 시간을 제외하곤 모든 시간이 빠르고 매정하게 나를 스쳐 갔다. 수능이 얼마 남지 않았고, 이 속도라면 졸업도 눈만 뜨면 내일로 다가올 것 같았다. 우리는 부정할 수 없는 시험을 얼마 앞에 둔 고3이었고 열아홉 살, 마지막 10대의 순간을 걷고 있었다.

그러나 만약 누군가가 나의 고3 시절을 묻는다면 나는 처음엔 살인자의 딸로, 중간엔 미친년으로, 그 남은 끝엔 시체가 되어 살았다고 말할 것 같았다.

"학교가 왜 이렇게 좁을까. 최이경, 넌 자리도 많은데 꼭 거기 앉아야겠냐?"

녀석의 말대로 나는 다시 원래 자리였던 지옥 입구로 밀려났다. 녀석은 나를 지옥에서 꺼내 줬던 때만큼 쉽게 그 안으로 집어넣었다. 점심도 혼자 먹게 되었다.

소문은 발보다 더 빨랐다. 점심을 혼자 먹고, 혼자 다니니 애들은 무언가 눈치챈 듯했다. 다시 그 싸늘한 시선들이 나를 향하기 시작했다.

"어쩐지 오래간다 했지. 공태준이 쟤 갖고 놀다가 버린 거 맞지?"

뒤에서 수군거리는 소리가 귓가를 파고들었다.

그런가. 공태준은 나를 가지고 논 건가. 그리고 지금 버림받은 건가. 문제는 나도 그것을 잘 모르겠다는 것이었다.

❖

그래도 꽤 버틸 만한 시간들이었다. 처음 겪는 일도 아니었고 심각하게 나쁜 일이 일어나는 것도 아니었다. 나는 잘 버텨

내고 있었다. 두 녀석이 내 옆에서 완전히 사라질 때까지.

"……왜."

어우동은 논술 시험이 끝나자 특별 실기반으로 들어가게 됐다. 올해 새로 생긴 반이라 했다. 예체능 학교도 아니건만, 수능 없이 실기 시험을 준비하는 학생들은 그곳에 감금되어 하루 종일 각자의 작업만 했다.

최진헌은 수시 합격자였다. 다른 수험생들의 분위기를 흐릴 수 있다는 이유로 녀석은 예체능 작업실에서 따로 보충수업을 받게 됐다. 그것도 개인 선생님이 따로 붙은 상태로.

나는 그렇게 완전한 혼자가 되었다. 차라리 그 애들과 있는 것에 익숙해지지나 말지, 원래부터 혼자였을 때보다 여럿이 되었다가 혼자가 됐을 때 훨씬 괴롭다는 게 매 순간 느껴졌다.

"그래, 이경아. 잘 생각했다. 아무리 그래도 대학은 가야지."

"그게 무슨……."

그리고 나는 생각지도 못한 순간과 대면해야 했다. 담임은 내게 좋은 결정을 내렸다면서, 컨디션 조절만 잘하면 무리 없이 대학 진학에 가능할 것이라 말했다.

"문예 창작과요?"

나도 모르는 사이, 대학 수시에 합격해 있었다. 공태준 녀석이 나와 상의도 없이 대학 원서를 낸 것이었다.

담임은 다행히도 2학년 때까진 내신 성적이 좋았고, 문학상을 받았던 경험이 좋은 결과로 이어진 거라며 축하했다. 올해부터 등급제가 실시되니, 수능 최저 등급만 맞추면 대학 합격은 걱정 없을 것이라면서.

터덜터덜, 집으로 가는 발걸음이 무거웠다. 억지로 한 발씩 내디디고 또 내디디고 나서야 집 앞 골목까지 올 수 있었다. 사실 공태준의 집으로 돌아오는 게 맞는 건지조차 몰랐다.

나는 혼자였던 그 집으로 다시 돌아가야 하나 잠시 망설였다. 하나 짐이 전부 녀석의 집에 있기에 조심스럽게 안으로 들어섰다.

"공태준."

입시 상담으로 바빴던 나와는 반대로, 녀석은 태연한 모습으로 거실에 앉아 있었다. 나를 보고도 아무 반응조차 보이지 않았다. 그저 전처럼 아무렇지 않은 모습만 보였다.

"너 나한테 왜 이러는 거야."

녀석은 아무 말도 하지 않았다. 읽고 있던 책에서 눈조차 떼지 않았다.

"대체 언제까지 이럴 건데."

아무 말이라도, 어떠한 답이라도 해 줬으면 싶었다. 왜 내 허락도 없이 대학 원서를 넣었는지, 대체 원하는 게 무엇이기에 이런 짓을 하는지. 그때 영영 입을 열지 않을 것 같던 녀석이 천천히 입을 뗐다.

"네가 다시 완벽하게."

"……."

"혼자가 될 때까지."

녀석의 시선이 어느덧 나를 향해 있었다. 그 한 치의 흐트러짐도 없이 단정하고 차분한 눈이 나를 응시했다. 나는 그 모습에 평소처럼 뭐라 대꾸하거나 쏘아붙이지 못했다.

그저 서럽고 또 서러웠다. 내가 뭘 잘못했기에 이러는지, 왜 다시 예전에 느꼈던 감정들을 느껴야 하는지, 외로운 게 뭐였는지 잊게 해 놓고 왜 이제 와 나를 다시 괴롭히는지 알 수 없었다. 그저 그 눈을 제대로 마주하지도, 피하지도 못한 채 그대로 자리에 주저앉았다.

"최이경."

나는 나도 모르는 사이에 뚝뚝, 눈물을 떨어트리고 있었다. 녀석은 그런 내게 다가와 몸을 숙이고 손을 뻗었다. 얼굴에 닿은 녀석의 손이 차갑게 느껴졌다.

"울지 마. 마음 약해지려고 하잖아."

"공태준."

나는 다시 물었다. 원하는 게 뭐냐고. 왜 내가 다시 혼자가 되어야 하는 거냐고. 그래서 네가 얻는 건 뭐기에 이렇게 갑자기 잔인하게 구는 거냐고.

"네가 차라리 그냥 말해 주면 내가……."

"너 웃고 있었어."

"뭐?"

녀석은 무언가 떠올리는 듯 바닥을 바라봤다.

"나 아니더라도 넌 좋은 애니까, 사람을 끄는 애니까, 다른 사람들이 널 좋아할 수는 있어. 같이 있고 싶어 할 수 있어."

"그게 무슨 말이야."

"그런데 넌 아니었어야지."

나는 녀석의 말을 이해하지 못했다. 녀석을 처음 만났을 때도 그랬다. 그래도 이제는 조금씩 이해하고 있다고 생각했다.

상사뱀

하나 그건 내 착각이었던 듯했다.

"공태준!"

"벌써 지치지 마. 아직 시작도 안 했으니까."

어쩌면 녀석은 처음부터 나를 이용하고 있었는지도 몰랐다. 단지 내가 지금 깨달은 것뿐인지도 몰랐다. 하지만 녀석은 내 머리에 천천히 손을 올리며 이어 말했다.

"다들 네가 그 일과 상관없이 잘 사는, 강한 애라고 생각하겠지만 내가 아는 최이경은 세상에서 제일 외로움도 많고 약한 애야."

"너……."

"모두가 널 외롭게 해야 네가 다시 나한테 매달릴 거잖아."

"……."

"나는 네가 사람들한테 가시 세우는 게, 그러면서도 나한테는 그러지 못한다는 게 좋았거든."

녀석은 어느덧 한 손으로 내 머리를 감싸며 천천히 쓰다듬었다. 다른 한 손으로는 여전히 내 눈물을 닦아 주면서, 마치 나를 움직이지 못하게 하려는 듯 바라보고 있었다.

"그런데 지금 넌 다른 사람한테 날을 세우지도, 외로워 보이지도 않더라."

"……."

"그래서 내가 외로워졌어."

그때 몸을 일으킨 녀석이 내게서 뒤돌아섰다.

"넌 내가 잘 알아. 넌 다시 예전으로 못 돌아가."

이어 말했다. 다시 전으로 돌아가기엔 너무 많이 와 버렸다고. 나를 지옥으로 떠민 녀석은, 내가 그 지옥에 다시 들어가지 못할 거라 말하고 있었다. 내가 그 외롭던 지옥으로 다시 발 들이지 못할 것을 알고 있었다.

"이미 무서울 정도로 지금에 익숙해졌을 테니까. 내가 나한테 익숙해지게 만들었으니까."

"태준아."

"또 앞으로도 너는, 이렇게 나한테만 익숙하게 될 테니까."

그날 이후 공태준과 나는 더 이상 대화를 나누지 않았다. 나는 녀석을 향해 입을 닫았고, 녀석도 그런 내게 별다른 말을 하지 않았다. 며칠이 지났는지 날짜 감각도 무뎌졌다.

그렇게 침대에 누워 멍하니 천장을 바라보다가 달력을 보았다. 빨간 날, 주말이었다. 차라리 학교에 있는 게 낫다는 생각이 들었다. 그곳은 외롭긴 해도 숨이 막히진 않았다.

공태준, 녀석과 단둘이 한집에 있는 것이 이렇게 답답하고 힘든 일인 줄 몰랐다. 내 집보다 편하고 좋다고 느꼈던 공간이 지금 이 순간엔 감옥처럼 느껴졌다.

잠시 후 나는 빠르게 몸을 일으켜 옷장 문을 열었다. 이대론 안 될 것 같았다. 가슴이 답답해 아무 생각도 할 수 없었다. 일단 이 집에서라도 빠져나가야 할 것 같았다. 되는대로, 잡히는 대로 트렁크에 옷을 구겨 넣고 방문을 열었다.

"뭐 해?"

그러나 문을 열자 공태준이 있었다. 나를 봐도 아무렇지 않게 행동하고 말을 아끼던 지난 며칠과는 달리, 내게 할 말이라도 생겼는지 방문 앞에 선 채 나를 바라보고 있었다.

"좀 비켜 주면 좋겠는데."

내가 조용히 말하자 녀석은 말없이 나와 가방을 차례로 바라봤다.

"지금 이 집을 나간다 해도 달라지는 건 없어."

"알아."

"그런데 왜 나가려는 건데."

어쨌든 지금은 여기서 벗어나야 할 것 같으니까.

알고 있었다. 여길 나간다고 해도 언제나처럼 학교에서도 혼자, 집에서도 혼자여야 한다는 것을. 태준이 말했듯 이미 지난 시간 동안 녀석에게 익숙해져 오히려 내 집이 낯설고 힘들지 모른다는 것도 잘 알고 있었다.

"나 너 무서워, 공태준."

"……."

"네 말대로, 나는 네가 오라면 오고 가라면 가야 하는 사람이라서."

"최이경."

"알아. 나 너한테 평생 갚아야 할 빚 있는 거. 그건 변함없을 거야. 나랑 내 아버지가 평생 떠안고 가야 할 짐."

나를 향해 고정된 녀석의 시선이 불안하게 떨려 왔다.

"네가 나 잘 사는 거 싫다고 하면 평생 너가 확인할 수 있는 곳에서 하루하루 외롭게, 괴롭게, 그렇게 살게."

그게 네가 원하는 거라면 나는 단 한 번의 망설임 없이 너를 위해, 또 내 아버지를 위해 그 짐을 평생 떠안고 가겠다고 약속할 수 있었다.

"그게 우리 아빠를 대신해 내가 해 줄 수 있는 최선일 테니까. 그러니까."

"……."

"지금은 제발 비켜 줄래?"

생각보다 가방이 가벼웠다. 거의 반년 넘게 남의 집에서 살았는데 짐이 많지 않았다. 녀석이 줬던 건 다 두고 왔기 때문이다. 나는 원래 살던 동네 입구에 멍하니 선 채 눈을 감았다.

처음 몇 달은 그래도 이틀에서 사흘에 한 번씩 아빠에게 쪽지를 남기러 왔었다. 시간이 점점 흐를수록 일주일에 한 번씩, 이 주일에 한 번씩, 그렇게 원래 집을 잊고 살았다.

그러나 골목 모퉁이에 있던 세탁소도, 그 옆 상가에 있던 오래된 대추나무도 전부 그대로였다. 내가 이곳을 잊고 다른 곳에 익숙해져 가는 동안에도 이곳은 하나도 변하지 않았다.

나는 천천히 눈을 뜨고 내가 살던 집으로 걸음을 옮겼다. 한동안 오지 않았기에 살펴봐야 할 곳이 여기저기일 터였다. 그러나 집 대문이 점점 눈에 들어오기 시작했을 때, 나는 그곳에 누군가가 쪼그려 앉아 있는 것을 보았다.

순간 심장이 멎을 뻔했다.

아빠일까. 사람들을 피해 숨어 있던 아빠가 돌아온 걸까.

"너."

"어?"

하나 그곳엔 의외의 인물이 있었다. 이곳에 있을 리 없는,

아니, 있으면 이상한 사람.

"최진헌, 네가 왜 여기에……."

❖

"오. 여기가 너희 집이구나. 들어와 본 건 처음인데."

녀석은 나를 따라 들어와선 주인보다 먼저 여기저기를 살펴 댔다. 어떻게 여길 알고 왔는지, 아니, 언제부터 여기에 와 있 던 건지 나는 뭐부터 물어봐야 할지 몰라 그런 녀석의 뒤를 졸 졸 따라다니며 입을 떼었다 닫았다 했다.

"너 여긴 어떻게 알고 온 거야? 언제부터 거기 쪼그려 앉아 서, 아니, 대체 여긴 왜……."

"반가운 건 알지만 하나씩만 물어봐 줄래?"

이어 녀석은 거실에 쳐져 있던 커튼을 빠르게 치우고 창문 을 활짝 열었다.

"어후, 먼지 좀 봐라. 아가, 이거 다 마시면 천식 걸려요. 멀 리 떨어져 있으렴."

"최진헌."

"얘기는 천천히, 얼굴은 마주 보며. 오케이? 오빠 오늘 되게 한가해. 시간 많아."

녀석은 보지 못했던 이 주일 동안 재미없는 농담을 연마라 도 하고 온 듯했다. 한참 동안이나 바닥이며 가구에 가라앉아 있던 먼지를 털어 내고 나서야 추워 죽는 줄 알았다며 창문을 닦고 태연히 소파에 자리를 잡았다. 나는 그런 녀석의 옆으로 빠르게 다가갔다.

"어떻게 된 거야. 네가 왜 여기 있어?"

"당연히 너 보려고 기다렸지."

"언제부터?"

"오늘은 한…… 2시간쯤?"

녀석이 이 집 앞에 있었던 게 하루 이틀이 아니었나 보다.

"여긴 어떻게 알고 왔는데?"

"당번 때 새벽 등교한 날, 교무실에서 학생 기록부 슬쩍."

"허…….."

"감동했어? 감동했구나. 했네, 했어."

감동이 아니라 경악이다, 이 덜떨어진 놈아. 왜 남의 집 주소를 몰래 알아낸 건지. 방학이라 하면 여름이었다는 건데 지금은 11월이었다.

"그때부터 우리 집 앞에서 나를 기다렸다는 거야?"

"야, 나도 바쁜 남자거든? 매일은 아니고 가끔, 뭔가 네가 올 것 같은 필이 딱 올 때."

할 말을 잃었다. 한 번쯤은 기대에 어긋날 법도 한데 녀석은 늘 내가 생각하는 것을 훨씬 뛰어넘는 미친놈이었다.

전기가 끊겼는지 불이 들어오지 않아서 부엌 찬장에 둔 가스버너를 꺼내 물을 끓였다. 그래도 손님이니 차는 내 줘야 할 것 같았다. 녀석은 내가 공태준 집에 있는 것을 알면서도 한 번쯤은 이곳에 올 거라 생각해 기다렸다고 말했다.

"그래도 졸업 전에 만난 게 어디냐. 이것도 다 하늘의 뜻이지. 우린 운명, 이것은 데스티니."

"나 지금 뜨거운 거 들고 있다. 말조심해라."

"응, 미안."

녀석은 찾아 주지도 않은 내 앨범을 어디선가 가져와 뒤적거리며 보고 있었다. 말리면 학생 기록부처럼 훔치기라도 할 것 같아 입을 다물었다.

"너 초등학교 졸업할 때 되게 촌스러웠다."

"웃지 마."

"괜찮아. 우는 모습도 매력 있으니까. 엄청 슬펐나 봐? 으구구. 우리 이경이, 학교 졸업하는 게 그렇게 슬펐어요?"

포기하고 가만히 녀석 옆에 앉아 앨범을 봤다. 초등학교를 졸업하며 울던 어린애가 어느새 고등학교 졸업을 앞두고 있었다. 달라진 건 그땐 부모님 두 분 모두가 내 졸업식에 꽃을 들고 참석했다는 것이고 지금은 그렇지 못하다는 것이었다. 지금은 울어도 달래 줄 사람이 없어 울지 못한다는 것도.

"어머님이 진짜 미인이시네."

녀석이 졸업 사진에 담긴 엄마를 손가락으로 가리키며 감탄했다.

"그때 기억은 별로 없는데, 엄마가 학교에 오면 애들 앞에서 뭔가 우쭐했던 건 기억나."

"언제 돌아가셨는데?"

"……."

"아, 하기 싫으면 대답 안 해도 돼. 알잖아, 내가 좀 멍청해서 생각 없이 그냥……."

"중학생 때 사고로 돌아가셨어. 나 데리러 오다가 빗길에 차가 미끄러져서."

잠시 침묵이 흘렀다. 녀석은 말실수를 했다고 생각했는지 나를 힐끔거리며 앨범을 보는 척했는데, 다음 페이지로 넘어가지 않는 걸 보니 속으로 생각이 많은 듯했다.

나는 이미 익숙해진 반응에 별생각이 없었다. 사고였다. 누구에게나, 언제 어디에서나 일어날 수 있는 그런 흔한 사고.

"최진헌, 넌 졸업하면 뭐가 제일 먼저 하고 싶어?"

"음. 들으면 엄청나게 부끄러울 텐데. 감당할 자신 있으면 말하고."

화제를 돌린 말에 녀석은 무엇을 상상하는지 바닥에 누워 보고 있던 앨범을 획 덮곤 나를 빤히 바라보기 시작했다.

"뭐. 나랑 자는 거?"

녀석은 내 대답에 과한 액션을 취하며 어깨를 쳐 댔다.

"계집애가 부끄러운 줄도 모르고!"

네가 말할 대사는 아닌 것 같은데.

"아니면 뭔데?"

"말했잖아, 너랑 결혼한다고. 어차피 결혼하면 네가 말한 건 자연스럽게……. 아, 최이경 너랑 내 마음이 이렇게 잘 통할 줄이야."

녀석은 어느덧 자세를 고쳐 앉아 이래서 우리는 운명이라느니, 결혼은 필연이라느니 쓸데없는 말을 줄줄 뱉기 시작했다. 그래도 다행인 것은 눈치 빠른 녀석이 왜 내가 저렇게 큰 짐 가방을 들고 온 건지, 공태준의 집에서 완전히 나온 건지, 그 이유는 뭔지 등을 하나도 묻지 않고 있다는 것이었다.

"이경아, 대학 가면 세상에 별 미친놈들이 다 모여 온다던데 누가 너 채 가면 어떡하지?"

세상에 너보다 더 미친놈이 있을까. 나는 녀석이 괜한 걱정을 하고 있다는 생각이 들었다.

"넌 내가 왜 좋아?"

"예쁘니까."

"그게 다야?"

"가슴도 크고."

요즘은 왜 그 말 안 하나 했다. 왠지 첫사랑을 좋아했던 이유가 의심스러워졌다.

"그나저나 우리 신혼여행은 어디로 갈까? 우리 이경이, 뭐 생각해 놓은 데 있나? 오빠는 네가 가고 싶은 곳이라면 다 좋은데."

벌써부터 신혼여행지를 구상하는 녀석의 뇌는 대체 어디까지가 한계인지 궁금해졌다. 그래서 멀뚱멀뚱 바라보니 여전히 혼자만의 망상에 젖은 녀석은 진지하게 제주도가 좋겠다며 말을 이었다.

학교도 졸업 안 한 놈이 무슨 결혼부터 생각하느냐고 타박을 던지니 녀석은 세상을 이미 다 통달한 것처럼, 살아 보면 다 거기서 거기이니 시간 낭비하지 말고 그냥 살자고 말했다.

"참, 어우동도 어우동이지만 너도 진짜 정상은 아니야."

한 우물만, 그것도 가뭄 든 땅인 줄도 모르고 멍청하게 파는 녀석이나, 무슨 땅이든 여러 우물을 한 번씩 삽질해 보는 어우동. 어쩐지 신이 인간을 만들다가 조율에 실패한 때가 있었다면 이 둘이 아닐까 하는 생각이 들었다.

녀석은 그런 내 생각을 아는지 모르는지 입술을 삐죽거렸다. 그런데 순간 무언가 떠오른 듯 제 무릎을 내리친 녀석이 빠르게 말을 이었다.

"아, 맞다, 최이경. 내가 아까 우편함에서 뭐 하나 꺼내 왔는데 읽어 줄까? 며칠 전부터 있었던 거긴 한데, 주소지 보니까 여기가……."

새벽 공기가 찼다. 내 기억은 아직 봄 어느 날에 머물러 있는데 어느새 흰 입김이 눈앞을 가렸다. 주위를 둘러보니 푸르스름한 기운이 곧 아침이 온다고 말하고 있었다. 나는 가방을 끌어안은 채 그 광경을 지켜보았다. 녀석의 집 앞에서, 1시간째 앉아.

공태준의 집. 이젠 내 집보다 익숙해 발이 저절로 기억하는 골목. 나는 밤새 보일러도 나오지 않는 집에서 끙끙대며 앉아 있다가 결국 이곳으로 돌아왔다. 돌아오지 않을 수 없었다.

몇 시간 전, 기어코 자고 가겠다는 최진헌을 억지로 돌려보낸 후 나는 녀석이 쥐여 준 고지서와 편지를 차례로 읽었다. 고지서에는 익숙한 것들도 있었고 그렇지 않은 것들도 있었다.

그중 익숙치 않은 겉표지의 우편물 하나가 눈에 들어왔다.

"……아빠."

상사뱀

아버지에게서 온 것이었다. 방송국과 기자들에게서 하루걸러 전화가 걸려 와 핸드폰을 없애 버려서 편지로 대신하신 듯했다. 직접 목소리를 들었으면 좋았을 텐데, 괜히 핸드폰을 해지했다는 생각이 들었다.

"하."

나는 오랜 고민을 끝내고 천천히 몸을 일으켰다. 이렇게 기억을 더듬으며 문 앞에 쪼그려 앉아 있을 수는 없었다.

대문을 열고 안으로 들어섰다. 아직 어둡고 조용했다. 마치 아무도 없는 것처럼 집 안이 적막했다. 천천히 옮긴 발이 녀석의 방문 앞에 멈췄다.

달칵. 문고리를 내리니 잠겨 있는 문의 답답한 철 소리가 들려왔다. 나는 언젠가 내 방 바닥에 떨어져 있던 스페어키를 떠올렸다. 서랍에 넣어 놓고 녀석에게 주려다 잊어버렸던 것이다.

열쇠를 찾아 문고리에 끼워 넣으니 스르륵, 문이 열렸다. 안은 어두웠지만 스탠드 불빛 아래로 누워 있는 공태준이 보였다. 녀석은 내가 들어오는 소리에 막 잠에서 깬 듯 한참을 눈을 깜빡이다 내가 서 있는 곳을 멍하니 바라봤다.

"최이경?"

하루 사이에 얼굴이 야위었다. 자세히 보니 식은땀도 흘리고 있었다.

"나한테 못되게 군 건 넌데 왜 네가 아파."

알고 지낸 이후로 단 한 번도 녀석이 아픈 모습을 본 적이 없었다. 머리가 좋은 만큼 체력 관리도 잘하던 애였다. 몸에 안 좋은 건 먹지 않았고, 일주일에 두세 번씩 새벽에 운동을 갔다 올 정도로 몸 관리에 철저한 놈이었다.

그런 애가 고작 하루 만에 아파서 누워 있었다. 녀석도 그런 제 상태를 아는지 픽, 웃음을 흘리곤 천천히 입을 뗐다.

"······안 올 줄 알았는데."

"안 오면 좋았을 거라는 말로 들리네."

"반은 그랬고, 반은 아니었고."

나도 돌아올 줄 몰랐다. 돌아오지 않을 거라 생각했다. 그런데 다시 돌아와야만 하는 이유가 생겨 버렸다. 밤새 확인하고, 또 확인하고, 몇 번을 망설이고 난 후에야 다시 이곳에 돌아왔다. 정리할 것이 생겼기 때문이다.

"벌받는 거야, 공태준."

"그런가."

침대에 걸터앉아 녀석의 이마에 손을 올리니 생각보다 뜨거웠다. 이렇게 혼자 끙끙 아파하는데도 녀석을 돌봐 줄 사람이 아무도 없었다. 그렇게 만든 사람이 내 아버지였고, 나였다.

"괴롭힐 거면 아프지나 말지."

"그게 내 마음대로 안 되네."

"아파도 입은 살았지? 문은 왜 잠그고 있었어. 내가 안 올 줄 알았다면서."

"······그러게. 왜 그랬지. 너한테 배웠나."

"끝까지 잘났지?"

녀석이 웃었다. 나는 어느새 그 옆에 앉아 열을 재고 약을 찾아 녀석에게 먹였다. 녀석은 문득 무언가 떠오른 듯 천천히 벽에 기대앉으며 말했다.

"넌 모를 거야. 우리 엄마는 되게 착해서 나한테 잘해 주기만 했는데."

"……."

"내가 아플 때면 나한테 와서 그랬어. 얼른 나아야 한다고. 아프면 안 된다고. 힘들어도 공부는 하고 자라고. 안 그러면 아버지한테 혼날 거라고."

"태준아."

"그런 사람이었어, 우리 엄마가."

덤덤히 웃고 있는 입과 달리 녀석의 눈은 한없이 가라앉아 보였다. 녀석은 고개를 들고 나를 빤히 바라보더니 천천히 입을 뗐다.

"세상에서 평범한 가족을 갖고 사는 게 얼마나 힘든지 제일 잘 아는 너랑 나랑은 다를 수 있지 않을까."

나는 그제야 녀석의 생각을 어렴풋이 알 것 같았다. 뭘 원하는지, 또 왜 원하는지, 어째서 나여야만 하는지. 그동안 알지 못했던 희미한 무언가가 점점 뚜렷하게 다가왔다.

녀석은 내 손을 잡고 말을 이었다.

"최이경, 우리도 그렇게 살 수 있어. 남들처럼 평범하게, 완벽한 가족으로. 너만 내 옆에 있어 주면 나도……."

"공태준."

그러나 녀석은 모르고 있었다. 불행을 껴안은 두 사람이 모이면 아무리 애를 써도 평범해지지 못한다는 것을. 완벽한 가족이 아니라 평생 불완전한 가족으로 살아야 한다는 걸, 녀석은 모르고 있었다.

엄마가 갑작스럽게 사고로 떠난 후 아버지와 내가 얼마나 아등바등 살기 위해 발버둥 쳤던지. 한 아이는 엄마를 잃고, 한 남자는 아내를 잃고, 그 둘이 한 지붕 아래에서 같은 듯 다른 아픔을 가지고 얼마나 살기 위해 애를 썼는지 녀석은 모를 것이었다.

누군가의 부재가, 괜찮은 듯 어느 그늘 아래 숨어 있다가도 무심코 튀어나와 그 뾰족한 바늘로 얼마나 아프게 찔러 대는지. 평생 잊지 못할 아픔을 공유하고 사는 게 어떤 것인지.

"태준아, 우린 결국 같이 있을 수 없을 거야."

지금은 괜찮겠지. 학교, 집, 학교, 집만 오가며 고작 1년도 안 되는 시간 속에서 우린 많은 것을 겪지 않았으니까. 하지만 1년이 지나고 또 1년이 지나면 너의 부모님 기일이 올 때마다, 이따금씩 살인 뉴스가 보도될 때마다, 밥을 먹는데 어릴 때 먹었던 맛이 그리워질 때마다 그 바늘들이 가시를 세우고 서로를 갉아먹게 만들 거야.

"아니. 같이 있을 수 있어. 같이 있을 거고. 네가 그랬지, 우린 비슷한 게 많다고. 나도 그렇게 생각한다잖아. 그런데 왜 안 된다고만 생각하는 건데?"

녀석은 흥분한 듯 내 어깨를 잡고 말했다. 나는 그런 녀석의 손을 천천히 감싸 쥐고 다시 말을 이었다.

"쇼펜하우어가 쓴 우화를 보면 고슴도치 얘기가 나와. 추위를 버티던 두 고슴도치가 온기를 나누기 위해 서로를 가까이하지만 결국 서로의 가시에 찔려 상처를 입는 얘기. 서로 살려면 결국엔 어느 정도 거리를 유지해야만 하는 거지."

"……."

"너랑 나, 둘 다 세상 추위에 못 견뎌서 이렇게 가까이 오게 됐지만 결국엔 서로의 가시에 찔리다 상처 입고 죽을 거야. 너는 너대로, 나는 나대로 각자 가시만 세우다가 결국……."

"그만해."

녀석이 고개를 돌렸다. 더 이상 내 말을 듣고 싶지 않다는 뜻일 터였다.

"태준아."

"방금 말을 못 들은 걸로 할 거야. 그러니까 너도 그런 생각 버려."

평소라면 이렇게 무작정 귀를 막고 밀어내는 녀석이 아니었다. 그저 우격다짐을 해서라도 그 사실을 부정하고 싶은 건지, 아니면 진심으로 그렇게 믿는 건지 알 수 없었다.

"최이경, 네가 아무리 가고 싶어도 내가 가라고 하기 전까진 아무 데도 갈 수 없다는 거 잊지 마. 네 아버지가 저지른 그 끔찍한 일을 기억한다면 넌 평생 나한테 발 묶여 있어야 돼. 네 가시가 나를 찌르건 말건 넌 내 옆에 있어야 돼."

수능이 이틀 앞으로 다가왔다.

공태준은 학교에 오지 않았다. 아직 몸이 낫지 않아 처음으로 결석을 했다. 뒤를 돌아보니 녀석의 친구들이 자리에 앉아 이야기를 나누고 있었다. 그러다 문득 한 아이와 눈이 마주쳤다. 시선은 금방 돌아갔다.

나는 문득 녀석을 떠올렸다. 너도 거기서 나를 보고 있었을까. 이렇게 돌아보기만 해도 쉽게 마주치는 눈을, 왜 너랑은 한 번도 마주치지 않았을까. 우연히 비껴간 걸까, 아니면 일부러 나를 피하기라도 한 걸까.

　―안녕하세요. 11월 7일. 오늘의 방송을 시작합니다. 중요한 시험 전날이기도 한데요. 한 해 동안 고생하신 선배님들 모두 힘내시길 바라며…….

　점심시간이 되자 방송이 흘러나왔다. 가끔 무슨 데이나 기념일마다 시를 들려주거나 노래를 틀어 주곤 했다. 딱히 귀 기울여 들어 본 적은 없었지만 이것마저도 언젠가는 그리워질 것 같았다. 그런데 그때, 익숙한 목소리가 들려오기 시작했다.

　―아, 아. 예쁜이는 들으시오. As soon as possible(조금이라도 빨리), 숨바꼭질 장소로 튀어나오시오. 자체 발광, 살벌 매력쟁이가 기다릴…….

　―선배님, 여기서 이러시면…….

　―어어, 그래. 거기 잠깐 앉아 있어. 이것만 마저 얘기하고.

　―하지만 지금 학주 선생님이…….

　―어우동, 이놈 자식!

　학주의 우렁찬 호통과 욕도 들리기 시작했다. 곧이어 매서운 폭력 소리와 비명 소리가 생중계되었다.

　문득 의문이 들었다. 어우동은 왜 항상 마이크가 있는 곳에서 하고 싶은 말을 던지는 걸까. 녀석은 조소가 아니라 연예인을 준비해야 했다. 거부할 수 없는 방송 체질인 듯했다. 목소리도 남다르게 발성이 좋았다.

　―아악! 아, 쌤! 아파요, 아파! 아프다고!

상사뱀

학교 뒤 소각장, 숨바꼭질 장소가 정확히 뭘 의미하는 건지
는 모르겠지만 이곳밖에 떠오르지 않았다. 최진헌이 내게 알려
준 장소였으니 녀석도 알고 있지 않을까 생각했다.

"최이경!"

잠시 후 어우동이 내 이름을 부르며 달려왔다. 다행히 추측
이 빗나가지 않은 듯했다. 녀석에게도 이곳이 숨통을 틔워 주
던 곳이었을까. 숨바꼭질이라 말한 걸 보니 녀석에겐 이곳이
몸을 숨기는 장소라는 생각이 들었다. 녀석은 엉덩이를 얻어맞
기라도 했는지 뒤뚱거리며 내 앞에 섰다.

"빨리 왔네. 교무실에서 못 빠져나올 줄 알았는데."

"도망쳤지. 와, 나 진심으로 조각도 던질 뻔했네. 때릴 거면
한곳만 때리지, 꼬리뼈도 맞았잖아."

"너 괜찮아?"

"응. 그래도 내가 맷집은 끝내주니까. 질리지도 않나 봐. 공
부는 안 하고 어쩌고저쩌고. 내가 열심히 하면 재능 없는 불쌍
한 애들은 어떻게 대학을 가라고. 쯧쯧, 다들 내 속 깊은 배려
를 몰라요."

녀석은 박스를 여러 겹 깔아 조심스럽게 의자에 앉았다. 어
쩐지 두 번 배려했다간 평생 못 걸을 것 같았다.

"근데 혹시 최진헌은……."

나는 문을 바라보다가 조심스럽게 녀석에게 물었다. 어쩌면
같이 오지 않을까 잠깐 기대했다.

"몰라. 뭐, 수시 붙어서 교실에서 쫓겨났다는 건 들었는데
학교에서 나오지 말라고 했대. 나도 이상하게 학주가 3학년 층

을 못 가게 하더라. 진짜 너무하지 않냐? 어떻게 학교가 학생을 오지 말래. 최진헌은 교장이 직접 못 오게 했다는 소문도 있던데. 이건 진짜 뒤에 무시무시한 계략과 속셈이……."

어쩐지. 아무리 그래도 같은 학교인데 한 번을 마주치기가 어렵다 했다. 녀석은 크게 신경 쓰지 않는 듯 말했지만 난 그 뒤에 왠지 내가 있는 것 같았다.

"그나저나 난 왜 찾은 건데? 방송에서 그렇게 떠들썩하게 불러 놓고."

"아, 맞다. 나 너한테 줄 거 있어."

녀석은 눈을 감고 손을 내밀라고 했다. 나는 손은 내밀었지만 눈은 감지 않았다. 어우동은 누가 뭐라 해도 최진헌의 친구였다. 할 만한 짓이 뻔했다.

"최이경 눈치 빨라."

"줄 게 있는 거면 빨리 주고."

사실 녀석의 주머니에 불룩 나와 있는 게 너무 빤히 보이긴 했다. 녀석은 입술을 내밀고 여자애가 무드를 모른다면서 중얼거리더니 무언가를 내밀었다.

"이게 뭐야?"

"내가 조각한 거. 보석함."

조각을 하는 건 알았지만 목공예에까지 소질이 있는 줄은 몰랐다.

"수능 선물. 내일 시험 잘 보라고. 대학 가서 꾸미고 그러면 액세서리 같은 것도 살 것 아냐."

"어우동."

"나 우는 여자는 딱 질색인데 지금은 허락해 줄게. 자, 감동의 눈물을 펑펑 흘려 봐."

녀석은 괜찮다는 내게 굳이 어깨를 빌려주겠다며 팔을 내밀었다. 하지만 눈물이 나오진 않았다. 그저 손에 놓인 녀석의 선물을 멍하니 바라봤다.

"근데 여기 M&W는 무슨 뜻이야?"

"W는 내 이름 약자고, M은 최진헌 그놈이 네 별명 약자라고 알려 줬는데. '미'로 시작한다던데 나머지는 안 알려 줬어."

"아……."

"미인인가?"

녀석다웠다. 친절하게 내 별명을 넣어 줬다. 하기야 내가 이 학교에서 이름보다 더 많이 불린 호칭이니 잘 어울릴지도 모른단 생각도 들었다.

나는 어우동에게 천천히 다가갔다. 점점 다가오는 내가 불안한 듯 굳은 녀석을 천천히 끌어안았다.

"고마워. 잘 쓸게."

"뭐, 뭐야. 새삼 반한 건 알겠는데 이건 곤란하다. 나 이제 페어플레이 하기로 했어. 그 새끼가 이거 알면 나 절교 당해."

"너 그런 거 무서워하는 애 아니잖아."

"하긴 그건 그렇지."

절교를 할 거였다면 이미 오래전에 했을 거라면서 녀석은 제 몸은 신경 쓰지 말고 안고 싶은 만큼 안으라고 했다. 참 줏대 없는 놈이긴 했지만 좋은 애이기도 했다. 다시없을 만큼 좋은 친구였다.

"최이경."

"응?"

"너 지금 나 좋은 친구라고 생각했지?"

뭐, 귀신같은 놈이기도 하고.

"죽어, 너! 나 친구 아니야. 사각관계 기억 안 나? 굳이 복잡한 관계 싫으면 최진헌을 빼자."

❖

학교에서의 마지막 시간을 어우동 덕분에 즐겁게 보내자 어느덧 대망의 수능 날이 다가왔다. 쌀쌀한 새벽임에도 불구하고 곳곳에서 묘한 열기가 느껴졌다.

뉴스에선 벌써부터 절이며 성당에 가 자식을 위해 기도하는 부모의 모습과 선배들을 응원하는 후배의 모습, 작년 이맘때쯤의 웃기고 슬펐던 에피소드들이 기사로 쏟아지기 시작했다.

나는 어쩌면 오늘이 교복을 입는 마지막 날이 될 것 같아 최대한 단정하게 옷매무새를 다듬었다. 사실 아직 실감이 나지 않았다. 오늘이 지나면 많은 것이 달라진다는 것이.

"최이경."

공태준은 나보다 먼저 준비를 마치고 거실에 서 있었다. 다행히 컨디션도 좋아 보였다. 전날까지도 침대에 누워 공부하던 녀석은 생각보다 불안하거나 초조해 보이지 않았다.

그런데 내게 무언가 하고 싶은 말이 있었는지 방에서 나오는 나를 말없이 바라보다가 천천히 다가왔다.

"알아. 나 그동안 유치하게 굴었어."

"뭐가."

"학교에서 너 괴롭혔던 거. 혼자 만들려고 한 거. 근데 후회는 안 해. 안 그랬으면 다른 후회를 해야 했을지도 모르니까."

녀석은 유치했다는 제 행동을 인정하면서도 미안해하지 않았다. 참 녀석다운 사과였다.

"그래, 너 잘났다. 내가 평생 왕따 꼬부랑 할머니로 늙어 가야 속이 시원하지."

"글쎄. 그땐 나도 왕따 할아버지로 네 옆에 있을 테니까 너무 속상해할 거 없어."

사실 그동안 가끔 어려웠다. 녀석이 하는 말들과, 어떤 생각을 하는지 알 수 없는 녀석의 눈이. 하지만 지금 이 순간만큼은 알 것 같았다.

녀석은 전부터 지금까지 늘 내 옆에 있겠다 말하고 있었다. 앞으로 어떤 날들이 이어져도, 꼬부랑 할머니가 된 내 옆에 백발이 된 할아버지가 되어 함께 있을 거라 생각하고 있었다.

"공태준."

나는 그런 녀석에게 해야 할 말이 있었다. 그래서 돌아온 것이었다. 짐을 바리바리 싸 들고 떠난 지 하루 만에 다시 돌아온 건 녀석에게 꼭 하고 싶은 말이 있었기 때문이다.

"잘 생각해 봤는데, 네가 나한테 이러는 이유가 우리 아버지나 너희 부모님 때문이라는 건 너의 핑계인 거 같아. 사실대로 말해 줘."

녀석은 내 말에 사뭇 긴장한 얼굴로 진지하게 나를 바라보기 시작했다.

"사실은 내가 예뻐서 막 눈이 안 떼어지고, 어? 나한테 반해서 그런 거잖아. 괜히 억지로 막 이상한 이유 갖다 붙인 거 내가 모를 줄 알았어?"

녀석은 잠시 멈췄다가 이내 픽, 웃음을 터트렸다. 이어 소파에 있던 목도리를 내 목에 두르며 느릿하게 말을 이었다.

"맞아. 너는 눈이 가는 애야. 자꾸 눈이 가서 머릿속이 단순해질 정도로."

"그럴 줄 알았지."

"근데 예쁜 건 잘 모르겠다. 객관적 시선을 잃은 지 오래라."

하지만 나는 결국 진짜 하고 싶었던 말을 하지 못했다. 차마 입이 떨어지지 않았다. 녀석의 눈을 마주하고는 도저히 말하지 못할 것 같았다.

"어쨌든 수능 꼭 잘 봐. 실수하지 말고, 딱 원하는 만큼."

녀석은 그 말에 다시 나를 빤히 바라보았다. 목도리를 두르던 손도 그대로 내 어깨에 멈췄다.

"최이경, 너 설마……."

"뭐? 왜? 나 시험 안 볼까 봐 그래? 걱정 마. 누가 고맙게도 대학에 붙여 줘서 아까워서라도 갈 거니까."

"진짜야?"

"네가 한 짓이니까 학비는 네가 대. 너 돈 많다며."

녀석은 그제야 안심한 듯 교복을 정리해 주었다. 그러곤 다시 목도리를 목에 두르며 입을 뗐다.

"오늘 저녁에 나 너한테 할 말 있어."

상사뱀

"할 말?"

"끝나고 바로 와."

잠시 녀석을 말없이 바라봤다. 녀석은 내 대답을 듣기 전까지 비켜 주지 않을 것 같았다. 나는 조용히 웃어 보이며 고개를 끄덕였다. 그러자 녀석이 요 근래 오랜만에 보는 환한 웃음을 보였다. 시험은 신경 쓰이지도 않는 듯했다. 어쩐지 평소보다 더 편해 보이기도 했다.

"끝나고 집에서 보자, 최이경."

2층 유리창 아래로 거리를 지나다니는 사람들이 작은 미니어처처럼 발밑을 스쳐 지나갔다. 대학생, 직장인, 물건을 파는 사람들, 간혹 중학생으로 보이는 아이들도 있었다.

"이 시간에 교복 입고 이러고 있는 고3은 흔하지 않을 거야, 그치?"

사실 공태준에게 거짓말을 했다. 나는 수능을 보러 가지 않았다. 자신만큼 내 고집도 황소고집이라는 걸 녀석은 모르고 있었다. 녀석에게 뭔가 복수 아닌 복수를 한 것 같아 웃음이 나올 줄 알았는데, 마음이 통쾌해 박수라도 치고 싶을 줄 알았는데 생각보다 마음이 가볍지 않았다.

"최이경, 너 지금 딴생각하지? 어떻게 이런 잘생긴 남자를 앞에 두고 딴생각을 하냐?"

"미안. 근데 잘생긴 애가 어디 있다고?"

나는 번화가에 있는 카페에 최진헌과 함께 앉아 있었다.

녀석도 수능을 보지 않았다. 정확히 말하면 나는 보지 않은 것이었고 녀석은 보지 않아도 되는 것이었다.

아까 전 호기롭게 에스프레소를 시킨 녀석은 카페 아르바이트생이 제게 사약을 줬다면서, 내가 시킨 과일 주스를 홀짝이며 훔쳐 마시고 있었다.

수능 한 달 전부터 만나자고 약속을 했다. 녀석은 내가 자신과 같이 수시에 붙은 줄 알고 있었다. 물론 어우동도 이 약속에 포함된 애였지만 끝내 나오지 못했다. 학교 방송실에 무단 침입해 난리를 친 것이 아버지 귀에 들어간 듯했다.

"최진헌, 너야말로 대학 가면 전국에서 몰려온 예쁜 애들 만날 수 있을 텐데 그땐 이렇게 나랑 놀아 주지도 않을 거잖아."

"난 아니거든? 사나이 순정을 함부로 무시하지 마라."

"나보다 더 가슴 큰 여자도 만날 수 있는데?"

"그래도 네가 아니잖아."

녀석은 덧붙여 가슴만 큰 게 중요한 게 아니라며, 나처럼 깡도 세고 태권도도 할 줄 아는 가슴 큰 애가 흔하지 않다고 나를 칭찬했다. 참, 녀석은 칭찬하면서도 기분 좋지 않게 하는 능력이 있었다.

"만약 내가 유방암 수술을 해서 양쪽 가슴이 다 없어졌다고 생각해 봐."

"그건……."

"싫지?"

녀석은 잠시 고개를 숙였다 들더니 조용히 내 눈을 보고 천천히 입을 뗐다.

"끔찍하겠지."

상사뱀

"……."

"너한테 내가 말해 놓은 것들이, 내가 아무 생각 없이 좋다고 말한 것들이 비수가 돼서 널 찌를 텐데. 난 하나도 상관없겠지만 넌 날 볼 때마다 생각날 거야. 나를 볼 때마다 슬퍼지겠지. 내가 너한테 어떻게 비수가 돼. 그건 상상만으로도 끔찍하다."

나는 어느새 진지하게 말하는 녀석의 눈을 바라보고 있었다. 이렇게 진지하게 할 말이 아니었는데, 괜한 말을 했다 싶어 시선을 돌렸다.

녀석이 조금이라도 진심을 드러내면 나는 여지없이 숨곤 했다. 그것이 녀석을 늘 장난만 치는 애로 만들었는지도 몰랐다. 하지만 나는 원래 녀석의 성격이 그렇다 하며 피하고 있었다. 비겁한 것도, 못난 것도 전부 나였다.

"최진헌."

"응?"

"이거 너한테만 말해 주는 건데, 사실 나 이제 진짜 고아다?"

녀석은 휘핑크림이 잔뜩 올라간 과일 주스를 입안에 담고 무슨 말이냐는 듯 나를 올려다봤다.

"우리 아빠 돌아가셨거든."

"……."

"자살하셨대, 보름 전에."

어쩐지 돌린 화제가 더 진지하고 무거웠지만 누군가는 들어줬으면 싶었던 말이기도 했다. 그러나 녀석은 꽤 놀랐는지 움직임을 멈췄다. 신기하게 누가 녀석을 묶어 놓기라도 한 듯 눈 하나 깜빡이지 않고 내게서 시선을 떼지 않았다.

"놀랄 필요 없어. 위로해 달라는 거 아니야. 어떻게 그래. 그럼 양심이 없는 거지. 이거 진짜 네가 처음으로 아는 거야. 공태준도 몰라. 내가 아무리 미친년이라 불려도 그 정도로 돌진 않았잖아."

"최이경."

"괜찮아. 그런 표정 안 지어도 돼. 두 사람이나 죽였으니까, 스스로 죗값을 치르신 거겠지."

생각보다 덤덤하게 말이 뱉어져 다행이라고 생각했다.

"시신 인수받으라고, 유족 인계받으려면 신분증이랑 주민등록등본 떼 오라고 해서 엊그저께 다녀왔어."

사실 내 아버지가 그들을 죽이지 않았을 수도 있다고 생각했다. 살인이라니, 그럴 사람이 아닌데 뭔가 오해가 있는 게 아닐까. 그렇게 계속 생각하다 보니 끝내는 믿게 됐다.

처음엔 그저 내가 도망치고 싶어서 그런 생각을 하는 건 아닐까 했는데 나중엔 아버지가 살인자가 아닐 수도 있겠다. 그래, 아니다. 아닐 수 있는 게 아니라 아니다. 그렇게 믿어 버렸다. 어쩌면 오해가 있을 수도, 누명을 쓰고 있는 것일 수도, 그래서 1차 공판 때 징역 5년을 선고받은 것이 아닐까 생각했다.

"그래서 나 이제 진짜 고아 됐어."

"이경아."

"너 전에 고아원에서 살았던 적 있다고 했지? 거기 혹시 성인도 받아 주나."

상사뱀

사람들이 믿지 않아도 내가 믿고 아빠가 결백하면 언젠가 밝혀지지 않을까 생각했다. 하나 오랜만에 찾은 집의 우편물 중엔 시신을 확인하라는 통지서와 함께 유서가 있었다.

모든 죄를 인정한다. 죄책감을 이기지 못해 이런 선택을 한다. 부디 딸에겐 아무런 피해도 가지 않았으면 좋겠다. 선량한 사람들을 죽인 죗값은 지옥에 가서 받겠다. 그렇게 쓰인 유서가. 모든 믿음과 환상은 그날 부서져 내렸다.

그런데 그때, 말없이 고개를 숙이고 테이블을 보고 있던 녀석이 천천히 고개를 들어 입을 뗐다.

"너 고아 아니야."

"어?"

"최이경 너 고아 아니라고."

녀석은 나를 빤히 바라보며 말을 이었다.

"너는 고아가 아니라, 그냥 잠깐 길을 잃은 미아야. 믿는 종교가 없어서 천국이니 다음 생이니, 그런 거 몰라. 근데 죽으면 보고 싶었던 사람을 다시 만난다는 말은 믿어. 내가 고아원에 살 때 거기 원장님이 그랬거든."

"최진헌."

"영영 못 만나는 게 아니라 조금 늦게 만나는 거라고. 너도 그래. 넌 길을 잃어서 잠깐 헤매고 있는 거고, 나랑 여기서 같이 헤매다가 시간이 지나면 언젠가 다시 아빠 만날 거야."

"……하지만 난."

"기다리고 계실걸? 오래 헤매도 고아가 아니라 미아면 만날 사람이 있는 거니까. 언젠가 꼭 다시 찾을 수 있는 거니까, 그때 만나면 돼."

그 순간, 카페에서 흘러나오던 음악이 갑자기 멈춘 듯 귓가에서 멀어졌다. 이어 애써 기억에서 지우려 했던 아빠의 목소리가 어디선가 들려왔다.

이경아. 보고 싶은 내 딸……. 미안하다. 너를 끝까지 지키지 못한 못난 아빠를 용서해 다오. 죄는 아빠가 지었으니 모든 것을 떠안고 가마. 언젠가 다시 만나자. 그때도 아빠 딸로 태어나 주면 많이 고마울 것 같다. 그때는 더 잘하마. 더 준비해서 좋은 아빠가…….

아빠의 글귀가 목소리가 되어 뒤죽박죽 순서도 없이 귓가를 스쳤다가 희미하게 사라지길 반복했다.

너무 늦어서, 또 끝까지 지켜 주지 못해서 미안하구나. 예쁜 내 딸, 하늘에서 내려 준 천사같이 착하고 예쁜 내 딸. 먼저 엄마 만나서 기다리고 있을 테니 부디 너만은 좋은 기억 안고 행복하게 살아 주길…….

"최이경, 왜 울어. 울지 말라고 해 준 말인데."

"나 사실 하나도 안 괜찮아. 무서워."

"이경아."

아빠의 편지 내용이 머릿속에서 떠나지 않았다. 담담한 척 일상을 이어 가도 나는 한밤중에 잠에서 깨어 숨을 헐떡였다. 받아들여야 한다고 다짐하면서도 귀를 막고 최대한 그 사실에서 멀리 떨어지려 했다. 괜찮은 듯했지만, 사실 나는 괜찮지 않았다.

"아빠가 죽었대. 목을 매달고. 편지 한 장 달랑 써 놓고, 시골 산속에서 혼자 죽었대. 말이 돼? 넌 믿어져? 아빠가 나를 두고 혼자 가 버렸다는 게."

"……."

"그럴 거면, 그렇게 죽어 버릴 거면 한 번만이라도 보고 가지. 나 보고 가지. 아니, 죽지 말지. 나를 봐서라도 죽지 말았어야지. 자수하면 됐잖아. 더러워도 이승이 저승보다 낫다는데 살았어야지, 왜 죽어. 바보같이 왜, 왜……."

녀석은 나를 말없이 바라보고 있었다. 어느새 엉엉 울고 있는 나를, 그저 아무 말 없이 바라보기만 했다. 눈물은 예전 그날 다 흘리고 말라 없어진 줄 알았는데 아직도 쏟을 눈물이 남아 있던 듯했다.

아마 지나가는 누군가는 수능 시험을 망치거나, 도중에 뛰쳐나와 울고 있는 고3 아무개인가 보다 하고 나를 생각할지도 몰랐다. 교복을 입고 있는 두 아이가 수능 날 이런 곳에 앉아 펑펑 우는 모양이 주는 상상의 범위는 넓지 않았으니까.

나는 그렇게 녀석 앞에서 아빠를 찾아 달라, 다시 되돌려 달라 한참을 더 울었다.

"최진헌, 잘 있어."

손을 내밀었는데 녀석은 내 손을 빤히 바라보기만 했다. 정신을 차려 보니 벌써 오후였다. 얼마나 울었는지 잔뜩 부었을 얼굴이 민망해 고개가 들리지 않았다.

그런데 녀석은 내민 손마저 잡아 주지 않았다. 문득 전학 갔던 첫날, 내게 내밀어졌던 손을 보기만 했던 나처럼, 그때 그애의 마음도 이렇게 시렸을까 하는 짧은 생각이 스쳤다.

　　"악수 안 해 줄 거야? 하기 싫어?"

　　"너 왜 갑자기 어디 떠날 사람처럼, 마지막인 것처럼 말하는 건데."

　　녀석의 눈에 날이 섰다. 아이큐가 90밖에 안 된다는 놈이 여전히 눈치가 참 빨랐다.

　　"최이경, 나 졸업해도 계속 너 볼 거야. 말했잖아, 너랑 결혼할 거라고."

　　나는 피식 웃으며 녀석의 가슴을 손으로 쿡 찔렀다.

　　"손 한번 내밀었다가 엄청 진지해지네. 이건 그냥 인사야."

　　"……."

　　"그냥, 너 학교도 이제 안 나오고 다시 만나면 우리 어른 돼서 만날 것 같아서."

　　녀석의 눈엔 아직 의심이 남아 있었지만, 편안한 내 얼굴에 점점 마음을 가라앉히는 듯했다. 나는 녀석을 바라보며 다시 말을 이었다.

　　"해 바뀌면 우리 대학생 되어 있을 거야. 운이 좋으면 같은 대학 붙을지도 모르고, 또 어쩌면 미팅 자리에서 마주칠지도 몰라."

　　"하기만 해, 미팅. 죽는다."

　　"그러니까 빨리 손잡아 줘. 지금 옆 테이블에서도 쳐다보는데 민망해서 딴 사람 손이라도 잡아 버리고 싶으니까."

녀석은 다시 손을 내려다보더니 나를 향해 팔을 뻗었다. 내 손을 천천히 움켜잡은 순간 힘을 줘 나를 끌어당겼다. 덕분에 녀석의 품에 안긴 꼴이 되었다. 참 언제 봐도 예측할 수 없는 놈이었다.

"진짜 미팅 하기만 해 봐. 모조리 다 깽판 쳐 놓을 테니까. 졸업하면 태권도도 끊을 거야."

나는 그런 녀석에게 이마를 기대고 웃다가 말했다.

"다시 볼 때까지 잘 있어야 돼."

녀석은 그렇게 두 번이나 인사한 내게, 사춘기가 늦게 와서 감성이 풍부해졌냐면서 웃었다.

"그래, 최이성. 너도 잘 있어."

"응."

"그리고 금방 다시 만나자."

나는 녀석을 따라 웃었다. 우리의 그 금방이라는 시간이 얼마만큼이 될진 모르겠지만 언젠가 한 번쯤은 지나가다 마주쳤으면 했다. 녀석이 나를 못 알아봐도 나는 녀석을 알아볼 테니까, 꼭 한 번은 우연으로라도 스쳐 마주치길.

"최진헌, 그동안 고마웠어."

어느새 늦은 오후. 오랜 시간 멍하니 앉아 있던 나는 천천히 시간을 확인했다.

"······시험 끝났겠네."

가방을 여니 여권과 비행기 티켓이 손에 잡혔다. 오후 5시, 캐나다행이었다.

이젠 이곳에서 더 버티고 있을 이유도, 기다리던 사람도 없어졌다. 아버지가 당신의 죄를 모두 지고 가 버린 탓이었다. 내가 그 짐을 나눠 지겠다고, 같이 버티겠다고 그렇게 이를 물고 살았는데 매정하게도 홀로 끌어안은 채 한 줌의 가루가 되어 사라졌다.

"지금쯤 집에 가고 있으려나."

나는 조용히 앉아 공태준이 둘러 준 목도리를 바라봤다.

녀석과 함께한 그 시간들 속, 비록 마지막엔 지독히 괴롭혔지만 그전에 녀석과 같이했던 시간들이 모두 나빴던 것만은 아니었다. 녀석과 함께 있었던 덕분에 아빠의 빈자리가 덜했고, 덜 외로웠다. 아마 떠나고 오랜 시간이 지난 뒤에도 녀석이 해 주던 밥이 가끔 생각날 것 같았다.

—고객님이 전화를 받을 수 없어 음성 사서함으로 이동됩니다. 삐 소리가 나면 메시지를 남겨 주세요.

"안녕, 공태준."

나는 꺼져 있는 녀석의 전화를 붙잡았다. 뒤를 돌아 공항 전광판을 보니 곧 비행기에 오를 시간이 다 되어 갔다. 돌아오지 않는 답에 혼잣말을 하는 것도 이게 마지막이 될 것 같았다.

"나야, 이경이. 음, 이렇게 혼자 전화에 대고 말하려니까 좀 민망하긴 한데 그냥 할게. 어차피 얼굴 보고는 말 못 했을 거야. 지금쯤 아마 집에 가고 있을 것 같은데 시험은 잘 봤어? 아니다, 잘 봤겠지. 다른 사람도 아니고 공태준인데. 너는 내가 물어보지 않아도 네가 원하는 만큼 잘 봤을 거야. 너 한 번도 실수한 적 없었잖아."

상사뱀

어쩌면 평생 돌아오지 않을지도 몰랐다. 난 결국 아프기만 하고 누군가에게 짐만 되는 존재였으니 아버지, 그리고 내가 힘들게 한 모든 사람들이 날 잊고 행복하게 살기를 바랐다.

"공태준, 너도 결국은 알게 되겠지만 나는 이제 돌아갈 곳이 없어졌어. 그랬더니 이젠 여기서 혼자 버티고 있을 자신이 없어져 버린 거 있지. 네가 만약 지금 내 말을 듣고 있었다면 왜 또 내가 혼자냐고, 네가 옆에 평생 있겠다고 하지 않았냐고 말하겠지만 나는 네가 이해해 줬으면 좋겠어."

전에 그런 생각을 했다. 만약 누군가가 내 부모님을 죽였고 그 가해자의 자식이 나랑 같은 반이 됐다면 어땠을까. 그 애는 잘못이 없는 거겠지. 스스로 한 짓이 아니니까.

하지만 나는 하루하루 피가 마르고, 무섭고, 또 세상이 징그럽고, 그렇게 죽지 못해 살아가는데 나와 같은 반인 그 애는 아무렇지 않게 웃으며 산다면 그 애를 미워하지 않을 수가 있을까. 정말 아무렇지 않게 '그 애는 상관없는 애니까' 하고 생각할 수 있을까.

사실 난 그럴 자신이 없었다. 그렇게 착하게 살 자신이 없었다. 그런데 넌 어떻게 그럴 수 있지. 너와 잘 지내다가도 하루에 몇 번씩 네가 이상하다고 생각했다.

그래서 내가 언젠가 떠나면, 적어도 네 눈앞에 보이지 않으면 너는 좀 더 나을까 그런 생각을 했다. 지금 당장은 우리가 비슷한 처지에 있다고 생각해 괜찮다가도 문득문득 내 아버지가 저지른 일이 녀석을 괴롭힐 때마다 녀석은 감당하지 않아도 되는 것들을 나를 보며 감당해야 할 테니까.

"그동안 고마웠어. 너는 내게 살면서 가장 특별했던 사람으로 기억될 거야. 시험 끝나면 나중에 너랑 여기저기 놀러 가기로 했는데 약속 못 지켜서 미안. 오늘 저녁에 나한테 할 말 있다고 했는데, 그것도 못 들어 줘서 미안. 혹시 나 기다리고 있으면 그러지 마. 나 못 가. 아마 앞으로도 못 갈 거야."

　그래서 녀석에게 인사하고 싶었다. 안녕히 잘 있으라고. 아프지 말고 잘 지내면 좋겠다고. 그리고 앞으로 다른 사람도 아닌 너와 나만큼은 평생 마주치지 말자고.

　스쳐 지나가지도 말고 어디선가 그저 서로 평범하게 잘 살고 있으려니 그렇게 믿고, 지난 시간들을 다 잊어버리면 좋겠다고. 그렇게 말하고 싶었다.

　"그동안 미안하고, 또 고마웠어. 나는 네가 정말 행복했으면 좋겠어. 진심으로. ……그럼 안녕. 잘 있어, 공태준."

　11월 8일. 내가 녀석에게 전한 처음이자 마지막 진심이었다.

상사뱀

하견지만何見之晚
깨달음이 늦음

7년 뒤, 10월 10일.

─오늘은 쾌청하고 맑은 날씨가 예상되는데요. 나들이를 준비하시는 분들께 기쁜 소식이 될 것 같습니다. 현재 대교 교통 상황은…….

선선한 가을 날씨가 사람들을 바깥으로 이끌었다. 평일임에도 산책을 나온 이들로 한강 주변이 붐볐다.

공항에서 호텔로 이동하는 택시 안, 이경은 얼굴로 떨어지는 가을 햇빛에 잠시 눈을 찌푸리다 천천히 창밖을 바라봤다. 다리 건너로 보이는 한강에서 눈이 떼어지지 않았다.

열 몇 시간 전만 해도 겨울 준비로 우기가 한창인 나라에서 목도리를 동여매고 있었다. 사계절이 뚜렷한 나라였지만 11월이면 눈이 오기도 했다. 그런 곳에 있었다.

그녀는 문득 생각보다 무덤덤한 제가 우습게 느껴졌다. 7년

만에 돌아와 고작 놀란 것이 가을 날씨와 강이라니. 7년이란 세월은 그립다 여기지 않았던 것마저 그립게 만드는 시간이었다. 그러나 어딘가 모르게 마음이 동하는 것이 느껴졌다.

캐나다에도 강은 흘렀지만 창밖에 비치는 강은 어딘가 달라 보였다. 마음을 담아서 보는 것과 그렇지 않은 것의 차이였다.

그때 택시 기사가 그녀에게 말을 걸어왔다.

"거의 다 왔는데 좀 막히네요. 지금이 막힐 시간이 아닌데."

"아, 괜찮으니까 천천히 가 주세요."

이경은 기사의 말에 돌렸던 시선을 다시 창으로 옮겼다. 서두를 필요 없었다. 기다리는 사람이 있는 것도, 만나야 할 사람이 있는 것도 아니었다.

다리를 건너 거리 곳곳으로 스쳐 가는 사람들을 구경하는 것도 나쁘지 않다고 생각했다. 동양인이 아주 없던 곳은 아니었지만, 같은 말을 하고 비슷한 얼굴을 한 사람들이 온 거리에 차 있는 것은 또 다른 느낌이었다.

"그대로일 줄 알았는데 여기도 많이 변했네요."

짧은 듯 길었던 세월 속에 많은 것이 달라져 있었다. 이경은 어쩐지 낯설게 느껴지는 거리 풍경에 쓸쓸한 미소를 지었다.

그녀는 차창에 비친 제 모습을 바라봤다. 달라진 것이 거리 풍경뿐만은 아니었다. 어깨 근처를 스치던 단발머리에 교복을 입고 한국을 떠났던 소녀도 긴 머리에 제법 성숙한 티를 내는 여자가 되어 있었다.

그때 그녀의 핸드폰이 진동했다.

－최이경, 잘 도착했어?

캐나다에서 농장을 운영하고 있는 삼촌의 문자메시지였다. 이경이 아주 어릴 적에 이민을 간 그는 간간이 그녀와 연락을 주고받았다.

－잘 도착했으니까 걱정 마요. 저녁에 전화할게.

언제나 그는 그녀가 힘든 상황에 처할 때마다 캐나다로 오길 바랐다. 그에겐 누나였던 이경 엄마의 갑작스러운 사고 후, 그 누구보다 이경에게 도움을 주고 싶어 하기도 했다.

때문에 이경의 아버지 소식을 듣고 가장 먼저 그녀에게 손을 내민 그였다. 이제 그녀에게 남은 유일한 핏줄이자 그녀를 제일 잘 알고 가장 잘 이해해 주는 사람이기도 했다.

"여보세요."

－네, 안녕하세요. 레이우드 인테리어입니다. 공사 때문에 전화드렸는데요.

이경은 문자메시지를 보내고 막 가방에 넣으려던 핸드폰이 울려 발신자를 확인했다. 삼촌인가 싶었으나 낯선 번호였다. 조심스럽게 전화를 받으니 얼마 전 공사를 맡긴 인테리어 회사였다. 한국에 오기로 결정한 뒤 가장 먼저 전에 살던 집의 공사를 시작했다.

－도착하시기 전에 시공을 마무리하려고 했는데, 일주일쯤 더 걸릴 것 같아서요. 그때 말씀드린 내부 공사가 진행이 늦어져서…….

"어쩔 수 없죠. 조금 늦어지는 건 괜찮으니까 안의 물건들만 망가지지 않게 잘해 주세요."

이경은 전화를 끊고 다시 창밖으로 시선을 옮겼다.

사흘 정도면 마무리될 것이라 예상했던 공사가 미뤄졌다. 그녀는 얼마나 더 호텔에 머물러야 하나 계산했다. 어쩌면 출퇴근을 호텔에서 해야 할지도 몰랐다.

좀 더 빨리 계획을 진행했어야 됐는데, 어딘가 모르게 불안과 후회가 밀려왔다. 한국에 다시 발을 디딘 첫날부터 어쩐지 일이 꼬이는 것 같았다. 또 앞으로도 그럴 것 같다는 왠지 모를 불길한 생각마저 들었다.

그러나 그녀는 천천히 숨을 고르고 머리를 흔들었다. 설마 무슨 일이 생길까 싶었다. 그녀의 삼촌은 이따금 그녀가 걱정을 사서 하는 애라 말하곤 했다.

그래, 지금도 걱정을 사서 하는 것일 터였다. 아무 일도 생기지 않을 것이다. 곧 다시 익숙한 일상이 될 것이다, 그녀는 속으로 자기암시를 걸듯 중얼거렸다. 창밖은 여전히 평화로운 고향의 풍경이었다.

"박 차장님!"

"이경 씨 왔어요?"

한국 지사 첫 출근, 처음 일을 시작한 날처럼 긴장되었다. 사실 정식 출근이라고 볼 순 없는 게 사옥 이전 기념행사 같은 것이었다.

그러나 호텔에 짐을 풀자마자 옷을 갈아입고 회사에 나와야 했다. 웬만한 회사 직원들은 다 오는 날이니 업무 시작 전에 편하게 인사라도 나눌 겸 참석하란 연락을 받았기 때문이다.

떠올려 보면, 분명 나는 캐나다 무역 회사에 취직했다. 그곳 에서 영어는 필수였고 불어는 생활이었다. 취미로 배웠던 독일 어는 출장을 갈 때 한 번씩 사용하기도 했다.

그렇게 나는 4개 국어를 했음에도, 한국인이라는 이유만으 로 한국 지사 발령을 받았다. 그것이 7년 만에 다시 한국에 오 는 이유가 될 줄은 몰랐다.

"우리 캘거리에서 봤었죠? 그동안 잘 지냈어요?"

"네. 박 차장님도 잘 지내셨죠?"

다행히 파견 근무 확정 전, 캐나다 지사에서 함께 일했던 분 과 같은 사무실에서 만나게 됐는데 같이 일할 당시에도 나를 조카처럼 챙겨 주셨던 분이었다.

선하고, 똑 부러지는 성격에, 가끔 혼자 사는 삼촌 안부를 궁금해하는 걸 빼곤 함께 있으면 숨김없이 편하고 믿음이 가는 분이었다. 그런 사람을 한국에 와 첫 상사로 대면하게 된 것은 어쩌면 행운의 시작일지도 몰랐다.

"한국 오니까 어때요? 아직은 정신없죠?"

"네. 아직 뭔가 어색한 것 같기도 하고요."

"하하. 곧 적응될 거예요. 오늘은 그냥 인사하고 얼굴도장만 찍으면 되니까 부담 갖지 말고 천천히 둘러봐요."

그녀는 친절하게 새 건물과 층별 구조를 설명해 주었는데,

사실 낯선 곳엔 잘 가지 않는 성격인지라 열심히 들어도 가는 곳만 가게 될 것을 알고 있었다.

그래도 알아 둬야 할 테니 한참을 고개를 끄덕이며 집중하던 내게, 그녀는 문득 어딘가를 가리키며 목소리를 낮췄다.

"저기 서 있는 남자 보여요?"

"저분이 누구신데요?"

손가락 끝에 40대 후반, 많으면 50대 중반으로 보이는 남자 한 명이 눈에 들어왔다.

"조 부장이라고, 영업부 소속인데 우리끼리 부르는 말론 조 도라에몽이라고 불러요. 피해야 할 사람이니 잘 봐 둬요."

"도라에몽요?"

"이런 말은 뭐하긴 하지만, 약간 좀 또라이 같다고나 할까. 왜, 회사마다 하나씩 그런 사람 있잖아. 괜히 남 트집 잘 잡고 자기 허물은 볼 줄 모르면서 고집만 센 사람. 어감도 비슷하고. 왜, 그 캐릭터가 귀가 없잖아요. 남의 말을 들을 줄 몰라서 그런 말이 붙었나? 어쨌든 다른 사람은 다 괜찮아도 저 사람은 가까이 하지 않는 게 좋을 거예요. 약간 변태라는 소문도 있고."

사실 그런 사람이라면 종류는 다를지 몰라도 어린 시절에도 겪을 만큼 겪었다. 나도 또라이 변태에 단련이 됐다면 된 사람이었다.

"뭐, 사실 마주칠 일은 별로 없을 거긴 해요. 근무하는 층이 다를 테니까."

"아, 다행이네요."

상사뱀

그래도 마주칠 일이 없는 게 나았다. 괜한 문제에 엮이거나 소문에 휘말리는 것은 질색이었다. 최대한 가늘고 조용히, 누구의 시선도 받지 않고 지내는 것이 한국에서의 목표였다.

"아, 맞다. 이경 씨, 인사할 분이 하나 있는데. 우리 본사랑 지사 조형 디자이너님."

피해야 할 대상을 멍하니 기억에 심고 있으니, 채 시선을 돌리기도 전에 낯선 인영이 옆에 드리워져 있었다. 나는 천천히 고개를 돌려 이곳에 들어올 때 지었던 미소를 끄집어냈다.

"최이경입니다. 처음 뵙겠……."

"원래 자주 뵙는 분은 아니에요. 오늘 사옥 이전 기념행사 때문에 모신 거죠. 이경 씨 또래일 것 같은데, 맞죠?"

한국에 돌아와 행운이 따른다고 생각한 게 불과 1분도 되지 않은 것 같은데, 그리 호락호락하지 않은 것 또한 인생이라 했던가. 내가 조심해야 했던 건 영업부의 변태 부장이 아니었다.

"최이경?"

분명 실내인데 어디선가 바람이 불어오는 듯했다. 익숙한 얼굴을 맞닥뜨린 두 영혼을 감싸는 침묵의 바람.

"어머, 두 사람 원래 아는 사이인가요?"

세상엔 보고 싶은 사람을 평생 기다려도 마주치지 못하는 사람이 대부분이라 했다. 그런데 나는 대체 무슨 운을 타고났기에 여기서 이 녀석과 마주치게 된 걸까.

"아, 그게……."

내 앞에 있는 녀석도 곧 이 상황이 현실이란 것을 깨달은 듯했다. 놀란 듯 굳어 있던 얼굴이 점점 묘한 모습으로 일그러져 갔다.

"아주, 아주 잘 알죠. 그래서 제가 박 차장님께 조언 하나 해 드려야 할 것 같은데."

"조언이라니……."

"앞으로 조심하셔야 할 겁니다. 이 여자가 엄청 잘 치고 다니거든요."

"……."

"뒤통수를."

진한 눈썹도, 꽤 다부졌던 눈매도, 그에 비해 깨끗하고 흰 피부를 가져 마냥 어린아이 같았던 녀석. 유명한 이름에 걸맞게 독특한 짓을 하고 다녔던, 뒤통수라는 단어에 이를 바득바득 갈듯 힘주어 말하는 녀석. 어우동이었다.

"오랜만이다. 잘 지내 보여."

"오랜만?"

녀석의 눈썹이 한쪽 방향으로 꿈틀거렸다.

"6년, 아니다, 한 7년쯤 됐나."

"7년쯤?"

내게서 시선을 떼지 않은 채 말꼬리를 무는 녀석은 생각보다 쌓인 게 많은 듯했다. 눈썹이 올라가는 동시에 목소리도 점점 높아졌다. 자리를 옮겨 온 카페에 사람이 없는 게 다행이었다.

"많이 변했다. 못 알아볼 뻔했어. 남자 다 됐네."

"나 원래 남자였거든? 생물학적으로도, 외관 구조상으로도."

녀석은 어쩐지 하고 싶은 말을 참고 있는 듯했다. 혼자 물을 벌컥벌컥 들이마시곤 창밖을 보며 숨을 고르기도, 나를 노려보다가 한숨을 내쉬기도 했다.

그렇게 같은 패턴을 한동안 반복하던 녀석은 이내 무언가 결심한 듯 말을 이었다.

"최이경 너는 내가 아는 여자 중 제일 독하고 미친 여자야."

"칭찬은 아닌 것 같지만 고맙다. 아직도 네가 아는 여자 범위에 있을 줄은 몰랐는데."

"야!"

"응, 듣고 있어."

녀석이 흥분한 듯 컵을 들었다.

"여기 얼음물 좀 갖다 주세요!"

사실 예전에도 만나면 대화보다는 서로 각자의 말만 독백하듯 내뱉던 사이였다. 그럼에도 묘하게 맞는 구석도 있어 같은 공간에 있는 것이 마치 어린 시절부터 쭉 함께한 것처럼 어색함이 없었다. 문득 지금도 여전한 것처럼 느껴졌다.

"넌 어떻게 연락도 없이 그렇게 사라질 수가 있냐?"

"미안. 그때는 그럴 만한 사정이 있어서……."

"아무리 그래도, 우리가 그때 얼마나 개고생을 했는데!"

녀석은 종업원이 가져다준 얼음물을 한입에 털어 넣었다. 이어 와그작와그작 얼음을 씹어 먹으며 눈을 감고 무어라 중얼거리기도 했는데, 다행히 조금씩 표정이 누그러져 가는 걸로 보아 주기도문이라도 외운 듯했다.

사실 녀석을 만나서 놀란 건 나 또한 마찬가지였다. 마냥 자유로운 한량처럼 살고 있을 줄 알았는데 꽤 유망한 조형 디자이너가 되어 있는 게 신기했다.

"독한 년. 매정한 년. 못된 년."

물론 걸걸하고 거칠 것 없는 입담은 여전했다. 나는 그런 녀석을 보며 픽 웃곤 천천히 입을 뗐다.

"최진헌이랑은 아직도 연락하고 지내?"

녀석은 내 입에서 나온 이름에 흠칫 시선을 피했다. 내게서 먼저 녀석의 이름이 나올 거라 생각하지 못한 듯했다. 하기야 생각해 보면 분노나 배신감으로 부르르 떨어야 할 것은 어우동보단 최진헌일 터였다.

녀석은 이리저리 눈동자를 휘젓다 빠르게 말을 이었다.

"절교했어."

그래, 결국 했구나. 대학에 간 후 자연스럽게 멀어졌다는 말보단 훨씬 설득력 있었다. 매일 붙어 다니면서도 원수처럼 싸우기에 언젠가 절교할 줄 알았다. 그래도 같이 지내고 있을 줄 알았는데, 왠지 모를 아쉬움이 묻어나 고개를 숙였다.

그런데 그 순간, 테이블 위에 올려 두었던 녀석의 핸드폰에 '똘끼 허니'라는 이름이 뜨며 요란하게 진동을 울려 대기 시작했다. 녀석의 눈이 다시 떨리기 시작했다.

"여보세요. 전화를 잘못 거신 것 같습니다만. 들어 놓은 보험 많아요. 예, 예."

"……."

"대출 광고야. 신경 쓰지 마."

아직도 잘 지내는구나. 어쩐지 다행이란 생각이 들었다. 물론 녀석은 그렇게 생각하지 않는 듯했다. 녀석은 짧은 통화 후 끊임없이 울리는 핸드폰 배터리를 조용히 분리했다. 나는 그 모습을 잠시 바라보다 천천히 말을 이었다.

"최진헌한테 나 만났다는 말, 하지 않으면 좋겠는데."

"왜."

"그냥. 안 만나는 게 좋을 것 같아서."

녀석은 잠시 고민을 하는 듯 아무 말도 하지 않았다. 그러나 곧 생각을 정리했는지 꽤 진지한 얼굴로 나를 바라봤다.

"나도 네가 최진헌 그놈 만나지 않는 게 좋다고 생각해."

"……."

"걔가 생각보다 너를 많이 원망하는 것 같거든."

그랬구나. 아직도 최진헌과의 마지막 순간은 어제 일처럼 생생했다. 나를 위로해 주던 목소리, 다독여 주던 손길, 따듯한 눈. 녀석은 내가 만난 친구 중 가장 나를 나답게 생각하고 행동하게 해 준 아이였다.

"그래도 혹시 만나거든 1미터 거리는 유지해."

"1미터?"

"너 만나면 뺨 때릴 거라고 풀스윙 연습하고 그랬거든. 걔 손이 좀 무식하게 커서 맞으면 많이 아플 거야."

"아……."

"맞아 봐서 하는 말은 아니야."

어우동의 충고는 명료했다. 기약 없이 기다리게 하는 것이 얼마나 사람을 난폭하게 만드는지 실험한 것이 아니라면 차라리 멀리 사라져 아예 보지 않는 것이 양쪽 모두에게 좋을 것이라고 했다.

기다림이 끝나지 않는 것이 어쩌면 상대에겐 만나지 못하는 첫사랑처럼 좋은 추억으로 남게 할 수 있다고. 다시 만나게 되면 예전과 다른 모습에 실망할지도 모른다고.

"아으, 날씨는 좋네."

어우동과 만나고 나흘이 지났다. 나는 호텔에 머물며 건물 밖으로 단 한 발자국도 나가지 않았다. 관광엔 흥미가 없었고, 산책도 방에서 1층 로비까지 걸으면 충분했다. 정식 출근 날까진 여유가 있었지만 딱히 하고 싶은 일도 없고 바깥 생활을 즐기고 싶지도 않았다.

또 호텔이 비록 집만큼 편하지는 않았지만 좋은 점도 있었다. 맛있는 커피를 로비에서 바로 마실 수 있다는 점이었다. 대충 머리를 묶고 카디건 하나를 걸친 채 엘리베이터를 탔다. 하루 일정이라고 해 봤자 오후에 집 공사를 맡긴 회사에만 들르면 되니 여유로운 날이 될 거라 예상했다.

"여기 관리하는 사람 어디 있어? 무슨 호텔에서 직원 교육을 이따위로……!"

그러나 호텔의 카페는 입구부터 시끄러웠다. 아침부터 무슨 일인가 싶어 천천히 소음의 근원지로 다가가니 웬 커플이 직원에게 화를 내고 있었다.

"조식 세트요. 커피는 뜨겁게……."

상사뱀

하지만 나는 예나 지금이나 남 일에 관심이 없었다. 시끄러웠지만, 그냥 어디에서나 일어나는 해프닝이려니 하고 빈자리에 앉았다. 굳이 내가 나서지 않아도 해결될 일이었다.

"야!"

그런데 아침부터 카페 매니저가 자리를 비우기라도 했는지 시끄러운 소리에도 누구 하나 달려오는 이가 없었다. 꽤 멀리 떨어져 앉은 내 말을 잘라먹을 정도로 목청도 좋은 듯했다.

주위를 둘러보니 그저 재미있는 구경거리 혹은 불쾌하게 여기는 시선뿐, 누구 하나 싸움을 말리는 이가 없었다. 아니, 자세히 말하면 싸움은 아니었다. 일방적으로 모욕을 주는 거였지.

"너, 어디 건방지게 손님이 말하는데 눈을 똑바로 뜨고."

"오빠, 왜 그래. 그만하고 가자, 응?"

"가만히 있어 봐. 너 정신 똑바로 안 차리고 일하지? 뇌 없어? 내가 뭘 잘못 시켜?"

여자는 말리고 남자는 무슨 심보인지 물러날 기세가 없었다. 아무래도 괜한 자존심을 세우는 듯했다. 제 애인 앞에서 뭐라도 보여 주고 싶은 모양이었다. 아니, 사람이 말하는데 눈을 똑바로 뜨지, 그럼 흡뜨고 시체처럼 서 있을까. 참 논리적이지도 못한 시비를 걸고 있었다.

"죄송합니다."

"죄송해? 죄송하다면 다야? 당장 책임자 불러와. 어디 배운 거 없이 커피나 나르는 애가 훈계질이야?"

나는 귀찮은 걸 싫어했다. 최대한 조용히, 실처럼 가늘고 길게 살자는 인생의 모토를 그저 오늘 하루도 무사히 지키길 바랐다.

이름도 모르는 불쌍한 직원을 구하자고 괜한 영웅 놀이를 하는 건 더더욱 싫었다. 또 아버지가 입버릇처럼 말하기도 했다. 괜히 남의 일에 오지랖 부리지 마라.

"훈계가 아니라 손님이 주문하신 차에는 찻잔 세트가 사용되지 않아서요."

"너 몇 살이야? 어디 말대답을. 이거 직원 교육 문제가 아니네. 가정교육을 어떻게 받았으면 위아래도 모르고……."

순간 들고 있던 컵을 미끄러트릴 뻔했다. 생소한 단어도 없었는데 낯선 문장이 느리게 귓가에 내려앉고 있었다. '가정교육을 어떻게…….' 그 뒤의 말들은 잘 들리지 않았다.

"아."

그러나 눈을 감고 마음을 가라앉혔다.

남의 일이었다. 쓸데없이 남의 일에 끼어들면 내 인생을 들여다볼 시간이 줄어든다. 그렇게 아버지가 가르치셨다. 그게 아버지의 가정교육이었다.

"여기서 쫓겨나고 싶어? 내가 누군지는 알고 이래?"

이렇게 식상한 대사가 들려오는데 어디서 백마 탄 기사라도 짠하고 나타나 저 여자를 구하고 이 시끄러운 소동을 잠재워주면 좋으련만, 그런 건 영화에서만 나오는 장면인 듯했다.

나는 어느새 느긋하게 자리에서 일어나 옷매무새를 정리하고 있었다. 아버지는 엄마 없이 큰 티가 날까 봐 내가 중학생일 때부터 주부들이 드는 동아리며 요리 블로그, 《사춘기 딸에게 친구가 되는 엄마》 등의 잡지책까지 구독한 사람이었다. 물론 큰 효과는 없었지만. 어쨌든 두 명의 몫을 해내기 위해 노력하신 분이었다.

그럼에도 내게는 남에게 무언가를 요구하거나 부담을 주지 말라고 하셨다. 준 것을 돌려받으려 하는 삶은 결국 가진 것도 잃게 하는 삶이다. 그렇게 가르치셨다. 모두를 특별하게 대하진 못해도 평등하게 대하라 가르치신 것도 아버지였다. 나는 그런 가정교육을 받아 왔다.

"세상에, 영환 오빠?"

그러나 아버지가 딱 하나, 물불을 가리지 않으시고 교육에 열을 더한 게 있었다. 누군가가 위험에 처했을 때 도와야 한다는 것이 아니었다. 내 자존심이 위험에 처해질 때 절대 가만있어선 안 된다는 것이었다.

"뭐야, 넌."

"오빠 맞구나. 나 이경이야."

가정교육이란 말은 매우 위험한 단어였다. 집에서 배운 가르침을 함부로 남에게 묻고 따질 수 있는 그런 말이 아니었다. 특히 편부모나 이혼 가정, 또는 나처럼 아무도 없는 고아인 애들에겐 한없이 민감해질 수 있는 주제의 말이었다. 그런 말은 이런 공공장소에서 생각 없이 쓰면 안 되는 것이다.

"여기서 오빠를 만나네. 연락하려고 했는데 번호가 바뀌어서 어떻게 해야 하나 고민하던 참이었어."

"누구야, 너."

"장난하지 마. 내가 외국에서 얼굴을 손 좀 댔기로서니 어떻게 나를 몰라봐?"

"뭐?"

"옆에는 누구? 설마 그새 새 여자 만나는 건 아니지?"

이래 봬도 내 고등학생 시절 별명이 미친년이었다. 또 나는 괜히 미친년 소리를 듣는 애가 아니었다. 남자는 갑작스러운 내 등장에 주춤, 제 기세를 펼치지 못하고 나를 떠올리려 노력했다. 옆에 있던 여자도 뜬금없이 튀어나온 나를 당황스러운 듯 바라보았다.

"설마 진짜 새 애인이라도 되는 거야? 오빠가 어떻게 이럴 수 있어?"

"누, 누군데, 너. 지금 누군데 나한테……."

"난 오빠랑 오빠 어머니 말만 듣고 기다렸잖아. 1년만 외국에서 참고 기다리면 결혼시켜 준다고. 그래서 일도 다 그만두고 떠났는데. 요즘 너무 외롭고 오빠 연락도 뜸해지고 그래서 그냥 왔어. 그런데 오빠가 이러고 있으면 난 어떻게 해? 작년에 억지로 떠나보낸 우리 꼬맹이는……."

아직 식사 전이라 거칠기만 한 배 속이었다. 그 배 위에 살포시 손을 얹고 허망한 표정을 지으니 옆에 있던 여자의 얼굴이 사색이 되어 갔다.

"오빠도 기억하지? 우리 엄마 용한 무녀였잖아. 사실 며칠 전부터 엄마가 꿈에 나오더라고. 뭔가 기분이 이상하더니 이렇게 만날 줄이야."

"지금 너 뭐라고 지껄이는……. 내가 누군 줄 알고!"

"아, 할머니. 잠깐만요. 저 지금 오빠랑 얘기하고 있잖아요."

상사뱀

어느새 여자는 잡고 있던 남자의 팔을 놓았다. 나는 그 타이밍을 놓치지 않고 빠르게 두 사람 사이의 허공을 바라보며 말을 이었다. 내 시선을 따라 여자와 남자의 눈이 옮겨 갔다. 그곳엔 덩그러니 의자 하나만 놓여 있을 뿐이었다.

나는 여전히 허공을 보며 고개를 흔들었다.

"미안. 요즘 자꾸 돌아가신 할머니가 따라오네. 내림도 안 받았는데 왜 이러나 몰라. 엄마 피가 진한가. 어머! 할머니, 거기 올라가시면 안 돼요. 오빠 어깨 아파. 가뜩이나 허리도 안 좋은 사람한테 매달리는 거 아니야."

"지, 지금 무슨 말을……."

"모르는 여자 머리는 왜 잡아요, 응? 놔줘. 이따 저녁 되면 엄청 아파할 거란 말이야. 기력도 없으신 분이 악력은 왜 그리 세. 여자 머리털 다 뽑히겠네."

말이 끝나기 무섭게 나를 보던 둘의 눈이 지진이 난 듯 흔들리기 시작했다. 허옇게 질리던 여자의 얼굴은 백지장이라도 찍어 낼 기세로 창백해졌다. 생각보다 상황이 빠르게 전개되고 있었다.

여자는 보이지도 않을 제 머리 위를 힐끔 올려다보더니 짧은 신음 한 번과 함께 뒤돌아 뛰쳐나갔다. 남자는 그 모습을 멍하니 바라보다 곧 허둥지둥 여자를 쫓아가기 시작했다.

"희, 희정아. 잠깐만! 잠깐만 기다려 봐!"

그렇게 대낮에 벌어진 영매 극이 꽤 극적인 결말을 맞이하며 끝났다. 사람들의 박수갈채로 마무리할 무대는 아니었지만, 꽤 극적인 연기였음은 인정받은 듯했다. 다만 내 눈을 슬금슬금 피하는 사람들이 썩 유쾌하지 않을 뿐.

사실 이 멍청한 자존심이 괜히 날뛰지만 않았어도 평화롭게 아침을 즐기고 낮잠이나 즐겼을 하루였다. 괜히 힘을 뺀 것 같기도 하지만 그저 작게 바라는 점이 있다면 미친년에게 걸렸던 저 건달 같은 놈이 정신 차리고 다시는 서로 마주치지 않기를.

"아, 주문하신 조식 세트 나왔습니다."

"고맙습니다. 그런데 커피가 좀 미지근한……."

"다시 해 드릴, 해 드리겠습니다."

자리로 돌아오니 마침 주문한 메뉴가 나와 있었다. 그런데 생각보다 커피가 식어서 데워 달라고 부탁하려니, 직원은 마치 귀신이라도 본 듯 소스라치면서 새 커피를 가져오겠다는 말만 남긴 채 멀어졌다. 어쩐지 미친년이 아니라 진짜 귀신이라도 된 기분이 들었다.

"연기가 너무 좋았나."

사실 오빠, 하며 여자가 남자의 이름을 부르던 것을 기억했다. 처음엔 영환인지 영훈인지 알 게 뭔가 했다. 남자가 목소리를 높일 때마다 저도 모르게 제 손을 감싸며 떠는 여자 모습도 봤다. 마음이 약하고 이런 상황에 익숙하지 않은 듯했다.

그러다 대화 도중 여자의 가방 손잡이 부분에 작은 부적 모양 고리가 걸려 있는 것을 발견했다. 나는 꽤 눈썰미가 좋은 미친년이었다.

"……아."

그러나 나는 나서지 말았어야 했음을, 괜한 소란을 피워 사람들의 이목을 끌지 말았어야 했음을 곧 깨달았다.

상사뱀

후회는 언제 해도 늦다는 것을 늘 알고 있었지만 늘 한발 늦게 알아차렸다. 조용히 살자는 삶의 모토를 끝까지 지켜야 했음을, 남에게 신경 쓸 처지가 아님을 너무 늦게 알아 버린 것이다.

"찾았다."

느릿하게 뒤로 다가온 검은 그림자를 누구보다 빠르게 알아차렸어야 했다. 아니, 내가 이 카페에 들어설 때부터 나를 좇았던 시선을 눈치챘어야 했다.

그 어둡고 진득한 시선을 미리 알아차렸다면, 적어도 의자에 엉덩이를 붙이기 전에 할머니가 아니라 도망칠 문을 찾아놨을 것이다.

"최이경."

이렇게 다시 너를 만나게 될 줄, 이렇게 마주하고 다시 네 목소리를 듣게 될 줄, 왜 나는 모르고 있었을까.

"아, 오랜만이다."

교복이 아닌 검은 슈트를 입고 있는 모습이 낯설었다. 차분하게 내려져 있던 앞머리가 위로 올라가 있는 것도, 운동화 대신 검정 가죽 구두를 신고 있는 것도 전부 어색했다.

내 마지막 기억 속의 공태준은 어린애까지는 아니더라도 꽤 정갈한 소년의 모습이었다. 물론 지금도 무섭게 깔끔하고 단정하지만 뭔가 선이 더 날카로워진 것 같았다. 분위기가 달랐다. 나를 바라보고 있는 눈빛도 달랐다. 7년의 공백은 생각보다 많은 것을 바꿔 놓은 듯했다.

"최이경."

내 이름이 이렇게 섬뜩한 단어였나. 오랜 침묵 끝, 간신히 오랜만이라고 말한 나를 빤히 바라보던 녀석이 조용히 내 이름을 불렀다. 맞은편 소파에 앉아 표정 한 번 바꾸지 않은 채.

사실 녀석과의 재회를 오래전 상상한 적이 있었다. 우연히 길을 지나치다 눈이 마주치면 '오랜만이다. 잘 지냈니?' 그렇게 인사를 건넨 다음, '좋아 보인다. 그동안 어떻게 살았니. 의사가 됐겠구나. 내과? 외과?' 그렇게 태연히 말을 잇다가 '안녕. 잘 가.' 이렇게 끝인사를 맺을 줄 알았다.

하지만 지금의 나는 미리 생각했던 첫인사는 어떻게 뱉었지만, 다음 대사는 이을 생각을 하지 못했다. 이렇게 다시 만날 줄 몰랐고, 이런 모습으로 만날 줄 몰랐으며, 만난 후 이 녀석의 눈이 이런 느낌일지도 몰랐다.

"진짜 오랜만이야. 이렇게 다시 만날 줄은 생각도 못 했네."

"……"

"그런데 여긴 어쩐 일로……. 어디 가던 중인 거 같아 보이는데 혹시 바쁘면……."

횡설수설, 말이 엉켰다. 약속이라도 있으면 내가 먼저 자리에서 일어나 줄 테니 제발 무슨 말이라도 해 주길 바랐다.

그러나 녀석은 여전히 아무 말도 하지 않았다. 그저 나를 말없이 응시하다가 찻잔을 매만지며 아무렇지 않은 듯 근처에 회사가 있다고 느릿하게 말을 이었다.

병원을 회사라고 부르기도 하나…….

녀석의 말에 잠시 말을 잇지 못하니, 녀석은 내가 무슨 생각을 하는지 알겠다는 듯 천천히 제 안주머니에서 명함을 꺼내 테이블 위로 건넸다.

서울 중앙 지방 검찰청 특임 검사. 의사가 됐을 줄 알았는데, 검사가 되어 있었다.

"아. 의대에 갔을 줄 알았는데."

"갔었어, 의대."

녀석은 의대는 갔지만 생각이 바뀌어 사법 고시를 봤다고 했다. 전에도 녀석이 천재에 가깝다는 건 알고 있었지만 이 정도일 줄은 몰랐다. 천재가 아니라 괴물인 듯했다.

"그랬구나. 아무튼 잘 지내 보인다. 그 일을 하고 있을 줄은 몰랐는데, 어울려."

다시 침묵이 찾아왔다. 녀석은 눈 한 번 깜빡이지 않고 나를 바라보았다. 내게 다가와 처음 눈이 마주친 순간 녀석은 말했다. 찾았다고.

마치 내가 숨어 있기라도 했다는 듯한 말이었다. 물론 말없이 떠난 것은 맞았지만 숨어 있던 것은 아니었다.

그동안 나를 찾기라도 했던 걸까. 잠시 생각을 하다가 똑똑한 녀석이기에 나를 쉽게 알아본 거겠지, 그래서 그냥 그런 말을 한 거겠지 하고 애써 생각을 접었다.

7년 전 우리의 끝은 그리 좋은 추억이 못 되었다. 녀석은 나를 몰아세웠고 나는 도망치듯 이곳에서 벗어났었다.

"어쨌든 공태준 너랑 이렇게 만나게 될 줄 몰랐어. 우연이지만 반가워."

"우연?"

"그런데 우리 만약 다음에도 이렇게 우연히 만나게 되면, 그냥 지나쳤으면 좋겠다."

생각해 보니 상상으로도 녀석과의 두 번째 만남은 없었다. 우리는 그럴 만한 사이가 못 되었다. 지금도 이렇게 숨이 막히게 답답하고 긴장이 되는데 다음이란 말은 더 자신이 없었다.

아예 못을 박듯 녀석에게 인사했다. 혹시라도 이 좁은 나라에서 또 마주치거든 알은척은 말고 서로 평범하게 살던 그대로 지나치자고.

"좋아 보여서, 정말 다행이야."

나는 멋대로 말을 마치고 뻣뻣한 몸을 빠르게 일으켰다. 그렇게 애써 태연히 속도를 맞추며 뒤돌았고 앞으로 걸어 나갔다. 이미 돌아선 등 뒤로 녀석이 어떤 표정일지는 그려지지 않았다. 이어지는 말도 없었다.

그러나 천천히 걸음을 내딛다가 복도를 꺾자마자 경보를 하다시피 방으로 뛰어 올라가야 했다. 설마 그러지는 않겠지만 따라올까 싶어서였다.

다행히 녀석이 쫓아오는 것 같지는 않았다. 그래도 혹시 몰라 빠르게 짐을 챙겼다. 다른 곳으로 옮겨야 할 것 같았다. 이곳에서 녀석을 한 번 마주쳤으니 다시 마주치지 않으리란 법이 없었다.

더 이상 녀석에게 죄인은 아니었지만, 우린 편히 마주칠 만한 사이도 아니었다. 일단 이 동네에서 가장 멀리 떨어진 곳으로 가야 했다.

그런데 가방 지퍼를 열다가 문득, 녀석이 마지막으로 읊조

리듯 한 말이 떠올랐다. 등 뒤로 아주 작고 낮게 들린 말.

'상사뱀.'
'……'
'상사뱀을 만났네.'

그게 무슨 뜻이지. 언젠가 들어 봤던 것 같기도 한데. 상사뱀을 만났다는 것이 무슨 의미일까. 녀석은 내게 무엇을 말하고 싶었던 걸까.
"상사뱀……."
내가 녀석을 만난 것. 아니면 녀석이 나를 만난 것. 무엇을 가리키는지 모를 단어 하나가 이상하게 귀에 박혀 나갈 생각을 하지 않았다.

"아, 이건 또 언제 다."
오후 2시, 가장 해가 뜨거운 시간에 끙끙대며 짐을 끌었더니 뒷목이 축축하고 손바닥은 달아올랐다. 아침에 공태준과 마주친 후, 풀어 놨던 짐을 보이는 대로 챙겨 빠르게 호텔을 옮겼기 때문이었다.
사실 그 호텔에서 계속 머문다고 해서 녀석이 내가 머무는 방에 찾아올 거란 보장은 없었지만 어차피 그곳의 투숙객들 및 카페 직원들에게 귀신 보는 애로 찍힌 터라 더 망설일 이유가 없었다.
그러나 오랜만에 운동 아닌 운동을 한 덕인지, 혹은 녀석을 만난 후유증이라도 되는지 온몸이 노곤해지기 시작했다. 아직 씻지도 않았는데 침대에 머리만 대면 잠이 쏟아질 듯했다. 잠깐 쉬기만 할까, 신고 있던 슬리퍼를 바닥에 떨어트리고 침대에 누우니 눈꺼풀이 천근만근이 되어 나를 눌렀다.

"……으."

그러나 다시 눈을 떴을 때는 이미 해가 한참 지고도 남은 저녁때였다. 분명 체크인을 하고 들어올 때는 하늘 중천에 떠 있었는데, 눈 깜빡한 사이에 바깥 풍경이 달라져 있었다.

겨우 정신을 차리고 옷이라도 갈아입기 위해 침대 아래 두었던 가방에 손을 뻗었다. 그런데 채 손이 닿기도 전, 옆으로 픽 팽개쳐지더니 안에 있던 물건이 바닥으로 쏟아졌다.

급하게 챙겨 오느라 제대로 잠그지 않은 탓이었다. 참 마음대로 되는 게 없었다.

"너희들까지 진짜 이럴 거냐."

침대에 걸터앉아 가방이 토해 낸 물건들을 멍하니 바라보다 보니 핸드폰이 눈에 들어왔다.

어우동 그 녀석이 기어코 내 가방을 털어 핸드폰에 제 번호를 저장한 것이 떠올랐다. 아는 여자 범주에 넣어 주지 않겠다고 하더니 번호는 아는 범위에 넣어 주려는 듯했다.

나는 생각난 김에, 받았던 명함들을 저장하기 위해 핸드폰을 집어 들었다.

"어라."

그런데 그 순간, 막 핸드폰을 꺼내자마자 마치 기다렸다는 듯 전화벨이 울리기 시작했다. 모르는 번호였다. 하기야 아직 한국에 온 지 얼마 안 됐으니 모르는 번호가 더 많은 게 당연하기긴 했다.

"여보세요."

그러나 내 짧은 생각은 그런 내게 모르는 전화번호로 걸려올 전화가 거의 없을 거란 걸 떠올리지 못했다. 그것도 늦은 저녁에.

무심코 받은 전화 너머로 익숙한 목소리가 들려왔다.

―나야.

그 한 마디에 목 뒤가 서늘해졌다. 낮게 울리는 그 목소리가 누구인지 크게 고민할 필요도 없었다. 공태준이었다.

내 핸드폰 번호는 어떻게 알아낸 거지. 다시 만나지 말자는 내 말은 어디로 들은 건지, 또 전화는 왜 한 건지, 묻고 싶은 말들이 턱 끝까지 차 쏟아지려던 순간, 녀석의 말이 입을 막았다.

―문 열어.

"나 여기 있는 건 어떻게 안 거야?"

"글쎄."

"공태준."

전화를 끊고 설마 하는 마음에 조심스럽게 문을 열어 봤다. 불행히도 설마는 설마로 끝나지 않았다. 녀석은 내가 열어 준 문 사이로 태연히 들어와 방 안을 살폈다. 이어 어떻게 알고 찾아왔냐는 내 말에 그저 나를 빤히 바라보다 글쎄, 하며 눈썹을 들어 올리곤 테라스로 걸음을 옮겼다.

"너 지금 뭐 하자는 거야?"

"아까는 일 때문에 바빠서 정리하고 오느라."

"너 진짜!"

"앉아. 그리 격하게 반겨 주지 않아도 알아서 인사할 테니까."

녀석은 커튼을 밀고 베란다 문을 열었다. 순식간에 찬바람이 방 안을 감쌌다. 나는 그런 녀석의 뒷모습을 눈으로 쫓다가 빠르게 입을 뗐다.

"난 더 이상 너 볼일 없는 걸로 알고 있는데. 인사라면 아침에 충분히……."

"나는 아직 제대로 된 인사를 한 적이 없는 것 같아서."

"그럼 받았다 칠 테니까 그만 가."

"그건 싫은데."

다시 마주친 녀석은 예전과도, 아침때와도 어딘가 달라져 있었다. 낯설 만큼 무섭게 변한 것 같기도, 어쩐지 유치해진 것 같기도 했다. 내가 기억하는 공태준은 말꼬리를 잡거나 냉소로 말을 받아치던 애가 아니었다. 물론 종잡을 수 없는 애인 건 여전했다.

"그동안 한국에 없다는 건 알고 있었어."

"공태준."

"여기서 내가 찾아보지 않은 곳은 없었으니까."

창밖을 바라보던 녀석은 발코니에 기대곤 내 쪽으로 시선을 돌렸다. 도시 야경이 녀석의 등 뒤로 반짝이고 있었다.

"대체 무슨 생각으로 이러는 거야."

"무슨 생각?"

순간 여유롭기만 하던 녀석의 눈빛이 단단해졌다. 나는 그제야 왜 별다른 생각을 못 하고 문을 열어 줬을까 후회했다.

아니, 어쩌면 녀석과 마주쳤을 때부터 쉽게 나를 보내 준 것을 의심했어야 했다. 흔한 안부 인사도 하지 않은 채 그날은 어떻게 된 거냐고, 그동안 어떻게 지낸 거냐고 묻지 않았던 것을 그저 시간이 지나서, 잊혀 가는 애라서 그랬을 거라고 생각하지 말았어야 했다. 그랬다면 이렇게 싸늘하게 변한 녀석의 눈을 마주할 일은 없었을 터였다.

"이제 너랑 나. 그때의 열아홉 애들이 아니라 성인이고, 남자 여자 둘이서 호텔 방에 있어."

"공태준."

"너라면 무슨 생각을 할 것 같은데."

그러나 이미 후회는 늦었고, 나를 미동 없이 바라보며 말하던 녀석이 천천히 내게로 걸어오기 시작했다.

"너."

아주 오래전 녀석을 처음 봤을 때도 정상이 아니라고는 생각했다. 하지만 이 정도는 아니었다.

그것이 정상인인 척한 것이었는지, 세월이 흘러 변한 것인지, 그도 아니면 원래 그랬던 놈인데 내가 이제야 눈치를 챈 건지는 모르겠지만 위험한 냄새가 났다. 어디선가 미친놈의 분위기가 풍겨 왔다. 누군가가 우리의 소식을 들으면 박수 치며 어울린다고 할, 미친년과 미친놈의 재회였다.

그러나 나는 주춤주춤 녀석에게서 멀어져야 했다. 어쨌든 녀석과 나는 좋은 기억을 공유했던 사이라고 보긴 힘들었다. 하지만 복도로 나가는 문이 공태준 등 뒤에 있었다. 녀석을 치고 지나가는 게 가능한 시나리오 같진 않았다. 그것을 녀석도 알고 있을 터였다.

"기다리는 건 지겨울 만큼 충분히 했어."

"잠깐만."

"흔적을 쫓는 데엔 이골이 났고."

녀석은 나지막이 제 말을 뱉으며 어느새 팔을 뻗으면 닿을 거리까지 다가와 있었다.

"난 너한테 기다려 달라고 한 적 없어. 찾아 달라고 한 적도. 지금 와서 이러는 이유가 뭔데."

"이유?"

"그래, 이유. 너 지금 이러는 거 이해 안 돼. 아까까지만 해도 이러지 않았잖아. 대체 나한테 왜 이러는 거야?"

뒤로 서너 걸음이면 등이 벽을 마주할 터였다. 녀석은 여전히 물러설 기세 없이 내게 다가오고 있었다.

"예전이나 지금이나 넌 이유만 궁금해하네."

"뭐?"

"간단해. 그냥 마음이 바뀌었어. 천천히 시간을 갖고 기다려 보려고 했는데, 알다시피 내가 그동안 기다린 시간이 짧지만은 않아서. 인내심이 바닥이 나는 건 내가 어쩔 수 없는 거잖아."

"……."

"그래서 이젠 내가 원하는 대로 하려고."

처음엔 녀석이 나를 원망했을 수도 있겠다고 생각했다. 말

상사뱀

없이 떠난 나를 미워할 수도 있겠다고. 녀석이 어떤 생각이었든, 어떤 마음이었든 나를 제 옆과 제 미래에 두려 했던 놈이었기에 다 버리고 떠난 내게 싫은 마음을 가질 수도 있겠다고 생각했다. 그러나 1년이 지나고 또 1년이 지나 어느덧 7년이란 시간이 지났을 땐 그 마음이 다 희미해졌을 거라 믿었다.

"공태준. 애처럼 떼쓰지 마. 네 말대로 우린 그때 열아홉 애들이 아니야. 네가 무슨 생각으로 나를 찾고 또 기다렸는지는 모르겠지만 이러는 거 정상 아니야."

"정상이라."

"그땐 그래야 했고, 그럴 수밖에 없던 때였잖아. 하지만 지금은 달라. 이제 너랑 나 각자 평범하게 살고 있고, 굳이 옛날 기억 꺼내서 좋을 거 없는데 왜……."

"최이경. 내가 오래전에 마지막으로 했던 말, 기억해?"

그런데 그 기억과 시간, 감정을 모두 기억하고 있던 것이 나 혼자가 아니었다. 나는 잊지 못해도 공태준 녀석만큼은 다 잊고 평범하게 살길 바랐는데, 그러지 못한 듯했다.

카페에서 마주쳤던 순간, 어쩐지 이상할 정도로 말을 아낀 녀석은 내게 하고 싶은 말이 없었던 게 아니라 해야 할 말을 애써 눌렀던 것이었다.

"너한테 할 말이 있으니 저녁에 시험이 끝나면 보자고."

수능 날 아침, 녀석이 어쩐지 답지 않게 입가에 미소를 걸치고 내게 말했던 것이었다. 저녁에 보자, 내가 지켜 줄 수 없었던 약속. 이어 녀석은 언젠가 나를 지옥으로 밀었다가 건졌던 밤처럼 내 대답을 기다렸다. 내가 그렇다고 대답하지 않을 수 없게 상황을 몰아가고 있었다.

"너 안 왔어. 약속을 지키지 않은 건 너잖아."

"……."

"그런데 왜 나는 네 말을 들어줘야 할까."

"그땐……."

"이유가 궁금하다고? 정작 내가 그 이유를 말해 주려 했을 땐 도망쳐 놓고 이제 와 궁금하긴 해?"

녀석은 내가 제 손아귀에 완전히 잡힐 때까지, 지난 며칠간 시간을 벌고 있었던 것임을 너무 늦게 알았다. 나는 이미 내 어깨를 쥔 채 내려다보고 있는 녀석의 그림자 아래에 있었다.

"이젠 내가 하고 싶은 대로 해. 또한 내 마음대로 하겠다는 건."

"……."

"더는 내가 기다릴 필요가 없다는 뜻이기도 할 거야."

"그게 무슨 뜻이야."

"글쎄."

"공태준!"

녀석이 웃었다. 예전과는 다른 얼굴과 눈빛으로.

"네가 뭘 생각하는지는 모르겠지만 지금 내가 정상이 아니라고 했지? 그런데 어떡하지, 최이경. 나는 원래부터 정상이었던 적이 별로 없어서."

문득 어우동의 경고가 떠올랐다. 녀석은 공태준을 두고 한 말이 아니었겠지만 기다림이 사람을 어떻게 변하게 하는지 알고 싶지 않다면 영영 만남을 미루는 게 좋을 거란 충고.

상사뱀

"가까이 오지 마. 소리 지를 거야."

그러나 공태준은 내가 떠올린 그 경고가 이미 늦었다는 것을 아는 듯했다. 조용히 입가에 미소를 짓고는 느릿하게 말을 이었다.

"질러, 원하는 만큼."

"……."

"마음껏."

Animal Farm

조명은 유난히 밝고 바닥은 유난히 차가웠다. 많은 사람들이 이곳에서 따뜻함, 혹은 시원함을 즐겼을 테지만 나는……

"그만 나오지, 최이경."

"너 같으면 나갈 것 같아?"

대치 중이었다. 욕실 문 하나를 사이에 두고, 녀석과 난 1시간째 서로 하고 싶은 말만 하고 있었다.

"밑의 사람 불러서 문 열 수도 있어."

"그럼 제일 먼저 너부터 경찰에 신고해 달라고 할 거야."

"내가 검사인데 잘도 되겠다."

"나는 아직 이 나라에 정의가 있다고 믿으니까. 판검사는 뭐 죄 안 짓고 사나. 너 보면 그건 아니란 확신이 들 것 같은데."

생각해 보면 내가 녀석을 따돌린 것인지 녀석이 나를 가둔 것인지 모를 상황이었다.

　나는 점점 거리를 좁혀 결국 벽 끝으로 가둔 녀석을 피해 도망쳤고, 틈을 탄 다음 그대로 녀석을 밀쳐 바로 옆에 위치한 문 안으로 숨어든 것이었다. 그게 욕실 안이었을 뿐.

　그러나 어쩐지 억울했다. 내 이름으로 체크인한 호텔에, 내가 머물고 있는 룸에서 이게 뭐 하는 짓인가. 명색이 법을 다루는 녀석이 이러면 안 되는 거였다.

　"최이경."

　"……."

　"네가 뭔가 착각하고 있는 게 하나 있는데, 여기는 죄지은 사람이 벌을 받는 게 아니라 죄를 판단하는 사람이 그걸 정해 주는 나라야."

　"뭐?"

　"네 말대로만 되면 이상적인 유토피아가 되겠지. 성폭행, 살인, 절도를 저지른 범죄자들이 피할 곳 없이 깨끗이 처벌받고 안전한 시민들은 정부와 나라를 믿고 따르는."

　욕실 한구석에 기대앉았다. 갈아입지 못한 옷이 불편했다. 그런데 그 와중에도 녀석의 말에 웃음이 새어 나왔다. 저런 말을 하는 녀석이 우리나라 검사라는 게 우스웠다.

　아니, 우습다기보다는 무서웠다. 직업에 대해 사명감을 가지라고 훈계하진 못해도 그런 생각을 갖고 직함을 달고 있는 게 이해되지 않았다.

　"유토피아 같은 건 없어. 적어도 네가 발 딛고 있는 이곳엔."

　"……."

"여기가 얼마나 더러운 판인데. 내가 왜 여길 끔찍하다 생각했는데."

❖

다행이라고 해야 할지 당연하다고 해야 할지 모르겠지만, 어쨌든 녀석은 새벽쯤 아침 재판을 준비해야 한다며 나를 놓아줬다. 하지만 나는 녀석이 나가는 소리를 듣고도 30분은 욕조에 앉은 채 동태를 살폈다.

'나 지금 다시 가 봐야 돼. 괜히 더 힘 빼지 말고 나와.'
'너 가는 소리 들리면.'
'쓸데없는 고집은 여전하네.'

밤을 꼬박 새운 꼴이 됐다. 나는 녀석이 완전히 가고 나서야 긴장을 풀 수 있었다. 잠금장치를 몇 번이고 확인한 뒤에야 침대에 누울 수 있었다.

"하······."

오지 말았어야 했다. 차라리 일을 그만두는 한이 있어도 그곳에서 버텨야 했다. 삼촌의 곁에서 평화롭게 하루하루를 채워가던 날이 벌써 옛 기억처럼 아득했다. 이곳에선 오자마자 하루하루가 살얼음판을 걷는 것 같았다.

어느새 천장을 바라보며 새어 나오는 한숨이 깊어졌다. 나는 여전히 침대 위를 뒹굴고 있던 핸드폰을 집어 들었다. 힘없이 익숙한 번호를 누르고 귀에 대니, 긴 신호음이 자장가처럼 귀를 간질였다.

—Hello.

"삼촌."

—어, 우리 이경이다.

시계를 보니 이제 막 농장을 둘러보러 갈 시간이었다.

"아직 안 나갔네."

—그러게. 딱 트럭 열쇠 찾고 있는데 전화했어. 역시 내 조카야.

"……삼촌."

저절로 말이 느려졌다. 따듯하게 나를 부르는 그 목소리에 투정을 부리고 싶어진 듯했다. 그러자 아픈 건 아니냐, 목소리가 왜 그러냐 나를 걱정하는 삼촌의 말에 자다 깨서 그렇다고 변명해야 했다. 이어 다시 돌아갈까 은근슬쩍 떠보는 내 말에 잠시 침묵이 생겼다.

—어색해서 그런 거야. 너무 오랜만이라. 적응하면 금방 좋아질 거야.

"삼촌 나 또 떠맡기 싫어서 그러는 건 아니고?"

—알면 비행기 탈 생각 마. 삼촌 지금 금발 미녀랑 잘돼 가는데 너 오면 산통 깨져.

삼촌이 늘 내 편이라는 건 알고 있었다. 내가 옳은 선택을 하든 그른 선택을 하든 믿고 따라 줄 유일한 사람이기도 했다. 처음으로 캐나다라는 낯선 땅에 갔을 때에도 기다려 주고, 내가 적응할 때까지 옆에서 묵묵히 함께 고통을 견뎌 준 사람이었다.

때문에 더욱더 그 곁으로 가고 싶은 건지도 몰랐다. 그러나 삼촌은 내가 그른 선택을 하더라도 좋은 길이 되게 만들려 노력했다. 대학에 가지 않겠다고 한 내게, 공부를 포기하지 않는 것이 지금의 나에게 선택의 폭을 넓혀 주는 것이라고 설득하고 인도해 주었다. 지금도 당장의 힘든 것보다 미래의 나를 위해 길을 만들어 주는 것일 터였다.

—그래도 정 힘들면, 버티고 버티는데도 적응이 안 되면 그때 와. 삼촌은 언제든 기다리고 있을 테니까.

"금발 미녀가 싫어하면 어떡해."

—에이, 삼촌은 사실 빨간 머리 좋아해.

그렇게 하루가 더 지났다. 다행히 공태준은 이후 다시 오지 않았다. 대한민국 검사란 놈이 바쁘지 않으면 정상이 아니었다. 만약 또 찾아오면 근무 태만으로 검찰청에 민원이라도 넣으려 했다. 받아 줄지는 모르겠지만.

아슬아슬 며칠이 또 지나 주말이 되었고, 또 다른 호텔로 옮겨야 하나 고민했다. 그러나 더 도망칠 곳도 없다는 생각이 들었다. 아니, 내가 왜 도망을 쳐야 하나 생각했다.

녀석과의 그 지겹고 무서웠던 고리는 7년 전에 끊어졌다. 때문에 공사의 흔적으로 먼지가 풀풀 날려 다 들이마셔야 한대도 일단 집으로 돌아가야겠다고 생각했다. 또한 대문 현관에 잠금장치 두어 개는 더 달아야겠다는 생각도.

그렇게 집 앞에 도착하니, 외부 공사가 덜 끝나 대문 앞엔 공사장처럼 나무판자와 비닐이 널브러져 있었는데 안으로 들어서니 다행히도 수도며 가스 등은 모두 정리되어 있었다.

다만 예전에 살던 때의 냄새는 다 사라진 듯했다. 아직도 이곳 어느 방에서건 엄마나 아빠가 나와 반겨 줄 것 같은데 이상하게 아무 냄새도, 흔적도 남아 있지 않았다.

그래도 거실 창으로 들어오던 햇빛의 경계는 그대로였다. 발끝을 하얗게 물들인 볕이 딱 그만큼의 온기를 드리웠다. 까만 천으로 덮어 둔 가구와 물건들을 그대로 둬 달란 부탁도 잘 지켜진 듯했다.

"고생 많으셨죠? 안에도 엄청 깨끗해졌던데요."

담벼락, 선선한 날씨에도 땀을 흘리며 페인트칠을 하고 있는 인부들에게 다가가니 인상 좋은 한 아저씨가 가까이 오면 묻는다며 손짓을 하셨다. 그러곤 얼추 이틀이면 마무리될 거라고 덧붙여 말했다.

"다 끝나고 페인트 냄새 빠지면 들어오지. 급했나 봐요."

"집이 그리워서요."

"외국에서 왔다고 들었는데, 혼자 살기엔 좀 적적하겠어. 여자라 또 무서울 테고."

동네 풍경은 그대로였지만 주택으로 채워진 이곳은 확실히 여자 혼자 살 것 같은 곳은 아니었다. 꼬마들이 유치원을 마치고 엄마 손을 잡고 들어가거나 양손에 장난감을 들고 문을 여는 아버지가 있는, 그런 가족들이 살기에 어울리는 곳이었다. 그것이 어린 시절부터 살았던 동네에서 나를 이방인으로 만들고 있었다.

"오늘 내에 다 칠하니까 안에 있어요."

문득 빈손으로 온 것이 마음에 걸렸다. 내부가 따로 청소하

지 않아도 될 만큼 정리가 되어 있었다. 혼자 한국에 들어온다
는 얘기에 자식 생각이 나 특별히 신경을 쓰셨다고 했다. 이에
뭘 도와 드려야 할까 이리저리 둘러봤지만 할 만한 게 없었다.
미리 들여놓은 냉장고에 들어 있는 것도 없었다.

"3만 7천 원입니다."
결국 나는 지갑을 들고 발길을 돌렸다. 골목 끝, 작은 슈퍼
가 프랜차이즈 편의점으로 바뀌어 있었다. 근처에서 음료수라
도 사 와야 할 것 같아 나왔는데 어쩐지 세련된 조명과 물건들
이 익숙하면서도 낯설게 다가왔다.
아쉬운 눈짓으로 주변을 둘러보다 나온 김에 커피랑 저녁거
리를 사야 할 것 같아 몇 가지 더 챙겨 샀다. 이어 비닐봉투를
덜렁거리며 빠른 걸음으로 골목을 걸었다. 얼음을 얼려 두고
나왔으면 좋았을걸 생각하며.
그런데 집으로 돌아서는 골목 끝에 발이 멈췄다. 누군가가
집을 바라보고 있었다.
"어?"
그리고 그것이 누구인지 알아보기까진 오랜 시간이 걸리지
않았다. 익숙한 뒷모습이었다. 몇 년 전에도 우리 집을 저 자
리에서 바라보았던 사람이 있었다.
"······최진헌."
그러나 번뜩 피해야 한다는 생각이 들었다. 내가 미처 피하
지 못하고 만난 인연은 어쩔 수 없지만 내가 먼저 발견한 녀석
은 피해 갈 수 있었다.

나는 재빨리 남의 집 담을 방패 삼아 몸을 숨겼다. 녀석은 점점 바뀌어 가는 우리 집 담벼락과 마당을 말없이 바라보고 있었다. 어딘가 망연자실한 표정이었다. 공사가 진행된 것을 모르고 있던 듯했다.

그것이 어쩌면 다행일지도 몰랐다. 누군가가 새로 이사 온다고 생각할 테니 더는 찾아오지 않을 것이었다. 마음은 무겁지만 어우동의 말대로, 녀석에게만큼은 나를 그저 같은 반 어떤 애로만 기억하게 둬야 했다.

갑자기 사라진 내게 원망만 남았다던 녀석이었다. 다시 만나 그 좋지 않은 기억을 되살릴 필요는 없었다.

그런데 녀석은 무슨 생각인지 어느새 진지한 얼굴로 일하던 한 인부에게 천천히 다가갔다.

"아저씨, 이거 저 주세요."

"학생, 이거 버리는 거 아니야."

"저 학생 아니에요. 그럼 파세요."

"아, 글쎄, 버리고 팔고 할 그런 게 아니라니까?"

가까운 거리는 아니었지만 녀석의 목소리가 들렸다. 녀석은 어느덧 우리 집 마당에 있던 화분을 제 품에 안고 있었다.

며칠 전 화원에 들러 오랜 고민 끝에 고른 것이었다. 예전 마당에 심어져 있던 것과 같은 것을 고르느라 애를 먹은 것이기도 했다.

"아, 거참, 안 된다니까!"

그 후로도 한참을 인부 아저씨와 실랑이를 한 녀석은 표정 없이 제 하고 싶은 말만 뱉더니, 끝내 안 된다며 단호히 녀석을 밀어내자 천천히 뒤돌아섰다. 아주 잠깐이었지만 녀석의 눈에 실망이 스치는 것이 보였다. 무슨 이유에선지 모르지만 내 화분에 관심이 있는 듯했다. 그래도 포기해야 했을 테지만.

그러나 곧 돌아가겠지 안도의 숨을 내쉬고 다시 고개를 들었을 때, 나는 내가 잘못된 걱정을 하고 있었다는 걸 깨달아야 했다. 녀석을 걱정할 것이 아니었다. 나를 걱정해야 했다. 앞으로 사람들 볼 낯이 없어져 싹싹 빌고 다녀야 할 내 불쌍한 면목을.

녀석은 화분을 품에 안고 도망치듯 달려가기 시작했다.

"학생! 아니, 야! 너 거기 안 서?"

"그러니까 팔라고 했잖아요!"

"야, 인마! 그거 안 내놔?"

"카드 할게요! 일시불!"

아련하게 보내 주고 싶었던 추억이건만, 젠장맞았다. 아, 저 또라이 같은 놈이 게임도 아니건만 7년 만에 업그레이드가 되어 왔다.

그러나 마라톤이 될 것 같았던 그 달리기는 곧 끝이 났다. 어느새 시야에서 완전히 사라진 녀석과 공사 인부를 찾으려 주위를 살피던 내 등 뒤로 긴 그림자가 드리워졌기 때문이다.

나는 천천히 고개를 돌렸고, 어딘가 꿈을 꾸고 있는 듯 보이는 녀석과 끝내 정면으로 얼굴을 마주해야 했다.

"아, 안녕."

최진헌, 녀석은 화분을 든 채 나를 멍하니 응시했다. 내 인사에도 그저 아무런 움직임 없이 선 채.

"……최이경이네."

동네를 한 바퀴 다 돈 듯했다. 골목을 종횡무진 뛰어다닌 듯 이마에 땀도 맺혀 있었다. 소매를 걷어 올린 청 남방을 입고 대낮부터 육상 레이스를 펼친 탓일 터였다. 하나 그 결승선엔 순위도, 상도 없었다. 그저 내가 있을 뿐이었다.

"아, 그 화분은 나한테 중요한 건데 돌려주면 안 될까?"

"……."

"넌 필요 없을 것 같은데."

나는 인사를 무시하고 그저 빤히 바라보고만 있는 녀석에게 화분을 돌려 달라고 손을 내밀었다. 그러나 녀석은 별다른 표정 변화를 보이지 않았다. 그저 눈을 멀뚱히 감았다 떴다 하며 나를 바라보고 있었다.

순간 처음 눈이 마주친 3초 동안 첫인사를 신중히 골랐어야 했다는 생각이 들었다. '안녕'이라고 하기엔 어색한 장면이었던 듯했다.

"최이경."

"그거 비싼 건데."

그래, 잘못됐다. 그래도 첫 대면인데 안녕보다는 잘 지냈느냐는 대사를 먼저 했어야 했다. 방금 전 비싸다는 말도 뭔가 전세금을 올리려 득달같이 달려온 집주인 같은 멘트였다.

나는 겸연쩍게 '그래, 뭐. 네가 정 가지고 싶으면…….' 하며 다시 말을 이으려 했다. 그러나 그보다 먼저 녀석이 화분을 거꾸로 떨어트렸다. 덕분에 아끼던 화분의 뿌리가 제 허연 살결을 내보인 것을 실시간으로 지켜봐야만 했다.

"진짜 최이경이네."

녀석의 눈에 무언가 빛이 든 것 같았다. 찰나의 순간이었지만 마치 이제야 나를 알아보기라도 한 듯, 표정 없던 얼굴과 비어 있던 것 같은 눈동자에 내가 비치고 있었다. 나는 드디어 내 말을 들어 줄 타이밍이구나 싶어 입을 뗐다. 그러나 녀석이 먼저 말을 가로챘다.

"나쁜 년."

아. 아직 타이밍이 아니었다.

"네, 죄송합니다. 병원 나오실 때 연락 주세요. 조심히 들어가시고요."

어느덧 해가 저물고 있었다. 발끝을 물들이던 햇빛이 주황빛 노을로 변했다.

나는 최진헌을 쫓다가 넘어져 다친 분을 병원에 보내 드리고, 인테리어 회사로부터 마무리는 며칠 뒤에나 이어질 거란 통보를 받았다. 집 담벼락이 반은 희고 반은 그렇지 못했다.

병원에 가신 분은 다행히 크게 다친 곳 없이 가벼운 타박상이라 했다. 나는 죄송하단 말을 연이어 고개 숙이며 하고 나서야 안도의 숨을 내쉴 수 있었다. 그러나 천연덕스럽게 따라 들어와 내 집 소파에 앉아 나를 보던 녀석은 그런 건 안중에도 없는 듯했다.

"하. 최진헌, 내가 진짜 너 때문에……."

"언제 왔어."

"⋯⋯."

"어디서 왔어."

녀석은 어느새 입술을 물고 나를 노려보고 있었다.

"우동이 진짜 내 얘기 안 했나 보네."

"어우동 만났어?"

"걔한테 들은 거 아니면 넌 여길 어떻게 온 거야?"

설마 오래전 그날처럼 내가 없을 걸 알면서도 이 집을 찾았던 걸까. 하나 묻고 싶은 말을 삼켰다. 그렇다는 답이 돌아왔을 때 내가 해 줄 수 있는 말이 없었다. 나는 표정을 숨기는 데 아직 서툴렀다.

"마셔."

녀석은 내가 건넨 커피를 바라보다 문득 기가 막힌 듯 헛웃음을 터트렸다. 이어 천천히 시선을 내리며 꾹 쥐고 있던 손을 펴고 얼굴을 쓸었다. 이유 모를 허무함이 녀석의 펴진 손 안에서 연기처럼 퍼지고 있는 것 같았다.

"나 원래 TV 보는 거 안 좋아하는데."

"⋯⋯."

"매일 봤어."

테이블에 놓인 커피를 바라보던 녀석이 천천히 내게로 시선을 옮겼다.

"너 죽었다는 뉴스 나올까 봐."

녀석은 한참을 빤히 나를 올려다보기만 했다. 이어 혼잣말하듯 낮은 목소리로 말을 이어 갔다. 그러나 녀석이 하는 그

상사뱀

말들이 점점 내 눈을 바닥으로 떨어지게 했다. 마음이 무거워졌다.

반갑다며 손을 흔들어 줄 거라 생각했던 건 아니었다. 어서 와라 하는 환영의 인사를 바라지도 않았다. 그저 아주 잠깐 당황하다, 곧 나를 잊고 다시 태연하게 살길 바랐다. 그러다 우연히 다시 마주치면 눈인사를 하고 지나칠 수 있길 바랐다.

그러나 녀석은 내가 떠난 후 다른 마음을 먹었을까 찾아 헤맸다고 했다. 어우동과 같이 이곳저곳을 다니며, 그날 나를 두고 가는 게 아니었다면서 후회했다고. 생각해 보니 녀석이 충분히 그런 생각을 할 수 있던 상황이었다.

고아가 되고, 수능도 보지 않은 애가 갑자기 사라지고 나서 결말이 좋기는 어려웠으니까. 녀석은 나 때문에 괜한 죄책감에 시달렸던 것이다. 녀석이 내게 죽어라 떠나라 하고 등을 떠민 건 아니었지만 나였어도 그런 상상을 했을 법했고, 그렇게 사라진 애 때문에 마음이 가볍지 않을 수 있었다.

"그렇게 생각할 거라곤 상상도 못 했어."

녀석은 천천히 입을 떼어 친숙한 단어를 중얼거렸다.

"……나쁜 년. 독한 년."

잠시 녀석과 내 사이에 적막감이 돌았다. 웃으면 안 되는데, 순간 웃음이 새어 나왔다. 어우동과 꽤 많은 시간을 나를 욕하며 살았겠구나 하는 생각이 들었다. 고등학생 시절에도, 노는 애 같아 보여도 정작 진짜 험한 말은 하지 못했던 녀석이었다. 그런 녀석이 어색하지 않게 나를 좋지 않은 여인으로 표현하는 걸 보니 하루 이틀 내뱉은 솜씨가 아닌 듯했다.

"화분은 왜 훔쳤어."

"……."

"나랑 말 안 할 거야?"

그렇게 한참의 시간이 지났다. 어느덧 밖에 하나둘 켜진 가로등이 노란 불빛으로 온 동네를 밝히고 있었다. 녀석은 내게 한바탕 욕을 하고도 화가 풀리지 않는지 나를 노려보기만 할 뿐, 말을 잇지 않았다. 커피는 이미 식은 지 오래였다.

"어우동이 너 태권도 배웠다는 말도 해 주더라."

"뭐?"

"초등학생들이랑 같이 시작했다며. 송판 처음 깰 때 동영상도 있다던데 안 보여 주더라고."

"어우동 이……."

한참을 말없이 있기에 더 이상 나와 말을 잇고 싶진 않은가 했지만 사실 내가 알던 녀석은 꽤 자존심이 센 아이였다. 특히 어우동과 이상한 라이벌 의식을 갖고 있었다. 시간이 지나도 그건 변하지 않은 듯했다.

"그래도 나 검은 띠야."

"그래?"

"꽤 오래 배웠으니까."

"그랬구나."

"그런데 거기서 여자 때리는 법은 안 가르쳐 주더라."

문득 다시 만나면 내 뺨을 때리겠다며 연습했던 어우동의 말이 떠올랐다. 주춤, 슬쩍 커피 잔을 밀며 옆으로 자리를 옮겨 거리를 두었다.

상사뱀

"사부가 여자 때리는 건 짐승이나 하는 짓이래."

"훌륭한 스승님이시구나."

"그래도 배운 거 많아. 여자 때리는 거 말고. 내가 태권도 하면서 어떤 기술을 배웠는지 알아?"

"글쎄, 난 별로 궁금하지 않은……."

그러나 녀석은 말이 끝나기 무섭게 나를 소파 바닥으로 밀쳤다. 이어 내동댕이쳐진 내 몸 위로 녀석의 몸이 겹쳐 올라왔다.

"이런 거."

"윽, 너 지금 이게 무슨……!"

"그다음은 뭔지 궁금하지 않아?"

녀석의 얼굴이 금방이라도 내 얼굴에 닿을 듯했다.

"하, 미안한데…… 나 되게 안 궁금하거든."

"왜?"

"이다음에 어떻게 되는지는 나도 알거든."

퍽. 말이 끝나기 무섭게 둔탁한 소리가 집 안을 채웠다. 녀석의 맞으면 좋지 못한 곳을 내 무릎으로 올려 꽂았기 때문이다.

"윽."

그렇게 녀석의 신음이 공허한 거실을 울렸다.

"오."

이어 내 초등학교 시절 태권도 실력이 죽지 않았구나 싶어 깨달음의 미소가 나왔다.

"억…… 최이경 너, 아, 너는……. 어? 하하, 최이경."

녀석은 꽤 고통스러운 듯 허리를 두드려 대며 소파를 빙빙 돌기 시작했다. 문득 내 주위엔 왜 이상한 질문을 던지는 놈들만 가득한지 모르겠다는 생각이 들었다.

하나 이것 하나만큼은 확실했다. 앞으로 어떻게 될지, 어떻게 살지를 묻는 녀석과 공태준, 이 둘에게 내 대답은 언제나 공평하게 같을 것이었다.

인생은 실전이다, 이것들아.

째깍째깍. 시계가 어느새 자정을 가리키고 있었다. 한참 동안 소파 주위를 서성이다 주저앉았다 하며 괴로워하던 녀석이 이젠 좀 살 만해졌는지 소파에 앉아 내가 사 온 간식들을 꺼내 먹고 있었다. 캄캄하게 밤이 깊어 가도 갈 생각이 없는 듯했다. 그러더니 아까는 원래 막을 수 있었는데 봐준 거라며 능글맞게 웃었다.

"캐나다……. 혼자는 아니었네."

"응."

"다행이다."

녀석은 다행이라며 슬쩍 미소를 짓고는 저를 바라보는 내 시선을 의식했는지 '뭐. 왜.' 하고 버럭 말을 덧붙였다. 어우동도, 녀석도 생각보다 빨리 화를 풀어 주는 것 같아 고마웠다.

짧았던 예전 시간이 소중했던 게 나만은 아니었구나, 안도감이 들었다. 나는 잊어 줬으면 하면서도 이기적이게도 내심 잊지 않길 바란 듯했다. 그때 녀석이 말없이 미소 짓던 내게 무언가 떠오른 듯 빠르게 입을 뗐다.

상사뱀

"아, 너. 나 대학 붙고 바로 개인전 열었는데 몰랐지?"

"개인전?"

"학교 선배들 다 제치고 우리 대학 대표로 중국에서."

"오."

"그래서 남들 다 한다던 미팅도 한 번 못 해 보고 바로 중국으로 날아갔지. 물론 혼자. 어우동은 대학 입학하자마자 군대 갔거든."

"……"

"그다음 해엔 나도 입대했는데 어우동 아버지가 같은 데로 넣어 주셨어. 선임 노릇하더라. 바다에 떠밀어 팅팅 불은 우동 만들고 탈영할까 하다가 참았어."

"하하, 잘했네."

"제대하고 나선 배낭여행도 다녀왔다? 세 달 정도 돌아다녔는데 죽을 뻔한 적도 있고, 거리에서 누가 동전 던져 준 적도 있어. 그렇게 이 나라 저 나라를 떠돌아다니다 보니까 또 해가 바뀌어 있더라. 1월 1일, 그때 프라하에 있었으니까. 거기서 새해라고 마임 연극도 봤는데 중간에 여자 배우가 갑자기 상의 탈의를…… 우리나라에선 상상할 수 없는 일이긴 하지만 좋은 추억이지."

"……"

"아, 너 모르지? 효리 누나 결혼했다."

"진헌아."

"나 그날 울 뻔했는데 참았다. 사나이는 세 번 우는 거라고 사부가 그랬거든. 태어났을 때 한 번, 나라가 망했을 때 한 번,

송판 격파를 했는데 송판이 깨지지 않있을 때 한 번."

"……."

"걱정 마. 한 번도 못 깬 적 없으니까. 앞으로도 다 깰 거야. 다음엔 벽돌 격파도……."

나는 쉼 없이 말을 잇는 녀석의 팔목을 잡았다. 갈 곳 없이 어색하게 있던 팔이 소파에 기대지도, 무릎 위에 놓이지도 않고 움직이고 있었다.

"최진헌."

"어, 왜?"

"그만 얘기해도 돼."

"……."

"어디 안 갈 테니까, 그만해."

그런 녀석을 보며 생각 없이 웃다가 문득 어린 시절의 내가 떠올랐다. 직업상 출장이 잦고 늘 바빴던 아빠는 어린 시절 나들이나 여행을 다녔던 기억 속에서 늘 부재로 남아 있었다.

가끔 아빠가 집에 오는 날이면 나는 늘 그의 무릎에 앉아 조잘조잘 일상을 얘기하곤 했다. 지난주에는 무얼 했고, 어제는 어디를 갔고……. 아빠가 또 일을 하러 가 버릴까 봐, 나와 엄마를 두고 어디론가 사라질까 봐 옷자락 끝을 꼭 쥐고 재미도 없는 얘기를 늘어놓았다.

그럼 아빠는 나를 꼭 끌어안고 안쓰러운 듯한 눈을 했다. 나는 지금 내 눈이 그럴까 봐 조용히 고개를 숙였다.

"그땐 고맙고 미안했어. 진심이야."

"최이경."

"복수하고 싶으면 해. 뺨이라도 때리고 싶으면 때려. 몰랐는데 나 너한테 맞을 짓 했어."

녀석은 내 얼굴에 천천히 손을 올렸다. 이어 오른쪽 뺨에 녀석의 손이 닿았다. 내 한쪽 얼굴을 모두 감쌀 만큼 큰 손을 가진 녀석은 나를 지그시 바라보며 허탈한 듯 웃었다.

"동정심 유발하는 거지?"

"아닐걸."

녀석은 갑자기 일어서서 등을 돌렸다. 내 얼굴을 보고 싶지 않은 듯, 그렇게 돌아섰다.

"너 살아 돌아오기만 하면 엄청 무섭게 복수하려고 했는데."

"응."

"진짜 아프게 때려 주고, 이제 너 같은 거랑 알은척도 안 할 거라고 소리 질러 주려고 했는데."

"진헌아."

녀석의 꾹 쥔 주먹에 눈이 갔다.

"넌 여전히 잔인하게 섹시하네."

녀석의 목소리가 어쩐지 아프게 나를 찔렀다.

"나 억울하게."

9월 30일.

"검사님. 지난주에 말씀드렸던 입·출국 조회서입니다."

"며칠이죠?"

"10월 10일 금요일, 오전 9시 입국 예정입니다. 서초동 호텔, 예약자 명도 확인했습니다."

사무실 안, 태준은 책상 위에 놓인 서류를 말없이 응시했다. 손가락 끝이 책상을 일정한 속도로 치고 있었다. 고민이 길어질 때 드러나는 태준의 버릇이었다.

"수고하셨습니다."

"더 필요한 건 없으십니까?"

태준은 책상을 툭툭 치던 손을 멈췄다. 아무리 생각해도 결국 처음과 같은 답만이 그려졌다. 그는 천천히 서랍에서 서류 하나를 꺼내 들었다.

"한 가지 더 부탁드려야겠습니다."

"예, 말씀하세요."

"출국 금지 조치서 이 주일 내로 처리해 주세요."

"아, 시간은 문제없긴 하지만 사유가……."

태준은 서랍에서 꺼낸 서류철을 책상에 펼쳤다.

"자동으로 본인 명의에 소유 이전된 집이 하나 있을 겁니다. 조세 미납, 근저당권 설정 불이행으로 올리세요."

잠시 후 태준에게 살짝 고개를 끄덕인 사무계장은 서류를 챙겨 사무실을 빠져나갔다. 사무실이 다시 적막으로 감싸였다.

조용히 눈을 감았던 태준은 의자를 돌려 창밖을 바라봤다. 가을 햇빛이 높은 건물 외벽 유리를 빛내고 있었다. 날이 좋았다. 어쩐지 세상이 조금 더 달라진 것 같았다.

"……7년."

지루했던 일상이, 지겨울 만큼 같은 것들로 반복되던 하루

들이 조금씩 다가오는 가을을 받아들이고 있었다. 숨 막히게 덥고 답답하던 여름의 끝, 높은 하늘이 새로운 시작을 예고하고 있었다.

태준은 생각했다. 모든 게 여유로워지는 가을, 곧 다시 바빠질지도 모르겠다고.

❖

드디어 정식으로 첫 출근을 하게 됐다. 오랜만에 다시 정장을 입고 집 밖으로 나온 것이다. 곧 적응될 테지만 아직 어색한 감이 있었다.

나는 회사 1층 화장실에서 거울을 보며 옷맵시를 다듬고, 아직 출근 시간까지 여유 있는 것을 확인한 뒤 천천히 복도로 나와 엘리베이터 앞에 섰다.

문득 정말 한국에 계속 있을 거냐고 묻던 최진헌이 떠올랐다. 나는 취직을 해서 꼼짝없이 2년은 더 있어야 한다고 푸념하듯 웃었다. 녀석은 2년이란 말에 인상을 찌푸렸다.

"못 보던 분인데……."

그때 누군가 옆에서 말을 걸어왔다. 나는 주위를 한번 살핀 후 그것이 나를 가리키는 말임을 알고 부랴부랴 주머니에서 사원증을 꺼내 목에 걸었다.

"투자 관리 1팀 발령받았습니다. 최이경입니다."

"아, 난 영업부장 조순택이에요. 투자면 17층인데 아쉽네. 난 15층에서 일하거든."

생각났다. 박 차장님께 들었던 경계 대상, 조 부장.

때마침 좋지 않은 타이밍으로 엘리베이터가 1층에 도착했다. 주위를 둘러보니 아무도 없었다. 15층과 17층을 누르는 손가락이 어색하게 떨렸다. 이윽고 문이 닫혔다.

"캐나다 본사에서 왔다고?"

"예."

폐쇄된 공간엔 어색한 공기가 돌고 있었다. 층을 가리키며 바뀌는 빨간 숫자가 어쩐지 느리게 돌아가는 듯했다.

"이경 씨는 외국에서 와서 사고방식이 좀 다르겠네. 예를 들면 개방적이고, 뭐 그런 거 있잖아."

"그게 무슨 말씀이신지……."

"하하. 그래도 한국인이라 또 다르나? 부끄러움 타나 보네."

도라에몽. 귀 없는 캐릭터라 하더니 괜히 붙은 별명이 아닌 듯했다. 귀여운 캐릭터 이름이 이런 사람에게 붙다니, 원작 만화가에게 심심한 사과라도 전하고 싶은 마음이었다.

아침부터 운이 이렇게 붙다니. 피하는 게 상책이라던 사람과 단둘이 엘리베이터를 탔다. 아무렇지 않게 대응할 수 있을 줄 알았는데 첫 출근부터 진상 신입으로 찍힐까 입을 다물어야 하는 게 속이 쓰렸다.

15층에 도착해 먼저 내리던 조 부장은 그 순간에도 살짝 뒤를 돌아 내게 잘 가라는 듯 손을 흔들었다. 이에 고개를 살짝 숙여 눈은 피했지만 어쩐지 내 사원증에 적힌 이름을 재확인하는 듯한 시선에 기분이 찜찜했다.

상사뱀

"이경 씨, 어서 와요. 첫 출근 축하해."

자리를 찾아 두리번거리니 다행히 익숙한 얼굴이 먼저 눈에 들어왔다. 박 차장님이셨다. 내 출근을 축하해 주시는 말에 웃으며 고개 숙이고 정식으로 인사를 드리는데, 회색 운동화가 그 뒤로 걸어오는 것이 눈에 들어왔다.

"아, 우동 씨랑은 지난번에 인사했죠? 고등학교 동창이라면서요. 어떻게 이런 인연이 다 있어."

고개를 들자 익숙하지만 회사에서 볼 거라 생각지 않았던 녀석이 있었다.

"예, 그렇긴 한데 여긴 왜 또……."

"로비에 있는 조형물 녹슨 것 때문에 오셨대. 젊은 친구답지 않게 꼼꼼하고 책임감이 강해서."

"안녕. 또 보네, 이경 씨."

보통 익숙한 얼굴이 나의 상사와 친할 때 이렇게 불안한 걸까. 반가운 애였지만, 나를 뒤통수치는 애라고 소개한 녀석이었다. 차라리 박 차장님께서 녀석의 본모습을 알고 계셔서 적당히 무시하셨으면 했지만 어쩐지 그녀는 녀석을 책임감 강한 좋은 인재로 보는 눈빛을 하고 있었다.

나는 별안간 궁금해졌다. 대체 녀석은 직원도 아니면서 왜 남의 회사 출근 시간에 이렇게 자연스럽게 있을 수 있는 걸까. 왜 아무도 이 녀석의 진짜 모습을 모르고 있는 걸까.

"결국 만났어? 뺨은? 설마 그 자식이 진짜 때렸냐?"

최진헌과의 재회를 전하자 녀석은 거의 10년이 다 되어 가는 제 친구를 불한당, 여자나 때리는 놈으로 만들었다. 녀석이 최진헌에게 가지고 있는 신뢰는 종잇장 하나보다 얇은 듯했다.

"다행히 맞진 않았고 욕은 좀 먹었어."

"그치? 하긴 걔가 진짜 너를 때리기야 하겠어. 그나저나 내가 열심히 가르쳐 준 욕은 드디어……."

녀였구나, 최진헌에게 나쁜 년이란 욕을 가르친 게. 녀석이 그런 말을 하던 애가 아니었는데 어쩐지 나를 보자마자 연습한 듯 나오더라니. 말없이 가만히 노려보자 무언가 찔리는지 시선을 피하는 녀석이었다.

"아니, 뭐, 내가 틀린 말을 가르쳐 준 건 아니잖아?"

"그래, 그렇지. 내가 나쁜 년인 건 맞으니까."

"뭐, 꼭 그렇다는 건 아닌데."

회사 휴게실에 앉아 녀석과 담소를 나누는 것이 어쩐지 웃겼다. 나를 걱정해 주던 어우동은 내가 아니라 최진헌이 일러바칠 제 만행을 걱정한 듯했다. 그래서 만나지 말라고 했나. 녀석의 얼굴에 어색한 미소가 피어올랐다.

"뭐, 어쨌든 다 좋게 마무리됐으니까. 친구가 그래서 좋은 거 아니겠냐."

"글쎄. 우동아, 혹시 내가 그 말 했던가?"

"어?"

"나쁜 년은 친구 없어."

"하하, 최이경. 농담이 심해."

"절교 어떻게 하는지 알려 줘서 고맙다고."

"……."

"내가 인사 아직 안 했지?"

짧은 휴식 시간이 끝났다. 이후 어떻게 흘렀는지 모를 점심 시간도 빠르게 지나갔다.

제일 늦게 들어온 덕에 홀로 사무실을 돌며 인사를 하고 다녔는데 다행히 박 차장님께서 미리 좋게 소개를 해 주셨는지, 모두들 좋은 얼굴로 나를 맞이해 줬다.

그러나 인사가 끝나고 아직 할 일을 받지 못해 민망한 모습으로 책상에 홀로 앉아 있어야 했다. 그런데 그 순간, 반갑게도 전화가 걸려 왔다.

"여보세요."

─나야.

요 며칠 웬일로 잠잠하나 했다. 공태준, 녀석의 번호를 미처 차단하지 못해 생각지 못하고 받게 되었다. 생각해 보니 무심코 전화를 받는 것부터 문제였다.

"용건이 뭐야."

─나 이제 전에 살던 집에 없어. 이사할 거야. 너도 준비하라고.

"내가 왜?"

─들어오라고. 내가 말했잖아. 이제 내가 하고 싶은 대로 할 거라고.

녀석의 말에 뒷골이 땅겨 왔다. 목소리가 높아질 것 같아 비상구 계단으로 빠르게 걸음을 옮겼다. 녀석은 아직도 내가 제 인형극에 놀아나 줄 거라 생각하는 듯했다.

"공태준, 너 뭐 착각하나 본데. 그때는 어렸고, 생각할 틈도 없었고, 너를 따라 줘야 할 이유도 있었지만 지금은 아니야."

─하고 싶은 말이 뭐야.

"싫다는 뜻."

녀석은 잠시 후 알았다며 전화를 끊었다. 나는 생각보다 허무하게 끊긴 전화에 잠시 멍해졌다. 또 아침처럼 찝찝한 기분이 들기 시작했다. 녀석은 내 말에 알겠다고 했고, 아무 말 없이 전화도 끊었는데 왜 이리 기분이 이상한 건지 몰랐다.

하지만 나는 곧 그 이유를 확인할 수 있었다. 정확히 4시간 뒤, 첫 퇴근에 지친 몸을 이끌고 집에 돌아왔을 때에야.

"너 지금 여기서 뭐 하는 거야?"

"커피 마시는데."

현관 잠금장치 비밀번호를 누르고 들어가니, 웬일인지 집 안에 불이 켜져 있었다. 알 수 없는 커피 향도 코끝을 스쳤다.

서둘러 안으로 들어서니 공태준이 어디서 가져왔는지 모를 작은 커피 잔을 들고 소파에 우아하게도 앉아 있었다. 그런데 자세히 보니 녀석이 앉아 있는 소파가 낯설었다. 아침에 출근을 준비할 때만 해도 갈색 가죽이었던 소파가 흰 가죽으로 바뀌어 있었다.

"너 지금……."

테이블 위엔 처음 보는 커피 머신도 있었다. 녀석은 진짜 커피 시음이라도 하고 있던 듯했다.

"공태준, 이게 다 뭐야?"

상사뱀

"보이는 대로. 커피 그라인더랑 머신."

"그러니까 그걸 왜 내 집에 가져왔냐고."

"집들이 선물이니까."

"난 집들이를 연 적도, 널 초대한 기억도 없거든?"

"당연하지. 내가 열었고, 내가 널 초대했으니까."

"뭐?"

"앉아. 그래도 집들이인데 축하 파티는 해야지. 샴페인 하나 딸까?"

녀석의 말에 기가 차 말도 나오지 않았다. 그렇게 머리를 짚고 서 있는데, 그제야 내 집에 들어찬 낯선 물건이 소파와 커피 머신뿐이 아니란 걸 깨달았다. 주위를 둘러보니 곳곳에 처음 보는 장식품이 있었고, 한쪽에 놓인 긴 책장엔 낯선 책들이 가득 채워져 있었다.

"그래. 샴페인보다는 와인이 낫겠네."

순간 어이가 없어서 들고 있던 가방도 떨어뜨렸다. 나는 애써 침착함을 유지하며 제정신이냐, 지금 와인이고 샴페인이고 얘기할 때냐고 말했다. 그러나 녀석은 그런 나를 지나쳐 조용히 내 가방을 주워 소파 위에 올리곤 말을 이었다.

"내가 너 고3 때 먹여 주고, 씻겨 주고, 입혀 줬는데 이럴 자격 충분히 있지 않나."

"누가 들으면 네가 나 키웠다고 생각하겠다?"

"키웠다기보단 투자라고 하자. 그게 좀 어감이 덜 나쁘네."

"야!"

상식이 통하는 놈이 아니란 것도, 다른 사람과 조금 다른 사

고방식을 가졌다는 것도 알고 있었다. 그러나 그것을 받아들여
준다고 한 적은 없었다.

"너 안 나가면 내가 나가."

"글쎄. 마음대로 해. 여기가 네 가족이 살았던 마지막 집인
데, 버리고 완전히 갈 수 있으면."

하지만 마냥 거부하기엔 녀석은 나를 너무 잘 알고 있었다.

"뭐, 물론 진짜 간다 해도 크게 상관은 없지만. 그래 봤자 거
기도 금방 찾아낼 수 있으니까."

"공태준 너 정말……."

"아, 사실 인테리어도 바꾸고 싶었는데 이사가 늦어질 것 같
아서 가구만 몇 개 바꿨어."

"야!"

"둘이 쓰기엔 침대가 좀 작더라고."

내쫓는다고 쫓겨날 놈도 아니었지만 그렇다고 해서 진짜 내
가 나갈 수는 없는 상황이었다. 예나 지금이나 녀석은 치밀하
고 계획적인 놈이었다.

문득 나도 모르게 한숨이 터져 나왔다. 녀석은 그런 나를 보
며 어깨를 들썩였다.

"뭐 해? 피곤할 텐데 가서 씻고 오지."

"하, 이게 아닌데."

나는 최대한 버텨 보려 했다. 녀석이 나갈 때까지 어떻게든

참고 내쫓는 데 애를 써 보자고 했다. 물론 실천으로 옮기는 데엔 큰 어려움이 없었다. 112, 경찰을 부르는 건 어렵지 않으니까.

그러나 다음 날, 내가 그렇게 반갑게 맞이해 준 경찰분께선 공태준과의 단 5분의 대화 후 조용히 미소 지으며 대문 밖으로 사라져 버리셨다.

'애정 싸움은 두 분께서 알아서 하세요. 아내분이 많이 예민하시네.'

졸지에 나는 남편과 한집에 사는 걸 꺼리는 예민한 여자가 되어 있었다. 물론 본의 아니게 나를 구해 줄 사람이 나타나기는 했다. 그것이 더 깊은 구렁텅이로 빠지게 하는 늪이었긴 하지만, 어쨌든 나를 구하겠다고 굳은 의지를 보이기는 했다.

"최진헌."

"저놈 나갈 때까지 나도 이 집에서 한 발자국도 안 움직여!"

"너는 또 왜……."

"걱정 마. 내가 저 악의 근원으로부터 너를 구해 줄 테니."

공태준이 집에 들어온 다음 날, 나를 찾아온 최진헌이 녀석과 맞닥뜨렸다. 그리고 정확히 1시간 뒤, 웬 배낭과 짐을 싸 들고 집으로 들어왔다. 자기도 같이 살아야겠다는 것이었다.

이 미친놈들은 왜 몇 년 만에 만나서 다시 또 나를 괴롭히는 건지. 경찰, 아니, 간첩 신고라도 하고 싶은 마음이었다.

"딱 오빠만 믿어."

차라리 마주치지 않는 것이 나았을 것을. 왜 부르지도 않은 불청객들이 내 집에 쳐들어와 이 난리를 피우는 걸까.

문득 깨달음이 오려 했다. 나는 필시 전생에 나라를 팔아먹은 매국노였던 게 분명했다. 그렇지 않고서야 불과 며칠 만에 이렇게 땅을 뺏긴 백성처럼 내 집을 잃은 채 허망한 얼굴을 하고 있을 리가 없었다.

"최진헌!"

불행히 하루가 더 지나도 이변은 일어나지 않았다. 공태준, 최진헌이 차례로 방 하나씩을 점령했기 때문이다. 그나마 다행인 것은 최진헌의 지랄맞은 발광 덕에 공태준이 내 방에서 다른 방으로 옮겨 갔다는 것이었다.

'싫으면 셋이서 같이 자든가.'

물론 공태준은 그런 최진헌을 만나 꽤 심기 불편한 얼굴을 보였다. 다만 내가 허락해 들어왔다는 말에 입을 다물었다.

'마음에 안 들지만 어쩔 수 없지.'

사실 나는 녀석이 불같이 화를 내거나 공권력이라도 이용할 줄 알았다. 그저 다른 사람 옆에서 웃었다고 나를 혼자로 만든 놈이었다. 물론 지금은 그렇게 만들 수 없을 만큼 나의 행동반경도, 생각도 자랐지만 녀석이 가만히 있을 거라고 생각하진

상사뱀

않았다.

'7년 전엔 네가 누르면 튕겨져 나가는 애라는 걸 몰랐거든. 내가 멍청하게 군 대가가 꽤 셌지.'
'그래서?'
'이제 서서히 좁혀야지. 네가 알아차릴 수 없을 만큼 천천히. 너를 조금씩 삼켜서 네가 '아, 이건 함정이었구나' 하고 깨달았을 땐 이미 튕겨져 나갈 수 없을 만큼 좁아져 있겠지.'

그 말을 들으니 어쩌면 최진헌이 있는 게 신변 보호에 좋을 수도 있겠다는 생각이 들었다. 호텔에서 공태준과 대치한 순간이 아직도 선명했다. 녀석은 내가 최진헌을 들인 의도를 알아차린 듯 해 볼 테면 해 보라는 식으로 어깨를 으쓱거렸다.
하지만 곧 그 생각을 바닥 깊은 곳으로 내려놓아야 했다. 헛된 꿈이었다. 최진헌이 들어오자 마치 줄줄이 소시지처럼 어우동까지 껴들어 왔기 때문이다.
그나마 다행이었던 건, 어우동은 집에 통금 시간이 있어서 외박이 불가하다는 것이었다.
"내가 나 빼고 그러지 말라고 했지!"
"아, 어우동 넌 또 왜……."
"내가 어디서 막 빠지고 그런 애가 아니라고. 인물이나, 성품이나, 몸매나. 어?"
그렇게 모두 모였다. 그중 내가 초대한 사람은 단 한 명도 없었지만, 결국 만날 인연은 어찌해도 다시 만나게 되는 운명처럼 우리는 한자리에 붙어 있게 되었다.

　며칠 뒤 저녁. 공태준의 와인, 그리고 어우동과 최진헌이 가져온 술들이 거실을 나뒹굴었다. 처음엔 며칠 참으면 알아서 나가떨어지지 않을까 생각했다. 깔끔한 성격이라면 세상 누구 못지않은 공태준이 이런 걸 견딜 리 없었다.

　고등학생 땐 나까지는 어떻게 버텼지만 최진헌과 한 지붕 아래 살아야 한다는 것은 녀석에겐 있을 수 없는 일이었으니까. 그렇게 공태준이 먼저 나가면 최진헌도 어떻게 해서든 쫓아내면 그만이었다.

　"공태준, 최진헌. 내가 오늘 둘 다 꺾어 주겠어."

　쓸데없는 애가 하나 더 끼지만 않았어도 더 좋았을 뻔했지만. 그래도 처음에는 양호했다. 시간이 지나며 문제가 생겼지만. 술이 하나둘 섞이기 시작하자 불안한 공기가 집 안을 휘감았다. 공태준이 사 온 와인과 최진헌이 사 온 맥주에 어우동이 가져온 소주를 섞으니 처음엔 스파클링 샴페인 맛도 나는 게 나쁘지 않았다.

　그러나 제일 먼저 취한 것은 공교롭게도 어우동이었다. 나를 공태준과 최진헌으로부터 지켜 주겠다느니, 둘을 꺾을 테니 저만 믿으면 된다고 하던 호기는 온데간데없이 공태준과의 술 대결에서 완패를 한 것이다. 공태준은 1시간도 채 되기 전에 얼굴색 하나 변함없이 바닥에 깔았던 모든 술을 비워 냈다.

　"야아, 너. 공태준이. 너 내가 예전부터 되게 재수 없다고 생각했던 거 아냐?"

　"……."

상사뱀

"모르지? 너 되에에게 재수 없었어, 진짜."

어우동 저걸 방으로 치워야 하나, 거실에 두어야 하나 고민이 됐다.

"근데 지금은 더 더 더 재수 없어. 이 재수탱이 새끼야."

공태준은 어우동의 술주정에 흥미가 없는 듯 그저 와인을 마셔 댔다. 그래도 한때 친구였다고 봐주는 게 저건가 싶었다. 비싼 술을 엉뚱한 애가 축낸다며 내게 원산지와 생산 일지를 읊어 주기도 했다.

"오, 쟤 나 노려보는 것 봐. 눈이 쫙 찢어진 게 공태준은 고양이, 아니, 살쾡이야. 분명 저거 속에 발톱 숨기고 있어. 조심해라, 최이경."

너를 조심해야 했다. 어우동 녀석이 차라리 오지 않거나 잠이라도 들면 좋았을걸.

어느새 술병을 치우는 내 등 뒤로 스멀스멀 몸을 일으키더니 이제 시작이라며 소파 밑에 숨겨 두었던 술을 꺼내 들고 있었다. 그러나 그것도 채 10분을 넘기지 못했다. 어우동의 술주정은 끊어지지 않는 무대용 국기처럼 쏟아져 나왔다.

"꽥꽥아!"

녀석은 이어 동물 소리까지 내기 시작했다.

"쟤 왜 저렇게 꽥꽥대는 거야?"

"재작년인가, 호수 공원에서 오리 주워서 키웠는데 조각도 세척제 먹고 죽은 뒤로 술만 먹으면 저래."

"꽥꽥아! 형은 아직 너 안 잊었어. 형아가 미안해. 다음 생에는 꼭 사람으로 태어나야 돼. 알았지?"

"언제까지 저러는데?"

"몰라. 내버려 두면 깰걸. 금방 취하고 금방 깨."

차라리 깨지 않아 주면 고마울 텐데. 최진헌은 점점 비인간적으로 변해 가는 제 친구에겐 관심이 없는지 따른 술을 조용히 비워 내고 있었다.

"공태준, 넌 뭐 해?"

"녹취."

"그러니까 그걸 왜……."

"수렵 허용 동물 외 동물은 포획 및 수렵·수렵 기간 아닐 때 수렵하는 행위. 제 69조 13호, 2년 이하의 징역 또는 천만 원 이하 벌금."

아, 그래. 그렇구나. 아까 재수 없다고 한 거 마음에 두고 있었던 건가. 아니면 너도 취한 건가. 어우동은 제 목소리가 녹음되고 있다는 것을 아는지 모르는지, 벌떡 일어나 말을 이었다.

"아, 너희 그거 모르지? 나 최이경이랑 절교했어. 그게 무슨 뜻인지 알아? 이제 친구가 아니라 연인이 되자 이거지. 공태준, 최진헌. 너희들은 이제 그냥……."

"어우동."

그렇게 잠이나 들라고 빌었건만 저 빌어먹을 놈이 저를 부르는 내 말에 '오빠 하나도 안 취했다.' 하고 혀 꼬부라진 헛소리를 하더니 이내 장렬히 바닥으로 쓰러졌다. 타이밍 한번 기가 막혔다.

"……."

그 후, 우리 집 거실이 이렇게 썰렁한 곳이었나 싶을 정도로 무거운 침묵이 주위를 돌았다. 최진헌은 이미 쓰러져 일어날 기세 없는 어우동의 뺨을 치면서 그게 무슨 뜻이냐고 소리를 질러 댔다. 멀쩡한 것 같던 공태준은 나를 가만히 노려보는 것 같더니 천천히 입을 뗐다.

"최이경."

"응."

"나는 누가 변명하는 거 엄청 싫어해. 죄질이 나쁠수록 변명이 구차하고 길어지더라고."

"무슨 소리야, 그건 또."

"그런데 오늘은 듣고 싶네."

"뭘."

"쟨 아니잖아. 네 취향 내가 아는데. 쟤는 아니야, 그렇지?"

"감사합니다. 잘 부탁드릴게요."

꽤 밤이 깊었다고 생각했는데 시계를 보니 11시 반이었다. 최진헌은 시간을 확인하자마자 콜택시를 불러 어우동을 실었다. 신데렐라는 아니지만 12시까지인 통금 시간을 지켜야 했기 때문이다.

스물네 살 때인가, 술을 마시다 외박을 한 적이 딱 하루 있었는데 그날 당장 아버지에게 머리를 빡빡 밀려 재입대하냐고 놀림받은 적도 있다고 했다. 최진헌은 내게 그 말을 전하며 그래도 바리캉으로 밀어서 스님 같진 않았다며, 절 들어가냐고 놀림받는 것보단 나았다고 웃었다.

"아, 혹시 쇠창살 어디에서 팔까?"

"갑자기 그건 왜?"

나는 그제야 어우동의 아버지가 장교였던 것이 떠올랐다. 녀석이 제일 싫어하는 것이 영창일 거란 생각도.

"대문에 달아 놓으려고."

그래. 어우동 하나라도 내 집에 못 들어오게 해야 안심이 될 것 같았다. 그러나 최진헌은 그 말을 듣더니 이내 심각한 표정을 지으며 나를 빤히 바라보았다.

"너 혹시 막 쇠창살, 수갑, 채찍…… 그런 취향이야?"

"뭐?"

"최이경 좀 당황스럽다."

나는 녀석의 상상력이 당황스러웠다. 그래도 어른이 되어 만났기에 어른 대접을 하려 했는데 생각처럼 쉽지가 않았다.

"미친놈."

나도 모르게 본심이 툭 튀어나왔다.

"이경, 너 그거 알아? 예전부터 느낀 건데."

"뭘."

"너 욕할 때 겁나 야해."

"……."

"어떡하지. 우리 완전 환상의 커플 아니야? 쇠창살 좋아하는 애랑 욕 듣는 거 좋아하는 애랑. 이보다 더 완벽한 커플이 있을 수 있나."

상사뱀

나는 말없이 방으로 들어갔다. 물론 최진헌의 방으로.

"이경아, 뭐 하는 거니."

내가 잠깐 착각했다. 또라이 넘버 투였지만 피해야 할 놈은 저놈이 1순위였다는 것을. 녀석의 짐 가방과 화구통을 들어 현관문 밖으로 던졌다.

"최이경! 아무리 우리가 거친 사랑 성향을 가졌어도 그림은 죄가 없어."

녀석이 가방을 줍기 위해 밖으로 나갔을 때 문을 잠갔다. 문 뒤로 녀석이 현관문을 두드리며 소리치는 것이 들려왔다.

"이경아, 나 반팔 입었다고! 감기 걸린단 말이야."

"너희 집 가."

"이 시간에 어떻게 이래. 어? 너 그렇게 야박한 애였어?"

"이제 알았다니 되게 유감이다."

"이경아! 최이경!"

나는 그렇게 방으로 들어갔다. 거실은 이미 깨끗하게 치워져 있었다. 공태준의 작품인 듯했다. 술에 취해도 무서울 정도의 집착으로 거실을 정리한 뒤 제 방으로 가 잠든 듯했다.

덕분에 귀마개까지 챙겨 아주 편안한 밤을 보낼 수 있었다.

"최이경."

"왜."

아침에 일어나니 머리가 아팠다. 술을 많이 마시진 않았던 것 같은데, 숙취인지 모를 이상한 악몽에도 밤새 시달린 듯했다. 기억은 안 나지만 귀가 간지러웠다. 그러나 공태준은 여느 날과 다름없이 말끔한 모습으로 새 커피 머신으로 커피를 내리고 있었다.

"너 혹시 나 몰래 개 키워?"

"그게 무슨 말이야?"

나는 공태준도 밤새 꿈을 꾸고 헛소리를 하나 했다. 그저 조용히 식탁에 놓인 커피를 집었다.

"그럼 저건 뭔데."

턱 끝으로 가리킨 녀석의 시선을 따라 고개를 돌리니 거실 한가운데로 바람이 불어오고 있었다. 우리 집은 거실 한 면이 다 창으로 뒤덮여 마당과 대문이 바로 보이는 그런 집이었다. 하지만 나는 거실 창을 열어 놓은 적이 없었고, 그건 지금도 마찬가지였다. 그런데 바람이 들고 있었다.

아…… . 언제부터 우리 집 창문에 저렇게 크고 동그란 개구멍이 있었지.

"으아, 잘 잤다. 좋은 아침."

새로운 창이 생긴 거실에 넋을 놓고 있는데 최진헌이 태연히 걸어 나왔다. 나는 거실 창에 난 구멍과 최진헌을 번갈아 봤다. 얼핏 녀석의 어깨 넓이는 될 것 같았다. 대체 어제 챙겨 던져 준 녀석의 짐 가방에는 뭐가 들어 있었던 걸까.

공태준은 멍하니 서 있는 내게로 다가와 방금 내린 새 커피로 바꿔 주며 조용히 한마디 하곤 다시 제 방으로 들어갔다.

"안됐네. 광견병은 약이 없다던데."

그림을 그린다던 녀석은 그림이 아니라 공사판을 뛰어다닌 듯싶었다. 용접기를 가지고 있지 않고서야 저런 구멍을 낼 수가 없었다. 그러나 정작 최진헌은 태연히 저를 무시하고 사라져 가는 공태준을 보다가 기지개를 펴며 다가왔다.

"쟤 뭐래? 뭐, 검사 때려치우고 수의사라도 한대?"

"……."

"그거 커피면 나도 한 잔 부탁해."

"야."

"설탕 많이."

다시 생각해도 나는 이 동거를, 이 개판 같은 하숙을 허락한 적이 없었다. 아무래도 내가 이 집을 나가는 것이 수명을 지키는 최고의 방법일 듯했다.

뱃속 깊은 곳으로부터 한숨이 터져 나왔다. 그러나 한편으론 이미 피할 수 없는 동물 농장 같은 동거에서 피할 수 없을 거란 불길한 예감도 들었다.

"하."

아버지, 어떡하죠. 동물 농장에 제보해 볼까요. 우리 집에 미친 고양이와 광견병 걸린 개가 있다고. 아, 가끔씩 찾아오는 또라이 오리 형도요.

백문이 불여일견

한가로운 주말, 공태준은 아침을 먹자마자 성당에 갔다.

우리나라는 종교의 자유가 있는 나라고 녀석이 성당을 다니는 데 딱히 이상할 건 없었지만 아쉽게도 녀석은 종교를 믿지 않았다.

그러나 이유를 묻진 않았다. 적어도 일요일 아침은 내게 자유 아닌 자유 시간이 되었으니까.

"아, 자유다. 그 자식 없으니까 이제야 우리 신혼집 같네. 그치, 자기야?"

아, 최진헌을 생각 못 했다. 나는 내 뒤로 보이지 않는 꼬리를 흔들며 엉겨 붙어 오는 녀석을 치우다 공태준 방 앞에 멈춰섰다.

그러다 문득 궁금해졌다. 최진헌은 왜 내게 공태준과의 사이를 물어보지 않는지. 생각해 보니 녀석은 한 번도 내게 물은 적이 없었다. 왜 공태준과 살았는지, 예전 공태준 생일 때도 선물을 사겠다고 저와 돌아다녀도 왜 공태준의 선물을 사는지, 녀석이 내게 어떤 사람인지 묻지 않았다.

그래도 그 당시엔 학교에 공태준과 내가 어떤 관계로 얽혀 있는지 모르는 애가 없었으니 그러려니 했지만 지금은 아니었다. 더 관련된 것에 아무것도 묻지 않은 것이 지금 와서 생각해 보니 이상했다.

"넌 왜 한 번도 안 물어봐?"

"뭘?"

지금도 왜 그 자식이 이 집에 와 내 주위에 있는 거냐, 물어볼 법한 질문이었다. 호기심도 많고 돌려 말하는 법도 모르는 녀석이었다. 그럼에도 단 한 번도 묻지 않았다. 공태준을 어떻게 다시 만났는지도.

"최이경, 왜 말을 하다 말아. 내가 뭘 안 물어보는데?"

너는 늘 내게 뭐를 좋아하고 뭐를 싫어하냐 물었지만 나는 묻지 않았다. 처음엔 네가 묻지 않아도 빤히 다 드러나는 아이라 그렇다고 생각했다. 너는 묻지 않아도 무엇을 좋아하고 싫어하는지 보여 주는 애였으니까.

하지만 네 가족은 어떤지, 네 친구는 어우동 말고 또 누가 있는지, 왜 하지 않겠다던 그림을 계속 그리고 있는 건지 나는 묻지도, 궁금해하지도 않았다.

"최진헌."

"응."

상사뱀

"너는 어떤 애야?"

그래서 궁금해졌다. 너는 어떤 애이기에 내 옆에 있어 주는 건지. 왜 나를 궁금해하는 건지. 왜 물어보고 싶은 걸 물어보지 않는지.

"최진헌 넌……."

평소 우리의 생활 패턴은 제각각이었다. 그중 나는 가장 평범한 아침에 출근해 저녁이면 퇴근하는 평이한 생활 그래프를 그렸다. 공태준 같은 경우엔 집에까지 엄청난 양의 서류들을 가져와 보고 또 봤다.

아침 재판이 열리는 날엔 전날 저녁부터 한숨도 자지 않고 준비했다. 완벽한 재판을 위해선 못 할 게 없어 보였다. 최진헌은 주로 낮에 자고 밤에 그림을 그렸는데, 작업실에 갈 때도 있었지만 보통 방이나 마당을 애용했다. 우리는 한집에 살면서도 은근히 마주치지 않고 생활하고 있었다.

그래도 텅 빈 집에 제일 먼저 들어오는 날이면 세 개의 슬리퍼를 볼 수 있었다. 회색은 공태준, 파란색은 최진헌, 초록색 체크무늬는 나. 그렇게 기묘한 동거를 인정하지 않을 수 없게 된 것이다.

다행인지 운명인지, 요리와 청소 등은 전적으로 공태준이 도맡았다. 매일 살벌하게 바쁜 녀석이었지만 제 주위 공간이나 물건에 남의 흔적 타는 것을 싫어했기 때문이다.

최진헌은 용케도 그런 공태준을 파악했다. 그래서인지 일부러 탁자를 비스듬히 놓는다든가, 반듯하게 정렬된 책들 중 몇 권을 뒤집어 꽂아 놓는다든가, 소파 밑에 머리카락 뭉치 등을 숨겨 놓곤 했다. 하지만 문을 잠그고 다니는 공태준 방에는 들어가지 못하는 듯했다.

그런데 공태준은 기억력이 좋은 건지 감이 좋은 건지, 그런 것들을 귀신같이 찾아내 원래대로 돌려놓았다. 무시할 줄 알았는데 복수도 했다.

어느 날 최진헌 밥에서 돌이 나왔다.

"와, 요즘도 쌀에서 돌이 나오나?"

나는 공태준의 입꼬리가 아주 미세하게 올라가는 것을 보았다. 그러나 최진헌은 영문을 모르는 듯했다. 난 그저 이 또라이 같은 놈들을 어떻게 감당해야 할지 막막했다.

적어도 학생이었을 때는 이렇게 유치한 수준은 아니었던 걸로 기억하는데 어디서부터가 문제였을까. 서로 떨어져 있던 사이에 무슨 큰 사고라도 났었던 걸까. 나는 정신없이 벌어진 일들로 사고 회로가 마비되어 있었다.

거기다 엎친 데 덮친 격이 이런 건지, 어우동은 아예 들어온 것은 아니었으나 제집처럼 드나들더니 곧 현관 비밀번호를 알아냈다. 아울러 공태준과 화해까지 했다. 사실 싸운 적이 없었으니 화해라고 하기엔 맞지 않았다.

단순히 어우동의 변덕이었다. 녀석이 공태준과 다시 친구가, 아니, 일방적인 교우 관계가 된 것은 며칠 전에 처음으로 넷이 함께한 식탁에서 밥을 먹은 후였다.

"공태준."

"왜."

"나 너랑 결혼해도 되냐?"

공태준은 말 같지 않은 것엔 답도, 반응도 보이지 않았다. 잠시 잊고 살았지만 어우동은 쉽게 사랑에 빠지는 사람이었다. 그 사랑엔 국경이나 나이, 인종이나 성별, 심지어 상대방의 의사도 없었다.

"이경이랑 진헌이는 이런 거 매일 먹겠네."

"……."

"부러워서 지는 거면 난 이미 틀렸어. 진헌아, 미안하다. 먼저 가라. 난 여기가 끝인 것 같아."

"뭐라는 거야, 이 미친놈이."

최진헌은 숟가락으로 어우동의 이마를 내리치며 욕했지만 녀석은 그런 최진헌을 끌어안으며 미안하다고 속삭일 뿐이었다. 사실 공태준의 요리가 사람을 홀릴 만한 수준이긴 했다.

주말이 되면 상황이 조금 달라졌다. 다들 약속도 없는 아웃사이더들인지 집 밖으로 나가질 않았다.

나는 밖으로 나가고 싶어도 갈 데가 없었고, 무엇보다 내 집인데 왜 내가 나가야 하나 싶었다. 최진헌은 작품 구상을 한답시고 마냥 카우치 포테이토가 되었다. 공태준도 주말엔 쉬는 듯했다.

"귤 더 없나."

점심을 먹자 자연스럽게 거실 소파에 모여 앉았다. 그때 최진헌이 귤을 까먹으며 TV를 틀었는데 마침 영화가 나오고 있었다. 제목은 어디서 본 듯 익숙했는데 이렇게 보는 건 처음인 듯했다.

편한 자세로 자리를 잡고 화면을 바라보니 한 커플이 침대 위에 얽혀 'I love you.' 등의 낯간지럽고 식상한 대사를 치고 있었다. 나는 뻔한 영화를 보고 싶지 않아 주위를 두리번거렸다.

그런데 내가 찾던 리모컨을 쥐고 있는 건 공태준이었다. 아무런 표정 변화도 없이 무덤덤하게 화면을 바라보는 녀석은 채널을 돌릴 생각이 전혀 없어 보였다.

다시 옆을 돌아보니 최진헌은 귤을 까먹다 내려놓고 집중해서 보고 있었다. 나는 이 두 남자가 뭔가에 이렇게 집중한 모습을 처음 보았다.

"I know you want me. And I know that you can't control yourself(당신이 날 원하는 것 알아요. 또 이제 당신 스스로 통제할 수 없다는 것도)……."

영화는 점점 무르익어 남녀가 격정적으로 키스하는 장면으로 넘어갔다. 자연스럽게 남자의 손이 여자의 가슴으로 향했다. 두 녀석의 눈이 TV에 붙어 버린 듯했다.

성인이기도 하고, 저런 걸 보며 부끄러워할 나이도 아니기에 그러려니 하고 그냥 입을 다물려 하는데, 최진헌의 침 삼키는 소리가 너무 크게 들렸다. 공태준과 내 시선이 쏠릴 정도로.

"뭐. 왜. 사람은 다 침 삼키고 사는 거잖아."

"……."

"물론 가끔 다른 사람 것도 섞여야 면역력이……."

아무 말도 하지 않았건만 녀석은 무슨 죄라도 지은 것처럼 말을 늘어놓았다. 나는 그 모습을 그냥 빤히 바라보고 있었다. 우리는 아무렇지 않게 야한 얘기를 주고받을 만한 사이는 아니었지만, 그렇다고 해서 나온 주제를 민망하다고 피할 만큼 순진하지도 않았다.

"그래. 아는데, 죄지은 건 아니더라도 침은 좀 조용히 삼켜줘. 꼭 나쁜 상상 하다가 들킨 애 같으니까."

"상상은 무슨."

그때 말없이 듣고만 있던 공태준이 한마디 거들었다.

"나쁜 건 아니지. 입을 맞추는 행위로 부교감신경이 신경 전달 물질 이동을 활발히 시키고, 교감신경이 침샘 근육을 자극해 입속이 산성화되는 것도 예방하는데."

녀석은 태연히 키스의 장점을 말하고 있었다. 그런데 이상하게 나와 시선은 마주치지 않았다. 그게 왜 나는 공태준도 변명을 하고 있는 것처럼 느껴지는 걸까. 순간 의심은 들었지만 심증으로 녀석을 잡기엔 증거가 부족해 고개를 돌렸다.

"쟤 뭐래. 지가 의사야, 뭐야?"

"의대 출신은 맞을걸."

최진헌은 '무식하게 공부만 잘한 놈 같으니라고.' 하고 중얼거렸다.

"어쨌든 좋다는 거긴 하잖아. 인정하고 싶진 않지만 공태준이 옳은 말은 했어. 인정."

공태준은 당연하단 듯 눈썹을 치켜세웠다. 반대로 내 미간은 좁아졌지만. 이럴 때만 합심하는 녀석들이 어이가 없을 뿐이었다. 한편으론 이렇게 잔잔한 사이가 우리에게 어울렸던가 의문도 들었다.

—……에 이어 올해 하반기 실적으로 보여질 전망입니다. 다음 뉴스입니다.

그러나 그 평화는 오래가지 않았다. 영화 중간, 광고가 이어지자마자 공태준은 습관처럼 뉴스 채널로 돌렸고 익숙한 목소리의 앵커가 새 뉴스를 보도했다.

—대낮에 일어난 의왕 모자 살해 사건 후 범인의 행방이 묘연해지자 끝내 남편이 자살하는 일이 벌어졌습니다. 수사를 시작한 지 열흘 만입니다. 주민들의 불안감도 갈수록 커지고 있습니다. 박주호 기자입니다.

—경기 의왕시 한 아파트, 목격자 A 모 씨는 화장실 환풍구를 통해 코를 찌르는 듯한 냄새를 맡고 경비원에게 확인을 요청했습니다. 이후 현관에서 50대 여인의 싸늘한 사체가 발견되었습니다. 사건은 일주일 전 오후…….

그 순간 누가 먼저랄 것도 없이 침묵이 이어졌다. 누가 누구를 살해하고 남겨진 이는 자살했다는, 어쩌면 흔한 뉴스에 마치 약속이라도 한 듯 입을 다물고 채널을 돌렸다. 돌아간 채널에선 유명한 드라마가 나오고 있었다.

생각해 보면 이때부터였던 것 같다. 그 이후로 집에선 단 한 번도 TV가 켜지지 않았다.

오후 3시쯤, 저마다 취향에 맞는 차를 마시고 각자 자기 방으로 돌아갔다.

식사를 빼고 나는 모든 것을 내 방에서 해결했다. 크게 불편한 건 없었다. 나는 원래 침대에 들어가면 바닥에 발을 대지 않고도 살 수 있는 애였다.

오후 5시쯤 됐을 때, 최진헌은 약속이 있다며 나가야 하니 내게 꼭 방문을 잠그라고 신신당부했다.

"오빠가 웬만하면 주말엔 안 나가는데 오늘은 빠지기가 힘드네. 문 꼭 잠그고 있어."

"너만 나가도 내 수명이 2시간은 늘어."

"하하, 무슨 소리 하는지 모르겠네."

녀석은 마치 내가 잠에서 덜 깨 헛소리라도 한다고 생각한 듯 머리를 헝클어트리곤 빠르게 집 밖으로 사라졌다. 참 자기가 듣고 싶은 말만 듣는 애였다.

녀석이 사라지자 자연스럽게 창문으로 눈이 갔다. 애처로운 초록 테이프가 창문 구멍을 막아 내고 있었다. 고쳐 놓으라는 말에 제가 한 짓이 아니라고 끝까지 우긴 녀석 때문이었다.

그래, 누가 이기나 해 보자 하고 손을 놓았는데 공태준도 최진헌의 뒤처리를 하고 싶지는 않은지 건드리지 않았다.

공태준은 최진헌이 나가는 것에 개의치 않고 시간이 되자 저녁거리를 준비했다. 며칠 전에 배달 온 김치냉장고를 여는 것으로 보아 김치가 메인 요리인 듯했다.

대체 녀석들은 언제까지 내 집에 기생할 셈일까.

배달 오는 가전제품을 보며 암울함을 느끼는 애는 나밖에 없을 터였다.

"가만히 생각해 보니 최이경 엄청 뻔뻔해졌네. 예전에도 그랬긴 했지만."

역시 김치찌개였다. 나는 방에 있을 때 잊고 있었던 공태준의 존재감을 식사 시간마다 확인했다.

그런데 그때 녀석이 별안간 픽, 웃음소리를 냈다. 식사 중 웬만하면 말을 걸지 않는 녀석인데 문득 무언가 떠오른 듯했다.

"갑자기 무슨 소리야."

"예전엔 귀여웠는데."

"뭐가."

"고3 생일날, 너한테 받았던 선물."

잊고 싶은 기억 중 하나였다. 내가 주려고 준비한 선물도 아니었다. 녀석은 낮에 본 영화의 키스 장면을 떠올린 듯했다.

"다음 날, 너 표정 진짜 재미있었어."

"……."

"안절부절, 나랑 눈이라도 마주칠까 봐 학교에서 도망 다녔잖아."

"아닌데."

"아니긴."

뻔뻔하기론 나보다 녀석이 더 우위일 것이다. 그런 녀석이 내게 뻔뻔해졌다느니 하며 웃으니 자존심이 상했다. 어쩐지 심기가 꼬이는 것 같기도 했다.

"그게 뭐 별건가? 그냥 입 좀 맞추는 게 어떻다고. 질풍노도, 혈기 왕성했던 한 청소년의 치기 어린 반항쯤 너그러이 봐준 거야, 내가."

"……그래?"

녀석은 젓가락질을 멈추고 눈을 가늘게 뜬 채 나를 바라보더니 고개를 돌리며 말했다.

"그럼 지금은?"

"뭐?"

"질풍노도는 모르겠고, 혈기 왕성은 맞을 텐데."

"…….."

"반항은 안 할 테니까 봐줄 필요는 없어."

녀석은 키스가 별것 아니라면 좀 더 강도를 높이면 별것이 되지 않겠느냐는 말을 덧붙였다.

"미쳤지, 공태준?"

"궁금하네. 알다시피 내가 학구열이 높아서."

"책을 봐, 그럼. 아니면 아까 영화라도 다시 찾아보든가."

"백문이 불여일견, 백견이 불여일행."

그런 말은 이럴 때 쓰라고 있는 게 아닐 텐데. 한마디 하고 싶었지만 괜한 불씨를 키우는 게 될까 숟가락을 물었다.

"최이경, 내기 하나 할래?"

"싫어."

"들어 보지도 않네."

"수작 부리지 마. 네가 뭘 하든 동참해 줄 생각 없으니까."

"그럼 거절 못 할 제안 하나 할까?"

"…….."

"네가 이기면 나, 깨끗하게 집에서 나가. 다신 너 안 찾아와."

식탁 위로 잠시 침묵이 흘렀다. 나를 보는 공태준의 눈에 장난기 따위는 없었다. 원래 위험할수록 달콤한 것이 독이라고 했던가. 이겨도 본전인 게임에서 나는 악마의 손짓을 보고 있었다.

"대리님, PPT 수정 끝냈습니다."

"어, 이경 씨. 수고했어."

월요일, 저녁 7시. 상대성이론이란 것은 이럴 때 발휘되는 것인가. 주말 저녁은 빠르게 지나가고 월요일은 느리게 흘러갔다.

"자료가 부족해서 오타 검열하고 그래프만 땄는데, 아무래도 증빙 자료를 보내 달라고 해야 할 것 같아요."

"아마 장 계장님한테 직접 달라고 해야 할 거야. 외장 하드에 없으면 다 그쪽에서 넘어온 거니까."

일은 끝날 기미가 보이지 않았다. 본사에서 일하던 것과는 또 다른 느낌이었다. 실제로 부딪쳐서 얻어야 하는 것들이 훨씬 많은 곳이었다. 그런데 그때, 그런 나를 야근으로부터 꺼내 주는 말이 들려왔다.

"아, 맞다. 이경 씨, 석희 씨가 그랬는데 아까부터 밖에서 남자 친구가 기다리고 있다던데?"

"남자 친구요?"

"키도 크고 잘생겼다던데. 가 봐. 그거 어차피 오늘까지 못

끝낼걸. 내일 회의 때 다시 얘기 나오면 절충해야 할 것도 생길 테고. 오늘은 그만 퇴근해."

순간 퇴근이란 단어에 입가에 미소가 지어졌지만, 다시 생각해 보니 나도 모르게 생긴 남자 친구의 존재에 눈썹이 꿈틀했다. 문득 '공태준이 벌써 내기를 시작한 건가' 하는 생각이 들었다. 어쩐지 불안한 기운이 엄습했다.

"생각보다 일찍 나왔네."

"최진헌?"

그러나 회사 밖으로 나오니 나를 기다리고 있던 건 공태준이 아니라 최진헌이었다. 어디 격식 차려야 하는 곳이라도 다녀왔는지 녀석은 처음 보는 정장 차림을 한 채 차에 기대서 있었다.

"네가 여긴 웬일로……. 너한테 차 있는 줄은 몰랐네."

"인사해. 몬트리올 레이첼 벨라미."

"몬트리, 뭐?"

"몬트리올 레이첼 벨라미. 아가, 오빠가 오늘 다른 여자 태워 주더라도 너무 서운해하지는 마."

죽은 오리와 대화를 하던 애는 그래도 취중이었다. 차와 대화를 하는 녀석은 안타깝게도 맨정신이었다. 긴 이름을 가진 차가 녀석의 것이라는 것 외엔 이해되는 게 없었다. 물론 이해하고 싶지도 않았다.

그래도 퇴근이 늦어지는 나를 데리러 왔다는 녀석을 거부할 순 없었다. 생각해 보니 공태준이 오늘은 늦을 것 같다면서,

원하지도 않은 소식을 문자메시지로 보낸 게 떠올랐다. 상관없는 일이라 생각했더니 미처 기억을 못 했다.

"최이경."

"왜."

따듯한 차 안이라 그런지 졸음이 쏟아졌다. 오랜만에 컴퓨터와 씨름하며 숫자와 싸웠더니 영혼이 다 빠져나간 느낌이었다. 그래도 운전하는 사람을 옆에 두고 자는 건 예의가 아닌 듯해서 간신히 눈만 부릅뜨고 있었다. 그때 녀석이 내게 말을 걸어왔다.

"너 나한테 그랬지. 나 어떤 애냐고. 공태준 성당 갔을 때 물었잖아."

"아······."

옆으로 살짝 고개를 돌리니 꽤 진지한 얼굴의 녀석이 보였다. 운전하는 모습이 어쩐지 생소했다. 내겐 아직도 오징어 삼치기를 위해 열심히 한 발을 들고 뛰던 모습이 선명한데, 운전대를 잡고 있는 녀석을 보니 세월이 흐르긴 한 듯했다.

"사실 나도 나를 잘 모르겠더라. 그래서 그땐 대답을 못 했는데, 지나고 나서 곰곰이 생각해 봤거든."

사실 그날 물었을 땐 별생각 없이 갑자기 떠올라서 물었던 것이었다. 하지만 의외로 녀석은 나의 질문에 꽤 진지하게 고민한 듯했다.

"그래서, 넌 어떤 사람인데?"

그때 신호가 바뀌고 차가 천천히 멈추었다. 녀석은 내 쪽으로 고개를 돌리고 시선을 맞췄다.

"나는 최이경이랑 친구 하기 싫은 사람."

"뭐?"

잠시 침묵이 흘렀다. 머지않아 다시 신호가 바뀌고 서울의 야경이 창밖으로 빠르게 스쳐 지나가기 시작했다. 녀석은 운전을 위해 앞을 바라보며 천천히 말을 이었다.

"모르지, 너. 내가 고3 때 쭉 네 옆에 앉았잖아. 그때 뒤를 돌아보면 항상 공태준이랑 눈이 마주쳤어."

"……."

"걔가 나를 보고 있었을 리는 없고. 그렇지?"

우리는 1년 내내, 고3의 마지막 기간을 빼곤 자리를 바꾸지 않았던 짝이었다. 맨 앞자리라서 눈에 띄는 게 싫다고 생각했는데, 생각해 보니 녀석과 짝으로 지냈던 건 좋았다. 녀석은 그때의 나와 녀석, 그리고 공태준에 대해 말하고 있었다.

"처음엔 아무렇지도 않았는데 시간이 갈수록 싫더라고. 그래서 내가 매일 너 데리고 예체능실로 갔잖아. 거긴 걔가 없는데니까."

"최진헌."

"그런데 내가 어릴 때부터 눈치가 백만 단이라 알거든. 최이경 넌 그때나 지금이나 나를 너무 친구로만 생각하고 있다는 거. 내가 얼마나 너를 좋아한다고, 결혼하고 싶다고 노래를 부르고 다녔는데. 한 번도 진지하게 생각해 주지도 않고."

내가 녀석에게 다른 감정을 느끼지 않았던 건 그만큼 녀석이 편하기도 했지만 녀석이 진지하게 나를 재촉하거나 보챈 적이 없었기 때문도 있었다. 그런데 지금 이 순간, 녀석은 평소와는 다른 진지한 눈으로 나를 바라보고 있었다.

"그래서 좀 달라져 보려고. 이제부터 친구 그런 거 안 해."

"진헌아."

"태권도에 몸 돌려차기라고, 기습적인 뒷발차기 기술이 있어. 태권도는 단순히 주먹·발차기 싸움이 아니거든. 엄청 눈치가 빨라야 돼. 상대의 공격을 적절히 방어하면서 기 싸움을 하다가 때에 맞는 기술을 써야만 이길 수 있으니까. 그리고 내 주특기는."

"……."

"한 발 물러서도 추가 점수가 주어지는 뒤돌려차기."

녀석이 순간 운전대를 잡고 있지 않던 나머지 손으로 내 뒷머리를 감쌌다. 이어 신호가 바뀌고 다시 차가 멈췄다.

녀석은 계속 바라보고 있던 차 앞 유리창에서 눈을 떼고 나와 눈을 맞췄다.

"보여 줄게. 내가 어떤 남자인지."

"너……."

"그러니까 긴장해. 나중에 뒤통수 맞았다고 놀라지 말고."

선선했던 바람이 어느새 쌀쌀한 공기로 바뀌어 갔다. 이제 겨울이라도 오려는 건지, 비가 한 번 내린 뒤엔 가을 냄새도 사라졌다. 거실 창가에 쪼그려 앉아 창밖에 떨어진 낙엽들을

상사뱀

보고 있으려니 옛 기억이 떠올랐다.

아주 오래전에 이 집에서 엄마와 함께 낙엽이 떨어지는 것을 보곤 했다. 그때 나는 엄마에게 물었다. '엄마, 가을은 왜 짧아?' 그러자 엄마는 말했다. '좋은 순간은 원래 짧은 법이란다.'

"최이경, 뭐 해."

언제 다가왔는지 최진헌이 바로 옆에 쪼그려 앉아 바닥에 짚은 내 손을 툭툭 치고 있었다.

"가을 구경. 내 손 놔둬 줄래?"

"우리 이경이, 감수성도 풍부하네. 가을 구경이라니, 말도 겁나 예뻐. 손도 예쁘고 손가락도 예쁘고 무릎도 예쁘고 발가락도 예쁘고."

"최진헌. 두라고 했다."

그러나 녀석은 내 손 위에 제 손을 겹치며 씨익 웃었다.

"너 뭐 하는 거야."

"최이경 꼬시는 중인데."

"허."

"이제 한 30퍼센트 넘어온 것 같아."

"어느 부분에서."

제 손 아래에 있던 내 손을 빼내 무릎 안으로 숨기자, 제 작전이 먹히지 않았다고 생각했는지 다른 어필을 하기 시작했다.

"아, 너 그거 모르지? 내 그림 되게 잘 팔린다. 너 안 굶기고 살 수 있을 만큼."

"그래서."

"내가 참 내 입으로 말하긴 뭐하지만 사람들이 오빠 어깨가 예술이라더라. 만져 봐. 이게 다 근육. 머슬. 헛!"

순간 몸이 휘청거렸다. 갑자기 내 팔을 빼내 제 어깨에 올리게 하고 힘을 준 녀석 때문이었다.

"이 넓은 가슴팍을 보렴. 어때, 이 오빠한테 안겨 보고 싶지 않냐?"

"누가 오빠인데?"

"하하. 그래, 최이경. 다들 오빠가 싫어서 아빠 되고, 또 아빠가 여보 되고 다 그런 거야."

어디서 우리 부장도 안 할 개그를 배워 온 걸까.

앞으로 펼쳐질 녀석의 말도 안 되는 행동들로 인해 벌써 골치가 아파 왔다.

사실 며칠 전부터 녀석은 왠지 모르게 저돌적으로 변했다. 앞으로 보여 줄 게 많으니 기대하라고 했던 말을 증명이라도 하듯. 원래도 좀 또라이 같은 녀석이었던 건 알았지만 이렇게 탱탱볼처럼 빠르고 반복적으로 다가올 줄은 몰랐다.

아무래도 나는 괜한 벌집을 쑤신 듯했다. 너가 어떤 아이냐고 묻지 말았어야 했다. 너는 그냥 또라이 같은 놈이야, 정의를 내려 줬어야 했다.

녀석은 그날 이후 저를 더 알리고 싶어 했다. 그리고 또 알고 싶어 했다. 제게 어떤 사람이냐고 물은 나를.

평화로운 목요일 아침. 이제 꽤 추운 바람이 부는데 최진헌은 밥을 먹으란 말에도 마당에서 반팔 차림으로 푸시업을 하고 있었다. 뭘 어필하려는지는 알겠으나 딱해 보였다. 가까이 다가가니 오돌토돌 돋은 닭살도 보였다.

상사뱀

"최진헌, 아침 먹어."

저를 부르는 목소리에 돌아본 녀석은 방금 전까지도 바닥을 짚고 있던 손을 툭툭 털더니 내 얼굴에 올렸다.

"아, 우리 이경이 예쁘다. 눈곱도 예쁘네."

"손 떼. 더러워."

녀석은 이른 아침 멀뚱히 저를 보고 있는 나의 눈곱을 친절하게도 떼어 주었다.

"더럽긴 뭐가 더러워, 네 눈곱인데."

"네 손이 더럽다고."

나는 그 손을 뿌리치며 말했다. 그러자 녀석은 태연히 내 머리카락을 정리해 주기 시작했다.

"머리가 산발이 돼도 예쁘네, 이경이."

"……"

"누가 우리 이경이 보고 미친년이래, 어? 이렇게 예쁘게 미친 여자 있으면 나와 보라 그래."

나는 머리를 정리해 주는 녀석의 손을 쳐내고 팔짱을 꼈다. 한쪽 다리가 저절로 굽혀졌다. 이어 삐딱한 시선으로 녀석을 쏘아보기 시작했다.

"네 방에 노트북 켜져 있더라."

"……봤어?"

밥 먹으라고 녀석을 부르기 위해 방문을 열었을 때 녀석의 노트북에 여러 검색창이 켜져 있었다. '빠르게 이성을 유혹하는 방법', '성공하는 연애 기술' 등등. 굳이 내용까지 살펴보고 싶진 않아 혀를 차며 나왔다.

"대체 인터넷에선 뭐라 가르쳐 줬으면 이래?"

"아. 여자는 칭찬에 약한 동물이래. 특히 외모 칭찬. 그리고 아기처럼 다뤄 주면 좋대. 그다음엔……."

"다음엔?"

"섹스어필."

녀석이 입고 있던 얇은 티셔츠를 들어 올려 배를 드러냈다.

"이게 다 운동으로 단련된 복근이야. 원래 다른 사람한텐 절대 안 보여 주는데 너한테만 특별히 공짜로 보여 주는 거다."

열심히 검색한 결과가 고작 이런 거라니. 나는 어이가 없어 할 말을 잃고 녀석을 바라봤다. 그런데 녀석은 그 시선이 무언가 다르다 느꼈는지 빠르게 물어 왔다.

"왜. 뭐가 확 느껴져?"

응. 널 내 집에서 하루빨리 내쫓아야겠다는 굳은 의지가 느껴져.

"아, 벌써 넘어오면 안 되는데. 나 아직 시작도 안 했는데."

"쓸데없는 소리 하지 말고 아침이나 먹으러 오지?"

"아직 긴장 놓지 마. 내가 지금 막 상대 기를 빼 놓는 중이거든. 곧 들이닥칠 기습 공격을 눈치 못 채게."

"알았다니까. 가드 올리고 기다릴 테니까 밥이나 먹어."

나는 마무리 운동이 남았다는 녀석을 버려두고 주방으로 들어왔다. 누가 보면 그림이 아니라 체육 하는 애라 해도 믿을 모습이었다. 그냥 그러려니 내버려 두는 게 차라리 나을 듯했다.

상사뱀

식탁에 수저를 놓고 있는데 공태준이 찌개의 간을 보면서 내게 말을 걸어왔다.

"쟤는 모자란 거야, 아니면 모자란 척하는 거야?"

문득 최진헌의 특급 비밀이라던 아이큐 숫자가 떠올랐지만, 녀석의 프라이버시를 위해 입을 다물었다.

"왜. 귀엽잖아. 저게 언제까지 갈지는 모르겠지만."

"취향 별나네."

나는 어깨를 으쓱이곤 냉장고에서 물을 꺼냈다.

"나를 아가처럼 생각하고 다뤄 주겠대. 뭐, 나쁘진 않아."

"애 취급당하는 게 좋기도 하겠다."

아 다르고 어 다른 게 우리나라 말이라던가. 틀린 말은 아닌데 어쩐지 기분이 나빠졌다. 녀석은 그런 내 심경을 아는지 모르는지 고개를 돌리고 말을 이었다.

"잘해 보라고 해."

"……."

"그래 봤자 거기까지겠지만."

물론 녀석은 평소에도 최진헌을 없는 사람 취급해 왔다. 요새 들어 적극적으로 정권 지르기를 시전 중인 녀석의 모습도 흘깃 보기만 할 뿐, 그저 방관했다. 사실 나는 그게 잘 이해되지 않았다.

"넌 뭐가 그렇게 자신 있어? 네 목적이 뭔지는 몰라도 이 집에서 나가지 않을 거라는 것과 최진헌을 내보내고 싶어 한다는 건 알겠는데. 내가 그 애한테 흔들리지 않을 거라고 자신하나 보네?"

녀석은 내 말에 제법 여유 있는 얼굴로 웃었다.

"저 앤 너를 몰라."

"……."

"저렇게 해선 평생 가도 딱 저만큼, 너한테 지금 그만큼만 다가갈 수 있을걸."

"무슨 뜻이야?"

"하긴, 너도 널 잘 모르니까."

물을 따르다 문득 멈춘 내 모습에 식탁을 차리던 녀석의 손도 덩달아 멈췄다.

"넌 받아들이고 싶은 것만 받아들이고, 아니면 피하잖아."

"전에 떠났던 걸 말하는 거라면……."

"그걸 말하는 게 아니야."

공태준의 까만 눈이 나를 향해 있었다. 녀석은 더 이상 웃고 있지 않았다.

"어렸을 때도 넌 쇼윈도 안의 개한테는 관심 안 뒀잖아. 구석에서 아무도 신경 쓰지 않는 개한테만 눈길을 줬지."

"……."

"처음엔 불쌍하니까, 사람들이 아무도 보지 않으니까 그런가 보다 했는데 너도 모르는 사이 그냥 매일 보던 그 개들한테 익숙해진 거야. 그런데 키우진 않더라. 익숙한 건 딱 거기까지만 이어지더라고. 그런데 네가 없는 걸 가진 것엔 달라."

공태준은 어느새 찌개를 식탁에 옮기며 말했다.

"나 요리 만드는 거 관심 없어. 처음부터 재미있던 적도 없어. 물론 소질은 있지만."

"……."

"네가 관심 가지니까, 네가 좋아하니까, 넌 네가 못 하고 가지지 못한 것에 관심을 가지니까."

순간 녀석을 보다가 예전 기억이 떠올랐다.

'난 엄마랑 다르게 요리를 못해. 잘하는 사람들 보면 신기하더라. 공태준 넌 어떻게 적당히 간을 맞추라는 말을 이해하지?'

그때 너는 내 말을 어떻게 생각했던 걸까.

"최이경 네가 이렇게 복잡한 애야. 자긴 돌아볼 줄 모르는 애가 남은 엄청 신경 쓰고, 정작 자기한테는 없는 걸 좋아."

공태준은 이어 중얼거리듯 낮은 목소리로 말했다.

"너의 이상에 끼워 맞춰지려고 내가 어떻게 살았는데. 너는 무서워했잖아. 도망갔잖아. 익숙하지가 않았겠지. 낯선 건 또 싫어했으니까. 그런 너를 최진헌 그 애가 감당할 수 있을까?"

녀석의 말에 심장이 뛰기 시작했다. 들키고 싶지 않았던 속마음을 들킨 것 같았다. 나는 나도 모르게 내가 바라는 평범함, 부모의 사랑을 받고 평범하게 학교를 다니다 하고 싶은 일을 하고, 하고 싶은 생각을 하고……. 내가 무의식적으로 꿈꾸던 삶을 아무렇지 않은 듯 이루기 위해 살았다.

평범하게 태어났으면, 나도 평범한 가정에서 자랐으면 맘껏 응석 부리고 하기 싫은 일에선 도망 다니고 했을 그 순간들을 나도 모르게 꿈꾸고 있었나 보다. 그러면서도 숨기고 싶었던 것들을 녀석이 아프게 꼬집었다.

"하지만 넌 아니잖아. 최진헌은 내가 좋대. 물어보지 않았는데도 티가 날 만큼. 근데 넌."

"누가 그래? 나는 아니라고."

"공태준."

"나도 너 좋아해. 잊어버렸나 본데, 나는 훨씬 전에 이미 말했어. 물론 녀석과 같은 이유는 아니겠지만."

"뭐?"

"나는 네가 나랑 비슷해서 좋거든."

녀석이 어느덧 다 차려진 식탁에 앉아 차분히 나를 올려다보며 말을 덧붙였다.

"또 네가 나 같으면서도 내가 아니라서 좋아. 너는 지저분하잖아."

욕과 칭찬이 한 문장에 모두 담겨 있었다. 최진헌도, 녀석도 모순 덩어리들이었다.

"내가 치울 거리를 주니까."

"너 진짜."

"가끔은 내가 다 정리해 버린 집에서 더 치울 것도 없는 곳에 갇혀 숨이 막혔어."

"……."

"7년 동안 하루걸러 하루. 나를 덮칠 것같이."

나는 식탁 테이블 언저리에 우두커니 서서 녀석이 하는 말을 듣고 있었다.

"이 집에 온 이후 다시 계속 무언가를 하게 됐어. 다른 생각은 할 틈 없이."

생각해 보면 내가 일을 만들고 다니는, 트러블 메이커라는 소리인데. 녀석의 눈은 더없이 진지했다.

"그러니까 앞으로도 잘 부탁해."

대체 뭘 부탁하는 걸까. 청소거리를 주는 것, 아니면 내 집을 손수 돼지우리로 만드는 걸 말하는 걸까.

장난스럽게 그거라면 최진헌이 더 소질이 있으니 그놈을 데리고 살라고 하고 싶은데 입이 떨어지지 않았다.

"아, 우리 내기는 잊지 말고."

"딱 세 번이야. 넌 몰라도 나는 약속은 지키는 사람이니까."

그날 녀석이 제안한 내기는 간단했다. 어떤 단순한 사람도 이해할 만큼 명료하고 쉬웠다.

"규칙은 간단해."

"뭔데."

"나한테 아무것도 바라지 않는 거야. 한 달 동안."

"그게 무슨 말이야?"

"말 그대로. 나한테 아무 부탁도, 요청도 하지 않으면 돼. 내가 해 주는 건 받아도 돼. 대신 나한텐 아무것도 원하지 말아야 돼. 딱 세 번, 네가 부탁하는 걸 들어줄 거야. 하지만 세 번째 부탁을 내가 들어주는 순간 너도 내가 원하는 걸 하나 들어 줘야 해."

녀석은 그리 단순한 사람이 아니었다. 분명 뭔가가 더 있는 게 틀림없었다. 이렇게 눈에 보이는 뻔한 낚싯바늘을 던질 리가 없었다.

"간단하잖아. 마치 오목처럼 간단하고 쉬운 게임이야. 내 부탁을 들어 달라는 것도 아니고, 그냥 나한테 부탁을 하지 말라는 건데. 또 나는 세 번, 너는 한 번. 내가 너무 손해 보는 내기 아닌가?"

그러나 녀석의 말대로 어쩌면 나한테 유리한 내기였다. 룰은 간단했다. 녀석에게 아무것도 바라지 않는 것. 지금까지 나는 녀석에게 그 어떤 것도 바란 적 없이 잘 살아왔다. 앞으로도 그럴 것이었다. 더군다나 어떤 변수가 생기더라도 내겐 세 번의 기회가 있었다.

"내가 만약 지면 넌 뭘 부탁할 건데?"

"미리 말해 주면 재미없지."

안 해도 그만인 게임이었지만 이상하게 아쉬운 건 나였다. 설마 내가 억지로 부탁할 일을 만들려는 건가.

나는 단호한 눈으로 녀석을 바라보며 말했다.

"위험한 거, 지난번 호텔에서처럼 그럴 거라면 안 해."

"그래."

하지만 너무 쉽게 나온 녀석의 수긍에 다른 생각을 해야 했다. 경우의 수는 많을 것이었다. 어떻게든 내가 불리한 게임으로 이끌 것이었다. 물론 그래도 내가 이기겠지만.

나는 녀석만큼은 아니더라도 꽤 좋은 머리와, 녀석이 가지지 못한 잔머리를 가지고 있었다.

그러다 문득 설마 이제 청소도 요리도 안 하고 내 집을 막

더럽힌 다음 다시 부탁하게 만들려는 건가 싶었다. 무의식적으로 이것이 마지막으로 공태준이 차려 준 밥상이 될 것 같다는 생각이 스쳤다.

이에 마지막 만찬은 일단 즐겨야 한다는 생각이 들어 녀석 모르게 입안으로 음식을 조금씩 밀어 넣으니 공태준이 한심하단 눈으로 바라보았다.

"지금까지 하던 건 계속 내가 할 거야."

"……"

"너한테 맡겼다가 나더러 굶어 죽으라고?"

그렇게 내게 녀석을 떨쳐 버릴 기회가 생겼다. 내기는 이미 시작됐고 나도 모르는 나를 알고 있다는 공태준의 경고 아닌 경고와, 앞으로 잘 부탁한다는 인사는 어느새 기억 저편으로 잊혀 가고 있었다.

그러나 나흘쯤 지났을까, 나는 녀석의 말들을 다시 생각하지 않을 수가 없었다. 그게 함정인 줄 몰랐던 것이다.

달달한 초콜릿과 치즈가 트랩 위에 올려져 있었는데, 그 위에 스프링으로 고정된 덫 또한 있었음을 보지 못했다. 며칠 뒤 바로 내 첫 번째 기회를 쓰게 될 줄 몰랐으니까.

"이경 씨, 이게 어떻게 된 거야?"

"죄송합니다."

"우리 회사가 뭐 하는 회사인지 몰라?"

"……"

"공문 안 왔으면 어쩔 뻔했어. 중요한 계약에 이경 씨 있었으면 어떻게 책임지려고?"

회사에서 중국과 잡은 계약에 박 차장님께서 나를 추천해
주셨다. 그러나 며칠 뒤 회사로부터 출국이 금지된 사원이 무
역회사에 어떻게 있을 수 있느냐는 질책이 떨어졌고, 이에 부
서 전체가 들썩였다.

처음 듣는 소리였다. 출국 조회 신청은 본인 외엔 아무도 할
수 없었고, 국가에서 통지를 받은 적도 없었다. 출국이 금지되
었다면 분명 이를 알리는 통지서가 집으로 날아왔어야…….

순간 내 집에 나만 살고 있는 게 아니란 사실이 떠올랐다.
야비하게 입꼬리를 슬쩍 올린 놈이 하나 있었을 것이다.

"정말 죄송합니다."

"나 이경 씨 믿는데, 다 양보해서 몰랐다는 것도 이해해. 그
럴 수 있어. 근데 최대한 빨리 해결은 해야 할 거야."

"공태준!"

집에 돌아오자마자 구두를 집어 던지듯 벗었다. 녀석은 내
가 들고 있는 등기우편을 보더니 무엇 때문에 저를 찾았는지
안 듯했다.

나는 최대한 숨을 들이쉬며 화를 누르려 했다. 흥분해서 좋
을 게 없었다.

"네가 한 거지?"

"뭘."

상사뱀

"이런 식으로 하려고 했어? 그래서 그런 내기 하자 그랬어?"

"증거 있나? 없으면 기각하고."

그러나 이런 나를 예상한 듯 담담히 구는 녀석을 보자 화가 치밀어 올라 말문이 막히려 했다.

"당장 풀어."

"난 합법적으로 한 거야. 털어서 먼지 안 나오는 사람은 없어. 사람들은 법을 알고도 안 지키지만, 모르고 못 지키는 사람도 많으니까."

"너 진짜!"

"왜. 뭐 부탁하고 싶어? 법 쪽 일이라면 내가 꽤 아는데."

소파에 앉아 우편물을 꾸깃거리며 부르르 떠는 나를 빤히 보던 녀석은, 근래 봤던 미소 중 가장 산뜻한 미소를 얼굴에 그리고 있었다. 필시 약을 올리려는 것이었다.

"잘 알아봐야 할 거야. 원래 부당함을 느끼는 건 쉽지만 그걸 바꾸는 건 좀 어렵거든. 오래 걸리기도 하고."

그렇게 일주일 만에 허무하게도 첫 바둑알을 날리게 되었다. 내기고 뭐고 다 뒤집어엎고 싶었다. 그래, 내가 언제 그런 내기를 했냐, 배 째라는 듯 모른 척하고 싶었다.

그러나 그럴 수가 없었다. 공태준은 내가 그럴 수 있는 애란 걸 알고 있는 듯했다.

'내기 깨고 싶으면 언제든 말해. 난 그것도 좋으니까.'

내기를 지키지 않으면 같은 방을 쓰겠다는 각서를 썼다. 그땐 사실 내가 이겼는데도 녀석이 집을 나가지 않을 경우를 대비해 쓴 것이었다.

하지만 일이 갈수록 꼬여 가는 느낌이었다. 그나마 다행인 건 이제 삼 주일만 버티면 된다는 것과, 그래도 혹시 모를 일을 대비해 두 번의 기회가 남았다는 것이었다.

'공태준, 내가 너 진짜 못돼 처먹은 미친놈이라고 말했던가?'
'안 했는데 앞으로도 하지 마. 교양 없어 보일걸.'

교양. 네가 지금 내 앞에서 교양을 논한 건가. 문득 언젠가 봤던 드라마에서 교양을 논하던 불륜녀에게, 이게 내 교양이다 하고 머리채를 잡은 배우의 목소리가 귓가에 맴돌았다.

그러나 주먹을 파르르 떨다 천천히 고개를 떨궜다. 녀석의 머리를 쥐어뜯을 자신도, 말로 녀석을 이길 자신도 없었다. 그래도 억울한 건 참을 수가 없었다.

그건 내가 부탁하고 싶어 부탁한 것도 아니었고, 부탁할 일도 아니었다. 일을 만든 건 녀석인데 왜 뒷감당을 내가 해야 하는 것인가. 함정에 빠진 것 같았다. 그것도 아주 크고 깊은 구멍의 함정.

"나쁜 새끼."

자려고 침대에 누우려 했지만 머리가 뜨겁고 가슴이 답답해 마당으로 나왔다. 시원한 밤공기가 그나마 숨을 트여 줄 것 같았다.

그런데 어디선가 고양이 울음소리가 들려왔다. 길고양이인 듯했다. 평소엔 아무렇지 않게 들었던 소리인데 이상하게 화가 났다.

"야, 조용히 안 해? 여기가 너희 집이야? 왜 남의 집에 와서 행패인데!"

괜히 바닥에 굴러다니던 최진헌의 붓을 담 쪽으로 던졌다. 그런데 담벼락에 부딪친 붓 소리에 놀랐는지 고양이의 날카로운 울음소리가 이어졌다.

아, 이건 아닌데. 괜한 화풀이를 엉뚱한 곳에다가 했다. 울컥 차오르는 미안한 마음에 냉장고에 있는 참치를 그릇에 담아 담 밑에 두었다.

"······미안. 너희들한테 화낸 거 아니야."

집 안으로 돌아오니 캄캄한 거실이 적막했다. 모두 자는 듯했다. 아직 내 분노는 이렇게 끓어넘치는데 평화롭게 자고 있을 공태준이 눈에 아른거리자 손이 떨려 왔다. 불쌍한 고양이들을 놀라게 했던 것도 다 녀석 탓이었다.

"공태준. 너 잘났다 이거지."

누군가는 유치하다고 할 수도 있었다. 그러나 내겐 아무것도 보이지 않았다. 화풀이를 당해야 할 대상은 공태준과 닮은 길고양이가 아닌 진짜 공태준이었다.

나는 새벽 한가운데에, 가구들을 모조리 묘하게 각도를 틀어 놨다. 보통 사람이라면 눈치채지 못할 테지만 녀석의 눈에는 90도 뒤집어 놓은 것처럼 눈에 거슬릴 거였다.

순서대로 정렬되어 있던 녀석의 책도 섞어 놨다. 언젠가 사 온 녀석의 클래식 CD도 모두 공CD로 바꿔 놨다. 속이 다

풀리진 않았지만 그런대로 잠은 올 것 같았다.

하지만 아침에 비명을 지른 것은 공태준이 아니었다.

"아, 진짜! 쌀 바꾸라고, 새끼야!"

"……."

"너 일부러 이러는 거지? 왜 나한테만 이런 게 나오는데!"

다음 날 아침, 최진헌의 밥에서 돌이 나왔다. 나는 조용히 고개를 숙여 마음으로 사과를 전했다.

복수는 돌고 도는 것이라고 누군가 말했던 것 같은데 방향이 잘못될 수도 있다는 건 모른 듯했다.

상사뱀

Friend and Foe 1

"우리 투자 관리부의 유명인, 최이경 사원님이 오셨습니다. 모두 일어나 박수로 맞이해 주세요."

"아, 대리님."

발 없는 말이 천 리 간다 했던가, 회사엔 이미 파다하게 소문이 나 버렸다. 투자 관리부에 최 모 양이라는 발 묶인 무역인이 있다고.

나는 수출국 나라로서 무역업을 하는 회사 내의, 출입국이 자유롭지 못한 사람이었다. 사내 카페에 가면 심심치 않게 사람들 입에서 간첩 아니냔 말이 오르내리기도 했다.

전무님과 직접 해결하고 있다는 변명을 하고 난 후 이야기가 좀 잠잠해지는가 싶더니 소문은 꼬리에 꼬리를 물고 변해 내가 재벌 딸이라서 고액의 체납금이 있었다느니, 사실은 캐나다 본사가 아니라 타 회사에서 잠입해 와서 그렇다느니 하는 이야기마저 돌았다.

"이경 씨, 우리 팀 연예인 된 거 축하해."

"사인 요청은 안 들어오네요. 연습했는데."

"누가 감히 그러겠어. 재벌가의 숨겨진 고명딸이기라도 하면 어쩌려고. 만약 그렇다 해도 세금은 꼬박꼬박 내. 하마터면 팀원 하나 차출당할 뻔했잖아."

공태준과 7년 전에 닿았던 인연도 나를 유명인으로 만들었다. 7년이 지난 지금도 이상하게 변한 게 없었다.

그래도 이번엔 꽤 좋은 타이틀이었다. 재벌 딸이라니. 내가 평생 벌어도 갖지 못할 이름이었다. 외국에 있는 동안 유산 상속 처분을 하지 못했고, 은행과 관련된 집 근저당권과 세금 문제였다. 내막을 들은 사람들은 대부분 이해했다. 다행히 공태준이 나서서 문제도 일사천리로 해결되어 가는 듯했다.

"아, 이경 씨. 15층에 좀 다녀와야겠어."

"15층이면 영업부 말씀하시는 거죠?"

"응. 이게 지난 상반기 FCL 토탈 코스트인데 파일 상환이 안 되네. 메일로 받아서 그런가. 1팀이 USB에 따로 가지고 있다고 하니까 받아 와 줘."

서류 하나를 받아 들었다. 익숙한 도표와 용어가 채워진 상태였다. 이제 나는 열심히 일하고 내 생활만 이어 가면 된다는 허락 문서와도 같은 것이었다.

"네! 바로 다녀오겠습니다."

❖

"어, 최이경 씨. 우리 구면이죠?"

"아, 예. 안녕하셨어요?"

엘리베이터 문이 열리자마자 눈에 익은 사람과 마주쳤다.

"영업부엔 웬일이신지? 날 보러 온 건 아닐 테고."

"1팀의 신 대리님께 받아야 할 게 있어서요."

조순택 부장. 조 도라에몽이라는 깜찍한 별명과 달리 깔끔하게 넘긴 머리에 고급스러운 회색 정장, 실크 넥타이. 영업부답게 늘 입가에 웃음을 걸고 다니는 사람이었다. 떠도는 소문과는 달리 인상만큼은 한없이 좋은 사람이었다.

"말 놓아도 되죠? 내가 어색한 걸 싫어해서."

"네. 말 편하게 하세요."

이미 편하게 하고 계신 것 같지만 굳이 더 편하시고자 허락을 구하신다면야. 그렇게 하시라고 영혼 없이 입꼬리를 위로 올렸다.

"요즘 말 많은 일을 겪어서 그런 건지 좀 달라 보이네. 얼굴이 핼쑥해."

"괜찮습니다. 신경 써 주셔서 감사합니다."

"소문이 어찌나 빨리 돌던지. 나 원래 그런 거에 신경 안 쓰는데 우리 영업부에도 이경 씨를 알고 있는 사람이 있더라고."

여전히 손엔 서류철을 쥐고 있는데 어느새 나는 15층 탕비실에 앉아 있었다. 그것도 딱히 친하지도 않은 다른 팀의 부장과 함께.

만난 김에 하고 싶었던 말이 있으니 잠깐 시간을 내 달라 했기에 끌려온 자리였다. 아직 나는 바쁘다, 싫다 등의 거절할 단어를 배우지 못한 신입 나부랭이였다.

"원래 고등학교 다닐 때부터 유명했다고 하던데."

"네? 그게 무슨……."

"알고 보니 우리 팀 사원이 이경 씨랑 한 학년 차이 나는 학교 후배였지 뭐야. 그래서 왜 유명했는지 물었더니 최호진 딸이었다고. 내가 듣는 순간 얼마나 가슴이 내려앉던지."

"그게 무슨……."

"호진이가 내 대학 후배야. 아끼던 동생이었는데 그 일 생긴 후로 연락이 끊겼거든. 내가 우리 팀원이랑 얘기 나누고 집에서 졸업 앨범도 찾아봤어."

　순간 들고 있던 파일을 바닥에 떨어트릴 뻔했다. 생각하지도 못했던 순간에, 생각지도 못한 사람에게서 아버지 이야기를 듣게 될 줄은 몰랐다.

　이제야 막 사회에 적응하려는 순간, 드디어 모든 것을 마음에 묻고 웃으며 새로운 삶을 시작하자고 다짐한 이 순간, 이렇게 다시 예전 일이 수면 위로 올라올 줄은 몰랐다.

"그래, 아버진 잘 있고? 그때 일도 뉴스에서 좀 보다가 어떻게 된지 모르겠네."

"짜잔."

　어떻게 시간이 지났는지 이리저리 방황한 기억밖에 없는데 어느새 퇴근을 했다.

집에 돌아오니 택배가 하나 와 있었다. 택배 배달원은 어우동, 물품은 오븐이었다. 희한하게 일을 마치고 돌아오면 하루가 다르게 집안 살림이 늘어나 있었다.

어우동은 늦은 집들이 선물이라 했다. 며칠 전엔 최진헌의 운동기구가 배달 와서 마당을 차지했는데 왜 내 것 아닌 물건들이 이 집에 들어차는지, 이게 과연 진짜 내 집은 맞는지 회의감이 들려 했다.

그래도 최진헌은 제가 쓸 물건을 가져온 것이었다. 오븐은 내가 쓸 것도, 받을 만한 물건도 아니었다.

"이게 날 위한 선물일 거라곤 생각 안 드는데."

"그럼, 그럼."

결코 나를 위한 선물이 아님을 알고 있었다. 최진헌 또한 그랬는지 어느새 옆으로 와 조용히 고개를 끄덕이며 동의했다.

"어우동 저 새끼 분명 너한테 주는 거라 하고 공태준한테 바치는 걸걸."

"걔한테 오븐을 왜 바치는데?"

"일종의 조공 같은 거지. 일단 바치고, 저 오븐에서 나올 콩고물을 주워 먹겠다는 마인드."

속이 들여다보이는 녀석의 조공에 기가 차 말도 나오지 않았다. 반품할 테니 가져가라고 으박을 지르려다 이미 해맑게 주방에 설치하고 있는 녀석을 보니 그래도 못 쓰는 물건을 가져온 건 아니니 나쁘지 않다고 생각하려 했다.

물론 공태준이 저걸로 뭘 만들어 줄까, 떨어질 콩고물이 기대되는 것도 있었다.

"흠."

공태준은 거실에 앉아 오븐 사용 설명서를 읽고 있었다. 전엔 있어도 사용해 보지 않았다던 오븐을 위해 거실에 요리책까지 펼쳐 놨다. 책은 베이킹 파트에 멈춰 있었다.

사실 어울리진 않지만 집안 살림이나 요리에 감각이 있는 녀석이라 베이킹쯤도 별것 아닌 듯 해낼 줄 알았는데 의외로 해 보지 않은 것도 있나 했다. 하긴 녀석이 빵 종류를 좋아하지 않으니 굳이 배울 필요도 없었겠지만.

"공태준도 못하는 게 있나 보네."

들어보니 20분째 저러고 있단다. 그냥 일단 뭐든 넣다 보면 되지 않을까 하는 어우동의 말에도 그저 묵묵히 설명서를 읽었다고.

나는 녀석에게 다가가 외우기라도 하냐고 장난스럽게 물었다가, 10분은 읽으며 외우고 5분은 머릿속에서 시뮬레이션을 해 보고 5분은 혹시 모를 돌발 상황 등을 그려 봄과 함께 대처 방법을 정리한다는 대답을 들었다.

똑똑한 놈은 뭘 해도 이런가. 어딘가 경외감이 들기도, 무섭기도 했다.

그러나 정확히 5분이 더 지나자 녀석은 말없이 주방으로 가 알 수 없는 기계 소리를 뽑아내더니 이어 고소한 냄새를 풍겼다. 시간이 얼마 지나지도 않은 것 같은데 이 집에 없었던 쿠키가 단숨에 거실 테이블을 채웠다.

재료는 어디서 났나 했더니 별다른 것 없이도 만들 수 있는 것을 골랐다고 했다. 녀석이라면 무인도에 가서도 스테이크를 구워 줄 것 같다는 생각이 들기 시작했다.

"최이경, 넌 뭐 먹고 싶은 거 없어?"

최진헌과 어우동은 앞다퉈 서로의 입에 누가 더 과자를 많이 넣나 시합이라도 하는 듯했다. 나는 그깟 과자가 뭐라고 저러나 혀를 차다가, 쿠키 한 개를 집어 먹곤 입을 벌리고 공태준을 바라봤다.

역시 무서운 놈이었다. 빵집에서 파는 쿠키 맛이 아니었다. 나중에 검사를 그만둬도 먹고살 걱정은 없을 듯했다. 녀석은 그런 날 말없이 바라보다가 먹고 싶은 것 더 없냐고 물었다.

"글쎄. 이거 냄새 맡으니까 다른 거 구워도 맛있을 것 같은데. 다음엔 닭 구워 볼까?"

"부탁인가, 그거."

"공태준."

"아니면 말고."

하마터면 틈새 공격에 당할 뻔했다. 곧이어 최진헌은 공태준을 주부라 놀리기 시작했다. 본능이냐느니, 현모양처감이라느니 어우동과 행복하게 살라고 축복했다. 어우동은 쳐다보진 않았지만 쿠키를 입에 털어 넣으며 말했다.

"난 마음의 준비가 다 됐어."

문제는 어우동의 마음만 준비가 됐다는 것이었다.

"역시 공태준 손에서 나오는 것들은 다 작품이야. 나도 예술하는 놈이지만 내 건 먹을 수 없는 고철 덩어리들이네. 내가 왜 그런 진로를 택했지."

어우동은 제 일에 진지하게 회의감을 느끼는 듯했다. 꽤 심각한 얼굴이었다.

　최진헌은 멍하니 앉아 바닥에 남은 쿠키 부스러기를 먹는 나와 그런 어우동을 번갈아 보더니, 저도 요리를 배워야겠다며 공태준이 보던 요리책을 집어 들고 방으로 사라졌다.

　다음 날, 아침을 얻어먹기 위해 일찍 찾아온 어우동은 식사 후 최진헌과 작업복으로 갈아입었다. 담벼락의 칠하다 만 페인트 부분을 마무리하기 위해서였다.

　사실 최진헌이 인테리어를 맡아 주셨던 분께 사고를 친 후 죄송한 마음에 오지 않으셔도 된다고 했다. 오랜 경력에도 공사 중에 대놓고 물건을 도난당하고, 대낮 추격전을 벌인 경험은 처음이었다는 분께 그놈이 결국 이 집에 살고 있는 모습을 보여 드릴 수가 없었다.

　"최진헌, 근데 나는 왜 이걸 해야 하냐?"

　"맨날 와서 처먹었음 밥값은 해야 할 거 아냐."

　"네가 주는 거냐? 이경이 집에서 태준이가 해 준 밥이지."

　어우동은 최진헌의 작업 제안이 썩 마음에 들지 않은 듯했다. 그러나 대화 끝에 얼굴을 더 구긴 건 최진헌이었다.

　"언제부터 공태준이 너한테 태준이가 됐냐?"

　"에헤이. 우리 허니, 설마 공태준한테 질투하는 거야? 걱정 마, 형님은 그래도 네가 1순위야."

　"너한테 1순위인 거 의미 없거든? 확실히 선 그어라. 나야, 걔야? 너 누구 친구야?"

　"나는 우리 모두의 친구지."

상사뱀

최진헌이 어우동의 뒤통수를 매섭게 내리쳤다.

"모두의 친구는 무슨. 딩동댕 유치원 같은 소리 하고 앉아 있네. 넌 이제 진짜 절교다, 새끼야."

나는 그 모습을 바라보며 조용히 한숨을 쉬었다. 절교고 뭐고 다 좋은데 내 집 담은 다 칠해 주고 하길 바랐다.

"나 먼저 출근한다. 잘 부탁해. 특히 우동, 너. 꼼꼼하게 해. 네 오븐 갖다 처 버리기 전에."

"야, 그거 비싼 거거든? 애가 입은 험해 가지고."

그때 페인트 두 개를 열심히 섞던 최진헌이 샐쭉 웃으며 말을 이었다.

"그게 최이경 매력이잖냐. 섹시해. 욕도 완전 찰지고 섹시해."

"미친놈. 최이경이 욕해서 섹시하면 나는 이미 우리나라 탑 핫가이게?"

"핫가이가 아니라 핫게이겠지, 이 공태준 빠돌이 새끼야."

옥신각신하는 녀석들을 보니 저것들은 언제 철이 들려나 싶어 머리가 지끈거려 왔다. 편두통이 다시 시작되고 있었다. 캐나다에선 흔치 않던 일이었다. 평화로웠던 일상에 저 녀석들이 돌을 던지고 있기 때문은 아닐까 싶었다.

"이씨, 나 안 해. 나랑 절교한 놈들이 사는 담벼락 따위 내가 알 게 뭐야."

결국 어우동이 붓 통을 집어 던지곤 바닥에 주저앉았다. 지하철을 타려면 지금은 출발해야 하는데 최진헌과 달리 어우동 녀석은 한 번 고집을 부리기 시작하면 답이 없었다. 부러지면

부러졌지, 꺾이지 않는 놈이었다. 어우동이 어 씨만 아니었다면 '대나무'라 이름 지었어야 했다.

나는 손목에 찬 시계를 슬쩍 보고 담벼락에 기대앉은 녀석에게 다가가 작게 속삭였다. 그래도 나름 손으로 벌어먹고 사는 애이니 담벼락은 예쁘게 칠해 줄 것 같았다.

"이거 잘 끝내면 공태준한테 다른 요리도 해 달라고 할게."

"……."

"최진헌 빼고 삼각관계에 껴 주는 것도 진지하게 생각해 보고."

천천히 몸을 일으키며 어우동의 앞머리를 쓰윽 쓰다듬었다. 그러자 최진헌이 무슨 말이기에 귓속말을 하냐, 머리는 왜 만지냐 하고 날뛰었다.

어우동은 표정 변화 없이 심드렁하게 앉아 날 올려다보다가 잠시 머리를 긁적이더니 재빨리 일어나 엉덩이를 털었다.

"진헌아."

"최이경이 뭐래. 어? 뭐라고 했냐고!"

"세상엔 딱 두 가지 종류의 사람이 있어."

"뭐라는 거야. 이경이가 뭐라고 했어? 너 설마 귀로 막 숨소리 느끼고 그런 건 아니지?"

"음식으로 홀리는 사람. 말로 홀리는 사람."

"이 미친놈이 지금 무슨 헛소리를……."

"최이경은 그 둘 다란다. 너 저거 조심해. 뭐, 이미 난 넘어갔지만 너라도 어서 빠져나가라. 친구로서 하는 마지막 충고이자 부탁……."

상사뱀

최진헌은 어우동의 멱살을 잡고 담벼락 뒤로 몰아쳤다. 흡사 곗돈 떼먹고 튄 계주와, 그 계주를 잡은 열혈 계원의 모습이었다. 당장 돈을 내놓지 않으면 너 죽고 나 죽고.

"최이경은 사람 꾀는 수준이 여우를 넘어서 완전 속이 새까만 늑대라니까? 넌 안 보이냐? 저 뒤에 달린 검은 꼬리들이."

"뭐? 너 지금 최이경 엉덩이 보냐? 이 새끼가 죽으려고!"

"쯧쯧. 늑대의 집에서 산 채로 잡아먹히고 있는 줄도 모르는 어린양 같으니라고."

문득 가슴 어딘가가 찔려 오는 것이, 이것이 일말의 양심인가 싶었다. 하지만 어우동이 내 집 전기로 돌아가는 오븐의 결과물을 제 배 속의 양식으로 삼기 위해 안면 몰수했을 때 나도 양심을 버렸다는 것을 녀석은 모를 터였다. 원래 준 만큼 돌려받는다는 걸 어우동도 배워야 했다.

그러나 녀석은 여전히 나를 흑심 가득한 늑대, 최진헌을 가여운 양으로 보는지 혀를 차며 고개를 돌렸다.

"불쌍한 놈. 이렇게도 버림받는구나. 그래도 네 몫까지 내가 열심히 할 테니 걱정은 마라."

원래 내가 어릴 적부터 양심이 없긴 했지만 생각해 보니 녀석이 말한 늑대도 양심은 없었다. 할머니도 잡아먹고, 빨간 모자를 뒤집어쓰곤 손녀도 잡아먹고.

아, 어쩐지 오늘따라 빨간 머리 끈이 끌린다 했더니 역시 선견지명이 탁월한 어우동이다.

"최이경, 너 빨리 출근해."

"어?"

최진헌은 문득 늦은 것도 잊고 싸움을 구경하던 내게 출근하라고 했다. 어우동은 그런 최진헌에게 '진헌아, 이건 허튼소리로 들으면 안 된다니까? 다 이 형님이 좋은 말만……' 하며 말을 이으려다 잠시 후 조용히 입을 닫았다. 최진헌의 표정이 어딘가 평온한 것이 무언가 결심을 굳힌 듯했다.

"최이경, 늦는다니까. 얼른 출근해."

"아, 어."

"얼른 가고, 늦지는 마. 갔다 오면 오븐에 오리 구이 하나 있을 거거든."

역시 그의 확고한 결심은 어우동을 처리하는 것이었다.

"대리님. 저 잠깐 외출 좀 하고 와도 될까요?"

"왜? 곧 점심시간인데 밥은?"

점심시간, 더 기다릴까 하다가 괜히 마음이 불안해 먼저 일어섰다. 앉아 있을 땐 몰랐는데 스타킹 올이 나가 있었다. 오전 내내 그러고 돌아다녔을 텐데 아무도 말해 주지 않은 것을 보면 다행히 내가 제일 먼저 발견한 건가 싶었다. 그러나 그럴 가능성은 희박해 보였다.

"다녀와서 따로 먹을게요. 먼저 드세요."

나는 주위를 한번 살피고 뒷걸음질 쳐 복도 끝에 있는 엘리베이터를 탔다. 건물 밖으로 나오자 곧 식사시간이라 그런지 거리가 사람들로 북적거렸다.

저 사이를 어떻게 뚫고 가야 하나, 당당히 편의점까지 가서 스타킹을 사야 하나 고민하던 중 누군가의 목소리가 들려왔다.

상사뱀

"이경 씨?"

"아, 안녕하세요."

"안 그래도 내가 한번 보려고 했는데."

조 부장이었다. 회사에서 가장 가까운 편의점을 찾아 검색하는데 하필 멈춰 선 곳 뒤에서 담배를 피우고 있었나 보다.

"내가 이경 씨한테 물어보고 싶은 게 있었거든."

천천히 다가오는 모습이 어쩐지 인사만 하고 지나칠 것 같지 않았다. 평소엔 일하는 층이 달라 잘 마주치지도 않았는데, 왜 우연은 꼭 이럴 때 겹치는 건지.

"이경 씨! 커피 사 왔어. 와서 마셔."

"박 차장님은요?"

"잠깐 어디 나가신 것 같던데. 재킷 있는 거 보니 아마 금방 오실 거야."

사무실에 어떻게 돌아왔는지 모르겠다. 정신을 차리니 어느새 시계가 사무실에 돌아가야 할 시간을 알렸고 나는 화장실에서 스타킹을 벗어 던지고 나왔다. 갈아 신을 스타킹을 사지도, 점심을 먹지도 못했다.

그러나 그런 것은 하나도 중요하지 않았다. 지금 이 순간 심장이 너무 쿵쿵 뛰어 튀어나오지는 않을까 걱정만 들 뿐이었다.

"저, 석희 씨."

"응?"

"혹시 영업부의 조 부장님, 어떤 분인지 아세요?"

박 차장님에게 물어보고 싶었지만 외출 중이신 듯 자리에 안 계셨다. 궁금했다.

박 차장님께서 조 부장에 대해 말할 때도 소문이 많은 사람이라 했지만, 나도 소문이라면 숲만큼 무성한 애였고 그 소문들이 다 진짜는 아니었다. 어쩌면 그분도 내가 편견을 갖고 바라보고 있는지도 몰랐다.

"조 부장님? 그 사람 꽤 점잖던데. 뭐 항간엔 도라에몽이니 뭐니 하는 소문도 있긴 한데, 원래 말 좀 험하게 하고 고집 센 그런 사람 있잖아. 천성이 나쁜 사람 같진 않은데 말투가 좀 세서 그런 것도 같고. 조 부장님은 왜?"

나는 회사 바로 옆에 위치한 작은 공원의 벤치에 앉아 점심 시간을 멍하니 보냈다. 아직도 1시간 전의 그 순간이 눈앞에 반복되고 있었다. 내게 물어볼 게 있다고 했던 조 부장은 내가 생각지도 못했던 이름을 꺼냈다.

'혹시 이경 씨 어머니 되는 분이 임유진 맞나?'

순간 놀라서, 숨김없이 표정을 드러내고 있을 내 얼굴이 얼마나 우스꽝스러울지 예상도 되지 않았다. 나는 그 이름을 단 한순간도 잊지 않았지만 절대로 입에 올린 적이 없었다.

'맞네, 얼굴 보니. 지금 와서 보니 엄마랑 많이 닮았어. 내가 왜 처음부터 못 알아봤는지 모르겠네.'
'저희 엄마를 어떻게…….'

상사뱀

'사실 이경 씨 엄마랑은 친했다기보다는 우리 학교 무용과 학생들은 이름과 얼굴 모두 한 번씩 얘기가 나왔었거든. 공대생들이 그래. 여자 많은 과에 관심이 많아서, 하하.'

예상치 못한 전개가 눈앞에 양 귀로 펼쳐지고 있었다. 몇 년간 남에게 듣지 못했던 엄마의 이야기가, 삼촌마저도 꺼내지 않았던 엄마의 이름이 두 귀로 흘러 들어왔다.

'그중 우리 과에서 무용과 여자와 사귀는 놈은 한 놈밖에 없었고. 그러니 모를 수가 없었지.'

그 뒤로 내가 무슨 말을 했는지 기억나지 않았다. 어색하게 웃었던 것 같기도 하고, 굳어 있었던 것도 같다.

세상은 참 넓고도 좁다고 하더니 이런 곳에서 부모님을 아는 사람과 마주칠 줄은 몰랐다. 나는 간신히 정신을 차려 사무실에 들어온 것이었다.

점심은 잘 먹었느냐는 최진헌의 문자메시지가 아니었으면 하루 종일 그 벤치에 앉아 있을 뻔했다.

조 부장이 거짓말을 하고 있다고 의심하는 것은 아니었다. 내게 굳이 그런 식으로 거짓말을 할 이유가 없었고, 거짓이라 하기엔 미처 알 수 없는 것까지 알고 있었다. 다만 확인하고 싶었다. 오늘 들은 그 말들이 현실인지, 내가 믿을 수 있는 게 어디까지인지.

오후 11시 11분.

컴퓨터 화면의 시계가 1을 네 개나 그릴 동안 밀린 서류를 처리하고 있었다. 벌써 이렇게 시간이 지난 줄도 몰랐다. 그동안 소외됐던 일에 급하게 참여하게 된 탓이었다.

"아……."

주위를 둘러보니 이미 캄캄한 사무실, 내 주위에만 전등이 켜져 있었다. 주위에 아무도 남지 않았다는 것을 깨닫자 문득 낮에 있던 일이 떠올랐다.

그동안 관심이 없어 귀 기울이지 않았던 조 부장에 대한 소문은 생각보다 이것저것 많았다. 꽤 성실하고 실적이 좋은 사람이라는 평판도 있었다. 그러나 내게 중요한 것은 그가 어떤 사람이냐는 것이 아니었다.

잠시 고민한 후, 서랍에 넣어 놨던 파일 한 장을 조심스럽게 꺼냈다. 모두 퇴근할 때쯤 인사팀에서 영업부 이력 파일을 하나 복사해 놓은 것이었다.

내가 그렇게 거짓말에 능숙한 애인 줄 몰랐다. 곧 있을 중국 투자 건설에 영업부 사원들이 장기 출장을 준비하고 있어 혹시 몰라 가져간다고 천연덕스럽게 말이 쏟아졌다.

그때 어디선가 기척이 들려왔다.

"거기 누구세요?"

소리가 난 쪽을 바라보니 검은 그림자가 길게 바닥에 드리워져 있었다. '석희 씨?' 하고 묻는 말에도 여전히 대답 없이 발자국 소리만 가까워지고 있었다.

평소엔 이런 상황에 떨지 않던 나였건만 이래서 사람은 거짓말을 하면 안 되는 건가, 불안한 손이 책상 언저리를 붙잡았다. 이어 천천히 조명 안으로 다가오던 그림자를 향해 가늘게 눈을 뜨자 얼굴이 드러났다.

"……공태준?"

"응."

"네가 여긴 어떻게……."

예상치 못한 얼굴이 드러나 멍하니 녀석을 바라봤다. 오늘따라 이상한 일들만 생기고 있었다.

"어떻게 왔는지보다 왜 왔는지가 더 궁금해야 하는 거 아닌가."

"말꼬리 물지 마. 여긴 왜 온 거야?"

녀석은 손에 든 쇼핑백을 들어 올리며 말을 이었다.

"야식 배달."

"무슨 배달?"

"야식."

순간 내가 무슨 말을 들었나, 청력에 이상이 생긴 건가 의심이 들었다. 아니다, 저 녀석은 공태준의 탈을 뒤집어쓴 다른 놈인가.

"공태준, 너 요새 많이 힘들어? 아니면 뭐 문제 생겼어?"

"아니."

"그럼 지금 뭐 하는 건데?"

녀석은 빠르게 다가와 내 옆에 있던 서류철을 치우곤 쇼핑

백 안의 것을 꺼내 올렸다.

"이거 먹고 싶다며."

"하지만……."

녀석이 꺼낸 것은 잘 익은 닭이었다. 구운 지 얼마 안 됐는지 용기 뚜껑을 열자 따뜻한 기운이 올라왔다.

"내기 걸고넘어지자는 거 아니니까 벌벌 떠는 그런 표정은 좀 지우지?"

"내가 뭘 벌벌 떨었다고."

"써 있어, 네 얼굴에. 저 미친놈이 지금 또 무슨 수작을 벌이려고 하나."

"아."

어색하게 일어나 태연한 척 녀석을 보고 웃으며 말했다.

"이까짓 닭이 뭐라고 네가 수작 부린다고 넘어가겠니."

녀석은 픽 웃더니 이내 의자를 끌어당겨 나를 앉혔다.

"뭐 이미 수작은 벌어졌지만 어쩌겠어. 네가 뭘 어쩔 수 있는 게 없을 텐데."

"공태준."

"식기 전에 먹어. 나도 다시 사무실로 들어가 봐야 하니까."

녀석의 의도하는 게 무엇인지는 파악되지 않았지만, 사실 그걸 파악한 적이 딱히 많지도 않았기에 조용히 다시 앉아 젓가락을 집었다. 내가 좋아하는 날개와 다리만 구워져 있었다. 녀석은 말하지 않아도 내 식성과 취향을 알고 있는 애였다.

"그나저나 최이경, 남 뒷조사하는 취미도 생겼네."

"어?"

"영업부장, 연서대 건축학과 조순⋯⋯."

문득 녀석의 입에서 흘러나온 이름에 깜짝 놀라 고개를 드니, 어느새 공태준은 조 부장의 이력서를 들여다보고 있었다. 내가 펜으로 학부, 이름, 가족 관계에 동그라미까지 쳐 놓은 덕이었다. 녀석은 왠지 날카로워진 눈으로 내게 물었다.

"네가 왜 이걸 가지고 있는 거야."

"어, 이걸 왜 내가 가지고 있는 거냐면⋯⋯."

"말은 왜 더듬어."

물론 깨끗한 의도로 구한 것은 아니었지만 특별히 내가 어떤 정보를 팔아넘기려 했다든가, 불순한 의도로 몰래 훔친 것은 아니었다. 그런데 어쩐지 녀석 앞에 서니 마지막 변론을 남긴 죄인처럼 말이 더듬더듬 나오고 등 뒤로 식은땀이 흘렀다.

곧이어 녀석의 날카로운 눈이 위험하게 휘어졌다. 녀석이 눈을 휘어 웃는 모양을 만드는 건 대개 한 가지 경우였다. 상대를 안심시키고 다른 생각을 할 때.

"공태준 네가 생각하는 그런 거 아니야."

"내가 뭘 생각하는 줄 알고?"

"아무튼 아니야. 나 회사 기밀 빼돌리거나 개인 정보 염탐하는 그런 애 아니야."

녀석은 내 말을 듣고 있지 않는 듯했다.

"태준아, 너 아까 사무실 가 봐야 된다고 하지 않았나?"

"그랬지."

"지금 12시 넘었는데. 너 내일 아침에 공판 있다고 했던 것 같기도 하고."

"현장이 눈앞에 있어서 어떤 일에 우선순위를 둘까 고민 중."

"현장이라니, 이게 범죄 현장도 아니고. 너 참 말 살벌하게 한다? 아, 나도 이제 그만 집에 가야겠는데. 밀린 일은 내일 아침에 와서 해야겠다. 공태준 너도 얼른 가방 들어. 가자."

녀석은 손에 쥔 종이를 들고 조용히 다가왔다. 점점 다가와 거리가 좁아질수록 나를 더욱 빤히 바라보는 녀석의 눈빛에 심장이 멈출 것 같았다.

진짜 이게 큰 범죄라면 어떡하지. 해킹은 아니었는데. 아니, 이게 해킹이었던가. 공태준이라면 친구고 뭐고 죄라 생각하면 다 집어넣을 것 같은데 나는 이제 어떻게 되는 거지.

머리를 아무리 빠르게 회전해도 녀석이 다가오는 발걸음보단 빠르지 못했다.

"태준아?"

녀석이 코앞까지 다가와 팔을 뻗었을 때 눈을 감았다. 주머니에서 곧 수갑이라도 꺼낼 것 같았다. 검사도 그런 걸 가지고 다니나. 아니, 공태준이라면 충분히 그럴 만했다. 그러나 이상한 기계 소리가 들려 다시 살짝 눈을 뜨니 녀석은 내 등 뒤에 놓인 종이 분쇄기에 그것을 넣고 있었다.

"공태준, 지금 뭐 하는……."

"쉿."

녀석은 코앞까지 다가와 바로 닿을 듯 제 입술에 검지를 대고 말했다.

"눈에 보이는 건 남기지 마."

녀석은 어느새 흔적도 없이 종이를 갈아 버린 분쇄기를 보다가 나를 빤히 응시하기 시작했다.

"네가 나 이외의 다른 사람한테 약점 잡히는 건 못 보니까."

그런 이 순간, 어쩐지 지금 녀석이 내 가장 큰 약점을 잡고 있다고 느껴지는 건 착각일까.

"최이경! 나 여기 있다."

며칠 뒤, 막 점심을 먹으러 가는 중 기가 막힌 타이밍에 어우동이 나를 회사 근처 카페로 불러냈다. 평소 이렇게 따로 호출하는 애는 아니었는데, 요 근래 일이 줄어 어떻게 먹고살아야 할지 막막하다고 푸념하더니 그것을 들어 줄 최진헌이 사라지자 타깃을 나로 바꾼 듯했다.

최진헌은 런던에서 열리는 부모님의 전시회에 며칠 다녀온다고 했다. 안 그래도 심란한데 정신 분란의 완결판인 어우동까지 떠맡게 되었다.

"넌 아니더라도 난 바쁘거든? 커피도 별로 안 좋아하는 놈이 카페로는 왜 불러."

"여기 아르바이트생이 장난 없이 예쁘거든."

그래, 네 그 기질이 어디 가겠니. 그래도 회사에만 있기 답답했는데 너의 고의 없는 성의라고 생각해야겠다.

"그래도 할 말은 있어서 불렀을 거 아냐."

"할 말? 그런 거 없는데. 그냥 우리 허니도 없고, 쓸쓸해서 불렀어."

쓸쓸하면 장난 없이 예쁘다는 아르바이트생이나 구경하러 혼자 오지, 왜 나는 불러낸 걸까.

"아, 최이경. 근데 조 부장이 누구냐?"

"……네가 그 사람을 어떻게 알아?"

"공태준이 내가 너희 회사 사람들 많이 안다고 하니까 묻더라고."

역시 녀석에게 들킨 것이 문제였다. 아무렇지 않게 지나칠 만한데 그런 거엔 꼭 눈치도 빠르고 촉이 날카로웠다.

"신경 쓰지 마. 그냥 같은 회사 사람인데 공태준이 괜히 이상한 오해를 해서 그래."

"그래?"

"그나저나 넌 진짜 다시 공태준이랑 친구 하기로 했나 보네. 둘이 그런 얘기를 할 정도로 친한 줄 몰랐는데."

어우동은 내 말에 커피 한 모금을 들이마시고 태연히 말을 이었다.

"사실 예전에도 걔랑은 친구라고 하긴 좀 그랬지. 걔 주변엔 친구 없었어. 공부 잘하고, 미래에 무슨 연줄이라도 될 거라 믿는 놈들만 붙어 다녔지. 알잖아, 걔 성격. 그렇게 까칠하고 지만 생각하는 놈을 친구라고 부르는 애들이 있었을 리가."

녀석이 공태준을 다시 좋아하게 된 줄 알았는데 아닌 듯했다. 없는 사람 욕하는 것이 마음에 걸려 입을 막으려 하니 녀석이 빠르게 말을 이었다.

"생각해 보면 공태준도 약간 애정 결핍 같긴 했지. 사실 누가 봐도 지 주변에 자기를 진짜 생각해 주는 사람은 없었는데 그걸 쳐 내지 않았던 걸 보면. 아, 그러고 보니 최진헌도 그래. 걔도 지 부모한테 못 받은 애정 여기저기서 갈구하고 다니느라 있는 사고 없는 사고 다 치고 다니고."

"아."

"어떻게 보면 걔네 둘은 피만 안 섞였지, 형제일지도 몰라. 둘 다 그냥 알아봐 주는 사람 생길 때까지 등신처럼 입만 꾹 다물고 있고. 뭐, 여자 취향 비슷한 것까지도 그렇고."

가끔 우동이 의미심장한 말을 할 때면 마음이 이상했다. 지금도 그랬다. 진지함이 어울리지 않는 녀석이 제 사람들을 챙기는 것만큼은 끔찍해서 어떤 답을 내놓아야 할지 몰랐다.

"최이경, 방금 봤어? 나 지금 친구들 생각에 눈물 맺힌 거? 이런 게 또 모성애 막 그런 걸 자극시키거든."

그러나 그 진지함이 참, 10초를 넘기지 못하는 게 문제라면 문제였다.

"새삼스럽게 굴지 마. 공태준은 너 친구로 생각 안 할걸."

"그건 그렇지."

"이제 며칠 뒤면 최진헌도 올 거고."

생각해 보면 최진헌은 공짜로 여행하게 됐다고 자랑까지 하고 간 놈이었다. 짐 가방을 싸면서, 선물은 뭘 가지고 싶냐 물으면서 싱글벙글 들떠 보였다. 어우동이 아무리 걱정해도 녀석은 그런 어우동을 눈곱만치도 생각하지 않을 듯했다.

"이야, 최이경 겁나 매정하네. 넌 우리 진헌이가 불쌍하지도 않냐?"

"걔가 왜 불쌍해. 남들 다 가고 싶어 하는 데에 당당히 초청 받아서 가는 앤데."

"최진헌이 그런 거에 관심 없으니까 문제지."

처음 듣는 소리였다. 관심이 없다니. 어우동은 답이 없는 나를 보더니 진짜 모르고 한 말이었냐는 듯 눈을 동그랗게 뜨고 말을 이었다.

"설마 진짜 걔가 그림을 좋아해서 그런다고 생각하고 있던 건 아니지?"

"그게 무슨 말이야? 이번에 자기 그림도 하나 걸 수 있다고 좋아했는데."

"그러니까 더 문제지."

"뭐?"

"척도 정도껏 하고 살아야지. 다 티 나던데. 지 부모한테 끌려다니는 거 지겹지도 않나."

"척이라니, 그게 무슨 말이야?"

"궁금하면 직접 물어봐. 나 눈물 날 것 같아서 못 말해. 우리 허니 보고 싶어."

어우동이 장난은 심해도 거짓말하는 애가 아니란 건 알고 있었다. 부모한테 끌려다닌다니. 장교 아버지를 둔 녀석이라면 모를까, 내가 아는 최진헌은 그럴 애가 못 되는 놈이었다.

"어우동, 너 말 똑바로……."

"아, 죄송합니다!"

녀석에게 다시 최진헌에 대해 물으려던 순간, 한 아르바이트생이 바닥 걸레질을 하다 테이블을 쳤는지 어우동 바지에 커피를 흘렸다. 그 순간, 무언가 마음이 후련해지는 것이 고소하다는 생각이 들었다.

어우동도 나의 표정을 읽었는지 눈썹을 푹 꺼트리고 나를 노려보다 제게 연신 사과를 퍼붓는 아르바이트생에게 눈초리를 돌렸다.

"지금 뭐 하는……!"

"죄송합니다. 정말 죄송합니다."

"그래서, 애기는 안 다쳤어요? 오빠 원래 몸에 커피 뿌리는 거 좋아해. 향긋하잖아. 오빠가 이렇게 향도 좋고 맘도 넓은 사람이에요."

"네?"

"우리 낯이 익죠? 몇 살? 남자 친구는?"

어느새 앳된 얼굴의 아르바이트생에게 윙크를 날리고 있는 녀석이었다. 장난 없이 예쁘다던 아르바이트생이 이 여자인가. 녀석과는 아무리 있어도 진지함이 10초를 넘기지 못했다.

조용히 일어나 카페 밖으로 빠져나왔다. 사람들의 어이없어하는 시선을 즐기는 건 어우동 하나면 충분하다고 생각했다.

퇴근하고 집에 돌아오니 아무도 없었다. 항상 집에 오면 어딘가 모르게 시끌벅적했는데, 왠지 묘하게 조용한 집이 어색하게 느껴졌다. 공태준도, 최진헌도 없는 오롯이 완전한 내 집이 되었는데도 어쩐지 허전하게 느껴졌다.

든 자리는 몰라도 난 자리는 태가 난다고 했던가, 이래서 함부로 누군가에게 방을 내주지 말라고 하나 보다.

"이제야 진짜 혼자네."

점심때 어우동을 만나 최진헌과 공태준을 생각하고, 다시 회사로 돌아가 정신없이 일을 하고, 퇴근하고 나서야 나에 대해 생각할 수 있었다. 앞으로 나는 어떻게 해야 하는 건지.

조 부장은 아버지의 대학 동기가 맞았고, 그 사실이 맞을지언정 나는 크게 달라질 것이 없었는데도 이상하게 불안감이 밀려왔다. 아직 예전 기억에서 벗어나지 못한 듯했다. 막연히 무겁고 또 무겁기만 한 기억이었다. 덕분에 지하철을 네 정거장이나 지나쳐 내렸다.

그러나 아무리 생각해도 정리되는 것은 없었다. 나는 조 부장에 대해 왜 알아본 것일까, 그 원초적인 질문이 나를 괴롭혔다. 조 부장이란 사람이 혹시 내 과거와 부모님에 대해 회사에 떠벌리고 다닌다 해도 크게 신경 쓰지 않을 거였다. 그런 것엔 이골이 났고 더 이상 사람들의 시선으로 인해 '나'로 살지 못하는 바보 같은 짓은 하지 않을 터였다. 그런데 나는 무엇 때문에 이렇게 불안해하는 걸까.

"……."

그렇게 얼마나 거실에 멍하니 앉아 있었을까, 순간 현관문이 열리는 소리가 들려왔다. 공태준이었다. 오늘은 새벽 늦게 들어온다고 하더니, 생각보다 일찍 끝났는지 12시도 되지 않은 시간이었다. 반가운 마음이 들었지만 애써 얼굴을 굳혔다.

"생각보다 일찍 왔네?"

"그렇게 됐어."

"그래, 그럼 씻고 쉬어. 나도 들어가서 쉬어야겠다."

녀석을 보자 이상하게 안도감이 들었다. 문득 졸음도 쏟아지는 것 같았다. 갑자기 몸이 노곤해지는 듯해 천천히 일어나 방으로 들어갔다. 그러나 막 재킷을 벗고 블라우스 단추를 푸려는 그때, 방문이 열리고 공태준이 들어왔다.

"나 옷 갈아입는 중이었는데."

"최이경."

"남의 방문은 함부로 열면 안 된다, 그런 건 뭐 법으로 정해진 거 없나?"

녀석은 내 말에도 아랑곳없이 다가와 이마에 손을 올렸다.

"뭐 해."

"최이경, 너 열나."

"나?"

"어디서 뭘 하고 돌아다녔기에 이래."

어쩐지 집으로 걸어오는 내내 몸이 떨리더라니, 옛 기억이 나를 괴롭히는 줄로만 알았는데.

"신경 쓰지 마. 열 좀 난다고 안 죽어."

"가만히 있어. 가서 약 가져올 테니까."

"너 나가면 문 잠글 거야."

"잠가. 키는 나한테 있으니까."

아니, 대체 내 집 열쇠를 왜 네가 가지고 있는 거냐. 내 집이라 생각했지만 역시 내 집이 아니었나. 집 계약 문서가 어디 있더라. 설마 그것도 녀석이 가지고 있나.

문득 걱정이 앞섰다. 그러나 녀석은 그런 내 생각을 읽지는 못했는지 빠르게 제 방으로 가 약상자를 가져왔다.

"이거 진짜 먹어도 되는 거야? 너 의대 몇 년 다녔어?"

"까분다. 얼른 먹어."

예전엔 미처 깨닫지 못했지만, 나도 몰랐던 아픈 나를 한 번에 알아본 것을 보면 녀석이 진짜 의사가 되었어도 환자를 잘 돌봐 줬을 것 같다는 생각이 스쳤다. 문득 녀석이 왜 의사가 아니라 검사가 됐는지 궁금해졌다.

"전부터 궁금했는데 검사는 왜 된 거야? 하고 싶지 않다고 했잖아."

"일찍도 묻네."

"지금 생각나서."

"뭐, 너도 알잖아. 머리가 좋으니까. 뭐든지 금방 배우는 편이고."

자랑하는 건가. 머리가 좋아서 이것저것 되나, 안 되나 실험이라도 하고 싶었던 걸까.

"그래서 뭐. 머리가 좋은데 그 한계가 어디까지인지 알고 싶었어?"

"아니. 한계는 네가 가르쳐 줬지."

"……."

"기다리는 게 뭔지, 어떤 게 외로운 건지, 어디까지 내가 버틸 수 있었는지."

바닥에 있던 녀석의 시선이 천천히 내게로 올라왔다.

"수능 끝나고 네가 기다릴까 봐 끝나자마자 집으로 갔는데, 네가 안 오더라."

"아."

"밤새 기다렸는데, 며칠이 지나도 안 오더라고."

"태준아."

"네가 안 온다는 걸, 안 올 거란 걸 알기까지 꽤 오래 걸렸지."

그날은 내게도 떠나던 날이었다. 사실대로 다 말하고 버티기엔 그때의 나는 녀석보다 더 불안하고 위태로웠다. 그런데 녀석도 나만큼 지치고 힘든 시간을 보낸 듯했다.

"왜 내가 싫어하던 일을 하냐고? 왜 검사가 됐냐고?"

"……."

"왜 이 일을 하는지, 그 이유를 네가 평생 모르게 하는 게 내가 검사가 된 이유야."

예전과 많은 것이 달라졌다고 생각했다. 또 이미 많은 것이 달라져 있었다. 그런데 여전히 녀석의 말뜻을 이해하는 건 어려웠다. 더 묻기도, 답하기도 어려웠다.

나는 물과 함께 빠르게 약을 삼키고 이제 진짜 쉬고 싶으니 나가 달라 말했다. 녀석은 무언가 더 말을 하려 했지만 지친 내 모습이 꽤 설득력 있었는지 말없이 방문을 닫고 나갔다.

'아빠. 엄마가, 엄마가…….'

아주 오랫동안 꾸지 않았던 꿈이었다. 꿈속의 나는 엄마의 수술실 앞에 주저앉아 아빠에게 전화를 걸고 있었다.

'어디야. 나 무서워, 아빠. 얼른 와.'

엄마가 갑자기 사고를 당했고, 고작 중학교를 다니고 있던 나는 처음으로 간 큰 병원의 수술실 앞에서 어떻게 해야 할지 몰랐다. 출장이 잦은 아빠라 문제가 생겼을 때 함께 의논하고 해결하는 것은 엄마였다. 정작 엄마에게 문제가 생겼을 때 어떻게 해야 하는지는 아무도 가르쳐 주지 않았다.

'임유진 씨 보호자 아직 도착 안 했나요?'
'제, 제가 보호자인데요.'
'학생 말고 어른은 안 계시니? 아버진 오고 계셔?'

사실 나도 몰랐다. 음성메시지를 스무 개도 넘게 남기고 문자메시지를 아무리 많이 보내도 답이 오지 않았다.

'……엄마.'

아주 가끔 그날 일을 꿈꾸곤 했다. 그러나 그것도 7년 전, 아버지가 죽고 나서는 꾸지 않았다.
더 이상 엄마는 곁에 없었고, 애타게 부르고 찾았던 아버지도 죽고 없었다. 그 꿈들은 이제 의미가 없어진 것이었다.
그래서 그랬는지 나는 캐나다에 가서 단 한 번도 엄마의 사고 당일 날 꿈을 꾸지 않았다.

상사뱀

"최이경, 괜찮아?"

"······공태준?"

"그래, 나 여기 있어."

시계를 보니 어느덧 새벽 3시였다. 눈을 깜빡거리며 정신을 차리니 내 방에 있었고, 공태준은 그런 내 옆에 앉아 있었다. 언제부터 와 있었는지는 모르겠지만 지금도 내 목에 흐르는 땀을 닦아 주고 있는 녀석이었다.

"언제부터 있었어?"

"너 잠들고 나서부터."

"······."

"이제 괜찮으니까 안심해."

녀석은 내가 무슨 꿈을 꿨는지 모를 터였다. 그저 악몽을 꿨다고 여기는 듯했다.

"공태준."

"응."

나는 다시 궁금해졌다. 떠오른 옛 기억과 옛 꿈, 녀석이 내게 말했던 옛 다짐들.

"혹시 아직도 나랑 가족이 되고 싶어? 나랑 그런 걸 만들고 싶어, 아직도?"

"······."

"나 네가 생각하는 것만큼 좋은 사람 아니야."

"나도 생각만큼 좋은 사람 아니야."

녀석은 조용히 물수건을 내 이마에 올려놓았다. 아주 오래 전, 녀석의 집을 떠나기 전엔 녀석이 아팠고 그때 돌본 건 나였다. 이렇게 뒤바뀌게 되어 간호받을 날이 올 줄은 몰랐다.

그러나 그때도 그랬고, 지금도 나는 녀석의 꿈을 이뤄 줄 수 있는 사람이 아니었다. 그저 내가 할 수 있는 것은 녀석이 내게 지쳐서 나가떨어질 때까지 조용히 기다려 주는 것이었다.

"공태준 넌 아프지 마."

"누가 누구보고 아프지 말래."

"나보다 먼저 죽지 마. 이제 그런 건 그만 봐야겠어."

녀석은 그 말에 내가 꾼 악몽이 어떤 것인지 짐작한 듯했다. 따로 말한 적은 없었지만 우리 아버지가 자살로 생을 마감한 것을 알고 있던 녀석이었다.

"그래."

"……."

"최이경 너 먼저 죽으면 장례 치르고, 집 처분하고, 혹시 남은 빚 없나 확인하고, 있으면 그것도 처리하고, 그러고 나서 죽을게. 됐지?"

"너답네. 고맙다."

"최진헌, 어우동도 알아서 처리할 거니까 그렇게 알고."

진지한 얼굴을 한 녀석의 말에 문득 내가 죽은 후 녀석들의 안위가 조금 걱정되기도 했다.

어느덧 4시에 가까워져 가고 있었다. 녀석은 내가 잠들면 나간다고 했지만 나는 쉽게 잠에 들지 못했다. 녀석은 그런 내 옆에서 조용히 말을 꺼냈다.

"최진헌 걔랑은 어떻게 친해진 거야?"

"참 빨리도 물어보네."

녀석은 내 답에 저도 지금까지 올 줄 몰랐다며 어깨를 으쓱였다.

"최진헌이랑은 처음엔 그냥 짝이었어. 그러다 학기 초인가, 내가 네 팬클럽한테 끌려갔을 때 걔가 구경하다가 지금 이렇게까지 이어져 버렸지. 아니, 생각해 보니 멋있게 날 구해 주기라도 했으면 인연이라 했을 텐데 그냥 구경만 한 놈이랑 이렇게 됐으니. 참 너나 걔나 나랑 엮인 거 보면 정상적인 관계들은 아니야."

"왜 말 안 했어?"

"뭘?"

"나 말고 너 괴롭히는 사람 있으면 말하라 그랬잖아."

"허, 내가 일곱 살 먹은 유치원생도 아니고. 쪼르르 너한테 달려가서 다 일러바치라고?"

"하지만……."

"걱정 마. 그때 내가 무슨 깡이었는지는 모르겠지만 꽤 멋있게 처치했거든. 내가 그 여자애들 가슴 쪽을 팍!"

녀석은 내 오버스러운 행동에 픽 웃음을 터트렸다.

"아, 그러고 보니 그래서 그때부터 최진헌이 내 가슴에 집착했던 건가."

"뭐?"

"아니, 걔가 지금은 좀 덜한데, 예전엔 만날 때마다 가슴 한 번만 만지게 해 달라고 졸졸 쫓아다녔…….”

순간 나는 누워 있던 방이 이렇게 서늘했던가 생각했다. 분명 녀석이 꺼낸 화제였는데 더 말을 이었다간 좋지 못한 일이 생길 것 같았다. 녀석의 얼굴이 딱딱하게 굳어 가는 것이 금방이라도 건드리면 폭발할 것 같아 보였다.

예전에도 녀석은 최진헌과 얽힌 나를 무섭게 몰아붙인 적이 있었다. 하나 녀석은 나를 빤히 바라보며 어서 다음 말을 이어 보라고 나지막이 말했다.

“그래도 최진헌이랑 더 뭐는 없는 거지? 그냥 그렇게 졸졸 따라다니던 귀찮은 놈, 거기까지였지?”

“어?”

“걔가 뭐 더 위험한 짓을 했다든가.”

질문이었는데 이미 답은 정해져 있고 난 그 대답만 해야 하는 것처럼 녀석의 눈이 확고했다. 마치 뭐가 더 있었다고 말하기라도 하면 지금 외국에 나가 있는 녀석을 찾아내 온갖 죄를 갖다 붙여 감옥에 넣을 것만 같았다.

“아, 너도 내일 출근해야 하는데 나 때문에 고생하네. 얼른 들어가서 자.”

“됐어.”

“되긴 뭐가 돼. 한숨도 못 잔 얼굴을 해 가지고.”

“그렇게 안타까우면 옆에 눕게 해 주든가.”

“공태준.”

“아니면 손이라도 잡아 주든지.”

순간 녀석의 말에 멈칫했다. 네가 있고 싶어 있는 거지, 내가 있어 달라 했나. 그냥 여기 앉아 있다가 내일 법원에서 졸든지 말든지 하고 모르쇠로 일관하려 했다.

그러나 녀석은 그런 내 마음을 읽었는지 눈을 가늘게 뜨고 노려보더니 갑자기 침대 위로 올라와 옆에 누워 버렸다.

"야."

"조용히 해. 더 가기 싫으면."

녀석은 얌전히 배 위에 올려놓았던 내 손을 제 쪽으로 끌어당겨 잡았다.

"공태준."

"손만 잡고 있겠다고 약속하는 흔한 남자이고 싶진 않은데, 시도는 해 볼게. 이것도 안 되면 진짜 내 마음대로 하고."

녀석의 더 이상 내 말은 듣지 않겠다는 듯 두 눈을 감아 버렸다. 나는 그런 녀석 쪽으로 몸을 돌려 흐트러진 앞머리를 정리해 주었다.

"공태준, 너 눈썹 되게 진하네."

녀석은 내 말에 여전히 눈을 뜨지 않은 채 픽, 웃음 지었다.

"너무하네. 어떻게 그런 태평한 소리를 하지. 나는 이렇게 괴로운데."

"뭐가."

"처음에 다시 만났을 땐 그렇게 도망가고 경계하더니 이젠 또 편해진 건지. 진짜 일 잘하는 가정부, 뭐 그렇게 생각하는 건 아닌가 모르겠네."

"아, 아닌데?"

"그게 내가 의도했던 거긴 하지만 긴장한 척이라도 해. 자존심 상해서 확 뒤집어 버릴지도 모르니까."

녀석의 말에 잠깐 최진헌이 떠올랐다. 요새 들어 내가 긴장하길 바라는 사람들이 많아진 것 같았다.

"치, 그래서 뭐. 지금이라도 긴장한 척 좀 해 줘?"

"아니."

"왜?"

"나는 최진헌이 아니니까."

녀석은 감고 있던 눈을 천천히 뜨고 나를 빤히 응시했다.

"그 애처럼 널 마냥 기다려 주는 사람은 아니라는 뜻이라고. 내가 머리도 좋고, 아는 것도 많고, 가진 것도 꽤 있는데 참을성은 좀 없거든."

녀석의 말에 순간 나도 모르게 침을 삼켰다. 언젠가 '질풍노도'는 아니지만 '혈기 왕성'은 맞다는 녀석의 말이 떠올랐다.

"최이경."

"……."

"그런데 진짜 긴장은 하지 마. 설사 긴장했다 하더라도 티 내지 말고. 그런 너, 내버려 둘 자신 없거든."

크리스마스의 악몽

"여보세요."

―나 안 보고 싶냐.

"……최진헌?"

―오빠는 이경이 네가 너무너무 보고 싶어 죽을 것 같아.

새벽이었다. 눈도 떠지지 않아 정확히 몇 시인지도 몰랐다.

최진헌은 이렇게 받는 사람에 대한 일말의 배려도 없이 전화를 걸곤 했다. 그것도 국제전화를. 받으면 받는 사람도 돈이 나간다는 그 국제전화를. 삼촌도 안부 전화를 제외하곤 아껴 하는 전화를 녀석은 아무렇지도 않게 틈나는 대로 해 댔다.

"아, 제발 전화는 시차 따져 가면서……."

―역시 내 생각 해 주는 건 우리 이경이밖에 없다니까? 오빠 걱정은 하지 마.

녀석은 한국이 지금 몇 시인지 알고나 있을까. 대체 내 말 어디에서 저에 대한 걱정을 캐치한 것인지, 그 일방적인 대화법은 어째 멀리 떨어져도 변함이 없었다.

　—여긴 만날 비만 와. 햇빛이 비친다 싶어서 나가면 또 비가 와.

　"거기 날씨가 원래 그렇다더라."

　—그래서 최이경이 보고 싶어. 비가 오니까 네가 너무 보고 싶어.

　생각보다 일정이 길어져 1월이 되어서야 온다는 녀석은 한 해의 끝을 나와 함께 보낼 수 없음에 슬퍼했다.

　그게 그렇게 슬퍼할 일이냐 묻는 내게 녀석이 말했다. 7년의 끝을 항상 내년엔 나를 다시 만나겠지 하며 보냈다고, 올해 처음으로 그 끝을 그렇게 보내지 않을 거라 기대했는데 이번에도 똑같아져 버렸다고.

　—이경아. 여긴 또 사람들이 죄다 영어만 한다?

　"영국이잖아."

　—그래서 최이경이 보고 싶어. 최이경 목소리 듣고 싶어.

　"이제 그만하고 끊을까? 많이 피곤하지 않아? 어제도 밤새웠다며."

　가만히 있어도 자꾸 한국에 와야겠다고 핑계를 만드는 녀석이었다. 그 이유엔 항상 내가 있었고, 나는 녀석이 가고 있는 길의 짐이 되고 싶진 않았다.

　—아, 너무너무 보고 싶다. 최이경 눈물 나게 보고 싶다. 나 그냥 이거 그만두고 한국 돌아갈까? 나 진짜 너 보고 싶은데.

　녀석은 그런 내 마음을 아는지 모르는지, 어떻게든 도망 올 궁리만 하고 있는 듯했다.

상사뱀

"무슨 소리 하는 거야. 헛소리하지 말고 끊고 자자, 응? 아, 우리 진헌이 착하다. 며칠 안 남았으니까 잘 마무리하고 봐야지. 나한테 뭐 어필하고 싶다며. 자기 일에 성공한 남자야말로 엄청 매력 있는 거야."

녀석과의 대화가 언제부터 도돌이표처럼 돌아오게 됐는지는 모르겠지만 보고 싶다는 말도 이젠 감흥이 사라지는 듯했다. 또 그런 녀석을 달래는 것은 이제 어려운 일이 아니었다. 사실 녀석은 이제 숨을 쉬는 것도 내가 보고 싶어서 쉬는 거라고 말할 기세였다.

―이경아, 그거 알아? 사실 내가 지금 숨을 쉬는 이유도…….

나는 생각보다 오래 아팠다. 공태준의 약은 하루 효과를 보이곤 연기처럼 사라졌다. 병가를 내고 하루를 쉬었지만 결국 아까운 휴가를 며칠 더 써 제대로 앓아야 했다.

그러다 문득 정신을 차리고 달력을 바라보니 12월 25일, 빨간 날이었다. 기쁘다 구주 오셨네, 하고 어디선가 노래가 들려오는 빨간 날.

"크리스마스네."

공태준은 전 세계를 아우르는 공휴일에도 최근 떠들썩하게 나라를 들썩이고 있는 사건으로 인해 사무실에 나가야 했다.

최진헌은 그 바쁜 일정에도 하루에 몇 번씩 전화를 걸어왔는데, 시차 때문인지 새벽에 걸어 댔기에 그냥 무시했다. 녀석

과의 통화는 하루에 짧게 한 번이면 족했다. 어차피 내용은 같았으니까. '최이경 보고 싶어.'

"최이경!"

"······우동아."

"어, 왜! 뭐 필요한 거 있어?"

"필요한 건 없고 궁금한 건 있는데, 넌 왜 여기 있는 거냐?"

"당연히 너 간호하려고 있는 거지. 네가 아픈데 내가 어딜 가겠냐."

어째서인지 백수 아닌 백수가 된 어우동은 아픈 나를 간호하겠단 핑계로 비어 있는 최진헌의 방을 차지하고 있었다. 다행히 통금 시간이 밤마다 녀석을 다시 불러 갔지만, 내 집에서 내 쌀을 축내고 있는 건 마찬가지였다.

"나 이제 다 나았다니까? 이제 괜찮아. 그러니까 제발 좀 집에 가."

"아니야. 내가 보기에 너 아직 아픈 것 같아."

"어딜 봐서?"

"지금 과자 먹는 속도 봐. 내가 세 개 먹을 동안 넌 한 개도 다 못 먹고 있잖아."

그건 내가 한 개 집어 먹을 때 네가 세 개씩 집어서 입에 넣으니까 그런 거란다, 이 진공청소기 같은 아이야. 또 진짜 아픈 환자라면 이렇게 앉아서 과자를 먹을 수나 있겠니.

"와, 어떻게 공태준은 이런 것까지 만드냐? 하나도 안 짠데 자꾸 입에 쏙쏙 들어간다."

"그거 너 먹으라고 만들어 놓은 거 아니거든?"

상사뱀

"치사하게 과자 가지고 그러냐. 내가 아까 물도 떠서 갖다 주고 그랬는데."

나 주려던 물을 왜 네가 들고 오면서 마시고 준 건데. 그냥 네가 마시려다가 우연히 눈이 마주쳐서 반도 남지 않은 걸 넘겨준 것 같은 생각이 드는데 말이야.

"어, 최이경. 너 뭐 묻었다."

"어디?"

과자를 먹다가 옷에 흘렸나 싶어 아래를 살피는데 어우동이 팔을 뻗었다. 이어 녀석의 손가락이 막 입술에 닿으려 해 나도 모르게 주춤, 뒤로 몸을 숨겼다.

"아, 잠깐. 내가 닦을게."

"뭐야. 왜 이렇게 오버액션이야, 수상하게."

순간 뜨끔했다. 같이 소파에서 과자를 먹다가 무심코 녀석이 입가에 묻은 과자 가루를 털어 주려는 걸 괜히 뭔가 찔리는 듯 부자연스럽게 피해 버렸다. 어우동은 생각보다 눈치가 빠른 데다 속을 보이지 않는 놈이었다.

"내, 내가 뭐가 수상하다고. 수상한 걸로 치면 네가 더 수상하거든? 남에 집에서 기생하는 주제에."

"아니야, 뭔가 있어. 나 촉 되게 좋아."

"……."

"너 우리 진헌이 없는 요 며칠 사이에 공태준이랑 설마……."

녀석은 여전히 입술을 가리고 있는 나를 빤히 바라보며 무언가 상상하는 듯했다. 나는 녀석이 정말 내 머릿속을 지켜보기라도 하는 듯 몸이 굳어졌다. 어쩐지 집에 CCTV가 설치되어 있던 건 아닌지, 어우동이라면 가능한 일일지도 모른단 생각이 스쳤다. 녀석은 나, 공태준, 최진헌의 비밀을 이상하게 꼭 하나씩 쥐고 있었다.

혹시나 하는 마음에 천천히 카메라를 찾아 눈을 굴리며 천장을 훑는데 어우동이 내 팔을 잡아 왔다.

사실 내가 처음 아팠던 그날, 새벽 내내 자리를 지키던 공태준이 결국 옆에 누워 자리를 잡았고 나는 약 기운에 몽롱한 정신으로 '그래, 네 마음대로 해라. 설마 네가 나를 잡아먹기야 하겠냐' 하는 심정으로 그냥 눈을 감았다.

"내가 티 내지 말라고 했을 텐데."

그런데 녀석의 마지막 말이 다시 눈을 번뜩 뜨게 했다. 공태준 녀석이 옆에 누워도 아무렇지 않던 나였다. 녀석의 말 한마디가 다시금 예전 기억을 떠올리게 했다.

녀석은 한다면 하는 놈이었고 나는 아직 그걸 예상하고 피할 만큼 빠른 애는 못 되었다.

"내가 무슨 티를 냈다고. 네가 그렇게 말하면 내가 뭐 겁이라도 낼 줄 알아?"

"그래?"

"당연하지."

"이젠 내가 하나도 무섭지 않다는 말로 들리네."

녀석의 말대로 나는 7년 전 그때처럼 이상하게 녀석과 함께하는 것이 익숙해졌다. 녀석의 집에서 함께했을 때도, 또 지금도 나는 녀석을 익숙하게 받아들이고 있었다.

"나 너 무서워한 적 없거든요."

"거짓말."

"거짓말 아닌데."

녀석은 내 말을 거짓이라고 생각했는지 픽, 바람 새는 웃음을 짓고는 힐끔 나를 보더니 천장을 바라보며 말을 이었다.

"너 전에는 나 무섭다고 했잖아."

"내가 언제?"

"7년 전, 나랑 같이 살다가 집 나갔을 때."

"……그래, 나 너 무서워, 공태준."

"아."

"네 말대로 나는, 네가 오라면 오고 가라면 가야 하는 사람이라, 공태준 네가 무서워."

내 손목을 쥐고 있던 녀석의 손에 조금씩 힘이 들어갔다.

"나한테 그렇게 말했잖아."

나는 그때의 일을 기억하고 있었다. 하지만 녀석도 아직 그걸 기억하고 있을 줄은 몰랐다.

"내가 가랄 때 가지 않았으면서. 오랄 때 와 주지도 않았으면서 말은 참 잘했어, 최이경."

"내가 그랬나."

그때는 녀석이 준 상처가 견디기 힘들어서 아무것도 보이지 않았는데, 지금 녀석의 눈을 보니 마치 내가 녀석에게 상처를 준 듯했다. 녀석은 그래도 지금은 무섭지 않다고 하니 반은 성공했다면서 웃었다.

"최이경, 너 그거 모르지?"

"뭘."

"다큐멘터리 보면, 뱀이 먹이를 잡아먹을 때 먹이의 목덜미를 먼저 물고 이빨을 박아서 독을 넣는다고 하더라. 먹이를 마비시키는 거지."

"갑자기 그게 무슨 소리야?"

녀석은 앞을 보며 누워 있던 내 몸을 제 쪽으로 돌려 눕히곤 나를 바라보며 말을 이었다.

"뱀의 입이 작아 보여도 바늘처럼 뾰족한 이가 목구멍 쪽에 있어서 한번 물린 먹이는 그 입속을 벗어나지 못한다고 하더라. 낚싯바늘에 걸린 물고기처럼, 벗어나려 애쓰면 애쓸수록 그 목구멍 속으로 더 끌려들어 가게 되는 거지. 지금 딱 그 꼴이잖아. 그렇지?"

녀석은 일어나려는 내 팔을 한 손으로 잡곤 말했다.

"독이 문제인 줄 알았는데, 그래서 그 독을 없애는 해독제를 찾으면 될 줄 알았는데 문제는 그게 아니었던 거지. 발버둥 치면 칠수록 그 안으로 더 빨려들어 갔던 거야."

"이거 놓지?"

약 기운이 오르는지 몸에 제대로 힘이 들어가지 않았다. 그러나 정신만큼은 또렷했다.

"공태준."

"처음엔 내가 그 뱀이고, 넌 나한테 잡힌 먹이인 줄 알았는데 아니더라. 허우적거리면서 삼켜지고 있던 건 나였어. 네가 아니라."

녀석은 나를 빤히 내려다보고 있었다. 나는 천천히 녀석의 눈을 마주하며 생각했다.

지금 녀석에게 잡힌 것도, 꼼짝 못하고 있는 것도 나인데 어째서 저 녀석은 나를 뱀이라 하고 자신을 그 입안에 갇힌 먹이라 생각하는 걸까. 세 살짜리가 봐도 이 상황에서 다큐멘터리 속 뱀은 녀석일 텐데.

"그래서 최이경, 넌 나를 언제 소화시킬 거야? 나는 준비 끝났는데."

대체 이 이야기를 꺼낸 목적이 뭘까, 잠시 고민하다가 빠르게 접었다. 이해하고 싶지 않았고 이해한다 해도 크게 달라질 것은 없었다.

"공태준, 너 진짜 말 어렵게 꼬는 거 알아? 그냥 한 번쯤은 이해하기 쉽게 말해 주면 안 되겠어?"

내 말에 잠시 답이 없던 녀석은 허탈한 듯 웃으며 제 머리로 내 이마를 쿵, 내리찍었다.

"하긴 예전에도 공부는 그닥이긴 했지."

"야, 내가 너보단 못했지만 그래도 최진헌 수준은 아니었거든? 고1 때까지만 해도 내가……."

녀석이 빠르게 내 말을 치고 들어와 뒷말을 막아 버렸다.

"최진헌 얘기 꺼내지 마. 앞으로 내 앞에서 나 말고 다른 사람 이름 꺼내지 마."

"하지만……."

"한 마디만 더 해. 나 분명 경고했다."

녀석은 손을 풀어 주더니 대신 그 손으로 눈을 가려 버렸다.

"됐고, 이제 더 말하면 진짜 마음대로 할 거니까 그런 줄 알고 그만 자."

　내가 이내 잠잠해지자 녀석은 천천히 손을 내려 이불을 끌어당겼다.

　그렇게 다시 침묵이 우리 사이를 감싸 돌았다. 어느새 조용한 새벽이 돌아오고, 시계 초침 소리만이 조용히 방을 울렸다. 이에 서서히 긴장이 풀려서 녀석과 옥신각신하느라 힘을 줬던 몸이 녹기 시작했다.

　그런데 그때, 녀석의 중얼거리는 듯한 낮은 목소리가 귓가에 들어왔다.

　"아, 그런데 최이경. 너 어제 대문도 안 잠그고 들어왔더라."

　"내가? 아, 그럴 리 없는…….."

　이미 반쯤 감긴 눈에 무의식적인 대답이 허공에 뿌려지는 순간, 빠르게 몸을 일으킨 녀석이 뭐라 막을 사이도 없이 입술을 부딪쳐 왔다. 아주 오래전, 녀석과 이렇게 생각지도 못했던 키스를 주고받은 때가 있었다.

　그러나 그때와는 사뭇 다른 분위기의 녀석은 아랫입술이 살짝 벌어진 틈을 타 망설임 없이 내게 파고들었고, 진득한 그 입맞춤에 잠마저 빠르게 달아났다. 귓가를 울리는 녀석과의 숨소리가 심장박동 소리와 엉켜 나를 깨웠다.

　"공태준, 지금…….."

　얼마의 시간이 지났는지, 내겐 길게만 느껴졌던 순간이 녀석의 그림자와 함께 거둬지자 그제야 정신이 돌아오면서 탄식이 새어 나왔다.

　이렇게 멋대로 행동할 줄 알았다면 녀석이 약을 건네러 들어왔을 그 순간, 바로 이 집 밖으로 쫓아냈을 것이다. 이건 반칙이었다.

"내가 한 마디도 하지 말라고 말했을 텐데."

"그건 네가 먼저……!"

"원래 유도신문은 불법이 아니라서."

"야!"

"쉿."

녀석이 일어서려는 나를 힘으로 다시 눌렀다. 그렇게 마주 보지 않고 같은 쪽을 바라보는 모습으로 나란히 눕게 되었다.

잠시 후, 씩씩거리는 내 호흡과는 달리 녀석의 숨소리는 규칙적으로 등 뒤에 뱉어지기 시작했다. 녀석은 나를 감싸더니 내 어깨에 얼굴을 묻고 말했다.

"이제 진짜 자는 거야. 더 말하면 네가 다른 것도 허락해 준 걸로 이해할 테니까 알아서 하든지."

공태준과의 며칠 전 일은 그렇게 둘만의 비밀이 되었다. 나는 절대 그날 일을 다른 누구에게 털어놓을 수 없었다.

어우동은 여전히 나를 노려보고 있었다. 어쩌다 보니 소파 가운데에 앉아 무언가 알 수 없는 기 싸움을 벌이고 있던 것이다. 한쪽은 팔을 잡고 약점을 잡아내려 하는 자였고, 한쪽은 그 팔을 뿌리치며 비밀을 숨기려는 자였다. 그러나 녀석과의 대치는 생각보다 오래가지 않았다.

"최이경 너, 진헌이 없는 사이에 공태준이랑 설마……."

"야. 지금 뭘 상상하는지는 모르겠지만 걔랑 나 진짜……."

"야동 봤냐? 봤지? 봤네, 봤어. 야, 너희 진짜 그렇게 안 봤는데."

심장이 덜컹 멈추려다, 녀석의 말을 끝으로 다행히 잘 뛰기 시작했다. 녀석은 최진헌 컴퓨터에서 본 거냐, 비밀번호는 뭐냐, 자기도 같이 공유하자며 방방 뛰어 댔다.

어떻게 그런 상상을 할 수 있는지 참 의문이었다. 평소 내 이미지가 녀석에게 그런 거였나 하는 회의감도 밀려들었다. 다행히 CCTV는 존재하지 않는 것으로 밝혀지는 듯했다.

"치사하게 너희들만 보냐? 와, 공태준 걔는 그렇다 쳐도 너까지 그런 은밀한 취미를 가지고 있을 줄은 몰랐는데. 막 누가 닿기만 했는데도 그렇게 움찔하는 거 보니, 이거 내가 초딩 때 야한 비디오 처음 봤을 때의 반응인데 말이야. 쯧쯧, 아직 초보자들이구나?"

"우동아."

"아, 치사하게 너희들만 보지 말라고! 나도 꽤 수준 있는, 어? 그런 레벨의 다양한 장르의 문화를 접해 본 사람으로……."

녀석은 쌀만 축내는 것이 아니라 내 아까운 시간과 인내심도 축내고 있었다.

"쓸데없는 소리하지 말고 집에나 가 줄래? 너희 아버지는 백수 아들이 이렇게 친구 집에 빌붙어 놀고 있는 거 아시니?"

"아실 리가."

"그래, 그렇구나. 그나저나 내가 너희 아버지 번호 알고 있단 거 말했나? 지금 많이 바쁘실지 모르겠네."

어우동의 유일한 약점 아닌 약점은 아버지였다. 세상에서 가장 무섭기로 소문난 녀석의 아버지는 망아지 오리 같은 녀석을 단번에 제압해 순한 강아지로 만드는 분이셨다.

"최이경, 너 진짜 이런 식으로 나올래? 공태준이 너 아무 데도 못 가게 붙잡아 놓으라고 했다고!"

"내가 갈 데가 어디 있는데?"

"모르지, 난."

"넌 이유도 없이 걔가 시킨다고 다 하냐?"

그러고 보니 최근 일이 들어오지 않아 돈도 없다던 녀석이, 하는 일이라곤 빈둥거리며 남의 집 양식을 축내기만 하는 녀석이 어디서 운전하는 게임 장비와 CD를 사 와 주인도 없는 최진헌 방에 설치를 해 놓았다.

10~20만 원 하는 게 아닌 걸로 알고 있었다. 조소용품 영수증 없이는 따로 용돈을 받지도 못한다던 녀석이 저런 걸 멀쩡하게 구입해 설치한 것이 이제 와 생각하니 좀 이상했다.

"그러고 보니 너 최진헌 방에 놓은 그건 어떻게 샀어? 요즘 돈 없다며."

"아르바이트를 하나 구해서……."

"혹시 고용주가 공태준이냐?"

녀석이 슬그머니 시선을 피했다. 그럴 줄 알았지. 네가 아무리 공태준을 친구라 뭐라 생각한대도 그렇게 고분고분 말을 들을 녀석은 아니었지.

"설마 걔가 저거 말고 얼마 더 얹어 준다고 한 것도 있어?"

"……만 원."

"야."

"시간당."

"허, 생각보다 너 고급 인력이다?"

"하하. 칭찬받을 만큼은 아닌데 내가 사실 어디 가서 막 구르고 그런 애는 아니거든."

녀석은 칭찬한 것도 아닌데 쑥스럽다는 듯 뒤통수를 긁적이며 사람 좋게 웃어 댔다. 그 얼굴을 보고 있으려니 뒷골이 땅겨 오는 게, 내가 무슨 복을 타고나 저런 것까지 감당하며 살아야 하나 화가 밀려 올라왔다.

웃는 얼굴에 침 못 뱉는다고 누가 말했던가, 나는 당장이라도 저 얼굴에 과감히 주먹을 날릴 수 있을 것 같은데.

"어우동."

"응."

"2배. 공태준이 준 시급의 2배 줄 테니까 한 2~3시간만 밖에서 놀다 와. 그때 그 아르바이트생 번호도 받았다며? 가서 맛있는 거 사 줘야 할 거 아냐."

그러나 누가 친구 아니랄까 봐 최진헌과 마찬가지로 녀석은 채찍보단 당근으로 어르는 것이 더 잘 맞는 애였고, 이미 효과는 담벼락을 칠할 때 입증한 바 있었다.

지금도 녀석을 내쫓지 않은 이유 중 그 담벼락이 하나를 차지하고 있었다. 오리와 고양이, 강아지가 쪼르르 담장 밑을 지나가는 웃긴 그림은 지나갈 때마다 웃음을 터뜨리게 했다.

"야, 최이경. 너 진짜 너무한다. 내가 아무리 친구한테 돈 받고 막 그러는 애라고 해도 어떻게 아픈 애를 두고……."

"3배."

상사뱀

녀석은 어느새 거실 소파에 있던 백 팩을 등에 메고 있었다. 가끔 긴가민가하긴 해도, 단순한 애인 건 확실했다. 또 그런 녀석을 떼어 놓는 건 크게 어렵지 않은 미션이었다.

"네가 다 나았다면 다 나은 거지, 뭐. 원래 자기 몸은 자기가 제일 잘 아는 거잖아?"

"그렇지."

녀석은 내 마음을 다 안다며 어딘가 이상야릇한 표정을 짓더니 흘겨보기 시작했다.

"3시간만 놀다 오면 되는 거지? 너 어디 나가지 말고 꼭 집에 붙어 있어라. 창문은 꼭 닫고."

"창문?"

"그리고 아무리 편해도 공태준이랑은 그런 거 보지 마. 걔가 아무리 무뎌 보여도 남자는 남자다?"

그건 네가 걱정할 게 아닌 것 같은데.

또 녀석이 뭘 상상하는 건진 모르겠지만, 차라리 그 상상이 내겐 더 나을지도 모른단 생각이 들었다. 또 거실에 앉아 부스럭대며 과자 까먹는 걸 보느니, 혼자 쉬는 것이 건강 회복에 훨씬 도움이 될 터였다.

"아, 그래도 이경아. 아픈데 너무 많이 보지 말고, 응? 메일 적어 놓고 나갈 테니까 공유는 하고. 알았지?"

어느덧 오후 3시가 넘어가고, 적막감이 집을 감쌌다. 오랜만에 평일 오후를 홀로 즐기고 있었다.

"……드디어 조용해지네."

어우동은 이상한 상상 말고 나가서 크리스마스 분위기나 즐기고 오란 내 말에, 저녁에 파티 준비할 거리를 사 올 테니 기대하라고 말하곤 집을 나섰다. 겨우 한 명이 빠져나간 집이건만 녀석의 부재가 1분을 넘기자 단번에 집이 고요해졌다.

나는 드디어 혼자만의 시간을 제대로 즐기겠구나, 방으로 들어갈 수 있었다. 그동안은 아무리 집에서 휴식을 취하려 해도 몸이 좋지 않거나 어우동, 공태준, 이어 최진헌의 전화까지 번갈아 가며 날 괴롭히는 바람에 개인 생활을 하지 못했다.

방으로 들어가자마자 노트북을 켜 메일로 받은 회사 일을 확인했다. 신입 주제에 며칠씩 병가를 내는 건 꽤 눈치가 보이는 일이었다. 돌아갔을 때 밉보이지 않으려면 적어도 팀 내에서 진행된 일만큼은 알고 있어야 했다.

그때 문득, 방에 두고 잊고 있었던 핸드폰의 불빛이 깜빡이는 것이 눈에 들어왔다. 나는 노트북을 잠시 두고 침대 끝에 놓인 핸드폰을 집어 들었다.

—이경 씨, 아프단 거 들었어. 며칠 쉬기로 했다면서.

문자메시지가 하나 와 있었고, 저장되어 있지 않은 번호였다. 그러나 나는 그 번호의 뒤 네 자리 숫자가 익숙했다. 쉬운 조합이기도 했지만, 그렇게 보고 또 봤던 종이 안의 숫자였기에 어렵지 않게 누구의 번호인지 떠올릴 수 있었다.

나는 잠시 고민한 후 통화 버튼으로 손가락을 옮겼다.

"여보세요."

—이경 씨? 나 영업부 조 부장인데, 갑자기 문자메시지 보내서 놀랐지? 몸은 좀 어때. 지금은 좀 괜찮나?

　내 연락을 기다리고 있었는지, 긴 부재 없이 바로 연결된 전화 속으로 그의 목소리가 들려왔다.

　"예, 괜찮습니다. 그런데 제 번호는 어떻게……."

　—김 대리한테 물어봤지. 아무래도 내가 괜히 힘든 얘기 꺼내서 그런가 싶기도 하고 마음이 불편해.

　"아니에요, 그런 거. 걱정해 주셔서 감사합니다."

　—그래. 병원은 가 봤고? 잘 챙겨 먹고는 사는지 모르겠네.

　"네, 잘 먹고 지내요. 다음 주 월요일이면 정상 출근도 할 것 같아요."

　누군가 내 걱정을 해 준다는 것은 고마운 일이었다. 또 그게 아버지의 친구였다는 분의 걱정이라면 더 마음이 가는 것이기도 했다. 따로 부탁하지 않았는데, 나를 알고 있던 영업부 사람에게도 입단속 시켰다는 말도 들었다.

　아팠던 지난 며칠 동안 잠시 잊고 있었는데 사실 나도 조 부장, 그에게 확인하고 싶은 것이 있었다.

　—아, 이경 씨. 그럼 혹시…….

　"예. 말씀하세요."

　방 안에 서 있는데 문득 책상 위에 두었던 작은 곰 인형이 눈에 들어왔다. 차마 공태준 때문에 아빠의 사진을 방에 두지 못했다. 상관없다고 할 녀석일지라도, 객관적으로 생각해 보면 우리의 동거 아닌 동거는 말도 되지 않는 것이었다.

　대신 나는 아빠가 생일에 선물해 주셨던 인형을 엄마 사진 옆에 올려 두고 당신을 추억하곤 했다.

　─이따 저녁에 잠깐 좀 볼 수 있을까? 할 말도 있고, 줄 것도 있는데 회사에선 사람들 눈도 있고 그래서.

　"오늘 저녁요?"

　마치 내 생각을 읽은 듯, 조 부장은 먼저 만나자고 제안했다. 이에 나는 곰 인형이 어쩐지 내게 말을 거는 것 같다고 느껴졌다. 내 생각을 읽고 대신 조 부장의 영혼으로 들어가 그 갈색 털을 가진 작은 손으로 손짓하고 있는 것 같았다.

　─이경 씨 어디 살지? 불편하면 내가 그리로 갈 수 있는데.

　"안녕하셨어요?"

　"어, 왔어? 앉아. 많이 아팠나 보네. 살이 더 빠진 것 같아."

　"아뇨, 많이 괜찮아졌어요."

　주위를 둘러보니 평소 와 보지 못한 분위기의 술집이었다. 건물 전체가 같은 업종인 것 같은데 2층 외관이 바 형태인 것과는 달리 약속 장소인 지하 1층은 사뭇 다른 분위기의 룸 형태로 이루어져 있었다.

　어색하게 입구에 들어서 예약된 조 부장의 이름을 대자 그가 기다리고 있었다.

　"아직 몸 안 좋아서 술은 좀 그렇지?"

　"아, 네."

　"그럼 나만 마실게. 참 내가 이런 얘기 하면서 맨정신일 수가 없어서 그래. 호진이가 나를 잘 따르고 했거든. 대학 다닐 때 이런저런 행사도 같이하고."

자리에 앉자 자연스럽게 아버지의 이름이 흘러나왔다.

"이경 씨, 마시진 않고 그냥 받아 두는 건 괜찮지?"

"네."

"몰랐겠지만 내가 이경 씨 얘기 듣고, 옛날에 힘들었을 게 떠올라 마음이 아파서 이렇게 만나 얼굴 보고 얘기라도 나눠야 할 것 같더라고."

앞에 놓인 술잔을 기울이니 탁한 주황빛의 술이 꿀렁거리며 유리잔 안으로 타고 들어왔다.

"앞으로 아빠처럼, 옆집 아저씨처럼 생각하고 의지했으면 좋겠어."

"이렇게 신경 안 써 주셔도 되는데, 감사합니다."

"고맙긴. 부끄럽긴 하지만 유진이를 한때 짝사랑하기도 했고. 하하, 지금 와이프가 들으면 기겁하고 달려들겠지만 이경 씨 엄마가 그랬어. 그땐 모든 공돌이들의 첫사랑이었지."

"아……."

"학교 축제 때 공연을 하는데, 아직도 그 흰 원피스를 입고 춤추던 게 생각날 정도라니까. 팔다리도 가늘고 얼굴도 하얀 게, 처음엔 인형인가 싶다가도 묘하게 눈이 사람을 홀리는 그런 매력이 있었지."

결혼 후, 일찍 나를 임신한 엄마는 그 뒤로 더는 무용을 하지 못했다고 했다. 처음엔 어린 나를 키우느라 그랬고, 내가 어느 정도 아장아장 걸어 다닐 때엔 외할머니와 삼촌이 이민을 가 안심하고 날 맡길 곳이 없었다고 했다.

아직도 가끔씩, 거실에서 사뿐사뿐 걷다가 춤을 추며 나를 돌아보던 엄마의 모습이 떠올랐다.

"이경 씨가 참 엄마랑 아빠를 다 닮아서 그런가, 이렇게 보고 있으니까 괜히 눈시울이 붉어지네."

어느새 조 부장의 손이 무릎 위에 두었던 나의 손 위로 포개졌다.

"그래. 유진, 아니, 이경 씨 엄마는 언제 어떻게 그런……."

저녁 7시. 은은한 조명 아래 검은 양복을 입은 사람들이 빠르게 술잔을 주고받기 시작했다.

아직 이른 시간이라면 이른 시간이었지만, 공휴일인 것을 감안하면 그렇게 일찍 술자리에 모인 것도 아니었다. 공무원이라면 휴일은 다 쉬는 거 아니었느냐고 장난스러운 농담이 테이블 위를 오갔다.

"공 검사, 뭐 해? 팔 떨어져. 잔 들어야지."

긴 테이블 끝, 시선이 한곳으로 모이자 태준은 말없이 제 앞에 놓인 술잔을 집었다.

"머니까 서로서로 옆 사람이 잔 채워 주는 걸로 하자고. 자, 다들 잔 들고."

"오늘 같은 날 이렇게 나라를 위해 일하는 사람들도 있는데 말이죠. 국민들이 알기는 할까요?"

"에헤이, 이 검 또 과대 포장한다. 술 마시는데 일 얘기 하지 말고 다들 짠 해. 들라고, 어서."

가운데를 주축으로 짙은 감청색 넥타이를 맨 남자의 선두에 테이블에 앉은 사람들의 술잔이 빠르게 부딪쳤다가 흩어졌다. 태준은 술잔을 입에 살짝 댔다가 천천히 의자 밑으로 붓고 태연히 테이블 위에 올려놓았다. 흔치는 않았지만 특별한 날이라 모인 회식 자리가 영 불편한 태준이었다.

"지난번 김두홍 선고 공판은 양 판사님 덕분에 잘 마무리할 수 있었습니다. 제가 특별히 한 잔 올려도 될까요?"

"허 참, 내가 김 검 입바른 건 알고 있었지만 꼭 그렇게 티를 내면 내가 할 말이 없지 않나."

"사실이니 그렇죠. 양 판사님 아니었으면 L로펌에 제대로 물먹을 뻔했습니다. 그곳에 제 3기 아래 후배가 있는데, 하여 간 말도 지지리 안 듣더니 이번에 꽤 고생할 겁니다."

"허, 누가 들으면 내가 뭐 법이라도 어기고 김 검 손 들어 준 줄 알겠어."

"아이, 그럴 리가 있겠습니까? 다 지엄한 국법 아래 진행된 재판인데. 그저 양 판사님께서 좀 더 공정한 판결을 내려 주셔서 감사하단 뜻으로 드린 말이죠."

태준은 입술을 비집고 나오는 웃음을 천천히 술과 함께 삼켰다. 대체로 한 사건이 끝나기 전, 현직 판사와 검사는 같은 자리에서 차 한 모금도 주고받으면 안 되는 사이였다. 아직 항소심이 진행되지 않은 상태였다. 그러나 법은 지켜야 하는 사람에게만 지켜지는 것이었다.

태준은 말없이 술잔을 기울였다. 어차피 고등으로 넘어간다 해도 결과는 같을 것이긴 했다.

"하하! 누가 검사 아니랄까 봐 말을 잘한다니까."

또 저 시트콤 같은 대화를 듣느니 술을 마시고 일찍 들어갈 핑계를 만드는 게 나을 듯했다. 짜고 쓴 드라마에 배우들의 연기는 훌륭했다. 연기는 나날이 늘어 주연들은 점점 더 위로 올라가는데 애꿎은 엑스트라들만 판결대 위에 올려져 하루살이처럼 쓰이고 버려졌다.

태준은 목을 타고 넘어가는 알싸한 술에 인상을 찌푸렸다.

"교통사고였어요. 저 중학교 2학년 때 학교 끝나고 데리러 오시다가."

평소 아침과 다를 바 없던 날이었다. 단 한 가지, 다른 게 있었다면 평소엔 큰소리 한 번 내지 않던 엄마와 작은 다툼이 있었다는 것이다.

한참 사춘기라며 예민을 떨던 내가 이것저것 마음에 들지 않는다면서 반찬 투정에 신경질을 부렸고 그것을 늘 참아 주던 엄마는 처음으로 목소리를 높였다. 아마 아빠가 지방 출장을 가서 오랫동안 연락되지 않았던 것이 엄마를 예민하게 만든 탓일 터였다.

"운전 중에 도로로 공이 튀어 왔었나 봐요. 근처에 초등학교가 있었거든요."

"그랬구나. 이경 씨 엄마는 갑자기 뭐가 튀어나오니까 사람인 줄 알았겠지. 그럴 수 있어. 운전하다 보면 간혹 착각하고 그래."

엄마는 아침에 나와 다툰 것이 마음에 걸린 듯했다. 사실 나는 이미 화가 다 풀려 있었는데. 함께 저녁 장을 보러 가자고 문자메시지를 남기시고 하교 시간에 맞춰 나를 데리러 오시다가 사고가 난 것이었다.

나는 결국 엄마와의 마지막을 화와 짜증으로 보냈다. 그렇게 엄마의 마지막 기억 속엔 미운 딸로 남겨져 있을 것이었다.

"그래도 그렇게 갑자기 떠나면 남겨진 사람들은 준비도 못했을 텐데 얼마나 상심이 컸겠어. 엄마 손이 많이 필요했을 나이였는데 어떻게 잘 컸네, 이경 씨는."

"엄마 돌아가신 후엔 아버지가 항상 옆에 있어 주셨거든요. 건축 설계랑 시공하시던 것도 그만두시고."

"알지. 그 일이 야근도 잦고 출장도 많은 일이야. 그래서 호진이는 무슨 일을 했는데?"

"그냥 이것저것 다 하셨어요. 그래도 항상 제가 있던 시간에는 집에 있으셨고."

그때 일만 아니었다면 아버지는 그 누구보다도 성실하고 떳떳하게 산 사람이었다. 남들에겐 손가락질받는 사람이 되었지만 내게는 여전히 가슴 아프고 좋은 기억으로만 남아 있는 사람이었다. 아무리 억울하고 원망할 일들이 생겨도 어느새 다시 그리움만 번져 눈물 나게 하는 사람이었다.

"많이 외로웠겠어. 그런데 어쩌다가 호진이까지 참……."

"……."

"내가 알기론 호진인 절대 그럴 위인이 못 됐는데. 누굴 죽이긴커녕 남한테 싫은 소리도 못하는 놈이었거든."

"그러셨죠."

"분명 무슨 이유가 있었을 거야. 이미 지난 일이고, 잊어 가는 중이겠지만 절대 신문에서 떠들어 댄 그런 이유 때문은 아니었을 거야. 걔가 착해서 누구 험담도 안 하던 애였어. 설사 무슨 원한이 있었다 해도 절대 그렇게 풀 애가 아니었고. 그건 내가 장담해."

신문에선 아버지를 부패한 사회구조로 인해 악에 받쳐, 정의를 구현하겠다면서 판사를 살인한 미치광이 살인마로 그렸다. 자극적인 그 타이틀에 사람들은 엄청난 관심을 쏟아부었고, 선량한 판사 부부였던 공태준의 부모는 그렇게 아버지의 손에 의해 가엽게 목숨을 잃은 것이었다.

"그래도 이렇게 잘 큰 거 보면 이경 씨 부모님도 자랑스러워할 거야."

정말 부모님이 지금의 나를 보면 자랑스러워할까. 나는 아직 이룬 것도 없고 불안하기만 한 애인데 지금 나를 지켜보시고 있을까.

"아, 이경 씨 눈물 닦고. 내가 괜한 얘기를 꺼냈네그래."

"죄송합니다."

"뭐가 죄송해, 당연한 거지."

무서울 정도로 담담하다 못해 평범한 일상을 보내 온 나였다. 어디 가서 부모 없이 자랐단 소리를 듣지 않기 위해 이를 물고 버티며 살아왔다. 불쌍한 애로 세상에 알려지는 게 싫어 캐나다에 가서도 누구보다 열심히 공부해 지금까지 왔다.

하지만 사실은 울고 싶었다. 아버지의 죽음을 말하며 최진헌 앞에서 눈물을 보인 그 수능 날을 마지막으로 단 한 번도 눈물을 보이지 않았지만 사실 나는 엉엉 울며 어딘가에 토해 내고 싶었다. 그게 엉뚱한 곳에서 터져 버렸지만.

조 부장은 어느새 옆으로 다가와 어깨를 감싸 안고는 나를 토닥여 주었다.

"힘든 일 있으면 언제든 말하고. 응? 이렇게 만난 것도 다 인연인데 편하게 생각하고, 이렇게 가끔 부모님 얘기도 하고 그러자고."

"네."

"원래 권하려고 안 했는데 괜히 들어가서 다른 생각 하느라 밤새울 것 같으니까 더도 말고 딱 한 잔만 하고 들어가 푹 자."

눈앞에 술잔이 조심스럽게 놓였다. 왈칵 쏟아진 눈물에 입안이 텁텁했다. 빈속에 술을 마시면 안 될 것 같았지만 이미 무언가가 내 목으로 넘어가고 있었다.

오늘은 크리스마스고, 특별한 날이니까. 오늘 하루쯤은 나와 같이 불쌍한 부모를 생각해 주는 사람과 함께 젖어 있어도 되겠단 생각이 들었다.

그런데 도수가 높아서 그런지 금방 머리가 핑그르르 돌며 눈앞이 흐릿해졌다.

"이경 씨, 나 잠깐 화장실 좀 다녀올 테니까 쉬고 있어."

꽃무늬 장식

"이번에 공 검이 맡았던 사건, 집행유예 떨어졌다면서?"

"언제 공 검사가 허투루 다룬 적 있었나요?"

술자리는 어느덧 무르익어 서로 치켜세워 주는 칭찬 릴레이가 가장자리에 앉아 있던 태준에게까지 왔다. 최근 그가 맡았던 사건에 대한 얘기였다.

그는 조용히 술잔을 들어 답을 피했다. 평소에도 다른 사람과 잘 어울리지 않았다. 그런 그의 반응에 익숙한 듯 다시 상관없는 이야기가 이어졌다.

"지난달 이현동 쌀 사건 3년 6개월 받기에 나는 또 물타기해서 실형 받을까 걱정했지."

"아, 그 얘긴 꺼내지도 마십쇼. 기자들이 얼마나 그걸 추잡스럽게 물고 늘어지던지. 한동안 골치 좀 썩였습니다."

이현동 쌀 사건. 차상위층인 50대 가장이 마트에서 쌀을 훔치다가 형사 입건된 사건이었다. 엄격한 헌법 아래, 생수를 훔치다 민사 처리된 이력이 초범이 아닌 것으로 가중되어 3년 6개월 형을 선고 받았다. 절도의 목적이 돈이 아니라 쌀이라서 생계형 범죄였지만 법의 기준은 과정이 아니라 결과였다.

"뭐 무정하다느니, 세상에 어떻게 그런 사람을 잡아가냐느니 떠들어 대는데. 참나, 그럼 누구를 잡아야 하며 법은 왜 있겠습니까? 대중은 그저 팩트는 못 보고 동정론에만 휩싸여 가지고."

"좀 있으면 알아서 식을 겁니다. 대중들 근성이죠. 또 한참 그렇게 뭐라고 얘기 나와도 어디 연예인 스캔들 터지면 또 우르르 달려갈 테니 잠잠해져요."

"내가 속상해서 그러지. 힘들게 도둑놈 잡아서 안전한 세상으로 만들어 주겠다는데 탁상공론밖에 못하는 사람들은 뭣도 모르고 욕이나 하니."

"에헤이, 공 검 얘기하다가 왜 대화가 그리 또 빠지나. 자네들이야말로 그만 열 내고 술이나 들라고."

태준이 맡았던 사건은 시가 60억의 화장품 및 의료 약품에 들어가는 화학 재료 밀반입이었다. 태준은 실형 4년을 기소했지만 결국 집행유예 1년과 벌금형으로 끝났다.

밀반입은 되었으나 아직 시장에 풀리지 않은 점, 금지 재료였지만 몸에 유해하다는 연구 자료가 확인되지 않았다는 것이 이유였다. 그러나 대기업과 의약업계에서 암암리로 유통되고 있다는 것을 모르는 사람이 없었다.

"아, 그러고 보니 공 검 아버지도 현역에 계실 적에 유명하셨는데 말이야. 사실 난 공 검이 아버지 따라서 판사로 들어갈 줄 알았어."

태준은 어느새 다시 돌아온 화살에 천천히 고개를 들었다. 그와 마주 보고 있던 부장검사가 말을 덧붙였다.

"자네 부친이 자네 얘기를 많이 했거든. 연수원 성적도 좋았던 걸로 아는데 왜 검사로 들어왔나?"

사법연수원 성적순으로 상위권은 대부분의 관례처럼 판사로 빠지고, 그다음으로 검사를 택하곤 했다. 태준은 천천히 질문한 사람과 눈을 마주치며 말했다.

"수사권, 기소권은 검사한테만 있으니까요."

"허허. 누구 기소하고 싶은 사람이라도 있나 보네."

"그런 건 아닙니다."

"하긴 사실 그게 또 검사만의 매력이긴 해. 수사 주재자이기도 하고, 재판 선택권도 있고. 나는 그냥 배당되는 재판만 맡으려니 가끔 시끄러운 일이 꼬인단 말이지."

검사의 매력을 운운하는 남자는 양 판사였다. 태준 아버지의 한 아래 기수이자, 오래전 아버지가 살아 계셨을 때 자주 집을 드나들던 사람이기도 했다.

태준은 천천히 자리에서 일어섰다.

"잠시 실례하겠습니다."

이만하면 더 자리에 앉아 있지 않아도 참석했다는 도장은 찍은 듯했다.

자연스럽게 일어서자 이야기는 다시 다른 주제로 흘러갔다. 잠시 밖에 나가 있다가 사람들에게서 잊힐 때쯤 자연스럽게 돌아와 코트를 챙겨 일어서자 생각한 그였다.

태준은 조용히 문가로 다가섰다.

"아, 죄송합니다."

그때, 문을 열고 막 복도로 나서자 누군가가 태준의 어깨에 부딪혔다. 그는 얼굴을 슬쩍 보다가 고개를 꾸벅이곤 빠르게 바깥으로 걸음을 옮겼다.

태준은 그저 술 냄새를 풍기면서 집에 돌아가면 이경이 잔소리를 해 주려나 고민하고 있었다.

눈꺼풀 내려오는 속도가 점점 더뎌졌다. 얼마의 시간이 흘렀을까, 조 부장이 자리를 비우자 점점 흐려지는 의식에 급하게 화상실로 자리를 옮겼다.

도착하자마자 급하게 물을 틀어 세수했다. 겨우 술 한 잔에 이러는 걸 보면 그동안 몸이 약해지긴 한 듯했다.

나는 자꾸 휘청거리는 다리에 힘을 주고 벽에 기대 숨을 골랐다. 그러나 내 의지와는 다르게 천장이 한 바퀴 도는가 싶더니 이내 바닥이 눈앞으로 닥쳐왔다.

"아빠……."

어느덧 몽롱해진 정신 뒤로 또 다른 세계에 와 있었다. 땀이 옷자락을 적시는 게 느껴질 정도로 괴로운데 눈이 떠지지 않는 꿈속, 나는 그 꿈속 어딘가를 걷고 또 걷고 있었다.

언제부터인가 꿈을 자주 꾸지 않았다. 사실 꾸고도 기억하지 못한 것일 수도 있지만 캐나다에 있을 때나 다시 한국에 온 후, 아주 지치고 고된 날을 제외하곤 꿈을 꾸지 않았다.

그런데 이상하게 꿈을 꾸면 나는 단 한 사람을 찾아 헤맸다. 열다섯 살, 그 어린애로 돌아가 울면서 찾고 또 찾았다. '아빠 어디 있어. 나 무서우니까 빨리 와. 엄마가 눈을 안 떠.'

"임유진 보호자분. 지금 바로 수술 동의서 작성해 주셔야 하는데요."

나는 멍하니 눈을 깜빡이며 내게 내밀어진 서류를 바라보고 있었다. 꿈은 늘 똑같은 장면에서 시작돼 반복되었다.

그런데 곧 눈앞에 검은 폭풍이 한번 휘몰아치고, 어느새 장면이 전환되어 어두컴컴한 어느 동네 골목길에 와 있었다. 나는 여전히 아빠를 찾아 헤매고 있었다.

"아빠?"

"이경아."

"아빠, 옷에 그게 뭐야."

"괜찮아, 이경아. 아빠는 괜찮으니까 걱정하지 말고 집에 가 있어, 응?"

비가 주룩주룩 내리는데 아빠는 우산도 없이 골목길에 서 있었다. 나는 그런 아빠에게 다가갔다. 내게도 우산은 없었다. 나와 그를 세차게 몰아치고 있는 비, 그 비를 막아 줄 우산은 그 어디에도 없었다.

"아빠, 여기가 어디야? 여긴 왜……."

꿈속의 나는 무언가 묻고 있었지만, 그걸 바라보는 또 다른 나는 우습게도 답을 알고 있었다. 공태준의 집. 7년 전, 내가 학교를 마치면 당연한 듯 걷고 바라봤던 녀석의 집 앞 골목.

"이경아, 잘 들어. 앞으로 아빠가 없더라도 꼭……."

……아빠. 잘 안 들리니까 조금만 크게 말해 줘. 빗속에 파묻힌 아버지의 말이 자꾸 허공으로 흩어졌다. 무어라 내게 말하는 것 같은데 이상하게 그 순간부터 잘 들리지 않았다.

꿈이란 게 내 마음대로 조종하고 재생할 수 있는 비디오였다면 좋았을 텐데. 왜 하필 이 부분에서 매번 나는 기억을 더듬거려야 하는 걸까. 왜 나는 꼭 이때 멈칫하는 걸까.

상사뱀

"······아빠."

아빠. 그런데 저기 누가 있어. 누가 저 골목 끝에서 우리를 보고 있는 것 같아. 내가 있는 곳에선 저기가 잘 보이지 않지만, 누가 저기 서 있는 것 같아.

"이경아."

"응."

"아빠 말, 앞으로 잘 지킬 수 있지?"

❖

"아······."

무거운 눈꺼풀을 들어 올리자 주황 조명이 비치는 화장실 바닥이 보였다. 주춤거리며 벽에 기댄 채 일어서니 땀으로 범벅된 얼굴이 초췌했다. 오랜만에 악몽을 꿔서인 듯했다.

문득 손목시계로 시간을 확인했다. 30분이나 지나 있었다. 어쩌다 이런 곳에서 쓰러져 잠들었는지는 모르겠지만 아직 나를 기다리고 있을지도 모를 조 부장 생각에 마음이 급해졌다.

"윽."

그러나 막 자리를 뜨려던 때, 갑자기 발목 부분이 시큰거려왔다. 바닥에 쓰러지면서 삐끗하기라도 한 듯했다. 천천히 벽에 손을 대고 절뚝거리며 걸음을 옮겨야 했다.

그러다 문득 왜 꿈에서 아빠와 내가 공태준의 집 근처에 있었을까 하는 생각이 스쳤다. 어디까지가 꿈이고 어디까지가 진짜인지. 발목은 아프고 이런저런 잡생각과 두고 나온 핸드폰,

영문도 모르고 기다리고 있을 조 부장이 동시에 머릿속을 어지럽혔다.

"최이경?"

그 순간 어디선가 익숙한 목소리가 들려왔다.

"공태준? 네가 여길 어떻게……."

"너야말로 여기에 왜 있어?"

막 화장실 입구로 나와서 왔던 길을 되짚으려는데 녀석과 마주쳤다. 어떻게 이런 곳에서 마주칠까, 마치 내가 방금 꿨던 꿈에서 튀어나오기라도 한 것 같은 녀석은 인상을 찌푸리며 나를 바라보고 있었다.

"아, 난 그냥 잠깐 만날 사람이 있어서……."

"아픈 애가 누굴 만난다고 이런 곳에 와 있는데? 그것도 크리스마스에."

녀석은 평소에 내가 잘 외출하지 않는 것을 누구보다 잘 알고 있었다. 한국에 만나자고 할 만한 친구가 있는 것도, 그렇다고 내가 혼자 뭘 하겠다고 돌아다니는 성격도 아니었다.

나는 나도 모르게 변명거리를 찾았다. 몰래 집에서 빠져나온 것도 아닌데 어쩐지 들키면 안 될 일을 들킨 것 같았다.

"일 때문에 회사 사람이랑 잠깐 약속이 있어서 나온 거야. 며칠 빠졌는데 내가 확인하지 않으면 안 되는……."

그러나 녀석은 내 변명을 듣다가 무언가 떠올린 듯 눈썹을 푹 꺼트리며 낮게 목소리를 깔았다.

"조순택 그 사람이 널 여기로 불러낸 건 아니고?"

"네가 조 부장님을 어떻게……."

"네가 나한테 숨기는 게 생겼는데 내가 그런 것 하나 안 알아봤을 것 같아?"

문득 녀석이 조 부장의 이력서를 봤던 것이 떠올랐다. 기억력 하나만큼은 누구 못지않게 끝내주는 녀석이었다. 그러나 부탁하지도 않았는데 사람 뒤를 몰래 알아봤다는 건 도를 넘어선 행동이었다.

"공태준 너 미쳤구나."

"너야말로 뭐야? 너 뭐 하고 다니는 거야, 대체!"

"네가 뭘 생각하는지는 모르겠는데 그런 거 아니야."

"그런 게 아니라고?"

"응."

"너 여기 어디인 줄 몰라? 너야말로 왜 멍청한 척해. 이런데 따라올 만큼 순진하지 않잖아."

"태준아."

"나와."

녀석은 막무가내로 손목을 잡고 내가 가려 했던 길의 반대 방향으로 걷기 시작했다.

"이거 놔! 그런 거 아니라고 했잖아."

"그런 게 아니란 애가 여기서 이러고 있어?"

무언가 단단히 오해라도 한 듯했다. 조 부장에 대해 뭘 알아보고 또 어떻게 떠올린 건진 모르겠지만 마지막으로 화장실 거울에 비친 모습은 내가 봐도 좋은 모습은 아니었다.

찬 바닥에 쓰러진 터라 얼굴은 새하얗게 질리고 목과 이마는 땀으로 젖어 있었다. 아픈데도 억지로 끌려 나온 모양 같았지만 오후까지만 해도 멀쩡했다. 우느라, 낯선 곳에 들어와서 긴장하느라 몸이 따라 주지 못했던 것뿐이었다.

"최이경, 소란 일으키고 싶지 않으면 아무 말 말고 따라와."

"제발 내 일 신경 쓰지 말고 너 가던 길 가! 지금 이대로 가면 그분은 뭐가 되고 나는 뭐가 돼? 도망칠 일도 없는데 내가 왜 널 따라가야 하는데."

"그래서 뭐. 다시 돌아가서 아까 그 남자가 하자는 대로, 가자는 대로 다 가겠다고? 그래? 지금 네 꼴을 봐. 너 뭔데. 지금 나하고 뭐 하자는 건데!"

단 한 번도 소리 높여 화를 낸 적이 없던 녀석이었다. 그런 녀석이 내게 처음 보이는 무서운 얼굴로 몰아세우고 있었다. 그러나 지금은 그런 녀석을 받아 줄 시간도, 기력도 없었다.

"알았어. 알았으니까 잠깐만 기다려. 나 다시 가서 인사만 하고 나올 테니까……."

"최이경!"

나는 이 상황이 견디기 힘들었다. 평소에도 악몽을 꾸고 나면 기운이 다 빠져 힘들었다. 거기에 몸 상태까지 최악에 다다르니 견딜 재간이 없었다. 공태준이고 뭐고, 일단 조 부장에게 상황을 알리고 빨리 집으로 돌아가 침대에 몸을 눕히고 싶을 뿐이었다.

그러나 녀석은 그런 날 이해해 줄 생각이 전혀 없는 듯했다. 이에 나도 모르게 신경이 날카로워져 목소리가 낮아졌다.

"공태준. 너 뭐 착각하나 본데, 너 나한테 이래라저래라 할 수 있는 애 아니야. 우리가 같이 살고 있다고, 입 한 번 맞췄다고 해서 네가 나한테 뭐가 된다고 한 건 아니잖아."

그러자 녀석은 나의 독한 표정과 말에 어이가 없는 듯 작게 조소를 짓고는 천천히 입을 뗐다.

"그래."

"……."

"아니지, 나는. 너한테 아무것도."

그러곤 내 말에 수긍이라도 하는 듯 고개를 숙였지만 그와 다르게 내 팔목을 잡고 있던 녀석의 손엔 점점 힘이 들어갔다.

"그런데 내가 그걸 인정할 놈은 못 돼서 말이야."

"공태준 너 정말……."

"최이경, 너 착각하고 있어. 그동안 내가 너 봐주자고 내버려 둔 거 아니야. 지금도 네 말 들어 줄 만큼 여유 있지 않고."

녀석의 말이 끝나기 무섭게 악 하는 신음이 튀어나왔다. 빠르게 나를 잡아끄는 녀석 때문에 절뚝이던 발목에 힘이 들어갔기 때문이다.

그러나 녀석은 그런 나는 보이지도 않는다는 듯 빠르게 계단을 향해 걸어 올라가기 시작했다. 이어 1층 입구가 보이고 녀석은 진짜 이대로 나를 끌고 나가 버릴 것 같았다.

나는 녀석을 어떻게 해서든 막아야 했다. 이렇게 가면 남겨진 조 부장에게 변명할 여지가 없었다.

"공태준, 넌 어떻게 변한 게 없어!"

녀석의 이름을 부르며 빠르게 소리치자 녀석이 멈춰 섰다.

"왜? 예전 그때처럼 어디 애들이라도 시켜서 나 따돌리게 하려고? 아니면 이제 머리도 더 컸겠다, 공권력 써서 아예 집 밖에도 못 나가게 해 보지그래?"

"뭐?"

"그때처럼 혼자 되면, 너 아닌 그 어떤 누구랑은 말도 못 하고 네 옆에 인형처럼 있어 줘야 만족해? 네가 진짜 원하던 게 그거야? 그래서 다시 날 찾아냈어? 다시 나 괴롭히려고?"

나는 어딘가 묘한 반응을 보이는 녀석을 향해 숨도 쉬지 않고 몰아 말했다. 녀석에게 잡힌 팔목은 이미 빨갛게 부어올라 따끔거렸다.

"공태준."

"……."

"지금 너 나 잡고 이대로 나가면 나 다신 네 앞에 안 나타나. 평생 아무 말도 안 듣고, 아무것도 안 보고 살 수 있는 데로 숨을 거야. 지금 네가 잡으려는 손, 그 길로 떠미는 손인 줄은 알고 끌고 가."

이런 걸로 녀석에게 협박 아닌 협박을 하게 될 줄은 몰랐다. 그러나 지금 이 순간, 뒷일을 생각하는 것은 내 능력 외의 일이었다.

"네가 무슨 생각하고 있는지는 모르겠지만 나도 생각 없이 사는 애 아니야. 괜한 걱정 하지 말고 제발 가던 길이나 가. 내 손은 그만 놔주면 고맙겠고."

녀석은 어느덧 멍하니 잡고 있던 내 팔목을 바라보고 있었다. 이어 쏟아지던 나의 말을 말없이 듣고만 있다가 천천히 입을 떼었다.

"놓으라고?"

상사뱀

"……."

"놔 달라고?"

"그래."

녀석의 눈이 무겁게 가라앉아 있었다. 문득 그런 녀석이 낯설게 느껴졌다.

나는 낯선 것을 싫어했다. 낯선 술집, 낯선 조명, 낯선 사람. 지금 공태준은 그런 낯선 사람이 되어 내 앞에 서 있었다.

녀석은 그 낯선 눈으로 말을 이었다.

"내가 왜 놔줘야 하는데?"

"뭐?"

"그때도, 지금도 너는 잡힌 적이 없는데 왜 놓아 달래."

"……."

"나는 제대로 잡아 본 적이 없는데. 매달리기만 했는데 왜 놔 달래. 왜 나는 놓기만 하라 그러는데."

Friend and Foe 2

　다시 눈을 떴을 땐 집이었다. 어떻게 집에 돌아왔는지는 기억이 흐릿했다.

　공태준을 보내고 다시 조 부장을 만나 인사를 했던 것 같은데 밖에 나와 택시를 탄 후로는 기억의 조각이 뜨문뜨문 흩어졌다 모아지길 반복했다. 이어 먹은 것도 없이 토를 하느라 밤을 다 보냈다.

　공태준은 아침이 되어도 집에 들어오지 않았다. 밤새 다시 아팠던 나를 본 어우동은 이유는 모른 채 미안하다며 안절부절못했다.

　"최이경, 기껏 간호해 놨더니 발목까지 이렇게 만들어 오고. 하여간 어떻게 넌 한시라도 눈을 떼면⋯⋯."

　"그만 구박해. 네가 안 그래도 무지 힘드니까."

아침이 되어서야 파리했던 얼굴이 그나마 사람 기색으로 돌아왔다.

퉁퉁 부은 눈으로 내 옆에서 일어난 어우동은 아침부터 죽을 사 와선 괜찮다는 내 입에 꾸역꾸역 숟가락을 밀어 넣었다. 물론 귀 따가운 잔소리는 덤이었다.

"조순택, 그 도라에몽인가 뭔가를 만났다고?"

"응."

"너 미쳤냐? 아무리 아는 사람이라고 해도 그렇지, 어떻게 여자애가 겁도 없이 그런 곳에 혼자!"

"소리 낮춰. 머리 울려."

어우동은 아픈 나, 집에 오지 않는 공태준으로 머릿속 계산을 마친 듯했다. 내가 아픈 이유를 묻는 끈질긴 녀석의 추궁에 결국 전날 일을 털어놓아야 했다.

공태준을 보내 놓고 나도 얼마 안 있어 몸이 안 좋다는 이유로 집으로 돌아왔지만 사실 찜찜했다. 그 찜찜한 마음을 풀 곳이 필요했고 어우동은 생각보다 입이 무거운 녀석이었다.

"이야, 최이경. 늑대인 줄 알았건만 이거 완전 맹탕이네. 양의 탈을 쓴 늑대가 아니라 늑대의 탈을 쓴 양이냐? 어? 메에에에. 정신 줄 놓고 양고기집을 기어갔다 왔네?"

"오버하지, 또? 괜히 얘기했어. 귀찮으니까 이제 그만 나가 줄래?"

"공태준은 또 그런 널 두고 진짜 그냥 갔단 말이야?"

어우동은 내게 따지듯 물었다. 정말 공태준이 내 손을 놓고 간 거냐고. 하지만 녀석은 몰랐다. 공태준은 나를 놓을 수밖에 없었을 거였다.

'공태준.'

'……'

'너 지난번에 우리 했던 내기, 아직 기억하지?'

아직도 그 순간이 방금 전처럼 생생했다. 냉정하게 말을 내뱉은 나는 흔들리는 공태준의 눈을 응시했다. 반대로 내 눈은 차게 식어 갔다.

'집에 가 있어. 내 일은 내가 알아서 할 테니까. 지금 바로 너 있던 곳으로 가서 가방이랑 옷 챙긴 다음 집으로 가. 뒤돌아보지 말고. 이게 너랑 한 내기에서 두 번째 부탁이니까.'

'최이경.'

'이것도 안 되면 나는 갈 데가 없어. 진짜 숨을 수밖에 없어. 지금 선택은 네가 하는 거야.'

내 말에 공태준은 더 이상 나를 붙잡을 수 없음을 안 듯했다. 잊고 있던 내기의 존재를 꺼낸 나를 그저 말없이 바라보다 고개를 떨궜다.

나는 그런 녀석을 두고 다시 계단으로 내려갔고 등 뒤로 느껴지는 시선에도 말없이 걸음을 옮겼다.

녀석이 어떤 표정이었을지, 어떤 생각을 하고 있을지는 생각할 겨를이 없었다. 퉁퉁 부은 발목에 온 힘을 주며 절뚝거리지 않기 위해 안간힘을 써야 했기 때문이다.

"얘기 들어 보니까 조 도라에몽인가 하는 놈은 완전 이리 붙었다 저리 붙었다, 간이고 쓸개고 다 빼 주는 박쥐파에, 하청 업체에서 뒷돈 받다가 감봉 당한 적도 있다던데!"

어우동은 어느새 공태준의 이름에 말이 없어진 나를 보다가 내가 누워 있는 침대에 주먹을 내리꽂으며 조 부장으로 주제를 옮겼다.

"어우동 너는 우리 회사 소속도 아니면서 그런 건 어디서 들은 거야?"

"특히 변태라는 소문이 여직원들 사이에 자자하던데. 최이경 너, 혹시 그 자식이 막 이상한 시선으로 훑었다든가, 막 은근슬쩍 터치를 했다든가……."

"나가 줘. 피곤해."

"대답 피하는 거 보니 역시. 내 이 쓰레기 같은 자식을!"

어느새 오후 12시. 곁에 있겠다고 우기는 어우동 때문에 시끄러워 더 쉴 수가 없다고 밖으로 쫓아냈다. 말하는 게 아니었는데 스스로 무덤을 판 꼴이었다.

입 무겁다고 한 것은 취소다. 녀석은 다른 사람에겐 내 이야기를 털어놓지 않을 사람일지 몰라도 면전에 대고 내가 했던 말에 무안과 욕을 쏟아부을 놈인 건 확실했다.

"……아."

상사뱀

결국 목이 잠겨 버렸다.

어우동은 문 밖으로 밀려나던 순간까지 공태준이 조 부장에 대해 물을 때부터 알아봤어야 했다며 흥분했고, 그런 녀석을 내보내는 데 남은 완력과 기력을 쏟아부었더니 머리까지 지끈거려 왔다.

그러나 생각해 보면 공태준이나 어우동이 모르고 있는 듯했다. 그분이 어떤 사람이냐는 것은 내게 아무 상관 없다는 것을. 조 부장이 다른 의도를 가지고 나와 만났다 해도 상관없었다. 달라질 것은 없었다. 중요한 것은 따로 있었다.

"아, 맞다."

문득 며칠 동안 삼촌에게 연락하지 못한 것이 떠올랐다. 겨울이라 농장 일을 놀릴 만도 한데 워커홀릭인 삼촌은 밴쿠버로 넘어가 벌써부터 내년 봄 작물을 준비한다고 했다.

그렇게 삼촌에게 문자메시지를 쓰고 있는데 전화가 왔다.

"여보세요? 삼촌?"

―삼촌 아니고 최진헌인데요.

미확인 발신 번호가 떠서 타이밍 좋게 삼촌에게서 전화가 온 줄 알았는데 최진헌이었다.

"아……."

―왜. 삼촌 아니라서 실망한 목소리다? 최이경 자꾸 나 섭섭하게 그럴 거냐. 나 이번엔 시차 따져서 전화했단 말이야.

"거긴 몇 시인데?"

―음. 새벽 4시 다 되어 가는 것 같아.

새벽 4시. 녀석은 잠은 안 자고 왜 내게 전화를 건 걸까.

하지만 어쩐지 반가웠다. 녀석의 말대로 삼촌이 아니라 녀석인 것에 실망하긴 했지만 어쩐지 더 안심이 되는 것도 같았다.

무거웠던 마음이 녀석의 목소리 하나에 단숨에 가벼워지는 것 같았다. 최진헌과의 대화는 이상하게 녀석 말고는 아무것도 신경 쓰지 않게 했다.

"우리 어제도 통화했잖아. 누가 우리 보면 멀리 떨어진 연인이라도 되는 줄 알겠네."

—와, 최이경 막말하는 거 보게? 그렇게 연인 아니니까 섭섭해하지도 말라고 줄 그어 놓기 있냐, 없냐.

"있으면 어쩔 건데."

—수정 테이프로 지우고 위에 다시 써야지. 최진헌 하트 최이경.

녀석의 말에 픽, 웃음이 새어 나왔다.

녀석은 내가 아무리 구박해도 무한 긍정으로 내게 웃어 줬다. 먼저 말 걸어 주고 손 내밀어 주는 녀석의 성격이 늘 나를 웃음 짓게 했다. 녀석은 그런 애였다. 웃게 해 주고, 단순하게 만드는.

"안 자고 뭐 해?"

—그냥 이것저것 생각했지. 최이경 생각 잠깐 하다가, 최이경 생각 좀 하다가, 최이경 생각만 하다가.

"어쩐지. 귀가 간지럽더라."

—잠깐, 그런데 너 목소리 왜 그래? 며칠 전부터 이상하더니 오늘은 완전 안 좋네. 설마 아직도 아픈 거야?

귀신같은 놈. 어우동 못지않게 촉이 좋다. 전화라서 속일 수 있을 거라 생각했는데 이미 오래전부터 눈치채고 있던 듯했다.

"최진헌."

—많이 아파? 어디가 아픈 건데. 설마 혼자 있는 건 아니지?

"진헌아."

너라면. 네가 지금 나였다면 어떻게 했을까.

언젠가 네가 내게 해 줬던 얘기가 있었다. 나는 고아가 아니라고. 잠시 길을 잃은 미아일 뿐이라서 언젠가 길을 찾으면 내가 찾으려 한 사람을 만나게 될 거라고.

만약 지금 내가 길을 잘못 든 거라면 어떡하지. 결국 그 길을 찾지 못하고 끝까지 그 미로 한가운데에 갇혀 영원히 미아로 남으면 어떻게 해야 하는 걸까.

"최진헌아……."

—왜 자꾸 이름만 부르는데요. 오빠가 그렇게 보고 싶어? 지금이라도 만나러 갈까?

"치. 비행기 바로 탄다고 해도 12시간은 걸리는 곳에 있는 놈이 말은 잘하지."

—진짜야. 네가 말만 하면 나 당장 갈게.

"……."

—최이경이 오라고 하면. 지금 와 달라고 하면.

"진헌아."

—나 진짜 갈 수 있어. 언제든 다 버리고 너한테 갈 수 있어.

녀석의 말에 진심이 묻어 있는 건 아무리 모른 척해도 비껴들을 수 없었었다. 아무리 바보인 척해도 그런 녀석의 마음을 듣지 못할 정도는 못 되었다.

그때 문득 어우동이 했던 말이 떠올랐다. 녀석은 그림에 관심이 없는 애라고.

신문이고 잡지고 녀석을 회화의 천재다, 역시 미술인의 아들이다 하며 떠받들어도 그런 것에 마음이 없는 애라고. 애써 척하고 있는 건 내가 아니라 녀석일 거라고.

─근데 최이경은 내가 다 버리고 간다 하면 싫어할 거잖아.

"……."

─너도 내가 아무것도 아니면 나를 찾지 않을 거잖아. 그럼 나는 또 혼자가 될 텐데.

끌려다니고 있다고 했다. 무엇을 위해서인지는 몰라도 가고 싶지 않은 길로 걷고 있다고 했다.

지금 내가 길을 헤매고 있는 거라면, 너는 어느 길을 목적 없이 걷고 있는 걸까. 넌 왜 혼자가 될 거라고 말하는 걸까.

"최진헌."

─그럼 내가 너무 불쌍해지니까, 우리 거기까진 가지 말자. 내가 다 버리고 너한테 가기 전에 그냥 네가 와. 최이경 네가 나한테 와. 알았지?

늦은 오후, 아직 해는 하늘 중간에 떠 있는데 이상하게 시간이 빨리 지나가 버린 기분이 들었다. 멍하니 거실에 앉아 마당으로 내려오는 햇빛을 바라보고 있는데, 대문이 열리고 그 사이로 공태준이 들어왔다.

오늘은 금요일이고, 평일 낮에 집에 올 수 있는 애가 아닌데 어떻게 온 건지.

녀석은 거실 유리창 너머 나를 발견했는지 멈칫하다 천천히 현관으로 발을 옮겼다. 잠시 후 문소리가 들리고 녀석은 거실에 앉아 있는 나를 지나쳐 제 방으로 들어갔다.

"공태준."

나는 녀석의 방문 앞에 섰다. 정확히 말하면 예전에 내 방이었던 곳. 녀석은 저를 이름을 부르는 목소리에도 아랑곳없이 옷을 갈아입었다. 어제 입었던 정장 차림 그대로였다.

"나가. 옷 갈아입을 거야."

"잠깐 얘기 좀 해."

"……."

"얼굴 보고. 나 좀 봐."

아픈 건 나였는데 왜 네 얼굴이 초췌한 걸까. 어젯밤 넌 어디에 있었던 걸까.

"듣고 있어."

"태준아."

"어차피 너는 네가 하고 싶은 말만 하잖아. 해. 듣고 있으니까."

등을 돌려 넥타이를 풀던 녀석은 끝내 얼굴을 보여 주고 싶지 않은 듯했다. 거실에 앉아 있을 땐 창 너머로 녀석과 눈이 마주쳤었는데, 더 가까운 거리에 있는 지금은 녀석과 얼굴도 마주하지 못하고 있었다.

나는 조용히 고개를 떨구고 말을 이었다.

"네가 알아봤다고 하니까, 부가 설명 안 해도 내가 왜 그 사람한테 갔었는지 알겠네."

"……."

"어제는 미안했어. 네가 나 걱정해서 그랬을 거란 것 알아."

어우동이 아픈 나보다 더 끙끙대며 밤새 내 옆을 지킬 때, 그때 알았다.

어우동이 얼마나 좋은 친구인지. 얼마나 편한 애인지. 얼마나 나를 걱정하고 있는지. 그와 동시에, 감정 표현이라곤 겨우 눈으로만 보일 줄 아는 네가 얼마나 날 걱정했을지도.

"공태준, 이제 나 밉지? 나 싫지?"

너는 다른 줄 알았다. 처음부터 넌 남들과는 달랐으니까. 똑똑해서 자기만 생각하던 애니까, 그래서 다 괜찮을 줄 알았다. 예전에 내가 했던 한 마디 한 마디를 다 기억하고 아파할 애인 줄은 몰랐다.

그런데 너도 다르지 않았다. 다른 평범한 사람처럼 상처도 받고 힘들어할 줄도 아는 애였다. 무섭다 했던 7년 전의 그 말을 기억하고 있는 네가 어제 했던 내 말은 또 얼마나 아프게 새겼을까 싶었다.

"생각해 보니까 나였어도 내가 아는 사람과 그런 상황에서 마주치면 별에 별 상상 다 하고 그랬을 것 같더라. 가만히 생각해 보니까 보여. 네가 얼마나 화났을지도."

"아니. 최이경 넌 몰라. 네가 아무리 세상을 좋게 포장해서 보고 싶어 해도 동화 같기만 한 곳이 아니라는 거."

"알아."

"그걸 아는 애가 그렇게……."

"나도 조 부장 그 사람이 우리 아빠의 진짜 친구가 아니라는 것쯤은 알고 있었어."

"뭐?"

조 부장은 몰랐겠지만 엄마는 말했다. 아빠는 워낙 숫기도 없고 낯도 많이 가려서 대학 때 엄마 말곤 친구가 하나도 없었다고.

그런 사람이 조 부장의 말대로 대학 행사에 참여하고 학과 술자리를 함께했을 리 없었다. 아빠의 대학 생활은 공부, 그리고 엄마가 전부였다고 했다.

"근데 왜."

"그래도 엄마 말고 내가 모르는 아버지 얘기를 들려준 사람은 처음이었거든. 더 듣고 싶었어. 친하지 않았다 해도 어땠는지 궁금했으니까."

"최이경."

"그래, 실수했어. 인정해. 아무리 그랬어도 그러면 안 됐는데 바보같이 굴었어. 그리고 그걸 너한테 들켜서 자존심이 상했어. 괜히 가라고 화풀이했어. 그런 모습 보이고 싶지 않았으니까."

"너……."

"얼마나 바보 같아 보였겠어. 네 부모 죽인 사람 얘기 듣고 싶어서 여기저기 끌려다니는 내가. 그렇지만 아닌 걸 알면서도 그 말이 믿기더라. 우습다고 해도 어쩔 수 없어. 그냥 믿고 싶었으니까."

"……."

"우리 엄마가 많이 예뻤대. 첫사랑이었대. 우리 아빠를 좋은 후배였다고 그러더라. 나랑 우리 삼촌이 아닌 다른 사람이 거짓말이든 아니든 내 부모를 7년 만에 좋게 얘기해 주는데 내가 어떻게 계산하고 똑똑한 척 굴어. 거짓말이면 어때. 내가 듣고 싶은 말을 해 주는데."

그래서 사람들이 담배를 피우고 마약을 하나 봐. 몸에 좋지 않은 것을 알면서 당장의 달콤함을 거부하지 못하게 하니까.

"그런데 공태준."

나는 진심이었는지도 모른다. 내 치부 같은 가족 일에 똑똑해질 수는 없었으니까. 언제 들어도 무너지고 또 무너지는 이름을 조 부장이 입 밖으로 꺼냈을 때, 어쩌면 애써 불안감을 눌렀는지도 모르겠다.

그저 모르는 척하며, '아니야, 이 사람은 좋은 사람일 거야' 하며 모든 의심과 불안을 저 수면 아래로 숨기고 또 묻어 그저 의지하고 싶었는지도 모른다. 내 부모에 대해 같은 기억을 가진 사람에게 기대고 싶었는지도 모른다.

'지금 만나고 있습니다. 거짓말하고 있는 것 같지는 않고요. 진료 기록도 확인했습니다.'

조 부장의 통화를 엿듣게 된 것은 어쩌면 내게 다행이었다. 그러나 나는 낯선 화장실에서 눈을 떴을 때보다 더 허무하고 먹먹했다.

결국 내가 믿었던 것에 또 배신당한 꼴이었다. 오랫동안 함께할 거라 믿었던 엄마도, 다신 내 곁을 떠나지 않을 거라 했던 아빠도, 자기한테 기대며 함께 위로하자고 말했던 사람도 나를 속였다. 그렇게 또 속아 버렸다.

'아뇨, 당연히 도와 드려야죠. 예. 다음에 식사 한번 하시죠. 제가 모시겠습니다.'

그러나 집에 와서 다시 생각해 보니 이상했다.
나를 속일 이유가 없는 사람이었다. 또 통화하던 상대는 누구며, 왜 나와의 만남을 보고받는 걸까.

'예, 아직 기억 못 하는 것 같았습니다.'

그리고 문득 떠오르는 말 중 기억에 멈춰 자꾸 반복되는 것이 하나 있었다.
내가 무언가를 기억하지 못하고 있다는 것. 조 부장은 내게서 듣지 못한 말이 있는 듯했다. 그런데 그것을 내가 기억하지 못하는 것이라고 표현했다.
"공태준, 넌 대체 뭘 알고 있는 거야?"
"……무슨 말이야."
"넌 뭔가 알고 있는 거야?"
"없어, 그런 거."
"아니. 있어. 너 분명 뭐 알고 있어. 나는 모르는데 넌 알고 있어. 그게 뭐야?"

녀석은 대체 나한테 뭘 숨기고 있는 걸까. 나는 모르고 너는 알고 있는 그게 대체 뭘까.

"이제 헷갈려. 그 사람이 어떤 사람인지보다 네가 어떤 사람인지가 더 헷갈려. 네가 내 편인지, 우리가 친구는 맞는지."

"나 단 한 번도 네 친구인 적 없었어."

"태준아."

"나도 어제 밤새 생각하니 답이 나오더라. 역시 난 안 돼. 너 기다려 주고 하는 거 못해. 그냥 난 내 식으로 할 거야."

"……."

"이제 친구인 척, 좋은 사람인 척 못할 것 같으니까. 그래서 돌아오는 게 놓아 달라는 거면."

"이경아, 죽 먹어."

저녁이 되자 어우동은 제집에서 직접 어머니가 끓였다던 죽을 싸 왔다. 공태준은 옷을 갈아입고 다시 나가 버렸다.

"최이경, 죽 먹자니까?"

머릿속이 복잡해졌다. 마음이 어려워졌다. 정신을 차려 보니 아이가 사탕 달라 조르듯 내게 마음을 조르던 최진헌은 감당할 수 없는 것을 자꾸 넘기려 하고, 공태준은 모르는 사이 내 영역에 침범해 점점 나를 좌지우지하고 있었다.

"어우동, 넌 어디까지 알고 있어?"

나는 여태 철옹성처럼 지키고 있던 성이 있었다. 최대한 두

껍고 튼튼하게 지으려 했지만 사실 겉만 번지르르한 모래성. 그 안엔 부족한 것투성이인 열다섯 살 최이경이 들어 있었다. 외로움도 많이 타고 수줍음도 많은, 누군가가 문을 열고 들어와 나를 끌고 나가 주길 바라는 그런 소심한 여자애 하나.

"어우동 네가 알고 있는 건 뭐야?"

"뭐야. 무슨 말이 목적어도 없고. 뭘 언제부터 어떻게 알았냐는 거야?"

그러나 그것을 아무에게도 드러낼 수 없었다. 아무리 손가락을 더해도 한 달에 일주일도 내 곁에 있어 주지 못한 아빠, 언니이자 친구가 되어 주었던 엄마의 사고. 그렇게 나는 혼자가 되었고 그것에 익숙해졌다고 생각했다.

그런데 막상 이제 와 자꾸 손을 내미려는 사람들이 다가오니 겁이 났다. 나는 쭉 혼자였을 때보다 여럿이었다가 혼자가 되는 것이 더 외로워지는 길임을 누구보다 잘 알고 있었다.

"우동아."

"왜."

"넌 거짓말 잘하지?"

"뭐래. 세상에 나만큼 솔직하고 떳떳하게 산 사람 있으면 나와 보라 그래."

"……그럼 난 어떤 것 같아?"

"너? 너도 거짓말 잘 못 하는 애지. 표정 변화는 별로 없는 애가 좋은 거, 싫은 거 티는 또 은근 못 숨기더라."

"그랬나."

"그건 왜?"

"이제 더 모른 척하고 살기가 힘들어서."

공태준도, 최진헌도 어느새 내가 그어 놓았던 선을 다 넘어와 버렸다. 내가 그렇게 지키려던 모래성에 자꾸 물을 뿌려 대고 있었다. 그걸 너무 늦게 깨달아 버려서 언제 어디서부터 정리해야 할지 모르겠다.

"생각해 보니까 내가 제일 이기적인 애더라. 세상에서 내가 제일 불쌍한 애인 줄 알았는데 아니었나 봐."

"아냐, 난 알고 있었어. 너 이기적인 거야 진작 알고 있었지."

"난 내가 다 감추고 숨긴 줄 알았는데 티가 났었나 보네."

"와, 최이경. 그걸 이제 알았다니. 으휴, 불쌍한 내 새끼들."

"넌 똑똑한 애니까, 감정 표현에 솔직한 애니까 좀 알려 주라. 이제 내가 어떻게 해야 하는지."

누가 차라리 답이라도 내게 알려 주면, 이것이 정답이니 이렇게 하라고 알려 주면 그대로 따르고 싶었다.

"어떻게 하긴. 그냥 마음 가는 대로 최대한 빨리 결정 내리고 행동으로 옮기는 거지. 나는 한번 마음먹으면 뭐가 됐건 일단 행동으로 옮겨. 그럼 뒤에 후회는 해도 미련은 없거든."

"……."

"나도 곧 움직여야 할 일이 생겼단 말이지. 후폭풍이야 오겠지만 그게 옳다고 믿으면 가는 거야. 나중에 미련 생길 일은 만들고 싶지 않으니까."

그러나 인생이 시험지가 아니듯 정답은 내가 정하는 곳에 있었고 그 결과도 내가 받아들여야 하는 것이었다. 후회를 남기든, 미련을 남기든.

"결국은 나도 선택이네."

"세상에 선택 아닌 게 어디 있겠냐. 인생이 원래 B와 D 사이의 C라잖아. Birth and Death, 그 사이 Choice."

"……그러네."

"빨리 선택하는 게 좋을 거야. 이왕이면 최진헌이 한국으로 돌아오기 전에 끝내 놓으면 좋고. 그래야 나도 노선 정리하기 좋거든."

❖

12월 31일. 새해를 하루 앞두고 나는 왠지 모르게 불안감을 느끼고 있었다. 보통 오늘 같은 날엔 해가 바뀜에 따라 설렘, 묘한 기대감이 있어야 했다.

그런데 아니었다. 알게 모르게 이상한 기류가 주위를 감싸 돌았다. 그러다 문득 한 가지 잊고 있었던 사실이 떠올랐다. 어느 때에도 어우동의 말은 그냥 흘려들으면 안 된다는 것.

"이경 씨! 전화 왔는데?"

그랬다면 앞서 벌어졌던 사건이나 행동을 예측하진 못해도 마음의 준비 정도는 했을 터였다. 녀석의 말대로 인생엔 늘 선택의 순간이 다가오기 마련이었다. 그중 녀석은 행동에 망설임이 없는, 일단 저지르고 보는 파였다.

"전화 바꿨습니다. 투자 관리부 최이경입니다."

그 때문에 어느덧 정상 출근을 시작한 내가 이 요상한 기분

에 가장 먼저 떠올린 사람은 공태준도, 최진헌도 아닌 어우동
이었다.

　녀석은 해야 할 일이 생겼다고 했다.

　나는 선택의 갈림길에 서 있느라 그것을 간과했다. 그렇게
말하던 녀석이 이상하게 눈빛을 빛내고 있었음을 너무 뒤늦게
깨달은 것이다. 녀석이 스치듯 흘린 말 한마디에도 저 상또라
이가 무슨 짓을 어떻게 저지를 것인지 깊이 생각하고 의심해야
했다.

　"여보세요? 투자 관리부입니다. 말씀하세요."

　─최이경 씨.

　"……."

　─오늘 저녁에 시간 되십니까?

　또한 역시나 이러한 불안감은 불행히도 한 번을 빗나가는
적이 없었다. 전화 너머로 음침하게 목소리를 까는 녀석이 어
우동인 것 또한 내 불안감의 원인이 녀석이었음을 드러내는 또
다른 힌트였을 것이다.

　"저, 죄송하지만 우동 씨. 웬만하면 회사 전화 말고 개인 전
화로……."

　─저녁 8시.

　"……."

　─강남 E 라운지 지하 1층에서 기다리고 있겠습니다.

　"야, 어우동."

　─8시입니다. 늦지 않게 오시길 바랍니다.

　마치 스파이 영화라도 찍는 듯했다. 10초 뒤면 내가 받고 있

는 이 전화가 폭파라도 하는 건가. 녀석의 낯간지러운 존댓말에 더 대꾸할 가치도 없어 끊으려 했지만, 꽤 진지한 목소리라 무시하기 어려웠다.

—그럼 저는 이만. 긴히 준비해야 할 일이 있어서.

"잠깐만, 나 오늘 야근할지도……."

삑삑거리는 전화 기계음을 통해 녀석이 제 말을 끝으로 전화를 끊었다는 것을 확인할 수 있었다. 그러나 어쩐지 수화기가 놓아지지 않았다. 왠지 오늘은 야근할 일이 없어도 해야 할 것 같은 기분이 들었다.

며칠 전부터 이미 생각을 정리한 상태였다. 주저 없이 행동하자고 머리로는 마음을 정리했다.

그러나 아직까지 망설여지는 게 있었다. 내가 선택하고 남겨질 사람. 그게 나를 자꾸 망설이게 만들고 있었다.

"이경 씨, 나 먼저 퇴근할게. 연말 잘 보내고."

"네, 고생하셨습니다. 모레 뵐게요."

7시 50분. 김 대리님이 마지막으로 컴퓨터 전원을 끈 사람이었다. 이제 사무실에 남은 사람은 나 하나였다. 한 해의 마지막 날이라 그런지 다들 퇴근을 서둘렀다.

"후."

그러나 나는 다른 사람들과는 달리 일하고 싶은 마음이 굴뚝같았다. 째깍째깍, 약속 시간인 8시에 가까워질수록 그 생각은 더욱더 강해졌다.

그때 가방 안에 있던 핸드폰이 울리기 시작했다.

"여보세요."

—누구게요?

최진헌 이 녀석이 왜 요즘 전화를 안 하나 했다. 며칠 전 문자메시지를 마지막으로 전화를 하지 않기에 많이 바쁜가 보다 했는데 오늘은 좀 시간이 난 듯했다.

"이제 마무리 단계라고 했지? 며칠 뒤면 오겠네."

—음. 아마?

"제야의 종소리는 못 듣겠네. 거기도 연말이라 놀고 마시는 분위기라던데 너무 많이 마시지 말고 몸 챙겨."

—내 걱정 하지 말고 우리 최이경은 딱 오빠만 믿어.

녀석이야말로 해가 바뀌어 돌아오면 제발 정신 좀 차려야 할 텐데. 내 걱정의 일부가 녀석인 걸 알고나 있을까.

—최이경. 너 목소리 들으니까 더 보고 싶다.

"좀 참아 봐."

—그걸 어떻게 참아. 나는 못 참는단 말이야.

어느새 녀석의 말꼬리가 길게 늘어지고 있었다.

"나 퇴근해야 돼. 끊는다."

—잠깐, 잠깐!

녀석은 전화를 끊으려던 나를 막아 세웠다.

—넌 진짜 나 안 보고 싶어?

"그렇다고 치자. 그럼 이만."

—그럼 내가……!

순식간에 전화가 끊겼다.

자의적으로 녀석의 말을 듣지 않으려 한 게 아니었다. 제멋대로 걸고 제멋대로 끊은 건 내가 아니라 최진헌이었다.

어쩐지 녀석의 말끝이 애매한 것이 타의로 끊긴 것 같은 느낌이 들었지만 아무렴 어떠하리, 크게 중요한 말이면 다시 전화하겠지 싶어 조용히 퇴근 준비를 했다.

저녁 8시 1분. 결국 난 어우동이 불러낸 곳 앞에 서 있었다. 익숙한 곳이었다. 며칠 전에 조 부장과 만난 곳이기도 했다. 정확히 어디서 만났었다고 말해 준 적은 없는 것 같은데 어떻게 이곳을 알아낸 걸까.

아침부터 들었던 묘한 불안감이 다시 솟아올랐지만 계단 앞에서 멈췄던 발을 떼어 조심스럽게 내려갔다.

-R 20으로 오시오.

어우동의 문자메시지는 군더더기 없이 짧고, 꾸밈없이 간결했다.

그러나 녀석이 말한 룸의 문을 열자 나는 방을 잘못 찾아온 건가 다시 확인해야만 했다. 시끄러운 클럽 음악이 방 안을 울리고, 낯익은 얼굴과 눈이 마주쳤기 때문이다.

"이경 씨? 이경 씨가 여긴 어떻게……."

조 부장이었다. ㄷ 형태의 소파 중앙에 앉아 있던 그는 나를 보고 깜짝 놀란 듯했다. 놀란 건 나 또한 마찬가지였다.

"부장님?"

그러나 내가 놀란 이유는 그가 어우동이 초대한 룸에 있어서가 아니었다. 태연히 서로 술을 주고받고 있는 여자들 사이에 낀 채로 묶여 있는 조 부장의 모습에 입이 벌어진 것이었다. 저항의 흔적이 없는 것을 보니 억지로 이뤄진 모습은 아니었다.

이해되지 않는 상황에 다시 한 번 룸 번호를 확인했다. R 20. 문자메시지에 오타가 있었거나 어우동이 착각을 하지 않았다면 나는 맞게 찾아왔다.

"아니, 이경 양. 그런 게 아니라……."

저 해괴망측한 망사 조끼는 어디서 구한 걸까. 맨살이 비치는 조끼 위로 검정 보타이가 앙증맞게 목을 장식하고 있었다. 조 부장은 이런 모습으로 나와 마주칠 거라 상상하지 못한 듯 얼굴이 빨개져 말을 더듬거리기 시작했다.

"까꿍."

그때 등 뒤로 익숙한 목소리가 들렸다. 고개를 돌리니 어우동이 들어오고 있었다. 녀석은 굳은 채로 서 있는 나를 지나쳐 제 팔뚝만 한 렌즈가 달린 카메라로 조 부장을 찍기 시작했다.

"조 도라에몽 님, 웃으시고. 자, 치―즈."

"지, 지금 뭐 하는 거야?"

"어떻게, 제가 미리 마련한 선물은 마음에 드셨어요? 그 가죽 바지는 좀 타이트해 보이는데."

녀석의 말에 따라 자연스럽게 시선이 조 부장의 바지로 갔다. 살이 비치는 망사 조끼에 시선이 뺏겨 미처 보지 못했다. 어우동은 그런 그의 모습을 한 컷이라도 놓칠까 빠르게 셔터를 눌러 대고 있었다.

상사뱀

"이 술집이 되게 재미있는 놀이 많이 하는 곳이라면서요? 하여간 돈 많은 사람들은 꼭 자기들만 좋은 거 알더라. 나도 좀 미리 알았으면 좋았을 텐데."

"카메라 치워! 너 뭐 하는 새끼야. 당장 그거 안 치워?"

"되게 요상한 취미를 가지고 계시더라고요. 이거 사모님은 아시나 모르겠네."

조 부장은 어우동의 갑작스러운 행동에 당황하다 이내 상황 파악을 끝냈는지 등 뒤로 묶인 손을 풀려다 반대로 바닥으로 고꾸라졌다. 이 순간이 여전히 믿기지 않는 건 나 혼자인 듯했다. 대체 어우동은 지금 무슨 짓을 벌이고 있는 것인가.

나는 고개를 흔들며 눈앞에 있는 상황을 재빨리 머릿속에 인지하고 수습할 방법을 떠올리려 했다. 그러나 더 믿기지 않은 장면이 이어졌다.

"Hello."

등 뒤로 느껴졌던 인영이 어느새 내 옆에 다가와 있었다.

"I'm back."

최진헌이었다.

녀석은 한쪽 어깨에 이상한 운동 가방을 멘 채 내 옆에 섰고, 그런 녀석을 멍하니 바라보고 있던 내게 시선을 맞추며 윙크를 날렸다. 그러고는 어우동과 그 앞에 앉은 조 부장에게로 천천히 다가갔다.

지금 이 시간, 영국에 있어야 할 놈이 어떻게 여기에 있는 건가. 점점 혼란스러워지던 머릿속이 뒤죽박죽 꼬여 버렸다.

최진헌은 재킷 안에서 담배를 꺼내 물더니 자연스럽게 바지

주머니에 손을 꽂으며 말을 이었다.

"형씨가 조 또라이몽이야?"

"뭐? 니들 뭐야. 뭐 하는 새끼들이야!"

"맞아, 아니야? 그거만 말해."

녀석은 들고 있던 가방을 바닥에 던지고 어느새 어우동을 향해 무릎 꿇고 있는 조 부장 앞에 쪼그려 앉았다. 자세히 보니 발목에 수갑이 채워져 있었다. 평소 다소 화려하긴 했어도 깔끔하고 점잖은 인상을 주던 조 부장이었다. 나는 아직도 이 상황이 믿기지 않았다.

"조 또라이몽. 뭐, 말 안 해도 알겠네. 그쪽 페이스가 되게 조 또라이몽 같아. 조또."

"이 미친놈이 감히!"

"가정도 있으신 분이 왜 이런 델 오셔서……. 나는 막 불의를 봐도 되게 잘 참는 사람인데 오늘은 그렇지가 못해요."

"너희들 뭐야. 뭔데 여기 와서 행패야? 내가 누구인 줄 알고 지금……!"

"당연히 몰랐지. 알았으면 내가 지금 왔겠어?"

지금 저 상황을 말리고 정리할 것은 나밖에 없었지만 아무것도 할 수 없었다. 입, 발, 그 어느 하나 제대로 떨어지는 것이 없었다.

그러나 시끄럽던 음악이 다른 음악으로 바뀌면서 잠시 텀이 생겼을 때 나는 조금씩 돌아온 판단 능력을 애써 모른 척하고 있음을 깨달았다.

아니, 정확히 말해 나는 안심하고 있었다. 바로 앞에서 들리는 최진헌과 어우동의 목소리에 왠지 모르게 마음이 놓였다. 내 편이 돌아온 느낌이었다.

"야, 어우동. 연장 챙겼냐?"

"당연하지. 맨날 들고 다니는데."

이어 어우동의 가방에서 조각도와 망치, 실톱이 나오기 시작했다. 줄자를 꺼내던 어우동은 30센티미터씩 잘라야 가방에 들어간다는 의미 모를 말을 했다.

최진헌은 그런 녀석을 향해 엄지를 척 들더니 나를 돌아보며 말했다.

"뒤의 예쁜 아가씨는 좀 비켜 주지?"

"너희 지금……."

"쉿. 오빠들이 잘생기기만 한 사람들이 아니에요. 무지막지하게 험악한 놈들이니까 잠깐 저쪽에 좀 가 있으세요. 곧 되게 흉한 꼴 나올 거니까."

어우동은 잠시 후 망치를 집어 들었다.

이에 조 부장의 얼굴이 창백해졌고 순간 나와 눈이 마주쳤다. '이경 양, 아는 사람이야?'라고 말하는 듯. 마치 내게 구조를 요청하는 눈빛이었다.

"허니. 오늘은 이게 좋겠다."

"괜찮겠어? 너 너무 무리하는 거 아냐?"

"나만 믿어. 요즘 공사판 많이 다녀서 연습 꽤 했으니까."

조 부장의 눈이 이내 다급해졌다. 아는 사람이면 어떻게 해 달라는 듯 나를 응시했다. 그러나 나는 잠시의 침묵을 사이에 두고 조용히 고개를 돌렸다.

이럴 땐 한발 뒤에 나와 있는 게 맞을 듯했다. 이제부터 나는 녀석들을 모르는 사람이었다. 그저 이 상황을 잠시 방관하다가 조용히 빠져나가는 게 좋을 듯했다.

사실 지금의 상황이 아주 조금은 유쾌하게 느껴지고 있었다. 그러나 그런 내가 유쾌하지 못한 한 사람은 이마가 반짝거리도록 땀을 흘려 댔다.

"지, 지금 그걸로 뭐 하려고! 너희 깡패야? 어?"

"깡패라뇨, 조 부장님. 말씀이 지나치시네요. 저 되게 고운 말만 듣고 자란 앤데. 저희 아버지가 아직 정정하셔서 저 깡패 같은 짓 하면 발가벗겨져 영창 갑니다. 제대한 지 몇 년이 지났는데, 참 얄궂으시죠?"

조 부장은 막다른 길에 몰린 듯했다. 처음에 점잖을 유지하던 모습은 온데간데없이 사라졌다. 최진헌은 어우동의 투정 아닌 투정에 조용히 녀석의 어깨에 있던 카메라를 테이블 위에 올려놓았다.

"사설이 길다. 그냥 시작하자."

"그래. 나도 예고편 긴 건 별로더라."

녀석들은 위협적인 분위기로 조 부장이 기대고 있던 테이블로 다가가 술잔과 안주를 치우곤 그 위에 올라섰다. 이어 망치로 벽에 못을 박더니 이상한 스크린을 매달았다. 어우동의 손에는 작은 영상기가 들려 있었다.

"지금 뭐 하려는 거야! 너희들, 이러고도 무사할 것 같아?"

조 부장은 예상을 빗나가는 전개에 기가 꺾인 듯 말을 더듬으면서도 여전히 강한 기세로 목소리를 높였다. 그러나 곧이어 재생된 영상에 말을 잃어 갔다.

화면에선 정성스럽게 편집된 조 부장의 행태가 나오고 있었다. 각종 화류계와 불법 퇴행 업소를 오간 흔적들이었다.

대체 저런 것들은 어디서 어떻게 모은 걸까.

어우동은 벽에 걸어 놓은 스크린에서 나오는 영상이 뿌듯한지 허리에 손을 얹고 고개를 끄덕거렸다.

"그러니까 왜 우리 애를 건드리셨어요. 우리도 마를까 닳을까 애지중지 키운 애를."

강남 엄마가 어화둥둥 내 새끼 하며 학교 선생에게 혼났다고 득달같이 달려가 할 법한 멘트였다. 어쩐지 머리카락을 귀 뒤로 넘기는 어우동의 손짓도 남편 몰래 아이 학원을 하나 더 끊고 모른 척하는 모습 같았다.

차마 보고 싶지 않았는지 엎드려 있는 조 부장을 조용히 바라보다가 문가로 걸음을 옮겼다. 그때 최진헌이 다가와 나를 멈춰 세웠다.

"최이경, 다리 뭐야? 왜 절뚝거려."

"어?"

"설마 그것도 저 자식 짓이야?"

"아니, 이건 그냥 내가……."

화장실에서 혼자 쓰러져 접질린 발목이었다. 그러나 어우동은 내 말이 채 이어지기도 전에 조 부장을 만나고 온 날 이렇게 됐다며, 고자질하는 시누이처럼 눈을 흘겼다.

"그렇단 말이지."

최진헌의 장난 넘치던 표정이 어느덧 진지하게 변했다. 녀석은 가방을 뒤적거리더니 각목을 하나 꺼내 들었다. 눈앞에 진짜 무기가 될 만한 것이 보이자 정말 큰 사고가 날지도 모르 겠다는 생각이 들었다. 어우동도 그제야 분위기가 꽤 심각하다 는 것을 파악했는지 온몸으로 녀석을 막아 세웠다.

"놔."

"똥이 더러워서 피하지, 무서워서 피해? 자, 우리 허니. 그 거 내려놓자. 우쭈쭈, 아이 참 착하지."

"놓으라고 했어."

조 부장도 최진헌이 손에 든 각목을 발견했는지 빠르게 뒤 로 몸을 숨겼다. 그때 누군가가 천천히 문을 열고 들어왔다. 공태준이었다. 그리고 그와 함께 온 여자가 굳은 얼굴로 등장 했다.

"……여보?"

내 귀가 잘못된 것이 아니라면 처음 보는 여자는 바닥에 엎 드려 있는 조 부장을 '여보'라고 불렀다. 이에 누구보다 먼저 상황 파악을 마친 어우동이 어느새 최진헌에게서 떨어져 조 부 장을 감싸며 누웠다.

"형! 이러지 마. 순택 씨는 잘못 없어. 때리려면 날 때려."

"……뭐?"

"이 사람과 난 같은 취향으로 만나 사랑한 죄밖에 없다고! 사 랑이 죄라면 이 사람은 무기징역, 난 사형이야! 차라리 날 죽 여!"

최진헌은 순식간에 벌어진 그 어이없는 상황에 기가 차는지 각목마저 떨어뜨렸다. 슬쩍 공태준을 돌아보니 녀석의 얼굴엔 표정 변화도 없었다. 녀석도 알고 온 듯했다.

"순택 씨가 이혼한다고 그랬어. 나한테 온다고!"

"……."

"그렇죠, 순택 씨? 난 당신이 처음이었단 말이야. 책임진다고 했잖아. 내가 세상에서 제일 사랑스럽다고 했잖아요."

당신이라고 부르기엔 나이 차가 자식과 아버지뻘이었다. 그러나 어색함은 없었다. 어우동은 역시 조소가 아니라 배우를 해야 됐다. 나는 그 열연에 나도 모르게 박수를 칠까 봐 주먹을 쥐어야 했다.

"여, 여보."

어느새 발목에 채워져 있던 수갑을 풀었는지 조 부장이 빠르게 밖으로 뛰쳐나갔다. 화면에선 여전히 조 부장의 밝게 웃는 모습이 영상으로 흘러나오고 있었다. 채찍을 들고 있는 것이 저렇게 잘 어울리시는 분인 줄 몰랐는데.

놀란 듯 굳은 채로 스크린을 바라보고 있던 여자는 자리에 주저앉았고 공태준은 친절하게도 그 앞에 허리를 숙이며 무언가를 건넸다.

"이혼소송은 형사 처리가 아니지만 민사에 아는 사람이 있습니다."

"……."

"법률 자문이 필요하시면 연락 주십시오."

여자의 손에 명함을 쥐여 주는 공태준의 입가엔 녀석과 함께 살면서도 처음 보는 미소가 걸려 있었다.

"최진헌, 어떻게 된 거야? 너 언제 한국 온 건데?"

어느덧 10시를 넘기고 있었다. 녀석과 나는 번화가에서 벗어나 한산한 주차장 입구에 서 있었다. 한 거리 차이로 밝은 조명이 쏟아지는 거리와 달리 인적이 드문 곳이었다.

공태준과 어우동은 아직 가게에 남아 있었다. 소란을 피웠으니 뒤처리해야 했기 때문이다. 멀쩡한 남의 건물 벽에 못질한 대가를 지불해야 했다. 다행히 공태준을 알고 있던 가게 대표가 선처를 해 준 덕에 경찰은 부르지 않을 듯했다.

"언제 온 게 뭐가 중요해. 우리가 지금 같이 있다는 게 중요하지. 최이경, 너는 나 안 보고 싶었어? 난 맨날 눈물로 베개를 적시며 잠들었는데 어떻게 넌 오다가 만난 사람처럼 매정하게 언제 왔냐는 말만 하냐? 내가 진짜 하루라도 더 빨리 오려고 얼마나 힘들었는데. 넌 상상도 못 할 일을……."

어쩐지 주위가 이상하리만큼 고요했다. 녀석과의 대화 소리와 멀리서 들리는 작은 소음들을 제외하곤 모두 제야의 종소리를 들으러 갔는지, 또는 어느 술집에 들어가 시상식을 보고 있는지 말 없는 차들만이 즐비해 있었다.

"최진헌."

"왜, 이 매정한 여자야."

"사실 나도 보고 싶었어."

그래서 말했다. 네가 그립고 또 보고 싶었다고. 말수가 없는 자동차들 대신 녀석에게 답을 해 줘야 했으니까.

거짓말은 아니었다. 아닌 척하는 것, 모른 척하는 것은 질릴 만큼 한 듯했다. 그러나 녀석은 그런 내 반응을 미처 예상하지 못한 듯 입을 벌리고 멍하니 나를 바라봤다.

"너……."

"그런 눈 하지 마. 다른 뜻 없어. 그냥 그랬다고. 네가 없어 심심했고, 그래서 보고 싶었고."

사실 녀석의 목소리가 이렇게 반가울 정도인가 싶기도 했다. 나는 이 헷갈리는 느낌이 싫었다. 내가 내 감정 하나 모르면 누가 알까 답답하기까지 했다.

녀석은 뭔가 말을 꺼내려는 듯 다가왔다. 그러나 그 순간 녀석의 등 뒤로 어우동이 우리를 부르며 빠르게 뛰어왔다. 그 뒤로 천천히 걸어오는 공태준도 있었다.

"미안! 많이 기다렸지? 춥겠다!"

어우동은 빨개진 귀를 손으로 막으며 춥다고 발을 동동 굴렀다. 그런 녀석의 얼굴을 보자 방금 전까지 생각하고 있던 모든 것이 잊혔다. 다시 황당함과 분노가 가슴 깊숙한 곳에서부터 끓어오르기 시작했다.

녀석은 마치 아무 일도 없었다는 듯 태연한 얼굴이었다. 나는 고마움과 분노의 경계선을 걷고 있었다.

그 마음을 다스리고자 천천히 미소를 띠우며 입을 뗐다.

"네 취향이 그런 쪽인 줄은 몰랐는데. 그 카페 애기한테 차였다더니 결국 네 정체성을 깨달았나 봐?"

"아, 최이경. 너 오해하지 마라? 난 오로지 널 위해……."

"그동안 힘들었겠다, 숨기느라. 괜찮아, 그럴 수 있어. 또 사람이 사람을 사랑하는 게 어떻게 죄가 되겠어. 만약 그게 죄라고 하면 무기징역, 아니, 사형인가? 공태준이 네 죄를 감형시 켜 줄 수 있을지 모르겠다."

"이경아?"

하지만 장난은 여기까지였다. 나는 웃으며 어우동을 향해 농담을 던지던 얼굴을 굳히고 정색했다.

"됐고. 누가 먼저 설명할래?"

이젠 해명을 들어야 할 차례였다. 이게 어떻게 된 일인 건지. 나 몰래 그동안 무슨 짓을 꾸민 건지. 그러나 최진헌과 어우동은 슬금슬금 내 눈치를 보며 눈을 피했다.

"어우동."

"아아, 난 아무 말 못 해. 묵비권 행사야."

"최진헌."

"Um, As you know, I was in England. And I just came back here. So 한쿡말 초큼 서툴른……."

되지도 않는 콩트가 눈앞에서 펼쳐졌다. 미리 입이라도 맞췄는지 방금 전까지 말만 잘하던 최진헌은 영어 회화를 구사하기 시작했고, 어우동은 반대로 묵비권을 행사했다.

"거리 한복판에서 거친 말 듣고 싶지 않으면 불어. 누가 구상한 작품인지."

"아, 네가 그렇게 굳이 들어야겠다면 공태준의 작품이라고……."

"어우동. 똑바로 말 안 하지?"

"이건 진짜야! 물론 디테일한 건 내가 짰지만 공태준이 오늘을 디데이로 정하긴 했지."

어우동은 복수의 공로를 인정해 주고 싶다면 공태준에게 하라면서 슬금슬금 자리를 옮겼다.

나는 계획의 주동자가 공태준이었다는 뜻밖의 사실에 잠시 말을 멈췄다. 녀석이 플랜을 짜고 최진헌과 공태준을 끌어들인 줄 알았는데 그 반대였다는 사실이 조금 당황스러웠다.

"나는 세 사람이 그렇게 절친한 친구들인 줄 몰랐네."

"원래 적의 적은 나의 아군! 몰라? 이럴 때 단합하는 거야."

"그럼, 그럼. 공동의 Foe(적)는 남은 사람들을 Friends(친구)로 만드는 법이지."

핏대를 세우며 남의 나라 명언을 읊는 어우동이나, 고작 몇 주나 남의 나라에 있었다고 영어를 써 대는 최진헌이나, 주동자임이 밝혀졌음에도 뻔뻔하게 밤하늘을 구경하는 공태준이나, 누구 하나 참 정상인 애들이 없었다. 오랜만에 귀환한 또라이 1과 2, 그리고 미친놈이었다.

"특히 공태준이 사람 엿 먹이는 데 소질이 있더라고. 똑똑한 건 참 좋은 거야, 그렇지?"

공태준은 어우동의 칭찬에 어깨를 으쓱거리기까지 했다.

"아, 아까 최진헌 저 자식은 이경이한테 전화하더니 한국 도착했다고 다 불려고 하잖아. 하여간 누가 아이큐 90 아니랄까 봐 눈치 없는 짓만 골라서 하지."

"야! 거기서 아이큐 얘기가 왜 나오는데."

역시 칭찬이 나오면 어김없이 욕도 따라 나오기 마련이었다. 물론 최진헌이 그 대상이었다.

"걱정 마. 멍청한 친구나 똑똑한 친구나 내가 다 이 넓은 아량으로 품어 줄 테니까."

"지랄한다. 너는 방금 내 지인 리스트에서도 삭제됐음을 통보하는 바다."

녀석들은 고작 1분의 대화로 다시 친구에서 적보다 못한 사이로 돌아섰다. 결국 제대로 된 해명이나 어떻게 그랬느냐는 과정 얘기는 듣지 못할 듯했다. 한숨을 쉬며 고개를 숙이니 어우동은 좋은 게 좋은 거라며 내 등을 토닥거렸다.

"아, 일단 차에 타고 어디든 가자. 새해를 이런 삭막한 주차장에서 오들오들 떨며 맞이해야겠니?"

녀석의 바지 주머니에서 차 키 하나가 나왔다.

"어우동 차 샀어?"

그동안 한 번도 녀석이 차 모는 모습을 본 적이 없었다.

"내가 우리 진헌이 귀국한다고 해서 미리 데려왔지. 얘가 또 몇 주 동안 주인을 못 봐서 아주 애탔을 것 같아서. 나 잘했지, 진헌아!"

어쩐지. 얼마 전까지만 해도 지하철에서 잠든 덕에 기차 여행을 했다고 자랑스럽게 말한 녀석이었다. 최진헌은 아랑곳없이 녀석이 꺼낸 폴딩 키를 보곤 소리로 제 위치를 알리는 차를 찾아 헤맸다.

"왜. 감동했냐? 그래도 친구끼리는 고맙다는 말 하는 거 아니다."

어우동은 제가 뱉은 말이 꽤 마음에 들었는지 고개를 끄덕이며 미소 지었다.

그러나 최진헌은 그런 녀석을 향해 굳어진 얼굴로 고개를

상사뱀

돌리곤 바닥에 버려 놨던 각목을 말없이 찾아 주웠다.

"진헌아. 하하, 그건 왜요? 응? 그걸로 뭐 하려고."

어우동의 어색하기 짝이 없는 웃음소리가 밤공기를 타고 흩어졌다. 차를 바라보니 앞 범퍼가 보기 좋게 찌그러져 있었다.

"진정해. 워워, 그러는 거 아니야. 씁!"

"좋은 말로 할 때 이리 와."

"어헛! 그 몽둥이를 당장 내려놓지 못할까! 오늘이 올해 마지막 날인데 꼭 이렇게까지 해야겠어? 어? 우리의 우정이 이거밖에 안 돼? 내가 벨라미보다 못한 존재야?"

"몰랐어? 몰랐어도 어쩔 수 없어. 이리 와."

조만간 둘은 남보다 못한 사이로 갈 것 같은 예감이 들었다.

11시 49분. 우리는 인파가 밀려드는 번화가에서 벗어나 한강으로 왔다. 추운 겨울, 12월의 마지막 날 강바람이 이렇게 찬 줄 몰랐다.

최진헌은 차에서 내리자마자 춥다는 나의 한 마디에 따뜻한 커피를 구해 오겠다며 어디론가 사라졌다.

"누가 한강 오자고 했니."

이가 달달 떨리는 날씨에 절로 목소리에 바이브레이션이 섞였다. 어우동은 양심에 찔리지도 않는지 콧물을 훌쩍이며 날씨가 좋다, 이것도 낭만이지 않느냐면서 헛소리를 해 댔다.

"너 저기 다리에 매달려 해돋이 보고 싶지?"

"우리 이경이 농담도 잘해."

"와 봐. 농담인지 확인시켜 줄게. 당장 그 옷 벗겨서 영창 대신 저 한강 다리 밑에 처밀어 줄 테니.”

그러나 녀석은 내 진심을 느끼지 못한 듯 배탈이 날 것 같다며 화장실을 찾아 사라졌다. 결국 내 옆에 남은 사람은 공태준 하나였다. 크리스마스 다음 날 이후로 녀석과 단둘이 있게 된 건 오늘이 처음이었다.

주변을 두리번거리다 그나마 바람이 불지 않는 다리 밑을 찾아 주저앉으니 녀석이 천천히 따라와 겉옷을 벗어 어깨 위에 덮어 주고는 옆에 앉았다.

“종 치는 것만 듣고 들어가자. 쟤네는 버리고.”

녀석이 걸쳐 준 옷에서 희미하게 담배 냄새가 올라왔다. 내가 알기로 녀석은 담배를 피우지 않는 애였다.

“네 옷에서 담배 냄새 난다.”

“그래? 아까 룸에서 뱄나 보네.”

내가 아는 공태준은 담배를 피우기는커녕 향수도 쓰지 않았다. 의외로 돈이나 명예에 별 관심이 없는 놈은 생각보다 금욕적인 녀석이었다.

그러나 피우지도 않는 담배 냄새가 몸에 배는 걸 태연히 지나칠 놈도 아니었다. 어린 시절에도 녀석은 늘 깔끔하고 단정했다. 지금도 그것은 변하지 않았다.

“공태준, 왜 그랬어?”

“뭘.”

“처음엔 네가 꾸밀 만한 일이 아니라고 생각했는데 다시 생각해 보니 어우동은 모르잖아, 내가 왜 조 부장을 만나야 했는지. 그렇게 짧은 시간에 그걸 혼자 다 준비했을 리도 없고. 또 조 부장에 대해 알아본 건 어우동이 아니라 너였지."

다시 재회한 후 나는 녀석이 달라진 것이 없다고 생각했다. 설사 있다 해도 그건 세월이 지나 어쩔 수 없이 변하는 것들, 가령 옷 스타일이라든가 더 이상 소년 태가 나지 않는 얼굴이라든가. 결벽증 등의 습관이나 한번 마음먹은 것은 끝까지 밀어붙이는 성격, 그런 것들은 변함이 없다고 생각했다.

그런 녀석이 무엇을 위해 불필요한 일을 한 걸까, 왜 변하고 있는 걸까 하는 생각이 들었다.

"글쎄. 난 아직 제대로 뭘 한 게 없는 것 같은데."

"……."

"그저 뭘 한 게 있다면 약간의 도움과 정보를 필요한 사람에게 줬을 뿐이지."

그러나 사실 그 답을 이미 알고 있는지도 몰랐다. 최선을 다해 그것을 모른 척하고 살았던 것뿐. 우리의 인연이 좋지 않았던 것을 빌미로 최진헌을 밀어낼 때처럼 녀석에게도 줄을 그어놓곤 예전 그때와 같다, 우리는 변하지 않을 것이다 하며 억지로 믿고 있었는지도 몰랐다.

"어쨌든 조 부장이 나한테 그렇다 할 나쁜 사람은 아니었어. 그렇게까지 할 필요는 없었다고."

"뭐. 정 죄목을 붙여야 한다면 네 기억을 훔치려고 했던 것에 대한 대가라고 해."

"대가라 치기엔 가혹하지. 내 기억이 그렇게 비싼 것도 아닐 텐데."

그 말에 녀석의 눈이 묘하게 흔들렸다. 녀석은 내가 어떤 기억을 하지 못하고 있는지, 조 부장이 내게서 무엇을 원했는지 알고 있는 것 같았다. 빤히 저를 바라보는 내게 침묵으로 답하던 녀석은 태연히 얼굴에 미소를 띠며 천천히 입을 뗐다.

"아니면 법적 자문이 필요한 가여운 어느 여자에게 온정을 베푼 거라고 쳐. 너 아니었어도 조순택 그 사람, 좋은 남편은 아니었으니까."

"그걸 이유라고."

"그렇게 하면 어쨌든 난 네 일에 끼어든 게 아니니까 내기는 유효한 게 되지?"

이 상황에서도 내기의 유효를 따지는 녀석은 수완이 좋다고 해야 할지, 말을 돌리는 재주가 있다고 해야 할지 모르겠다.

그러나 한 가지 확실한 건 어쨌든 그날 녀석은 내 말을 따라 줬고 제 선에서 최대한 나를 배려하려 노력했다는 것이었다. 물론 결론은 이렇게 났지만. 그것이 잘했다고 칭찬할 일은 못 되었으나 냉정하게 쳐낼 만한 일도 아니었다.

"좋아. 두 번째 부탁도 들어준 거라 치자."

"좋네."

"축하해, 내기 끝내주게 잘 고른 공태준아. 그래 봤자 이제 일주일 남았지만."

그런데 문득 궁금한 게 생겼다. 아니, 예전부터 떠올리긴 했지만 내가 모른 척하고 있던 또 다른 물음이었다. 합리화의 끝으로 마무리 지은 것이었다. 녀석이 제안한 내기, 그 끝에 녀석이 바라는 것은 무엇인가.

"근데 넌 어차피 너 하고 싶은 대로 할 거라 그러지 않았나?

상사뱀

나야 이기면 내 집을 되찾는다는 희망이 있지만 네가 내기에서 이겼을 때 얻는 건 뭐야?"

"얻는 거?"

"그래. 사실 난 네가 왜 이 내기를 하자고 그런 건지 아직 잘 모르겠거든."

"글쎄."

나와 마주하고 있던 녀석의 시선이 어느덧 내가 아닌 내 뒤 어느 곳에 멈춰 있었다.

"사실 뭔가 얻으려고 시작한 내기는 아니었지."

나는 녀석의 시선을 따라 천천히 고개를 돌렸다. 그곳엔 커피를 달랑거리며 들고 오는 최진헌이 있었다. 최진헌도 나와 공태준을 발견한 듯 손을 흔들었다. 그러다 문득 멈춰 서서 제 손목시계를 가리켰다.

녀석은 커피 컵이 담긴 캐리어를 입에 물곤 열 손가락을 나란히 폈다. 이어 아홉 개, 여덟 개……. 녀석의 손가락 개수가 줄어 갔다.

그때 공태준이 천천히 입을 뗐다.

"최이경이 무엇을 얻을지는 몰라도 내가 얻는 건 없을 거야. 다만 잃을 건 좀 있겠지. 우리 둘 다."

"그게 뭔데?"

12시. 어디선가 폭죽 소리가 들려왔다. 새해를 알리는 알람 소리처럼, 적막한 밤하늘을 깨는 소리가 우리 주위로 퍼지고 있었다. 나, 공태준, 그리고 최진헌은 그렇게 한 해가 바뀌는 순간을 함께하고 있었다.

몇 시간 전엔 최진헌 옆에서 공태준이 오는 것을 보고 있었는데 지금은 공태준 옆에서 최진헌이 오는 걸 보고 있었다.

단 몇 시간의 차이로 다른 시선을 마주하고 있었고, 단 몇 분 차이로 시간이 바뀌는 순간을 함께 보내고 있었다.

"난 적을 하나 잃고 넌 친구를 하나 잃을 거야."

우리의 새해가 그렇게 다가왔다. 폭죽과 희미한 종소리에 묻혀 차가운 바람이 어느새 느껴지지 않았다.

아침까지만 해도 불안하게 흔들리고 망설여지던 내 마음은 저녁 무렵 녀석들로 인해 확고해졌다. 그리고 지금, 공태준은 내 선택에 대한 또 다른 결말을 말하고 있었다. 우리의 내기가 나비효과처럼 어떻게 퍼져 돌아올지에 대해.

"그리고 지금 걸어오고 있는 녀석은 전부 잃게 되겠지."

다음 권으로 이어집니다.

상사뱀